梁羽生作品集

47

鸣镝风云录

叁

梁羽生 著

中山大学出版社
·广州·

图书在版编目（CIP）数据

鸣镝风云录/梁羽生著. --广州：中山大学出版社，2012. 12
（梁羽生作品集）
ISBN 978-7-306-04387-0

Ⅰ. ①鸣…　Ⅱ. ①梁…　Ⅲ. ①侠义小说－中国－当代　Ⅳ. ①I247.5

中国版本图书馆CIP数据核字（2012）第299730号

广东省版权局版权合同登记图字：19-2012-055号

朗聲圖書

敬告读者

为了维护读者、著作权人和出版发行者的合法权益，本书采用了新型数码防伪技术。正版图书的定价标示处及外包装盒上均贴有完好的防伪标签。刮开涂层，可见到一组数码，您可以通过两种途径查验真伪。

1. 拨打全国免费电话4008301315，按语音提示从左到右依次输入相应数码并按#键结束。
2. 扫描防伪标上的二维码，按提示输入相应数码。

读者如发现盗版图书，可向当地“扫黄打非”办公室、新闻出版局、工商管理部门、公安机关、技术监督部门举报，或直接与我们联系。

联系电话：020-34297719　13570022400

我们对举报盗版、盗印、销售盗版图书等侵权行为的有功人员将予以重奖。

广州市朗声图书有限公司

目　录

第五十五回　愁绪难排怜弱女　疑团莫释遇同门

过了一晚，第二天大家都怀着紧张的心情，等待强敌寻仇，颇有“万木无声待雨来”的意味。

邵元化下了命令，吩咐关上大门，不得他的许可，谁都不准出去。

邵湘瑶想冲淡这紧张的气氛，笑道：“爹爹，那个姓焦的要回去搬兵，总也得个十天半月，何用现在就如此紧张。”

邵元化道：“你小孩子懂得什么？乔拓疆是最厉害的一个黑道人物，神出鬼没，焉知他不是就在附近，遣那两个人来打听风声的。岂能不严密提防？”

话犹未了，忽地有一个家人进中堂报道：“外面有人拍门，说是要找一位侍梅姑娘。”

邵元化道：“侍梅？咱们这里可并没有这样的姑娘呀？”

杨洁梅听得这家人的说话，连忙和龙天香走出来，说道：“我就是侍梅。什么人找我？”

邵元化变了面色，说道：“哼，来得这样快！既然是来找你的，不用问一定是乔拓疆这伙强盗了。”

那家人说道：“我们不敢开门，不过，从门缝张望出去，那是一男一女，都不过二十岁左右的模样，男女长得都很秀气，不像是个强盗。”

邵元化狐疑不定，心里想道：“乔拓疆和他手下的五大头目，最少都是四旬开外的中年人了，难道不是他们这一伙？”

杨洁梅心里亦是怔忡不宁，想道："知道我是侍梅的，只有辛家的人。来的是一男一女，难道是辛龙生和他的新婚妻子么？嗯，他若是来哀求我给他解药，我给他呢还是不给？"

邵元化一拍桌子说道："好，打开大门，让他们进来！我倒要看看是什么样的小辈，胆敢找上门来！"

只见一个剑眉虎眼的英俊少年和一个头上打着蝴蝶结，神态娇憨的少女，并肩来到，那少女游目四顾，说道："哪位是侍梅姐姐？"那男的却向邵元化作了个揖，说道："老伯想必是邵老前辈，请恕我们冒昧而来。"

杨洁梅初时怔了一怔，这对男女她是从未见过面的，后来定睛一看，那少年却似乎是曾经相识似的，却不知是在哪里见过。

邵元化见他们彬彬有礼，心道："难道不是仇家？"于是还了一礼，说道："你们是哪家武林同道的子女？"

杨洁梅道："我就是侍梅，请恕眼拙，我们好似没有会过，你们是谁？"

那少年道："我是扬州百花谷奚玉帆，这位是明霞岛的厉赛英姑娘！"邵元化听得"明霞岛"三字，心里不禁又惊又喜。

邵元化连忙站了起来，向那少女说道："令尊可是东海的明霞岛主厉擒龙厉老前辈？"本来邵元化的年纪和厉擒龙也差不多，但因明霞岛主在武林的声望太高，是以他不惜自贬身份。

厉赛英道："不敢当。明霞岛主正是家父。"

杨洁梅恍然大悟，心里想道："原来他是侍琴（奚玉瑾）的哥哥，他们兄妹长得相似，怪不得我觉得是似曾相识了。"

邵元化却是颇感诧异，说道："厉姑娘，我与令尊闻名已久，但却素无来往，不知两位何以光临茅舍？"

奚玉帆道："我们是特地来拜访这位侍梅姐姐的。"

杨洁梅道："你怎么知道我住在这儿？"

奚玉帆道："请问乔拓疆手下的一个大头目，是不是曾经到过你们这里，闹出事来？"

邵湘华连忙说道："是呀，他就是给杨姑娘刺伤之后逃走的，我们正要找他呢。奚兄，你也知道这件事情了？"

奚玉帆道："说来也真是凑巧，昨日我们曾经碰上了这厮。"

原来奚玉帆在明霞岛养病，明霞岛主厉擒龙则因与黑风岛宫昭文有约，要为他向西门牧野这老魔头讨取桑家的毒功秘笈，不待奚玉帆病好，便独自离家，重履中原了。

奚玉帆病好之后，动了归思，厉赛英和他已订了婚，当然也就陪着他一同回家了。

奚玉帆只知道妹妹玉瑾和辛十四姑的侄儿到了江南，却未知道他们已经成了夫妻，也不知道他的师父江南武林盟主文逸凡住在何处。

因此他们二人在百花谷住了几天，便又一同前往江南了。奚玉帆是想打听妹妹的下落，厉赛英对江南风景慕名已久，正好趁这个机会一游江南。同时她也怕在北方碰上父亲，来到江南那就可以无拘无束了。

这一天他们到了邵阳，经过桃花岭，这时正是暮春三月，桃花已谢，但岭上各种各样的野花正在盛开。厉赛英不脱孩子心情，心中欢喜，便要奚玉帆和她到岭上采摘野花，编个花环玩玩。

花环尚未编好，忽听得车马之声，有人驾着一辆车子从山边的小路经过。

本来他们是不在意的，但那两个人的谈话却把他们吓了一跳。

车厢里躺着一个人，身上大概是受了伤，不时发出呻吟之声。

奚厉二人听这人的呻吟之声似乎相识，已是禁不住心中一动，待到一听见这人说话的声音，立即就认出了。

原来躺在车上的这个病人，正是乔拓疆手下的第五号头目——那个姓焦的汉子。

山路崎岖，篷车颠簸，那姓焦的汉子躺在车上，抛起跌落，触动伤口，痛得他破口大骂："妈的，捉住了侍梅这臭丫头，老子非剥她的皮，抽她的筋不可！"驾车那汉子笑道："你不怕辛十四姑？"姓焦的道："辛十四姑又怎样？咱们的乔大哥也不至于就怕了她了。何况这臭丫头听说是私逃出来的，她敢去求主人撑腰？"驾车的汉子道："不过咱们的乔大哥可还要留着这臭丫头呢，剥她的皮还是不行的！"那姓焦汉子道："我知道留着她有大用处，但我实是气她不过，不剥她的皮也得想个法子折磨她。”驾车的笑道：“要折磨她，这还不容易？我有许多法子，你应该请教我。”

这两个人不知有人藏在林中，他们从山边的小路经过，放言无忌，所说的话，都给奚玉帆和厉赛英听见了。

那次乔拓疆率领手下人侵明霞岛，布下了六合阵，围攻明霞岛主厉擒龙，这姓焦的汉子也在其内。奚玉帆和厉赛英都是曾经和他交过手的。此时虽然没有看见他的脸孔，却听得出是他的声音。

奚玉帆从谷啸风和韩珮瑛的口中，又已知道辛十四姑有个丫头名叫侍梅，他的妹妹在辛家之时和这个侍梅是颇有交情的，这正是一个可以寻觅妹妹的线索，他当然是不肯放过了。

厉赛英拾起一颗石子，施展家传绝学“弹指神通”的功夫，突然从林子窜出来，铮的一声石子弹出，正中拉车的马的前蹄。她这一手“弹指神通”的功夫，火候虽然未够，那匹马已是禁受不起，登时一声长嘶，四蹄屈地，车子倒了下来。

那驾车的汉子喝道：“好呀，你们这些小辈当真是有眼不识泰山，胆敢劫起老子来了！”他不认识奚厉二人，还以为是遇上了“剪径”的小贼。

厉赛英喝道：“姓焦的你滚出来，爹爹要我拿你问话！”那姓焦汉子变作了滚地葫芦，站不起来，只能抓着车辕，斜倚着身子，怒道：“原来是你这臭丫头，老子虽然受了伤，也还可以打发你！”

奚玉帆冷笑道：“你不过是狗仗人势罢了，那次在明霞岛让你侥幸逃走，居然还敢到中原来胡作非为！哼，这次看你还能不能跑掉？”

那驾车汉子吃了一惊，说道：“老焦，这两个小辈是明霞岛的人么？”

那姓焦的道：“不错，这臭丫头正是厉擒龙的宝贝女儿。”

驾车的汉子道：“这个，这个……嗯，咱们好好的说。”心里想道：“厉擒龙不知是否和他的女儿一道来了。别的人好惹，这个人我可是惹他不起。”

姓焦这汉子似乎知道同伴的心思，冷笑说道：“丘四哥，别听这臭丫头的胡扯，明霞岛主即使重履中原，也是到北方去找西门牧野那老魔头去了，决不会身在江南！你若给她吓倒，传出去给人笑话还不打紧，见了乔舵主可是不好交代！”

那姓丘的汉子听了这话，好像吃了一颗“定心丸”，胆气顿壮，暗自想道：“不错，厉擒龙若然来了，决不会与女儿一起的。我正要倚仗乔拓疆，老焦是他的心腹，这个忙我可是非帮他不可！”于是立即说道：“笑话，我怎会怕了这两个娃娃！”

厉赛英道：“好呀，你既然定要陪他送死，那就来吧！”

姓丘这汉子道：“忙什么，我抽了这袋旱烟和你动手也还不迟。”他的手上提着一支三尺多长的烟杆，黑黝黝的，也不知是铁是木，烟锅足足有茶杯口那么大。他装上烟草，慢条斯理的擦燃火石，点起烟来。

厉赛英瞿然一省，道：“别中他的缓兵之计！”话犹未了，这人已是一口浓烟向他们喷来。奚玉帆感到一阵晕眩，连忙斜跃丈许，抢占上风的应置，叫道：“英妹小心，这是毒烟！”

厉赛英却是神色自如，若无其事，笑道：“毒烟能奈我何?”飘身一掠，把一颗丸药塞进奚玉帆的口中，说道：“这是我爹爹的辟邪丹，吞下去就没事了。”原来明霞岛上有一种特产的芝草，功效与天山雪莲相同，制成灵丹，能解百毒。

姓丘这汉子“哼”了一声道：“我不用毒烟，也能擒你！”烟雾迷漫中欺身逼近，就用手中的烟杆作为兵器，戳向奚玉帆的丹田要穴。

奚玉帆吞了药丸，果然觉得神清气爽，但眼睛给浓烟所熏，视线却是难免模糊。

当下运掌成风，呼的一掌扫荡毒烟，长剑出鞘，一招“横架金梁”，把那人的烟杆也格开了。

姓丘这汉子想不到奚玉帆年纪轻轻，竟有如此功力，心头一凛，暗暗叫苦：“厉擒龙的女儿只怕比这小子还更厉害，最糟老焦又受了伤。但我若只顾自己脱身，乔拓疆问我要人，我更是担当不起！”只好硬着头皮采取攻势，希望攻对方一个措手不及。

奚玉帆道：“英妹，你去把那姓焦的拿下，这厮交给我好了。”

厉赛英料想奚玉帆对付得了这个汉子，说道：“好，你小心点儿！”

迈步上前，拔剑指着那姓焦的汉子斥道：“你那日在明霞岛的威风哪里去了？我不想杀一个受了伤的人，你老老实实的回答我的问话吧。”

那姓焦的突然抽出护手钩，倚着马车，双钩齐出，便钩她的小腿。喝道：“臭丫头，老子受了伤也不怕你！”

厉赛英冷不及防，几乎给他伤着。只听得“嗤”的一声，裙角撕毁一片。厉赛英大怒道：“好，这可是你自己找死！”

剑走轻灵，双钩飞舞，一时间倒是打得难分难解。本来若在平时，姓焦这汉子还是较胜于她一筹的，但吃亏在受了伤，必须背靠车子支持身体，不能移动脚步，这就只有挨打的份儿了。是以不过三十来招，他已是汗下如雨，给厉赛英完全占了上风。

奚玉帆和那姓丘的汉子却是半斤八两，旗鼓相当，不过由于厉赛英已占了上风，奚玉帆精神抖擞，对方则难免心慌，此消彼长，那人也只有招架的份儿了。

奚玉帆剑法霍霍展开，正自得心应手，眼看就可取胜。忽听得厉赛英“哎哟”一声，竟然骨碌碌地滚下山坡。

这一惊非同小可，奚玉帆顾不得伤敌，连忙撤剑抽身，跑去救厉赛英。

厉赛英不待他扶，已是一个鲤鱼打挺翻起身来，叫道：“你快上去捉拿活口，呀，糟了，他们跑了！”

只见姓丘这汉子已经背起同伴，疾跑如飞，跑过了一个山头了。厉赛英是滚到山腰才爬起来的，要追也追不上了。

奚玉帆道：“你怎么啦？先给你治伤要紧！”

厉赛英道：“我并没有受伤。”

奚玉帆诧道：“那你怎么会摔倒的？”

厉赛英道：“我这一跤，摔得自己也是莫名其妙！那厮本来不是我的对手，我正要一剑刺穿他的琵琶骨的时候，忽然脚跟的涌泉穴好像给大蚂蚁叮了一口，疼痛难当，就这样糊里糊涂的立足不稳，滚下山坡来了！”

奚玉帆惊道：“莫非受了暗算，你脱下鞋袜，让我瞧瞧。”

只见她的脚跟有个红点，但疼痛已止，也没感到什么异样，显然是并非中毒，奚玉帆这才放下了心。

但绝没有这样凑巧的事，在激战当中，会给蚂蚁突然叮一口的。奚玉帆想了一会，说道："此事蹊跷，只怕是有能人暗中相助那厮！"

厉赛英聪明伶俐，奚玉帆想得到的她早已想到了，说道："当然不会有这样凑巧的事。不过，即使是有人暗算我，这人也是害怕我的爹爹，所以才不敢公然露面。你可以放心。"

奚玉帆道："可惜给那两个家伙跑了。你不知道，我是想着能在他们的身上，探寻我妹妹的下落的。"

厉赛英笑道："若是只想探寻玉瑾姐姐的下落，那就不用盘问他们，包在我的身上，也可以给你找出线索。"

奚玉帆喜道："你有何妙法？"

厉赛英道："姓焦这厮伤口还在流血，受伤必定没有多久，能够伤得了他的人也定然是武功超卓，大有来头的人，对不对？"

奚玉帆道："不错。倘若只是辛十四姑的一个丫头，恐怕还不能伤了这姓焦的。"

厉赛英道："我知道邵阳有一家姓邵的武学世家，家主邵元化的八八六十四路紫金刀法天下闻名！"奚玉帆恍然大悟，说道："那位侍梅姑娘多半是在邵家了。"于是立即和厉赛英去找邵家。邵元化既是知名人士，到了邵阳县，当然很容易的就找到了。

奚玉帆把那日碰上那两个人的经过说清楚之后，邵元化又惊又喜，说道："原来乔拓疆这厮也是厉姑娘令尊的仇家？"

厉赛英道："乔拓疆手下因何来找你们麻烦？"

邵元化不想告诉他们详情，期期艾艾地说道："此事一言难尽，总之，他和小儿与及这位杨姑娘都结有一点梁子。目前我们正准备着乔拓疆这厮亲来挑衅。"

厉赛英不便再问下去，说道："乔拓疆曾经到过我们的明霞岛捣乱，邵老前辈若不嫌弃，我们愿助一臂之力。"

邵元化暗自思量："明霞岛主的名头倒是可以当作一道护符。扬州百花谷的奚家来头也是不小。有他们二人在此，纵然胜不了乔拓疆，也可以吓他一吓。不过我那高氏娘子恐怕不愿意让外人知道底蕴，此事好不好让他们插手呢？”

正自踌躇未决，杨洁梅问道：“奚公子，你说你是特地来找我的，却又为何？”

奚玉帆道：“听说舍妹玉瑾曾与杨姑娘有一面之雅。我刚从海外归来，尚未知道舍妹下落，只知道她到了江南。”

杨洁梅淡淡说道：“原来你是来找我打听令妹的消息的。不用说得这样客气文雅，我是辛十四姑的丫头，令妹则是以千金小姐的身份到辛家来冒充丫头的，我可不敢高攀。”

奚玉帆很是不好意思，说道：“杨姑娘别这么说，舍妹多蒙照拂，我曾听得韩珮瑛姑娘说过，我可还要多谢你呢。”

杨洁梅道：“不敢当。你要知道令妹的下落，我倒知道。”

奚玉帆大喜道：“杨姑娘可以告诉我么？”

杨洁梅冷冷说道：“当然可以，我还要向你贺喜呢！”

奚玉帆怔了一怔，道：“喜从何来？”

杨洁梅道：“令妹如今已是贵为江南盟主文逸凡的掌门大弟子的夫人，亦即是未来的盟主夫人了，这不是天大的喜事么？”

奚玉帆呆了一呆，说道：“此话当真？”

杨洁梅冷笑道：“我们都曾经去喝过喜酒来了，焉能有假？”

邵元化有点诧异，说道：“是呀，文大侠给他的掌门弟子成婚，我也曾收到他的请帖呢。怎的你做哥哥的还不知道？”

奚玉帆做梦也想不到妹妹这样快就嫁给了辛龙生，心里想道：“这可叫我怎好意思和谷啸风见面呢？瑾妹也是莫名其妙，对自己的终身大事，怎能如此轻率？啸风为她闹出婚变，惹起偌大风波，想不到如今竟是这么个结局，唉，真是早知今日，何必当初？不过米已成炊，我这个做哥哥的也是无法挽回，只好由她去吧。”当下定了定神，答复邵元化的问话：“我是刚从明霞岛回来的，是以尚未知道。”

邵元化见他神色不定，知道此中定有蹊跷，他是个老于世故的人，当然也不会去探问人家的私事，当下哈哈一笑，说道：“这么说，对奚兄倒是一个意外的喜讯了。”

杨洁梅冷冷说道："你既然是为了打听令妹的下落来找我的，现在知道了也未为晚，你这个新做了大舅子的人，应该赶快去见新妹夫啦。"

邵元化道："两位刚才的好意我心领了，但奚兄和家人团圆要紧，我也不便多留你们啦。"

奚玉帆道："不，还是应付乔拓疆这一伙人的事情要紧！如今我已经知道了舍妹的下落，迟一天早一天见她，都是一样。"

邵元化道："也不知道他们会不会来，来的话也不知是什么时候，我不想耽搁你们太多的时间。我知道你们也是有事在身的，我不敢勉强留客了！"说话之际，神色极为冷淡。

这番话大出奚玉帆意料之外，心里想道："本来是说得好好的，何以他突然又变了主意，这番说话，分明是等于下逐客令了。"

奚玉帆是个热心肠的人，还想和邵元化再说。说明他是自愿留在邵家，共御强敌，一片诚意，绝非出于勉强。话未出口，厉赛英却先说道："我们本领低微，留在这里本来也是无济于事。邵老前辈既然不欢迎我们，我们告辞便是。"

邵湘瑶急道："爹爹，人家一片好意，你怎么反而要把客人送走？"

邵元化不睬女儿，却对厉赛英说道："厉姑娘别误会，我实是一来因为不愿误了你们的正事；二来也不愿你们插手这件事情，免得有什么意外，我可担当不起！两位的行李我已叫人拿来了，请恕我们不远送啦。"

话犹未了，只见两个小丫头果然已经各自提着一个行囊来到，交给了奚厉二人。

邵湘瑶十分过意不去，但她既不能与父亲吵闹，厉赛英又是接过行囊立即就走，她只好代父送客，送出大门，便与他们殷勤道别了。

路上奚玉帆说道："这位邵老前辈的脾气真是有点古怪，不知什么缘故，突然要赶我们？他说的那两个原因，分明是借口！"

厉赛英道："不是邵老前辈古怪，依我看来，内有古怪的恐怕是那位高氏夫人。"

奚玉帆道："咱们在邵家三天，都未曾见过邵元化的两位妻子，你怎知道那位高氏夫人古怪？"

厉赛英道："你没有听见那位杨姑娘适才透露的口风吗？邵湘华的那套掌法，恐怕就正是这位高氏夫人教的。"

奚玉帆道："对啦，这件事我也正是百思不得其解，要想问你。你们明霞岛的武功听说是一向不传中土的，何以邵湘华的掌法和你相同，你怀疑是那高氏夫人教的，难道她和你们明霞岛有甚么关系吗？"

厉赛英道："恐怕是有点关系的了，但我还不敢断定。待我弄清楚了一件事情，再和你说。"

奚玉帆道："什么事情？"

厉赛英若有所思，对奚玉帆的问话好似听而不闻。奚玉帆心里想道："她既然说了要弄清楚才和我说，想必是现在还不愿意告诉我的。倒是我多此一问了。"他本来不是一个好事的人，厉赛英不说，他也就不再多问了。

厉赛英想了一会，忽道："帆哥，今晚我和你回去。"

奚玉帆怔了一怔，道："回哪里去？"

厉赛英道："回邵家去呀！"

奚玉帆道："他既然不欢迎咱们，咱们怎好回去？"

厉赛英笑道："当然是偷偷的回去，不让他们知道呀！"正是：

哑谜心头难自解，欲明真相学偷儿。

欲知后事如何，请听下回分解。

第五十六回　廿年委屈安能忍
一死何辞誓报仇

奚玉帆踌躇道："这个不好吧？"

厉赛英道："我想探明一事，没办法只好学一次偷儿了。"

奚玉帆拗不过她，心里想道："若给邵元化发现，可是不好意思。不过，我可以借口是回来助他御敌，为了英妹，说一次谎那也是要的了。"

待到三更时分，两人悄悄的进入邵家后园，幸喜无人发现。

厉赛英在奚玉帆耳边悄悄说道："我去搜那婆娘的卧室，你在外面给我把风。"她所说的那个"婆娘"，自是指高氏夫人了。

奚玉帆吃了一惊，连忙说道："高氏夫人武功深不可测，你莫闹出事来！"

厉赛英笑道："不用担心，我有明霞岛秘制的鸡鸣五鼓返魂香！"

奚玉帆忐忑不安的跟着她走，绕过假山，穿过花丛，到了那座红楼下面。厉赛英正想上去，忽地觉得背后似乎有人，回过头来，却只见奚玉帆跟在她的后面。

厉赛英小声问道："是不是你碰了我一下？"

奚玉帆诧道："没有呀！"

厉赛英道："奇怪，我分明觉得腰部微微一酸，我还以为是你无意之间碰着我的穴道呢。"低头一看，吓得几乎失声惊呼，幸而瞿然一省，赶紧咬着舌头，这才没有叫出声来！

原来她腰间悬着的那把青钢剑，只有剑鞘，剑却不知到哪里去了！

此时奚玉帆也发觉了，也是像她一样，张大了口，说不出话。

两人游目四顾，蓦地眼睛一亮，只见那把青钢剑就插在附近的一棵桃树上，剑柄兀自颤动。

不问可知，这是厉赛英受了“暗算”，拔剑插树，正是那个人玩的把戏。

奚玉帆定了定神，说道：“这个人想必是来警告你的，咱们还是走吧。”

厉赛英惊魂稍定，心里想道：“这人来去无踪，有如鬼魅，只凭这手轻功，已是远远在我之上。刚才她要伤我，易如反掌。如此看来，只怕当真乃是警告，并无太大的恶意。”跟着又想：“邵元化是不会做这种事的，那姓高的婆娘，她的来历若然我所料不差，她也不该有如此高明的轻功。”

惊疑不定，厉赛英正想放弃原定的计划，刚刚拔出剑来，准备和奚玉帆悄悄出去，就在此时，忽听得“轰隆”一声，邵家的大门给人撞开了！

一个熟悉的声音喝道：“邵元化，你关上大门就挡得住我吗？快出来回话！”这个人正是乔拓疆。

排列在乔拓疆背后的还有五人之多：他的副手钟无霸，那姓焦的汉子，与及那个驾车的汉子都在其中。还有两个奚玉帆曾经在明霞岛和他们交过手，却还未知道他们名字的大头目。

邵湘华首先从里面跑出来，喝道：“好呀，姓乔的恶贼，我正要找你！”

乔拓疆回头问那姓焦的手下道：“就是这个娃娃吗？”

那姓焦的汉子道：“不错。还有那个丫头也正是杨大庆的女儿。”

乔拓疆哈哈一笑，说道：“老天爷安排他们聚在一起，这可真是再好不过，省掉我多费许多气力！”

那姓焦的道：“还有更巧的呢，那姓高的婆娘也正是邵元化的小老婆。”

乔拓疆哈哈笑道：“我知道了，你这次办事很得力，回去我定要重重赏你。嘿，嘿，邵元化，你还不出来答话，我可要下手了！”

杨洁梅紧紧跟在邵湘华后面，说道：“华哥，你退下去吧。你爹爹会来保护你的。”

邵湘华心中悲苦，想道：“爹爹在这紧急的关头，只怕是不愿意再理我了。”伸手与杨洁梅一握，说道：“梅姐，咱们今日生则同生，死则同死。和他们拼了吧！”

话犹未了，楼上一条黑影，俨如掠波巨鸟般的飞掠下来，后发先至，挡在邵湘华和杨洁梅的面前，说道：“你们两个退下，不许你们动手，待我和乔舵主说话。”这个人不问可知，当然是邵元化了。

邵湘华吁了口气，心中得到安慰，想道：“爹爹毕竟是关心我的。”紧紧握着杨洁梅的手，在她耳边悄悄说道：“咱们暂且听爹爹说话。”

武元感和龙天香跟着出来，和邵杨二人靠拢，大家都是手按剑柄，默不作声。

邵元化按照江湖礼节，抱拳一揖，说道：“舵主，请恕邵某糊涂，不知在什么地方冒犯过你，有劳你兴师动众，登门问罪？”

乔拓疆冷冷说道：“你是贵人事忙，记不得了！”

邵元化道：“请乔舵主明白见示。”

乔拓疆道：“这个孩子你是从淮阳帮范老三的手中夺过来的是不是？”

邵元化道：“不错。淮阳帮为害百姓，私买人口，当时我身为地方守备，保民有责，不能不管这件事情。这孩子无家可归，是我要他做我的儿子。”

乔拓疆道：“你知不知道他是我一个姓石的仇家的孩子？”

邵元化道：“不知道！”

乔拓疆冷冷说道：“那么现在知道也未为晚！”

邵元化亢声说道：“你这是什么意思？”

乔拓疆仰天大笑，笑过之后，这才说道：“邵元化，你是个明白人，别装糊涂了！咱们打开天窗说亮话，你若要置身事外，就把这孩子交给我。反正他也不是你的亲生儿子，你自己权衡轻重，舍不得也该舍了。还有这姓杨的丫头，她是我一个老朋友的女儿，我也要将她带走。就是这两件事情，你答应还是不答应?”

邵元化斩钉截铁地说道：“不能!”

乔拓疆怔了一怔，似乎颇感意外，半晌说道：“你可想到后果，嘿，嘿，你不答应，只怕自身难保!”

邵元化道：“这孩子虽然不是我的亲生骨肉，与我亦有父子之情。我宁可与你拼了，不能给江湖好汉笑话。”

乔拓疆道：“那么这姓杨的丫头呢?”

邵元化道：“她是我邵家的媳妇，也是我邵家的人，不能让你带走!”其实邵家虽有讨杨洁梅做媳妇之意，邵湘华的妹妹邵湘瑶且曾向杨洁梅透露过口风，但毕竟还未达成婚嫁之议。邵元化这么说，自是有心要保护杨洁梅的。

邵湘华还在紧紧握着杨洁梅的手，听到这几句话，两个人都是不禁面红直透耳根。

躲在假山石后的奚玉帆也是暗暗偷笑，想道：“想不到这位邵老伯倒会套用英妹的故智，可真是无独有偶了。但愿他们两人也能像我们一样，弄假成真。”那次乔拓疆侵入明霞岛，厉赛英就是用向父亲暗示她与奚玉帆已经私订终身的法子，骗得父亲保护奚玉帆的。是以这两件事情虽然不尽相同，也算得大同小异了。

厉赛英轻轻捏了他一下，悄声说道：“你在胡想什么，留心别给人发现，现在还不是咱们出去的时机!”

双方箭在弦上，一触即发。奚玉帆只道乔拓疆就要动手，正在屏息以观，不料他忽地又哈哈一笑，说道：“两件事情你都不肯答应，好，那么我再问你第三件事情，若然你肯应允，这两个娃娃给你留下，那也无妨。”

邵元化心里实是有点恐惧乔拓疆，想道：“且听他说什么?”便道：“请说!”

乔拓疆缓缓说道：“听说你有一位如夫人高氏，你叫她出来见我，我有话和她说。”

邵元化大怒道：“你是存心来侮辱我吗?”

乔拓疆冷冷说道：“养子你舍不得，杨姓的丫头你舍不得，连一个小老婆也舍不得给我一见吗？她只不过是个半老徐娘，又不是什么绝色佳人，还怕给人看么？”

邵元化喝道：“住嘴！”乔拓疆哈哈笑道：“好，不动口那可就要动手了！”两人登时交起手来。邵元化知道对方太过厉害，出手就是家传绝技的龙爪手！

龙爪手是一种极为厉害的擒拿手法，善能分筋错骨，武功多好，倘若给他抓着了要害，也是不能动弹。

乔拓疆识得厉害，哈哈一笑，说道：“不错！但用来对付我可还差那么一点功夫。”双拳虚抱，如托婴儿，蓦地左右一分，一刚一柔的掌力同时涌到，互相激荡，登时把邵元化的攻势解开。邵元化一抓抓不进去，只觉有如一叶轻舟碰到激流急湍一般，身不由己地打了几个盘旋，几乎立足不稳！

说时迟，那时快，乔拓疆已是如影随形，跟踪扑到。邵元化也委实不弱，就在这瞬息之间，已是用千斤坠的重身法稳住身形，迅即反击。

乔拓疆双掌如环，滚斫而进！邵元化一个“狮子摇头”，改用“攒拳”，上击敌面，这一招有个名堂，叫做“冲天炮”，“炮”打上盘，是刚猛之极的拳法。

乔拓疆喝道：“来得好！”掌背一挥，改推为挂，用崩掌往外一挂，邵元化的攒拳又给他拨过一边。

双方此来彼往，迅速拆了数十招，邵元化使出浑身解数，兀是处在下风，未能扳成平手。只见他汗如雨下，乔拓疆则还是神色自如。

杨洁梅手按剑柄，说道：“华哥，咱们上吧。”

邵元化虽在激战之中，依然眼观四面，耳听八方，杨洁梅悄悄说话的声音给他听见，连忙喝道：“你们给我退得远远的，不许插手！”

乔拓疆哈哈笑道：“邵元化，你是泥菩萨过河，自身难保，还要逞强吗？不过我也没有许多功夫和你瞎缠，他们两人既要动手，我就如他们心愿吧！”说话之间，呼的一掌，把邵元化震退三步，飞身斜掠，双臂箕张，恍似兀鹰扑兔，向杨洁梅和邵湘华扑去。

武元感与龙天香站在一边，两人不约而同的同时出手，双剑齐到，助友御敌，指向乔拓疆两胁的“气愈穴”。

乔拓疆冷笑道：“米粒之珠，也放光华？”“铮”的一指弹出，把武元感的长剑弹开。挥袖一卷，又把龙天香的青钢剑卷出了手。

此时邵湘华和杨洁梅刚刚反扑过来，乔拓疆挥袖一抖，将那把夺来的青钢剑化作了一道长虹，电射而出。邵湘华叫道：“小心！”奋力一刀，磕那柄飞来的长剑。他的功力和乔拓疆相差颇远，刀剑相磕，震得他的虎口火辣辣的作痛，那柄剑转了个方向，依然向杨洁梅飞去，不过也幸而有他这一磕，剑势略缓，杨洁梅这才来得及闪避，霍的一个“凤点头”，那柄剑从她的头顶飞过去了。

邵元化喝道：“休得伤害我儿！”如飞赶到，一招“螳螂捕蝉”，疾抓乔拓疆的后心要穴。

乔拓疆身形一斜，手腕一绕，把全身成了侧立的弓形，两掌平推似箭，力猛如山，邵元化禁受不起，忙即缩拳，噔噔噔的退了七八步。

乔拓疆哈哈笑道：“你就是把那武延春老儿请来，我也不怕。叫这几个小辈来又有何用？”武延春即是武元感的父亲，原来乔拓疆在这一招之间已是看出他的家数。

钟无霸道：“不劳舵主分神，我把这几个小辈拿下吧！”

钟无霸是乔拓疆的副手，外家功夫已是练到登峰造极之境，手使一个独脚铜人，械重力沉，当真有万夫不敌之勇。邵湘华、杨洁梅的一刀一剑碰着了他的独脚铜人，发出一片金铁交鸣之声，火花四溅，两人的虎口都是沁出了血丝。

龙天香拾起了青钢剑，四个人一齐上去，这才堪堪抵挡得住。但邵元化却是给乔拓疆攻得透不过气了。

忽听得“笃、笃”的拐杖点地声音，邵元化的正室刘氏夫人拿着一根龙头拐杖走了出来，说道：“武公子，龙姑娘，你们两位请退下，邵家的事不必外人插手。”拐杖一指，指着乔拓疆冷冷说道：“你敢欺负我邵家无人么？”

乔拓疆道：“你是大老婆，还是小老婆？”刘氏夫人大怒道：“你这是什么意思？照打！”龙头拐杖劈头打下，乔拓疆发出了劈空掌，竟然未能将她的拐杖荡开，补上一掌，把掌力用实，这才能够拨过一边。乔拓疆心头一凛："这老虔婆似乎不在邵元化之下，他们夫妻合力攻我，我倒是不可轻敌了。"

钟无霸道："这老虔婆交给我吧。"乔拓疆松了口气，哈哈笑道："邵元化，我要见你的小老婆，你却把大老婆请出来，好生令我失望！"

刘氏夫人的龙头拐杖击着了钟无霸的独脚铜人，发出了震耳欲聋的当当之声，两人恰好是功力相当，不相上下。

乔拓疆带来的那四个人一拥而上，武元感说道："邵伯母，请恕小侄多事，我决不能让他们恃强横行。纵然本领不济，也是不能袖手旁观的了。"刘氏夫人此时和钟无霸正斗到紧张处，心中也是暗暗吃惊，想道："想不到乔拓疆一个手下竟如此厉害！这次只怕邵家真的要栽了。"她全神应战，不能分心说话。只好默许武龙二人助拳了。

奚玉帆见混战局面已成，遂与厉赛英同时现出身形，说道："这伙强盗也是明霞岛的仇家，我们总不能算是多事吧。"

乔拓疆怔了一怔，随即哈哈笑道："你这小子原来还没有死呀，好，这次可没有明霞岛主和黑风岛主保护你了。你们可是自己送上门来啦！"

那姓焦的头目和日前乔装赶车的那个汉子，见了奚厉二人，正是仇人见面，分外眼红，是以待乔拓疆的话声刚落，便即双双跃出，不约而同地说道："这臭小子和这丫头交给我好啦！"

厉赛英龇牙一笑，笑道："你那日跑得倒是很快啊，却不知又是哪位高人保护你了？"针锋相对，奚落这姓焦的头目，出了刚才所受的那口气。

姓焦的那头目怒道："那日你欺负我受伤，你以为我真就怕了你？"说话声中，一双护手钩已是盘旋飞舞，暴风雨般的向厉赛英袭来。赶车的那个汉子抡起他那支黑黝黝的烟杆，也和奚玉帆交上了手。

厉赛英笑道："你今日没受伤了，输了怎样？"那姓焦的汉子大怒道："我岂会输了给你！"厉赛英道："好，输了你给我磕头，可不许赖!”她自说自话，硬派那汉子承认了这个条件，把他气得哇哇大叫。

岂知这正是厉赛英激敌之计，原来厉赛英精灵之极，她自忖若是各凭真实的本领，只怕不是这姓焦的汉子对手。高手比斗，哪容得半点分神，这汉子给她气得哇哇大叫，可就正中了她的计了。

姓焦这汉子那日受伤不重，业已痊愈，不过因为那日是伤在膝盖的，虽然医好，未隔多久，也还是有点跳跃不灵。厉赛英看准他下盘的弱点，立即展开了穿花绕树的身法，挥剑卷地削斫，专攻他的下盘。

论真实的本领，厉赛英确是比不过那姓焦的汉子，但若论轻功，即使这汉子前几日未曾受过伤，却也是比不过她。此时给厉赛英占了先手，专攻他的弱点，一连十数招明霞岛秘传的精妙迅捷剑法，果然把他攻得透不过气来。

奚玉帆是在场的小辈中功夫最强的一个，百花谷的剑法亦是奇诡无比，招招凌厉。论真实的本领，他倒是和这乔装赶车的汉子不相上下。

这汉子使的铁烟杆有两样功用，一是用来点穴，一是用来喷烟，喷出的毒烟，能够令人昏迷。

但因那日毒烟无功，这次他和乔拓疆同来，自恃有着强大的靠山，是以也就不屑于使用毒烟了。

岂知奚玉帆的百花谷剑法正是上乘的刺穴剑法，他的烟杆点穴，虽是自成一家，比起百花谷剑法总还是逊了一筹。

兵器上受到克制，烟锅又没装上烟叶，毒烟喷不出来，三十二招一过，也给奚玉帆占了上风。

此时刘氏夫人兀目和钟无霸斗得难分难解，邵元化则依然处在下风，而且越来越处于劣势，只能够勉强招架乔拓疆的攻势了。

可是由于奚厉二人分敌了对方的两个强手，邵湘华、邵湘瑶兄妹和武元感、龙天香、杨洁梅五人合战其余的那两个头目，却是大占上风了。

乔拓疆喝道：“布下六合阵，老的小的男的女的，一个都不许漏网!”说话之际，呼呼呼的掌挟劲风，全力攻出七掌，把邵元化逼得一步步的后退，退到了他们所布的袋形阵地。钟无霸把刘氏夫人逼进了垓心。乔拓疆、钟无霸两大高手左驱右赶，就像虎入羊群一样，终于把在场的人都困在六合阵中。

这六合阵乃是乔拓疆的镇山之宝，犄角相依，首尾相应，合六人之力成了一体，威力比各自作战何止增了一倍？登时把邵家这边的人困得无法突围，吃力非常。较强的邵元化夫妻和奚玉帆还可以勉强招架，其余小一辈的几个年轻人，连招架也感到为难了。

厉赛英忽道："走乾门，出坎位，攻那赶车的汉子。"奚玉帆心领神会，立即挥剑向那人刺去，恰好配合上厉赛英的攻势。那汉子连退三步，"嗤"的一声响，衣襟给厉赛英一剑穿过，幸而乔拓疆从侧面迅即抢了过来，一记劈空掌把他们的两柄长剑荡开，这汉子才得以侥幸没伤。

原来这乔装赶车的汉子并非乔拓疆的手下头目，而是因为有所求于乔拓疆，故而临时加入他们这一帮的。六合阵阵法复杂异常，进退变化均须按照五行八卦的方位，丝毫也不能弄错的。这汉子临时加入，自是未能操练纯熟。

厉赛英聪明绝顶，一眼看出弱点的所在，那日她在明霞岛是见过这个阵法的，虽然未悉其中奥秘，大略也可以揣摩一二，看出了弱点，立即便叫奚玉帆针对弱点进攻，果然把这六合阵攻开一个缺口，大家得以稍稍松了口气。

可惜也只是松了口气而已，却未能够突围。奚玉帆与她的功力都比乔拓疆差得太远，这个六合阵的破绽迅即又给乔拓疆弥补了。不过在厉赛英懂得这个窍门之后，一到吃紧之时，就与奚玉帆攻那赶车的汉子，以分乔拓疆之力，是以虽未能够突围，形势稍为好转一些。

乔拓疆怒道："好，看你们能够支持多久？倒转阵法，全力进攻！"怒喝声中，加紧掌力，恍如排山倒海而来，众人又给他迫得挤在一堆，六合阵的包围之势，圈子越缩越小！正在十分吃紧之际，忽听得一个妇人冷冷说道："乔拓疆，你是冲着我来的不是？好，我和你作个了断，此事与邵家无关！"出来的这妇人正是高氏夫人。

乔拓疆哈哈笑道："高小红，我找了你二十年，原来你果然是躲在邵家！唉，可惜你一朵鲜花插在牛粪上，竟然委屈自己，做了邵元化的小老婆！"邵元化怒道："你胡说什么？"奋不顾身的一掌向乔拓疆击去。

乔拓疆双掌一合，"啪"的一声，夹着了邵元化的手掌。奚玉帆刷的一剑，却指到了乔拓疆的左胁。幸而他这一招凌厉的剑招攻得正合时候，乔拓疆迫得要腾出手来应付，当下运劲一推，把邵元化推开，反手一弹，又弹开了奚玉帆的长剑。

邵元化腕骨幸未折断，虎口已是渗出血丝。叫道："小红，你别闯进阵来，快到武家报信去吧，咱们邵家，好歹也得留下一个人。"他已深知这个六合阵的厉害，多了高小红一个人，亦是无济于事。不如让她到武家报信，还可以保全她的性命。武元感是武家庄的少庄主，倘若和自己一同丧在这六合阵中，他的父亲武庄主武延春自是要为儿子报仇。

可是他话犹未了，高小红已是闯进阵中来了。是乔拓疆有意放开门户，让她进来的。

高小红披头散发，手使一柄薄刃柳叶刀，闯进阵来，立即就向乔拓疆杀去，厉声叫道："我和你作个了断，邵家父子可是与你无冤无仇！"

乔拓疆哈哈笑道："你当我不知道吗，你这儿子是姓石的，不是姓邵的，他是石一瓢的儿子。你的媳妇又是杨大庆女儿，怎能说是与我姓乔的无关？嘿嘿，哈哈，高小红，你也委实是工于心计啊！你以为你抚养了这个儿子，就可以独占宝图了吗？"

邵湘华只知自己本来姓石，却不知道自己的家世，更不知父亲何以和乔拓疆结怨的经过。听了这话，隐隐猜到，自己的父亲必定是和自己现在的这个义母相识，而且必然是与此事有关的了。

邵元化听了此话，也是不觉心中一动，颇为难过，想道："我和她做了二十多年的夫妻，却原来她还有着重大的秘密瞒着我！但只不知他们所说的宝图是什么？"

刘氏夫人拐杖一顿，说道："小红，你进了邵家的门，就是邵家的人。咱们今日生则同生，死则同死，说什么独自了断！"可是六合阵越收越紧，她要冲过去助高小红抵御乔拓疆，却给钟无霸的铜人挡住。

乔拓疆哈哈一笑，说道："小红，你要如何与我作个了断？"

高小红挥刀急斫，喝道："有你没我，有我没你！"

乔拓疆笑道："你的功夫比起二十年前是高明了许多，可是要和我拼命，那还差老大一截呢！嘿嘿，你处心积虑了二十年，那宝图想必是早已到手了？你拿出来给我，或许我可以如你所愿，饶了邵家父子。"

邵元化大怒道："谁要你饶！"

高小红道："宝图没有，要命就有一条！但你要命可也只能要我的性命！"

乔拓疆冷笑道："嘿嘿，想不到你竟甘心把一朵鲜花插在牛粪上，这糟老头儿把你当作小老婆，你居然还肯为他求情！可惜这却由不得你！"

邵元化气得七窍生烟，喝道："住口！"乔拓疆笑道："你还要和我动手吗？那也行呀，不过你也不必这样心急，待我收拾了这个小贱人，自然会来收拾你。"把手一挥，倒转阵法，将邵元化与高小红隔开。邵元化久战之下，又已受伤，给他手下的两个头目绊住，竟是冲不过去。转眼间，这六合阵的包围圈越缩越小，又再把他们困在垓心了。

高小红披头散发，更不打话，便和乔拓疆动起手来。乔拓疆连使三记极为凌厉的大擒拿手法，拿她不住，亦是不禁微微一凛，心道："她怎的会使出明霞岛的武功，我倒是不可轻敌了。"

高小红一个移形换位，倏地欺身直进，柳叶刀刺敌小腹，这一刀端的是奇诡莫测，只听得"嗤"的一声，乔拓疆的腰带竟然给她割断。可惜她不懂六合阵阵法转换的奥秘，步法未能配合得宜，第二刀刚要跟着再刺，乔拓疆的位置已经变了。乔拓疆反手一挥，"铮"的一声，高小红那柄柳叶刀给他弹得反斫回来，险些伤了自身。

厉赛英不由得也暗暗叫了一声可惜，心里想道："她用的柳叶刀，使的却是五行剑法，看来她一定是爹爹和我说过的那个我从未见过面的师姐无疑了。”原来厉赛英虽然是在激战之中，仍是一直在留意高氏夫人的武功路数。这次她已是看得更清楚！高氏夫人纵然故意加以变化，但本派的武功根底，却是掩饰不住，依然给她看了出来。

邵元化斗得精疲力竭，又气又恼，哇地一口鲜血喷了出来。

乔拓疆哈哈笑道：“邵元化，我说你是糟老头儿，没有说错吧。嘿嘿，不用我来收拾你，你连我的手下也打不过。焦老三，看在他小老婆替他求情的份上，你就别杀他吧。”那姓焦的道：“是不是只许伤他，不许杀他？”

乔拓疆道：“不错！”那姓焦的道：“好，那我下手就轻一点好了！”邵元化气上加气，不禁又是一口鲜血喷出，身子摇摇欲坠。

邵湘华兄妹拼命挤到父亲身旁，与他联手御敌，兀是险象环生。

此时六合阵的威力，已是发挥得淋漓尽致，乔拓疆知道对方唯一稍为懂得这个阵法的是厉赛英，时不时亲自腾出手来对付她。高小红的招数虽极精妙，功力毕竟与乔拓疆相差尚远，自顾不暇，无法帮得上厉赛英的忙。倒是由于乔拓疆在十招之内要腾出一两招去对付厉赛英，可以让她松一口气。

但也不过是勉强支持而已，邵家这边，败势已成，纵有一二人能够支持，也是无可挽救的了。

激战中只听得“叮”的一声，厉赛英头上插的一支玉钗，给侧面袭来的一支判官笔挑落。奚玉帆大惊之下，飞身来救。却不知螳螂捕蝉，黄雀在后，那个乔装赶车的汉子乘这时机，舞动烟杆，杯口般粗大的烟锅朝着他的后脑砸下。

这汉子那日败在奚玉帆剑下，此时抓着了机会，恨不得把他的脑盖砸烂，是以这重重的一击竟是使尽了全力。

眼看奚玉帆性命不保，忽听得“叮”的一声，不知从什么地方飞来一颗小小的石子，恰好打着烟锅，那汉子陡然觉得虎口一震，烟杆脱手飞去。

那汉子大怒喝道：“是谁偷施暗算？”只见一个黑衣妇人，约莫五十岁左右年纪，拿着一根青竹杖，也不知是什么时候来的，突然间就出现在他们的面前了。

这妇人冷冷说道："不错，我是暗算。但那日我也曾暗中救了你，今日我从你的手中救出奚公子，这才算公道呀!"

那日这汉子和那姓焦的头目，在山路上碰上奚玉帆和厉赛英，本来是跑不掉的，也是正到了紧急的关头，不知从什么地方飞来一口银针，轻轻的刺了厉赛英一下，厉赛英一跤滑倒，这才给他们逃脱的。

此时经这妇人一说，他们才知道原来是她。

那汉子惶惑之极，说道："你是何人，你究竟是帮谁的?"

那妇人冷笑道："我谁也不帮，但这件事我却不能不管。哼，乔拓疆，你手下认不得我也还罢了，你好歹也算是个人物，竟也认不得我吗?快快把这小孩子玩的阵法收了，退出邵家庄去。过后我自会来找你说话。"

乔拓疆是个武学的大行家，一见这妇人出手，便知她的武功深不可测，自忖也是没有把握胜她，心里惊疑不定："她是谁呢?"

乔拓疆一时不敢作答，他的副手钟无霸乃是一个莽夫，却已按捺不住，喝道："你这妖妇能有多大的本领，竟敢说我们的六合阵乃是儿戏?你敢闯进来吗?"

那黑衣妇人道："有何不敢?这区区的六合阵在我眼中实是儿戏不如!"话犹未了，身形一掠，已是进了阵来。把守门户的两个头目，别说阻拦，连她的衣角都没沾着。

钟无霸大喝一声，提起独脚铜人，就向黑衣妇人的天灵盖磕下去。黑衣妇人喝道："去!"青竹杖轻轻一拨，只听得叮叮当当之声不绝于耳，原来钟无霸的铜人，不但给她用四两拨千斤的手法拨开，而且恰恰撞着了另两个同伴从左右两侧攻向那个妇人的兵器，一刀一剑都给铜人撞得飞上了半空。钟无霸虎口一麻，独脚铜人跟着也跌落地上了。正是：

一根青竹杖，四两拨千斤。

欲知后事如何，请听下回分解。

第五十七回　竹枝轻敲驱盗首
书生长笑慑魔头

忽听得“当”的一声，杨洁梅手中的青钢剑也掉在地上了。

不过她的兵器脱手却和钟无霸等人不同，他们的兵器是给黑衣妇人打落的，杨洁梅却是由于惊惶过甚，自己失手跌落了兵器的。

龙天香站在她的身旁，见她面色苍白如纸，吃了一惊，蓦地心头一动，说道：“梅姐别慌，来的敌情是、是——”

话犹未了，只听得乔拓疆“啊呀”一声，跟着已在说道：“来的敌情是辛十四姑么？久仰了！”

辛十四姑冷冷说道：“算你还有眼力。”

乔拓疆道：“请问辛女侠来意如何？咱们可是一向河水不犯井水。”

辛十四姑道：“不错，过去是河水不犯井水，但现在你却犯了。你明明知道侍梅是我的丫头，你居然还敢将她绑架！”

乔拓疆道：“请你把令婢带走，我答应以后不再与她为难便是。”

辛十四姑冷笑道：“哪有这样容易，我既然来到这里，这件事我就不能不管了。”

乔拓疆眼珠一转，忽地说道：“此事关系重大，你刚才既曾说过，不打算帮哪一边，那么咱们谈一宗交易如何？”

辛十四姑道：“我是有话要和你说的，你们这一伙都给我退出邵家庄去，过后我自会来找你们。”

钟无霸拿起独脚铜人，靠近乔拓疆，说道：“舵主，咱们来得不易，难道——”

辛十四姑冷冷说道：“乔拓疆，你是耳朵聋了？还要我再说第三遍么？还是你敬酒不吃要吃罚酒？”

乔拓疆把手一挥，说道：“好，难得辛十四姑青眼有加，愿与乔某商谈。这杯敬酒我是却之不恭了。钟兄弟休要多言，咱们走！”

邵湘华看见仇人退走，眼中便似要喷出火来。

但因义父受伤，而且辛十四姑又说明了并非来帮忙他们的，邵湘华只好暂且压下怒火，由得他们走了。

辛十四姑哼了一声，说道：“侍梅，你眼中还有我么？”

杨洁梅道：“请主人恕我擅离幽篁里之罪。”

辛十四姑道：“你私逃也还罢了，为何害我侄儿？”

杨洁梅牙根一咬，亢声说道：“我本是好人家的女儿，遭人拐卖，才做了你家的丫头的。如今那件事不做也已做出来了，你要如何便如何吧！”

辛十四姑冷笑道：“你这丫头倒是嘴硬。跟我走！”

邵家兄妹和龙天香不约而同的拦在她们中间。

辛十四姑哼了一声，说道：“你们这几个小辈胆敢阻止我管教丫头？”

邵湘华道：“杨姑娘的父亲也是武林中有名望的人物，请你念在武林同道的份上，就放了她吧。”

龙天香道：“令侄也曾亲口说过，不再当她是个丫头。”

辛十四姑道：“我早就知道她是杨大庆的女儿了。不是为此，我才不会待她这样好呢。哼，但她如今却竟敢忘恩负义！你们退开，侍梅，你跟我走！”

邵家兄妹、龙天香、武元感四人都站在杨洁梅面前，排成一列，谁也没有退开。

辛十四姑缓缓举起竹杖，淡淡说道：“好呀，你们邵家庄的人是不是要和我动手？”

邵元化嘴角尚自滴出鲜血，慌忙叫道：“且慢，且慢！”

辛十四姑冷笑道：“我可没有工夫等待你们，求情的废话你别说了，不敢和我动手，那就赶快退开！”

邵湘瑶叫道："爹爹，杨姐姐如今也算得是咱们邵家的人了，刚才你敢于抵抗乔拓疆，不让乔拓疆将她掳去，如今却又拱手将她送入虎口，不怕江湖上的好汉笑话么？"

辛十四姑道："好，你们怕人笑话，那是定要动手的了？邵元化，你上来吧，我还不屑于打这几个小辈呢！怎么，你不敢上来？我可不耐烦等候了！"

辛十四姑举起竹杖，正要打走邵家兄妹等人，忽听得狂笑之声，远远传来，转眼间那笑声已是如在耳边，震得每一个人的耳鼓嗡嗡作响。

辛十四姑吃了一惊，举起了的青竹杖不知不觉又放下来。回头一望，只见那人已经进了园子，是一个年约三旬开外的中年书生。

这书生手中摇着一把折扇，笑声一收，冷冷说道："你就是二十年前名震江湖的辛女侠辛柔荑么？嘿嘿，人家说闻名不如见面，我却要说见面不似闻名了！"

辛十四姑怒道："你是不是笑傲乾坤华谷涵？"

笑傲乾坤道："不错，正是区区。"

辛十四姑道："你说见面不似闻名，这是什么意思？"

笑傲乾坤道："你本有女侠之名，欺负一个可怜的小姑娘，不嫌有失身份么？"

辛十四姑道："辛柔荑早在二十年前死了，什么侠义道不侠义道的与我可沾不上边。你别给我脸上贴金，我只知道来找我这丫头回去。"

笑傲乾坤道："好，你要找她，我也正要找你呢！"辛十四姑竹杖一举，说道："好，你划出道儿来吧！"

笑傲乾坤笑道："辛十四姑，你误会了，我来找你，并不是想要和你打架。"

辛十四姑道："那你为了什么？"

笑傲乾坤道："向你打听一个人！"

辛十四姑心头一震，亢声说道："什么人？"

笑傲乾坤缓缓说道："洛阳的韩大维韩老前辈，听说他是在你家养病的，我们曾经到过你的家中，却找不着他。你将他藏到哪里去了？”

原来笑傲乾坤华谷涵是受了韩珮瑛之托，听说辛十四姑的行踪在江南有人发现，故而特地来追踪她的。

辛十四姑最忌讳的就是别人提及她和韩大维的私情，不由得脸上通红，恼羞成怒，说道：“关你什么事，要你多管？”

笑傲乾坤又是哈哈一笑，说道：“虽然不关我的事，但韩大维的女儿要找父亲，我受她所托，这总可以管得着了吧？”

辛十四姑道：“你叫那丫头来和我说。”

笑傲乾坤道：“她远在山东的金鸡岭呢！”

辛十四姑道：“别说我不知道韩大维的事情，知道我也不和你说。”

笑傲乾坤冷冷说道：“你不愿意和我说，我也不能勉强你。好，那你走吧，但只许你一个人走！”

辛十四姑正要去拉杨洁梅，听了这话，呆了一呆，怒道：“你这是什么意思？”

笑傲乾坤轻摇折扇，站在她们两人之间，说道：“这位杨姑娘是我们金鸡岭的朋友，她已经不是你家的丫头了，你不能将她带走！”

辛十四姑怒极气极，冷笑说道：“从来没人敢在我的面前指手划脚，要我这样那样！你虽然名誉武林，我辛十四姑也不见得就怕了你！”

笑傲乾坤道：“凡事抬不过一个理字，你逼良作贱，算是什么侠义道的所为？”

辛十四姑道：“第一，我没有工夫和你讲理！第二，我也早就对你说过，我辛十四姑从来不以侠义道自居。你要庇护这个丫头，那也容易，胜了我手中这根青竹杖再说！”

笑傲乾坤本来是个狂傲异常的人，做了北方的绿林盟主蓬莱魔女的丈夫之后，狂傲之气方始暂时收敛。此时听了辛十四姑一派蛮不讲理的说话，不觉狂气复发，纵声笑道：“好，你不讲理，我更是不讲理的祖宗！你这根青竹杖有什么值得宝贝，让我瞧瞧！”

辛十四姑一杖向他戳去，喝道：“瞧个够吧！”这一招闪烁不定，有如毒蛇吐信，可以随机应变，袭击笑傲乾坤的七处要害穴道。只要笑傲乾坤稍一不慎，就要给她乘虚而入。

笑傲乾坤笑道："也不见有什么稀奇！"随手用折扇一拨，就把她的青竹杖拨开了。

辛十四姑大吃一惊，心里想道："怪不得人家把笑傲乾坤夫妻和武林天骄并称武林三杰，果然是有点真实的本领！"

殊不知笑傲乾坤解这一招，看来虽然似信手一拨，毫不费力。其实却是发挥了他高深的武学造诣，全神应付，方能达到如此境界的。笑傲乾坤拨开了她的青竹杖，也是不由得微微一凛，口里虽然在调侃她，心里则在想道："辛十四姑少年之时有辣手仙娘的外号，杖法变出剑法，果然是奇诡无比，名不虚传！"

两人各以上乘武功搏击，竹杖吞吐，折扇翻飞，虽然不似刀剑碰击的那样表面看来猛烈，但双方的内力四面荡开，旁观的人都有立足不稳的感觉，不知不觉的逐渐退后，空出了一个方圆十数丈的大圈圈。

辛十四姑的招数愈出愈奇，每一招青竹杖都是点向笑傲乾坤的要害穴道。笑傲乾坤目光不离她的杖尖，折扇倏合倏张，张开来时当作盾牌招架，说也奇怪，折扇虽是一张薄纸，辛十四姑的青竹杖却戳它不破，一沾上就滑过一边；合起来时就当作判官笔使，一样的点向辛十四姑的要害穴道。

辛十四姑暗暗吃惊，心道："他这卸力化劲的功夫实是非我所及！只怕我的青竹杖要输给他的折扇了。但我若是三十六招走为上招，面子却是保不住了！"

辛十四姑是个十分要顾体面的人，她给笑傲乾坤调侃，咽不下这口气，是以虽然想走，却仍然不走，还在冀图侥幸。

心念未已，忽听得笑傲乾坤一声长笑，突然折扇一压杖头，左手伸出，闪电般的就把辛十四姑的青竹杖夺了过去，笑道："也不见得是什么宝贝，瞧过了，还给你！"辛十四姑竹杖被夺，大惊之下，恐防对方追击，本能的纵出数丈开外。竹杖飞来，她还怕对方用上内力，慌忙霍的一个"凤点头"，竹杖从她头顶飞过，直飞出了围墙之外！

这根竹杖其实的确是一件宝物，是只有昆仑山上才有的一种“绿玉竹”制的，这种绿玉竹弹性极强，而又坚逾钢铁。辛十四姑费了许多气力，攀昆仑山之巅，方才获得一枝。此时给笑傲乾坤掷出墙外，她也只好不顾面子，赶忙跃过墙头，拾起竹杖，跑了。

笑傲乾坤哈哈笑道：“这女魔头目中无人，也该让她稍稍吃点苦头。只可惜韩大维的下落，仍是不能得到。”

邵元化上前道谢，笑傲乾坤道：“不必客气。邵庄主你受了伤，我这里有颗少林寺老和尚送的小还丹，你把它服下，回去歇息吧。不必招呼我了。”

杨洁梅道：“华大侠，多谢你救了我。不过我和金鸡岭的人并无相识，华大侠刚才说——”

笑傲乾坤笑道：“金鸡岭上有你一位朋友，你忘记了？”

杨洁梅诧道：“是哪一位？”

笑傲乾坤笑道：“就是那位曾经得过你的帮忙的韩珮瑛姑娘，你忘记她了？”

杨洁梅道：“我怎能忘记韩姑娘，只是身份悬殊，我怕高攀不起。”

笑傲乾坤道：“令尊的大名可是大庆二字？”

杨洁梅道：“不错。华大侠可是认识家父？”

笑傲乾坤笑道：“余生也晚，我出道之时，令尊早已闭门封刀，无缘结识了。不过，韩姑娘的父亲韩大维韩老前辈却是和令尊颇有交情的。”

杨洁梅道：“真的么？我遭人拐卖之时，年纪还小，家父生前有些什么朋友，我都不知道。”

笑傲乾坤道：“韩姑娘本来也是不知道的，到了金鸡岭之后，见了她的父执之辈，说起来方始知道。有人已经打听到你的下落，知道你是遭人拐卖，落在辛十四姑这个女魔头的手中。实不相瞒，我这次来到江南，固然是因为受了韩珮瑛之托，找寻她的父亲，同时也是为了要查访你呢。”

杨洁梅大为感动，说道：“我是个孤苦无依的薄命女子，得华大侠和韩姑娘这样关心，真是不知要怎样感激你们才好。”

笑傲乾坤道："韩姑娘也是很惦记你呢，你若没有别处地方好去，不如到金鸡岭去和她一起，也可以见见你爹爹生前的一些好朋友，好么？"

杨洁梅道："这是求之不得，不过，我想迟两天方才动身。"

在她说话之时，邵湘华露出了心绪不宁的神态，一双眼睛，一直朝着她看。

笑傲乾坤何等聪明，早已看出他们之间定然有点什么不寻常的关系，于是哈哈一笑，说道："对，也不必急在一时，你们商量之后再说吧。"

奚玉帆道："韩姑娘已经到了金鸡岭，那么谷啸风想必也是在金鸡岭吧？"

笑傲乾坤道："不错，谷啸风是和她一起到金鸡岭的。不过因为他要替金鸡岭的义军和江南的同道联络，现在亦是已经来到江南。"接着说道："他和韩姑娘经过一场风波之后，现在已经和好如初，只要找着她的父亲，他们就可以成亲了。百花谷之役早已事过情迁，我想你也是一定不会放在心上的了。"

笑傲乾坤只知道谷、韩的婚变是因奚玉帆的妹妹而起，却不知道奚玉帆也曾经暗恋过韩珮瑛的。

奚玉帆又是欢喜，又是有点尴尬，说道："这可真是太好了。可惜不知道谷啸风现在何处，我很想和他见面呢。"

笑傲乾坤道："你准备上哪儿？"

奚玉帆道："我想到临安去找文大侠。"其实他是要去找寻他的妹妹。他还不敢相信奚玉瑾当真是嫁了文逸凡的掌门弟子。

笑傲乾坤道："我和文逸凡多年未见，也很想见一见他，咱们一同去吧。"

此时邵元化业已服下那颗小还丹，回房歇息了。发妻刘氏夫人进去照料他，留下高氏夫人和邵湘华、湘瑶兄妹陪客。

高氏夫人道："华大侠，难得你大驾来到，请你多留一天。"似乎有话想说，却又有所犹疑，不敢说出。

笑傲乾坤忽地"咦"了一声，盯着她说道："你刚才和那女魔头交过手么？"

高氏夫人道："没有呀!"

杨洁梅忽道："伯母，你试吸一口气，左胁下是不是好像针刺一般?"

高氏夫人大惊道："你怎么知道?"原来她早已试过了，不用作深呼吸已是感到胁下隐隐作痛，试一运用真气，更是痛得厉害。她不知受的是什么伤，正想向笑傲乾坤请教。

杨洁梅道："伯母，你是给辛十四姑暗中下了毒!"

此言一出，不但高氏夫人登时变了面色，笑傲乾坤也是甚为惊骇，说道："这女魔头下毒的功夫果然是天下无双，连我也看不出来!"

高氏夫人知道杨洁梅是辛十四姑的得宠丫头，料想她曾跟辛十四姑学到一些使毒的本领，惊魂稍定，问道："杨姑娘，我中的是什么毒，还能有救么?"

杨洁梅迟疑半晌，说道："你中的恐怕是金蚕蛊，救是有得救，但这解毒之法，我，我却没有学过。中了这种蛊毒，有时要数月之后方始发作，但也说不定在三五天之后就会发作。"

高氏夫人越听越是吃惊，痛得更加厉害了，不禁骂道："我和那女魔头自问无冤无仇，不知她为什么要下毒害我?"杨洁梅也是莫名其妙，心里想道："我害了她的宝贝侄儿，本来她应向我报复才对，何以却会选中了高氏下这毒手呢?"

笑傲乾坤道："我有天山雪莲炮制的碧灵丹，虽然不是对症解药，或者也可以使毒性减轻一些。"

高氏夫人知道天山雪莲是极为难得之物，但她也略懂毒物之学，知道中了蛊毒，必须下蛊之人方能解的。叹了口气，说道："死生有命，我也不想耗费你的碧灵丹了。"

邵湘华兄妹扶她进去歇息，高氏夫人忽道："湘瑶，你去服侍你的爹爹。"邵湘华向笑傲乾坤告了个罪，扶他义母进去。笑傲乾坤本来就要走的，但此际却是不便马上走了。

笑傲乾坤和奚玉帆、厉赛英、杨洁梅等人在客厅等候，准备待邵湘华出来再行告辞，过了一会，邵湘华出来说道："厉姑娘、杨姑娘，家母想要见见你们，请你们进去。"

厉赛英隐隐猜到高氏夫人想要和她说的是什么了，杨洁梅心里却是藏着一个闷葫芦，不知她是为了何事。

邵湘华带她们进入高氏夫人的卧房，看看他的义母，说道："要不要我出去一会？"

高氏夫人说道："你也留下。我要说的事和你们三个人都有关的。"

邵湘华惊疑不定，只见义母已向厉赛英招一招手，请她走到床前，说道："厉姑娘，你是不是有一位师伯，名叫丘抗？"

厉赛英道："不错，但这位师伯在我出世之前已经死了。"

高氏夫人说道："你有一位师姐，你知道吗？"

厉赛英道："曾听爹爹说过，说是丘师伯的唯一徒弟，丘师伯将她当作女儿一样看待。后来却不知什么缘故，离开了她的师父私逃了！"

高氏夫人缓缓说道："我就是你那位师姐！当年之事，我是后悔得很！"

厉赛英心道："果然给我料中。"故作惊诧说道："师姐，想不到我会见着你。爹爹说师伯临死的时候还在惦记着你呢。当年你是为了什么事情离开他的？"

高氏夫人叹了口气，说道："此事说来话长，要从差不多一百年之前说起！"

邵湘华更是惊诧，心里想道："百年之前，只怕外祖还未出世，不知义母何以要从这么远说起？"

高氏夫人说道："你们先听我说个故事。百年之前，那时宋室尚未南迁，京城是在汴梁（今开封）。那年金寇入侵，攻陷汴京，徽钦二帝给金寇掳去，宋室方始南迁的。

"城破之日，宫中有个掌管内库的太监冒了极大的危险，偷了几件宝物出来。

"那些宝物当然都是价值连城之宝，但其中最宝贵的却是一幅穴道铜人的图解。比起这份图解，内库所有的宝物加起来恐怕都不及它！"

厉赛英吃了一惊，说道："我听爹爹说过，穴道铜人的图解不但是医学上的珠宝，而且也是武学上的奇珍。听说金寇攻陷汴京之后，将宋宫中的穴道铜人搬回大都，但因得不到正确的图解，金国数代的皇帝，曾费了几十年的时间，集中了全国的武学高手与名医，来研究穴道铜人，这才重新弄出一幅图解，但恐怕仍是比不上原来那份图解的详尽呢!”

高氏夫人忽道：“你有没有学过图解上的点穴功夫?”

厉赛英怔了一怔，说道：“爹爹也只是知道宋宫中有这么一个穴道铜人，连见也没有见过！我又焉能学会?”

高氏夫人道：“真的吗?”突然中指一弹，点着了厉赛英的穴道。厉赛英晃了一晃，幸亏得杨洁梅扶住，才没倒下。

邵湘华大惊道：“妈，你怎么啦?你怎么可以这样对待厉姑娘?”

高氏夫人吁了口气，缓缓说道：“不错，你是没有学过。否则你就决不会给我用普通的点穴手法制伏了。”说罢，这才轻轻的在厉赛英身上一拍，解开了她被封的穴道。

厉赛英道：“师姐，你为何要试试我?”

高氏夫人道：“因为我以为这份图解是在你的爹爹手中?”

厉赛英道：“怎的会在我爹手中?”

高氏夫人道：“我以为是在我的师父去世之后，传给了他的师弟、你的爹爹的。”

厉赛英诧道：“你不是说这份图解已经给一个太监盗走了吗，怎的又会落在我师伯手中?如果真的是落在他的手中，你是他最宠爱的徒弟，他是应该传给你了。”

高氏夫人说道：“所以我一直是怀疑不定，不知师父是否真的得到了这份图解。但现在看来，大概是假的了。”

厉赛英道：“何以你有这个怀疑。”

高氏夫人道：“我会慢慢告诉你的，你坐下来听我说吧。”

喝过了一杯茶，高氏夫人接着说道：“刚才我说到那个太监盗走宫中内库的宝物，你们想必也是在怀疑他了。”

邵湘华道：“是呀，这个太监得皇帝宠信，在宋帝国破家亡之日，他不报皇恩，反而乘危盗宝，也实在是太可恶了!”

高氏夫人道："不，你猜错了。这个太监正是怀着孤臣孽子之心，忠于主上，才这样做的。"

邵湘华道："哦，我明白了。他是为了不让这份稀世之珍落在金寇之手，并非为了自己偷的。"

高氏夫人道："不错。他本来是个武林人物，最初是因为想要学这穴道铜人图解的点穴功夫，才净身入宫当了太监的。

"后来在汴京陷落之时，他冒险盗宝，穴道铜人图解的奥秘，他还未曾参透十之一二，但他可没有再练了。他说我若是藏之名山，传之后代子孙，别人一定以为我是为了私利，我要把它送还继位的皇上。"

邵湘华道："原来他是怀有这样苦心。后来怎样？"

厉赛英却在想道："奇怪，师姐怎的知道这样清楚？连那太监想些什么，她都知道。"

高氏夫人似乎知道她的心思，微笑说道："你们想知道这太监是什么人吗？他是我的叔祖，姓高名鹍。七十岁以上的武林前辈，大概都会听过他的名字。"

第一个谜底揭开了，厉赛英道："原来如此。那么这份图解后来哪里去了？"

高氏夫人道："他盗宝之后，设法逃出京城。后来宋室南迁，奸臣秦桧当国，这份图解，若然送回临安，只怕会落在秦桧手中。因此他就一直将它藏着，等待秦桧死了，有忠臣柄国之时，方始准备归还内库。"

邵湘华叹道："奸臣恐怕是死不完的。秦桧死了有史弥远，史弥远死了有韩侂胄。爹爹不就是因为事事给韩侂胄掣肘，才宁愿自解兵权，告老还乡么？"

高氏夫人道："过了四十多年，我那叔祖年纪渐老，秦桧还没有死，他自知等不及了，在他病重之时，把他一个侄子叫来，将这秘密告诉他，要他发下重誓，无论如何把那匣珠宝连同穴道铜人图解送回临安。若是做不到的话，也决不能据为己有。他的侄子就是我的爹爹了。"

厉赛英道："师姐世代忠良，可敬可佩！"

高氏夫人苍白的脸上泛起一片红云，半晌说道："说来惭愧，我的爹爹并非如你所想象的那样秉性忠良。我、我也不是。"

此言一出，大家都是感到意外，甚是尴尬。谁也没有说话。过了一会，还是厉赛英说道："知错能改，善莫大焉。这份图解后来下落如何，还望师姐见告。"

高氏夫人道："我的爹爹实是想据为己有，当时向叔父发下了毒誓，只盼能得这份宝贝，可是却不如他所愿！"

厉赛英道："为什么？"

高氏夫人道："叔祖讲了这个秘密之后，又再说道：不是我不敢信你，但兹事体大，你一个人也未必能做到。我要另找一个人陪你去。这个人就是杨姑娘你的爹爹杨大庆了！"

杨洁梅说道："怎的找上了我的爹爹？"

高氏夫人道："你的爹爹当时是汴梁一家镖局的总镖头，为人侠义，叔祖的年龄虽然与他相差甚远，亦非知交，却是可以信任他的。于是他要我的爹爹把杨大庆找来，当面将那个宝匣交给杨大庆保管。"

邵湘华听得心急，想道："原来杨姑娘的爹爹是这样牵连进去的，听她日间和乔拓疆说话的口气，我的爹爹似乎亦是与此事有关，却不知是如何了？"便即问道："后来怎样？"

高氏夫人凄然一笑，果然说道："现在可就要说到你的爹爹身上了。"

邵湘华又惊又喜，说道："我的爹爹？他也是干镖行的吗？"心想："此事果然是和爹爹有关，今日大概我可以得明真相了。"

高氏夫人道："不，你的爹爹并非镖局中人，他是一位江湖游侠。不过他却是杨大庆最好的朋友。"

杨洁梅道："是不是我的爹爹请他帮忙送宝？"

高氏夫人道："不错，你很聪明，一猜就着。"顿了一顿，喘过口气接着说道："华儿的爹爹名叫石稜，我的爹爹名叫高杰。为了叙述方便，我不加以尊称，只叫他们的名字了。杨大庆找他的好友石稜帮忙，高杰本来是不同意的。但因那份图解在杨大庆手里，他拗不过杨大庆，最后只好勉强依从。可是他却在打另一个主意。"

杨洁梅道："什么主意？"

高氏夫人道："当然是独吞宝物的主意了。可是他想来想去，只凭他一人之力，决不能把宝物抢到手中，独吞是不行的，他也只好找人暗中帮手了。"

邵湘华隐隐猜到几分，问道："找谁？"

高氏夫人道："就是那乔拓疆了。"

邵湘华心想："果然不出所料。"但心中仍有疑团，问道："为什么不找别人，单独找他？"

高氏夫人叹了口气说道："是呀，我的爹爹找他，可正是自找祸殃了。不过除了他，我的爹爹就无人可以信任，因为乔拓疆是他的师兄。"

邵湘华和杨洁梅都是"啊呀"一声叫了出来，心想："原来如此！"

高氏夫人继续说道："我的叔祖将那匣宝物交给杨大庆之后，这年冬天就去世了。过了大约四五年，杨大庆听得南宋的秦桧亦已去世，宋朝有一位将军名叫虞允文，忠义双全，认为时机已到，于是找个借口结束镖局，便和高杰、石稜三人，带了那匣宝物，一同渡江，往江南去找虞允文将军，意欲拜托虞将军把这匣宝物转呈皇上，归还内库。他却不知高杰在这几年当中，早已布置妥当，和他的师兄乔拓疆接过头了。"

邵湘华道："那么这份图解终于没有送到虞将军的手中？"

高氏夫人说道："乔拓疆从师弟处知道了这个秘密，知道有这样一份武林中人梦寐以求的图解，还有好几件价值连城的珍宝，哪里还能放过？当然是不会送到虞允文的手中了。

"宝物藏在镖局的时候，他是无法下手的，如今送往江南，在路上他就有办法下手了。不过若以武功而论，他还是打不过杨石二人的，是以他和师弟阴谋定下诡计，只用智取，不以力劫。"正是：

秘宝不藏于密室，江湖从此起风波。

欲知后事如何，请听下回分解。

第五十八回　不料宝图成祸水
太怜罪孽累红颜

杨洁梅道："如何智取？"

高氏夫人道："乔拓疆有一种秘制的药散，无色无味，混在茶水之中，让身有内功的人服下，那人渐渐就会消失真力。妙又妙在服了它的人也不会发觉有甚异状，要待和强敌交手之时，方才发觉自己的真力不及从前的。而且这种药对身体亦无妨害，它的药力只能保持十二个时辰，过了十二个时辰，又会复原的。

"乔拓疆把一包药粉交给高杰，和他约好在某一天动手。这一天他们是刚好要经过一个险要的地方的。在动手的前一天晚上，要高杰把药粉混在茶水中，让杨大庆和石稜服下。为了避免嫌疑，高杰自己也得喝这茶水。高杰算准他们第二天一早就要经过那个险要的地方，于是在午夜时分，临睡之前，悄悄做了手脚。

"杨大庆也算得小心谨慎的了，他们三个人一起送宝，在路上白天固然是在一起，晚上住客店的时候，也必定是同住一个房间，不许分开的，但饶是这样小心，仍是做梦也想不到身为'正主儿'的高杰竟会心怀异志，终于着了他的道儿！"

邵湘华骇道："布置得这样周密，杨伯伯着了他的道儿，那么这匣宝物应该是落在乔拓疆的身上，何以他又得不到手呢？"

高氏夫人道："这就叫做强中更有强中手，他们安排陷阱，好比是螳螂捕蝉，但却不知黄雀在后！"

杨洁梅道："那个'黄雀'又是何人？"

高氏夫人叹了口气，说道："此事直到现在还是未明真相。我的爹爹则猜疑是厉姑娘的师伯丘抗。”

厉赛英道：“何以猜疑是他？”

邵湘华则道：“娘，那晚发生了什么事情，你还是先向我们说个明白吧。”

高氏夫人道：“对，我且把这件事情先说清楚。

“那晚他们三人都喝了药茶，睡了一会，大约是四更时分，忽地有一个蒙面人从窗口跳进他们的房间！

“高杰首先发觉，他还以为是师兄提早前来劫宝，为了避免嫌疑，便即大叫有贼，跳起来和那蒙面人动手。

“他只道师兄是定然假意和他动手，不会伤他的，只要自己装作受伤，事后也就可以避免嫌疑了。不料那个蒙面人竟是真的和他动手，一照面就是重重的一掌，此时他的真力已消失了四五分，禁受不起，这一掌就把他打得跌在地上，爬不起来！

“杨大庆和石稜二人跟着跳起来和那蒙面人动手，他们也是真力消失了的，不过几个回合，又是双双给那蒙面人点了穴道。那匣宝物，连同穴道铜人的图解在内，也给那蒙面人拿去了！”

邵湘华、杨洁梅等人听得面面相觑，不约而同地说道：“这可真是意想不到！”

高氏夫人说道：“是呀，这样的结果有谁能料想得到呢？杨石二人一身本领使不出来，就给人家点了穴道，固然是莫名其妙，我的爹爹给那人重重打了一掌，更是惊骇莫名，思疑不定。

“他是在漆黑的房间和那蒙面人交手的，从那人的掌法看来，似乎不是他的师兄。但不是他的师兄，何以这人又会知道这个秘密？由于他没有看见那人的庐山真面，是以也还有几分怀疑是他的师兄乔拓疆！”

邵湘华吸了口气，问道：“后来怎样？”

高氏夫人说道：“三人之中，只有我的爹爹高杰没给点着穴道，虽然受了伤，仗着身子强壮，歇了一会，终于爬了起来。他点亮油灯，想给杨大庆和石稜解开穴道，但油灯一亮，照见了他们二人之时，他又改变了主意了。”

杨洁梅听得紧张，问道：“为什么？”

高氏夫人叹了口气，说道：“我忍了二十多年的委屈，就是为了那份宝图。”

高氏夫人说道："油灯一亮，只见杨石二人都是满面怒容！他们给点了穴道，说不出话。但不用说话，高杰也会猜想到他们是在想的什么了！

"试想房间里只有三个人，是谁在茶水之中下毒，使得他们的真力消失？

"杨大庆和石稜是好朋友，彼此相知极深，当然信得过对方。他们怀疑的不用说是高杰了。

"高杰一来作贼心虚，二来他也想去找师兄探明真相。若给这两人解开穴道，自己就脱身不了，于是只好把这两人丢下，独自跑了。"

杨洁梅心里想道："还好，他没有趁这机会，杀掉我和湘华的爹爹。"

高氏夫人似乎知道她的心思，说道："我的爹爹心肠虽坏，还不至于坏得像乔拓疆那样。这次事情过后，他心中抱愧，自此就再也没有见过你们的爹爹了。"

杨洁梅道："那么他第二天见着了乔拓疆没有？"

高氏夫人道："他和乔拓疆约好了在一处险要的处所见面的，这本来是他们三人前往江南的必经之地，乔拓疆准备在该处下手的。早就在那里等候了。

"乔拓疆一见他只是独自一人，以为他已经瞒着自己下手，问他为什么不按原定的计划？高杰听了，却也疑心他是说谎，问他是不是昨晚那个蒙面人？

"高杰说了昨晚这件事情，乔拓疆哪肯相信？当下就把他严刑拷问，打得他死去活来！看看实在不行了，这才罢手。临走之时说道，我饶你一命，为的是那份宝图，你不肯交出来，这样的苦头，还有得你吃呢！"

邵湘华听得毛骨悚然，说道："可恨乔拓疆这厮下得如此毒手，对自己的师弟竟也毫不留情！"

高氏夫人以袖拭泪，说道："可怜我的爹爹回到家中已是奄奄一息。那时我不过是个刚满十岁的小女孩。爹爹在家只住一晚，第二天一早又要带我逃走了。他不但怕乔拓疆找来，也怕杨大庆和石棱找他算账。

“我们躲到一个山沟子里，经过几个月的调养，爹爹的外伤好了，但病得却更沉重了。

“我记得十分清楚，是我十岁生日的那天晚上，爹爹把我叫到他的病榻旁边，对我说道：‘我一念之差，想要那份宝物，不惜引狼入室，如今身受其害，悔已迟了。但我丧在乔拓疆之手，却是死不瞑目。’

“我虽然只有十岁，亦已相当懂事，便在父亲面前发誓，说道：‘爹爹，我一定要给你报仇！’

“爹爹脸上绽出笑容，说道：‘红儿，难得你有这个志气。不过，爹爹都敌不过那厮，你又如何能够为我报仇？’

“我说长大之后，我找名师学艺，不信世上就没有武功高过乔拓疆的人。

“爹爹说道：‘有当然是有的，但可遇而不可求。不过，只要你有决心，给我报仇，那也不难。有一个现成的法子在这里，用不着你现钟不打，反去炼铜。’

“我连忙问是什么现成的法子。爹爹说道：‘把那份穴道铜人的图解找回来，你练成了天下无双的点穴功夫，不但可以杀掉乔拓疆，还可以给我报那蒙面人的一掌之仇！你要知道爹爹的仇人是两个，乔拓疆是第一个大仇人，那蒙面人虽没有这样可恨，也是我的仇人！’

“我说：‘爹爹，你给这份图解已经累得惨了，这份图解只怕是不祥之物，你还想要它？’

“爹爹说：‘为了这份图解，我费了半生心力，因它而死。若然得不到它，我在九泉之下，亦难瞑目！何况，你只有得到这份图解，才能为我报仇。’

“我只好再一次在爹爹面前发誓，发誓不惜采取任何手段，找回这份宝图，发过了誓，我问爹爹：‘那蒙面人你又不知是谁，宝图已经落在他的手中，叫我如何寻找？’

“爹爹见我发过了誓，这才说道：‘以前不知道，现在知道了。’我问：‘那蒙面人是谁？为什么你以前不知道，现在忽然又知道了？'”

这正是厉赛英想要知道的问题，听至此处，分外留神。高氏夫人喝了一杯茶，歇一歇缓缓说道：“爹爹解开衣裳，只见他的小腹上有一个淡紫色的掌印。他身上的外伤结了疤，只有这个掌印还是十分鲜明！”

厉赛英道：“啊，我明白了。你的爹爹以为这是丘师伯的毒龙掌！”

高氏夫人说道：“不错，我爹爹说，这一掌之伤，在打了对方之后，方始渐渐发作，而掌印也越来越鲜明的，只有蛇岛岛主丘抗所练的毒龙掌！”

厉赛英忽道：“你错了。还有一种毒掌，也是如此的。”

高氏夫人道：“什么毒掌？”

厉赛英道：“黑风岛主宫昭文的七煞掌！”

高氏夫人道：“但听说七煞掌之伤，掌印乃是黑色，和毒龙掌的紫红色不同。”

厉赛英道：“不，七煞掌是要在半年之后才呈深黑色的。若在三四个月之内，受伤的人抵受不住，便已身亡的话，掌印却是从紫色开始变黑的。当时你有没有留心看你爹爹身上的掌印，是否如此？”

高氏夫人呆了一呆，说道：“你别忘记当时我只是十岁的小女孩，看见爹爹身上的掌印已经吓得慌了，哪里还敢仔细去看？”

接着又道：“听说黑风岛主曾经和你的爹爹比试过，输了一招给你爹爹，他的七煞掌也是在你爹爹帮助之下练成的，有这事么？”

厉赛英道：“不错，是有这事。但已是多年之前的事了，那时他们还是朋友。现在早已翻了脸了。”

高氏夫人道：“倘若黑风岛主已经得到那份穴道铜人的图解，他决不会输给你的爹爹。”言下之意，仍然怀疑那蒙面人是厉赛英的师伯丘抗。

厉赛英听她说得有理，心中也是思疑不定，说道：“师姐，暂且不管那人是谁。令尊既然怀疑是丘师伯取了那份宝图，想必就是因此要你拜在他的门下了？但却不知丘师伯又何以肯收你为徒？”

丘抗所住的蛇岛在明霞岛之北数百海里，厉赛英从未去过，她的父亲也只是去过几次，但却不是高小红在丘抗门下的那几年。丘抗也从没有和他说过收这徒弟的原因。是以厉赛英免不了好奇，要问她一问了。

高氏夫人说道：“说起来你们一定意想不到，是乔拓疆帮了我的忙，我才能投入你师伯的门下的。”

厉赛英大为惊诧，说道：“这怎么可能？乔拓疆是你的大仇人，你还敢去求他帮忙？而且据我所知，我的爹爹和丘师伯都是与乔拓疆结有梁子，他要帮忙也帮不了！”

高氏夫人说道：“是呀，当时爹爹说出这个计划，我也大感意外，不敢去做。但爹爹说：‘你要给我报仇，只有与仇人虚与委蛇，骗得仇人的欢喜，才能偷那份宝图。偷了宝图，你当然是不会真的交给乔拓疆的，练成武功之后，那不就是可以把两个仇人的仇都报了吗？’”

厉赛英说道：“究竟是什么计划？竟然骗得过乔拓疆和我的师伯两个江湖上的大行家？”

高氏夫人继续说道：“爹爹不久就死了，留下了一封遗书给我，临终嘱咐，要我拿这封信去见乔拓疆。”

厉赛英道：“信上怎样说？”

高氏夫人道：“请乔拓疆收留我，传授我本门武功。倘若乔拓疆应承的话，他定有重重的报答。”

厉赛英笑道：“这报答自是暗示那份穴道铜人图解了。令尊倒是摸透了乔拓疆的脾气，以此为饵，叫他不能不设法助你。”

高氏夫人道：“不错，乔拓疆看了这封遗书之后，果然给它打动，却假惺惺地说道：‘我和你的爹爹是师兄弟，虽然曾因夺宝之事失和，师兄弟之情总是在的。我照顾你是分内之事，何用报答。不过他既然这么说了，我倒想知道他的报答是什么了。’

“我依爹爹所教，说道：‘爹爹说，要你发下一个毒誓，我才能告诉你。’

“乔拓疆哈哈笑道：‘你爹爹忒也顾虑了，竟然要我发下毒誓，才肯相信我吗？好，为了令你安心，我听你爹爹的吩咐就是。我若不悉心照料你，他日我就像你爹爹一样了，中了那蒙面人的毒掌而亡。'"

杨洁梅笑道："这毒誓发了等于没发，那蒙面人与他并不相识，好端端的怎会打他？"

高氏夫人接着说道："他发了毒誓之后，我就说道：'爹爹说，他已经知道那个蒙面人是谁了，那份宝图确是被他抢去。师伯，你若不肯相信，我就不说了。'

"乔拓疆道：'不瞒你说，起初我确是怀疑你爹爹说谎，现在却不由得我不信了。你快说吧，那人是谁？'后来我才知道，乔拓疆曾派人到处侦查我们父女的下落，爹爹毒发而亡，他的手下早已打听到了。

"我告诉他是蛇岛的岛主丘抗，乔拓疆呆了半晌，说道：'这人的武功远胜于我，我决不能在他的手中夺回宝图。你爹爹许下的报答等于没用。不过，你若肯听我的话去做，倒是可以一举两得，彼此有利。'

"我问他要听他什么话，他说：'我可以设法帮忙你投入丘抗门下，学他的武功。不过，你一定要将那份宝图偷回来给我。'我当然满口的答应了。"

厉赛英道："他倒相信你？"

高氏夫人道："他以为我是一个小孩子容易受骗，我在他那里几个月，他照料得我十分周到，我也假意讨他欢心。同时他也一定要计算详密，我偷了宝图回来，一定瞒不过他。"

厉赛英道："但他是怎样设法让你做得成丘师伯的弟子呢？"

高氏夫人道："他教了我一套谎话，在他的盗船经过蛇岛之时，把我抛弃岛上。"

厉赛英伸伸舌头，说道："师姐，我真佩服你的大胆。听说蛇岛之上，毒蛇遍布，若然换了是我，只怕吓也吓死了。"

高氏夫人道："那时我不过是个十二三岁的小姑娘，当然是害怕的。但不冒此险，难报父仇，也就只好听天由命了。我给抛在岛上，不久就有蛇群游来，有头部扁平的、三角形的、圆锥形的，有身子圈成一饼的，有竖起来的，还有四只脚似爬虫的，千奇百怪，五彩斑斓，把我围在中间，我吓得几乎晕了过去，尖声叫了起来。幸亏那些毒蛇还没咬着我，就在我被蛇群所喷的毒雾喷得神智迷糊之际，忽听得一声长啸，宛如龙吟。说也奇怪，那些毒蛇就像潮水般的退下去了。迷糊中似乎有人将我抱起。待我清醒过来的时候，已是在一间静室之中，只见一个白发童颜的老头笑眯眯的对着我了。他说小姑娘别怕别怕，有我在这里，毒蛇是不会咬你的。但你怎样来到我这个岛上的呢?”

厉赛英道：“这老头想必就是丘师伯了。”

高氏夫人道：“不错。于是我把预先编好的谎话说了出来。我说是被海盗劫的，父母都给海盗杀了。我又哭又骂，招恼了那个强盗头子，他就把我抛在岛上，说是要把我喂蛇。丘抗曾见悬着骷髅旗的乔拓疆的盗船经过蛇岛海面，他当然想不到一个小孩子会说谎，果然不出乔拓疆所料，他就收我为徒了。”

厉赛英道：“怪不得丘师伯那样疼你，他可怜你是无父无母的孤儿。”

高氏夫人面上一红，咽下眼泪说道：“我对不住师父，他救了我的性命，又那样疼我，可是我却在打着主意害他。

“我在蛇岛过了七年，师父对我好像亲生女儿一样。我虽然一直把他当作杀父的仇人。但也不能不感激他对我的恩义。本来我有许多机会可以暗害他的，终于都是不忍下手。我想偷了那份宝图也算了，杀父之仇与抚养之恩就作是相互抵消了吧。”

厉赛英叹道：“照你刚才所说的情形看来，那个蒙面人根本就不是丘师伯。你错把他当作了仇人了。”

高氏夫人道：“幸亏我没有下手害他，有一天他出海捕鱼，要第二天才回来。我就趁这机会，偷入他的书房翻箱搜匣，找到了一本小册子，里面也有几幅人像，人身上注明各处穴道和点穴解穴之法的，但和我父亲所说的那份图解不同。但我以为这是穴道铜人的图解的副本，找不到正本，师父手抄的副本也好，我就偷了出来。在蛇岛几年，我已学会了驾船的本领，岛上有一只小船是留给我在附近的海面玩耍的，我就连夜驾驭这只小船离开蛇岛。幸好那几天风浪不大，我冒了一些险，果然给我平安登陆。”

说至此处，在枕头下拿出一本小册子，递给厉赛英道："我做了这件对不住师父的事情，身子虽得平安抵陆，心中却是一直不得平安。我是没法到先师墓前请罪了，这本本门的武功秘笈，只好拜托师妹带回去交还师叔吧。"

厉赛英翻了一翻，笑道："这哪里是什么穴道铜人图解，这只是本门所传的点穴功夫，和那份图解相比，可真是有天渊之别呢。不过这也是师祖心血之所聚，让我带回去也好。"

高氏夫人继续说道："师父还未传授过我点穴的功夫，或许是因为我功力未够之故。回来之后，我按图自练，几乎走火入魔，病了一场。后来虽然练成了，但也还是打不过乔拓疆，我点着了他的穴道，他立即便能运气自解。此时我也隐隐猜想得到，这一定不是那份穴道铜人图解了。"

厉赛英道："你打不过乔拓疆，乔拓疆肯放你走么?"

高氏夫人道："说也奇怪，他刚要追上我的时候，不知怎的，忽地摔了一跤，爬起来满面惊惶的就走了。

"我正觉得奇怪，忽地觉得小腹的膻中穴有一阵麻痒的感觉，登时不省人事。

"醒来之后，只见那本小册子还在我的身边，我也没受什么伤，以后一直没事。"

杨洁梅听至此处，恍然大悟，说道："这一定是辛十四姑作弄你的。她使毒的功夫天下无双，不知她是用了什么药物，令你昏迷。"

高氏夫人本是个极聪明的人，想了一想，也就恍然大悟，说道："我明白了，那女魔头想必亦是知道那份穴道铜人图解的秘密的，她以为我偷的是真本，故而暗中帮了我一把，吓走了乔拓疆，然后又把我弄昏迷了来搜我的身。她是个武学大行家，搜到了这本小册子，只须略略一翻，当然就知道是假的了。也幸而她知是假，否则只怕我当时就遭了她的毒手了。"

邵湘华道："她既然知道你没有得到那份图解，为何她今天要跑来害你?"

杨洁梅笑道："这还不易明白吗，这是因为我们的缘故，连累伯母遭受无妄之灾。”

邵湘华道：“哦，我明白了。她定是以为那份图解既然不是落在丘抗之手，那就有可能是高杰当时说谎，那份图解说不定是落在我的爹爹或你的爹爹手中了。娘，她以为你抚养了我，为的就是要找那份宝图。”

高氏夫人心中暗暗叫了一声惭愧，原来她当年极力主张要收养邵湘华做儿子，确实是出于这个动机，她并不怀疑父亲说谎，但因出事之晚，房子里是没有灯火，黑漆漆的。她以小人之心度君子之腹，以为是杨大庆或石稜把宝图收起，给蒙面人拿走的只是装着珠宝的匣子。而她父亲没有看见，却以为是蒙面人拿走了。

高氏夫人心中惭愧，不觉停止了说话，呆呆的看着邵湘华。邵湘华吃了一惊，问道：“娘，你怎么啦？”

高氏夫人说道：“如果我真是为了那份宝图的缘故，才抚养你，你还肯叫我娘吗？”

邵湘华笑道：“娘多疑了，我怎会这样揣度你呢？何况你们收养我的时候，我只是八岁大的孩子，又怎会知道宝图的秘密？”

高氏夫人道：“或者我是存着这样希望呢？我希望你们父子终有重逢之日，你的爹爹年纪老了，当然要把这份宝图传给你的。到时你感激我的抚养之恩，我问你要，你能够拒绝我吗？”

邵湘华呆了一呆，说道：“娘，即使你有这样存心，我也不会怨恨你的。但你怎知我的爹爹没有死呢？”

高氏夫人道：“当我发现我偷来的那本东西，并非穴道铜人图解的副本之后，我就打听你们两家的下落，因为我怀疑那份图解，不是在你爹爹手中，就是在杨姑娘爹爹的手中。

“那次失事之后，杨大庆大概是怕牵连镖局，辞了总镖头之职，逃到南方，隐姓埋名，我查不出他的下落。石稜则还在老家。

“我曾经到过你的家乡，恰好是在你家那晚遇盗之后的第七天，你们家里的一个仆人重伤未死，我找到了他，给他医治，让他多活几天。他告诉我，石稜那晚是受了伤，但没有死。他亲眼见到他冲出去的。”

邵湘华又惊又喜，说道：“爹爹若然还在人间，为什么这许多年，江湖上没有半点他的消息？”

高氏夫人道：“那天晚上的强盗，我想你的爹爹后来也一定知道是乔拓疆了。或许他是在重练武功，武功未曾练好之前，既然难以报仇，他当然不会在江湖露面给乔拓疆知道了。”

邵湘华道：“娘，我想不到我的身世，原来竟有许多曲折。”

高氏夫人继续说道：“我对不住你的义父，这些事情，我一直在瞒着他。当时我是第二次遭受乔拓疆手下的围攻，幸得你的爹爹救了我。我捏造谎言骗他，忍受了委屈嫁他，因为我想借他的衙门庇护。他对我很好，后来我也不忍离开他了。今日我和你说的话，待你义父病好之后，你可以告诉他。”

邵湘华心里想道：“为什么要我告诉他，你不可以说吗？”但却不便在这时候问他义母。当下说道：“娘，多谢你把这件事情的来龙去脉全都说了出来，你也累了，该歇歇啦！”

高氏夫人道：“不，我还有一件事情要说，杨姑娘，你过来。”

杨洁梅道：“伯母有何吩咐？”

高氏夫人道：“你们两人的爹爹是好朋友，你们又都是从小就受仇人所害，命运相同。今日相逢，正是天意。我希望你们今后再不分开，杨姑娘，你能够应承么？”

杨洁梅羞得满面通红，说道：“伯母，如今我知道了自己的身世。华哥就像我亲兄长一样。”

高氏夫人咳了两声，说道：“不，我不是要你们做兄妹，我是要——”

邵湘华恐怕她说得太过明显，弄得杨洁梅太过受窘，忙打断她的话，说道：“娘，你不要为我们操心，这事，这事，待你病好了再说也还不迟。”

高氏夫人凄然一笑，说道：“我还会好么？”

杨洁梅安慰她道：“蛊毒我虽然不会解，但却并非绝对不能解的。”

高氏夫人道：“我知道，这是要下蛊的人亲自来解才行。我这一生已经受尽折磨，不想再受辛十四姑这个女魔头的折磨了。”声音越来越弱，忽地喉头作响，“喀”的吐了一口鲜血出来。

邵湘华这一惊非同小可，颤声叫道："娘，你、你怎么啦？"只觉他握着的义母的手已是冰冷。

高氏夫人嘴唇开阖，邵湘华和杨洁梅弯下了腰，凝神静听。只听得她断断续续地说道："我，我不想连累你的义父一家。我死了之后，辛十四姑这女魔头就不会找他们的麻烦了。我这一生做了许多错事，这，这也是我应得的报应。杨姑娘，但求你能了结我的心愿，我走也走得安乐。"原来她是自运内功，断了经脉，说到"安乐"二字，脸上痛苦的神态却是越来越显，只剩下一口气了。

杨洁梅粗通医理，握着她的手，知道已是不能救治。这霎那间，她和邵湘华不知不觉的靠在一起，双手相握。杨洁梅低声说道："伯母，我答应你。"

高氏夫人也不知是否听见她的话，但见她的脸上忽地绽出笑容。邵湘华用指头在她鼻孔一探，才知道她已是断了气了。

奚玉帆赔笑傲乾坤在客厅里坐，许久，许久，还未见她们回来，忽地听得里面的哭声。奚玉帆心知不妙，果然便看见杨洁梅陪着厉赛英出来，说道："高氏伯母不幸，刚才去世了。邵大哥正在料理后事，叫我出来替他道歉。"

笑傲乾坤道："怎么就会死的？"厉赛英摇了摇头，只是叹了口气。笑傲乾坤知道定有内情，不便再问，说道："邵家遭逢丧事，主人又有病在身，杨姑娘你想必暂时不能走了。请你转告主人家，我们走了。"杨洁梅代主人送他们出到门口，和厉赛英说道："待这里的事一了，我和湘华也要到金鸡岭的，你们先走一步吧。"

路上厉赛英方始说出这件事情的原委，笑傲乾坤与奚玉帆听了，俱都嗟叹。奚玉帆说道："这位高氏虽有不是之处，却也值得同情。"笑傲乾坤说道："辛十四姑这女魔头给我吓走，只怕是未必敢再来邵家闹事了。我倒希望再碰见她。珮瑛姑娘托我访查她的爹爹的下落，我还没法交差呢。"

奚玉帆听得笑傲乾坤提起韩珮瑛的名字，不觉有点怅惘，说道："谷啸风现在不知是在哪里？"

笑傲乾坤瞿然一省，说道："对了，我也想找谷啸风呢。他这次来到江南，为的是和江南武林中的领袖人物联络，文逸凡那儿他已经去过了。现在想必是在太湖王寨主那儿。奚世兄，我本来应该和你们一同去拜访文大侠的，现在只好先到太湖打个转了。”

奚玉帆道：“我也十分想见啸风，但舍妹之事，亦是令我放心不下。啸风如果不是急于回去，请你叫他在太湖多留几天等我。”

三人分道扬镳，笑傲乾坤独自上太湖西洞庭山去找太湖的七十二家总寨主王宇庭，奚玉帆则与厉赛英作伴，到杭州天竺山文逸凡那里找他的妹妹。

情侣同行，这时又正是春暖花开的时候，江南的春天，雨，是沾衣欲湿；风，是吹面不寒。春光如海，令人心神俱醉。厉赛英想起杨洁梅的事情，将她和邵湘华那番离奇的遇合告诉了奚玉帆，笑道：“听说杭州西子湖边有间月老祠，月老祠有副对联，愿天下有情人都成了眷属；是前身注定事莫错过姻缘。他们两人可真是这样。但那遇合的奇妙，可也真是令人意想不到呢！”

奚玉帆听了这话，心头怅触，想道：“有意栽花花不发，无心插柳柳成荫，我和你何尝不也是如此？百花谷闹出的那场婚变，结果却是谷啸风与韩珮瑛分而复合，我的妹妹不知怎的却又突然嫁给了文逸凡的弟子辛龙生，这尤其是令人意想不到了！”

厉赛英噗嗤一笑，说道：“你在想些什么？怎的好像发了呆了？”

奚玉帆笑道：“我是在想，月老祠那副对联不是正可以用在咱们身上吗？”

厉赛英心里甜丝丝的，却“呸”了一口说道：“我只当你是个老实人，几时学会了油嘴滑舌了。说正经话，我倒想起了一件事了。”

奚玉帆道：“你想起什么来了？”

厉赛英道：“我怀疑那个用毒掌打伤高氏夫人父亲的那个蒙面人是黑风岛主宫昭文，那份穴道铜人图解是落在他的手中。可惜我见不着宫锦云姐姐，否则一定可以探查出事情的真相。”

奚玉帆道：“小时候你不是和她很好吗？”正是：

好友不知何处去，青梅竹马忆当年。

欲知后事如何，请听下回分解。

第五十九回 无赖少年欺侠女 高风义士托豪门

厉赛英笑道："何止要好，我还和她打过架呢。但她那时还未学到点穴的功夫，我却不知那份图解是否在她爹爹手中了。"

奚玉帆道："你说起这位宫姑娘，我也想起了另一位朋友来了。"

厉赛英道："是哪一位?"

奚玉帆道："是公孙璞。那天我们在青龙口失散，她是和公孙璞一同逃出去的。对啦，你曾经告诉我你遇见公孙璞的事情，不知怎的他们又不在一起了。"

厉赛英道："公孙璞是怕他的岳丈找他的麻烦。宫锦云也不敢和父亲见面。不过他们都是上金鸡岭的，现在想必是已经见着了。"

奚玉帆道："公孙璞是一位古道热肠的朋友，我倒很想念呢。"

厉赛英道："那么咱们赶快到杭州去见了你的妹妹，就好回去找你的朋友了。"

一路无事，这日到了临安境内，正是一个春光明媚的日子。一路上但见红男绿女，摩肩擦背，游人如蚁，这都是从临安城内出来作郊游的人们。

奚玉帆道："怪不得山谷词中有说：若到江南赶上春，千万和春住。江南的春天，原来是这样的美！嗯，暮春三月，江南草长，杂花生树，群莺乱飞。古人描写的江南春景，的确是一点不错。"此时他们正在踏入一条山路，游人比较稀少。厉赛英忽地眉头一皱，说道："书呆子，不要念文章了，那个亭子里有几个人指手下画脚的望着咱们，讨厌得很！哼，你听，他们说些什么？”

奚玉帆抬头望去，只见山坡上修建的一座凉亭之内，大约有五六个人，其中一个华服少年似是贵介公子模样，其余的人似是他的仆从，捧凤凰似的围在他的旁边谄笑。这些人果然是如厉赛英所说，一面对那公子谄笑，一面在望着他们指手画脚。

奚玉帆一听，原来他们是对厉赛英评头品足。一个说道：“这小娘儿倒是俏丽得很。”一个说道：“那男的虽也长得不错，却像个木头人儿，呆头呆脑的。唉，一朵鲜花插在牛粪上了。”又一个说道：“你怎知道他们是夫妇，或许是兄妹呢？”

厉赛英听了大怒，就想发作，奚玉帆悄声说道：“这些泼皮无赖，你何必和他们一般见识？这是都门所在，闹出了事，咱们虽然不怕，总是麻烦。赶快走过去算了。”

厉赛英忍着气匆匆走过那座凉亭，只听得耳边的口哨声哗笑声闹成一片，那些人越说越不像话了。有个说道：“公子，你看这小娘儿怎样，你若欢喜，就只管吩咐我吧。”那公子笑道：“别胡闹，人家是有夫之妇呢！”那人说道：“这么说，公子是喜欢她的了。”

一个随从说道：“待我上去盘问他们，若然是兄妹的话，我就可以替公子做这个现成的媒人了。”又一个随从笑道：“是夫妻也不要紧，反正公子讨的是姬人，善解风流的妇人才更好呢。”另一个说道：“干脆把这小娘儿抢回来就是，用得着问长问短？”那公子爷轻摇折扇，微笑说道：“别胡闹，给我爹爹知道了可不大好。”

厉赛英听了这些污耳之言，哪里还能忍得下这口气，随手拾了一块石子，放在掌心，暗运内功，把石子捏碎，回过头来，一扬手就用“满天花雨”的暗器手法，向亭子里的那些人打去。

奚玉帆听得其中有两个人说话的声音似乎好熟，不觉怔了一怔，也停下了脚步。心道：“这些人实在可恶，惩戒惩戒他们也好。但那两个人似曾相识，却不知谁？”

那些人听得公子爷的口气松动，有两个人便跑出来，恰好碰上了厉赛英飞来的石子，只听得“哎哟，哎哟！”两声尖叫，那两个随从跌了个四脚朝天。

厉赛英是把一块石头捏碎成六颗小石子，她算准凉亭里有六个人，每一颗石子都是有的放矢的。打跌了首先跑出来的两个随从之后，余下的四颗石子仍然向凉亭内那四个人飞去。

她只道那四个人也是一样脓包，不料这四个人和最先跑出来的那两个随从大不相同，个个都有一副相当不俗的身手。

一个魁梧的汉子呼的一掌拍出，打向他的那颗石子竟给他的劈空掌力反打回来。一个黑汉子伸手接了飞来的石子也反打回去。另一个额角长有一个大瘤的汉子本领较弱，矮身一避，石子擦着他的额角飞过，痛得他哇哇大叫，可也没有跌倒。

最后那颗石子是打那个公子爷的，厉赛英以为这样一个纨绔子弟能有什么功夫，不料他的功夫竟然似是还在那三人之上，折扇轻轻一拨，打向他的那颗石子，也给拨落了。

那个魁梧汉子“哼”了一声，说道：“一个小娘儿能有这样功夫，我看他们不是太湖的匪帮就是天目山的贼党！”那公子爷道：“好吧，你把他们拿回来，让我审问，可不许伤了那小娘儿。”

那魁梧的汉子说道：“我理会得！”冲出来便要抓厉赛英，喝道：“你这婆娘居然敢在韩公子面前撒野，识趣的乖乖跟我回去。”他用的是小擒拿手法，若然给他抓着，全身就要筋疲骨软，动弹不得。

厉赛英揖袖一拂，左掌从袖底穿出，反点他的穴道，只听得“嗤”的一声，厉赛英的袖子给他撕了一幅，那汉子也踉踉跄跄的退了几步。说时迟，那时快，那额角长瘤的汉子和那黑汉子也都来了。

那魁梧汉子给厉赛英点着胁下麻穴，幸而他有一身铁布衫的功夫，胁下只觉一阵酸麻，没有跌倒，当下勃然大怒，喝道：“公子爷怜香惜玉，我看在公子爷的份上，才没伤你——你却竟敢伤我！”身形一转，旋风般的又扑上来，张开蒲扇般的大手，向厉赛英抓下。

另外两个人也奔向奚玉帆，一个抖起一柄三股叉，哗啷啷的作响。一个用的是青钢剑，出手便是一招“横扫六合”，剑势凌厉非常。

奚玉帆一见他们所用的兵器，这才蓦地想起，原来这两个人，那个使三股叉的名叫蒙铣，使青钢剑的名叫邓铿。这两个人都是曾经参加过围攻百花谷那场恶斗的。

原来这个公子爷乃是当朝相国韩侂胄的次子，名叫韩希舜。那个用小擒拿手法来抓厉赛英的魁梧汉子，是相国府的大护院史宏。

蒙铣、邓铿本来是黑道上的人物，和韩珮瑛的老仆人展一环有点交情，故而那次被展一环邀来参加围攻百花谷之役。但他们不过是一般的黑道人物，并非劫富济贫的侠义道。百花谷那场风波平息之后，他们在江北站不住脚，逃到江南，却给史宏拉了去充当相府的教师爷。

这两人参加围攻百花谷之时，曾伤在谷啸风和奚玉帆的剑下。这事过后，别人不记仇，他们两个却是认为奇耻大辱的。也正因此，他们明明知道奚玉帆是什么人，却把他诬赖说成是“太湖的匪帮或天目山的贼党”。一开始怂恿公子爷抢厉赛英的也是他们。

奚玉帆冷笑道：“原来是你们两个！当日之事，还可以说是误会；今天你们甘作权门的走狗，还有什么好说的么？我不可能和你客气了！”

蒙铣喝道：“闭嘴，你这小贼今日撞在我的手上，这正叫做天堂有路你不走，地狱无门你偏闯进来！你还敢口出大言，我要你的小命!”

奚玉帆横剑一拨，拨开他的三股叉，刷的一剑，就向他小腹刺去，剑柄一撞，又撞向邓铿胁下的章门穴，一招两式，蒙邓二人不约而同的给他迫退两步。

奚玉帆冷笑道：“当时我不是看在韩家份上，你早已丧在我的剑下了。岂能只是受点轻伤?”邓铿面色一阵青一阵红，喝道：“好呀，你侥幸胜我一招，就敢还嘴，今日看你还有什么本领能逃出我的掌心!”蒙铣说道：“和他斗嘴作甚，宰掉他就是!”

这两个人若是单打独斗，谁也不是奚玉帆的对手。但以二敌一，奚玉帆固然不至于输给他们，但在急切之间，要想求胜，却也不能。奚玉帆这边颇占上风，厉赛英和史宏相斗，却是有点气力不敌了。

史宏是相国府大护院的身份，手底的功夫确实是非同小可，七十二招大擒拿手，六十四路小擒拿手，当真是变化莫测，招招凌厉！

招数凌厉也还罢了，厉赛英的独门剑法奇诡莫测，足以与他旗鼓相当；最吃亏的是厉赛英的气力不及对方，双方的招数旗鼓相当，久战不去，自然是气力弱的大大吃亏。

史宏斗得性起，手脚起处，全带劲风。厉赛英空有一柄锋利的长剑，却给他的一双肉掌迫得离身八尺开外，根本就刺不着他。

幸而厉赛英练有穿花绕树的身法，身似水蛇游走，指东打西，指南打北，她虽然刺不着史宏，史宏的大小擒拿法交互运用，却也是连她的衣角都没抓着。还得提防稍一不慎，就要给她乘隙而入。

奚玉帆眼观四面，耳听八方，看了厉赛英那边的形势，不禁暗暗为她担忧："英妹现在虽然尚不至于便即落败，久战下去，却是非吃亏不可。"蒙邓二人与他缠斗甚紧，奚玉帆摆脱不开，心中一急，拼着豁了性命，陡地喝道："挡我者死，避我者生！"运剑如风，鹰翔隼刺，奋不顾身，猛攻过去。

激战中蒙铣的三股叉招数使老，奚玉帆一个"跨虎登山"，欺身逼进，刷的一剑刺他咽喉。邓铿连忙扑上救援伙伴。他的本领比蒙铣稍胜一筹，可也敌不过奚玉帆那股强劲的内力。"当"的一声，双剑相交，火花四溅，邓铿长剑给荡过一边，人也歪歪斜斜的冲出几步。奚玉帆的长剑余势未衰，"嗤"的一声轻响，剑尖恰好从蒙铣的额角划过，划破了他的肉瘤。这还幸亏是有邓铿给他挡了一挡，他又躲闪得宜，否则这一剑就不仅是皮肉之伤，而是致命的穿喉剑了。

史宏以相府大护院的身份，和厉赛英斗到五十招开外，仍然未能将她抓住，自感面上无光。心里想道："我不赶快把这丫头制伏，蒙邓二人只怕不是那小子的对手。"急于求胜，连使险招，力贯指尖，劲风扑面，把厉赛英迫得透不过气来。

可是由于他连使险招，却也给了厉赛英一个可乘之机。激战中史宏双掌如环，滚斫而进，厉赛英移形换位，倏地掠到史宏后侧，一剑疾刺，史宏反手一拿，只听得声如裂帛，厉赛英的袖子给他撕下一幅，史宏的左臂却也给她划开了一道三寸多长的口子。

史宏大怒道："好呀，我手下留情，你竟敢伤我！"内力运到右掌掌心，呼呼呼连发三掌，掌力有如排山倒海而来，厉赛英连连后退，一面后退一面施展腾挪闪展的轻身功夫，避开正面的掌力。虽然还可勉强支持，亦已有如一叶轻舟，在狂涛骇浪之中挣扎了。

史宏正在恨不得把厉赛英撕成两片，忽见公子爷轻摇折扇，走近了来，笑道："史师傅不用动怒，这女娃子让我给你打发吧。"史宏瞿然一省，心想："我真是糊涂了，这臭丫头虽然可恶，可是二公子所要的人啊。"

史宏想至此处，连忙说道："公子不用担心，我一定将她活擒就是。不过这娘儿倒也颇有几分本领，或许我要令她多少受点轻伤，公子莫怪。"

那公子爷韩希舜摇了摇折扇，沉声说道："我叫你退下你就退下！那个臭小子才是真正扎手的人物，你还是过去帮蒙邓二人吧！"口中说话，脚步已插进他与厉赛英的中间。

厉赛英心头一喜，想道："擒贼先擒王，你来得正好！"剑尖一颤，使出了"流星赶月"的招数，刷的便刺过去，指向韩希舜的"膻中穴"。这"膻中穴"是人身三十六道大穴之一，只要给她的剑尖轻轻点着，韩希舜立即要受内伤，而且浑身不能动弹，只能任她摆布。

史宏突然给公子爷隔开，眼看着厉赛英那支明晃晃的剑尖就要刺在公子爷的身上，自己给隔在一边，要救也没办法，这一惊当真是非同小可！

就在厉赛英暗暗欢喜，史宏大大吃惊的这霎那间，只听得韩希舜哈哈笑道："好剑法！"折扇轻轻一拨，说也奇怪，厉赛英锋利的剑尖竟然刺不破他那把纸扇，给他拨过一旁。

史宏本来也知道公子爷练过武功，可是做梦也没有想到他的武功精妙如斯，不禁矫舌难下，暗暗叫了一声"惭愧！"又是羞愧，又是惊奇，想道："是谁教他这手高明武功的呢？"

韩希舜淡淡说道："你不过去，蒙铣和邓铿打不过那小子啦。"史宏已知公子爷的武功远在自己之上，用不着自己替他担心，连忙应了一个"是"字，抽出身来。

厉赛英更是暗暗吃惊，心里想道：“这一手卸劲的功夫，虽然还比不上爹爹，可是已似乎比帆哥还更高明了。今日只怕是要糟啦!”韩希舜又摇了摇折扇，微笑说道：“我的家人言谈无礼，举止粗鲁，姑娘你莫见怪。我很想和你交个朋友，不知你肯赏我这个面吗?”

厉赛英心中气恼之极，口里却笑嘻嘻地说道：“村野丫头，只怕高攀不起。”突然一剑就刺过去。这一剑出其不意，攻其无备，是在韩希舜合上折扇，歪斜着一双眼睛盯着她的时候，才突然刺过去的。

韩希舜见她笑语盈盈，全身的骨头酥了半边，口里正在说道：“哪里、哪里——”忽见白光一闪，厉赛英的利剑已刺了到来。幸而他的武功委实是非同凡俗，在这性命俄顷之际，一个“大弯腰，斜插柳”，斜俯身躯，折扇跟着使出一招“举火燎天”，“当”的一声，把厉赛英的长剑格开，但衣衫已是给刺穿了一个小洞。韩希舜侥幸没伤，吓出了冷汗，却不动怒，反而笑道：“姑娘，你好狡猾啊！但任你如何狡猾，也是逃不出我的掌心的了!”口中说话，折扇倏张倏合，已是向厉赛英接连攻了七招。

厉赛英已知他的本领在自己之上，不敢让他的折扇碰着，展开了绕身游斗的方法，一合即分，稍沾即退。

幸亏她的穿花绕树身法也是武林绝学，攻敌不足，避敌有余。韩希舜在急切之间要想把她抓住，也是感到力不从心。

斗了十数招，韩希舜喝道：“给我躺下吧!”合了折扇，当作点穴橛使，手法奇诡之极，一招之间，同时点厉赛英的七处穴道。

史宏抽身过去，去得正是时候。奚玉帆刺伤了蒙铣，刚要突围而出，史宏将他拦住，喝道：“小子休得逞强!”双掌齐出，力猛如山，饶是奚玉帆功力深厚，也不能不退了一步。史宏左臂之伤本是轻伤，在跑过来的时候，亦已敷上了金创药了。

奚玉帆冲不过去，大为着急。眼看厉赛英就要遭那公子爷的毒手，他急中生智，不向前冲，反而后退。史宏怔了一怔，心道：“我至多不过与他打成平手，他又没有输招，为何突然退走?”喝道：“想逃吗?”如影随形地追上去，邓铿、蒙铣二人也从两面包抄上来。

哪知这却是奚玉帆声东击西之计，腾出手来，好救援厉赛英的。就在史、邓、蒙三人将要合围而未曾合围之际，他已掏出一把铜钱，反手一掷，用百花谷的独门暗器功夫——“天女散花”的手法，向韩希舜掷去。

这一把铜钱，共有七枚，七枚铜钱也是分打韩希舜的七处穴道。

韩希舜堪堪就要点着厉赛英的穴道，忽听得暗器破空之声，他是个武学的大行家，识得厉害，顾不得攻敌，连忙张开折扇，反手一拨，只听得呼呼之声不绝于耳，七枚铜钱，都给他的扇子拨开。

奚玉帆运剑如风，喝道：“反正我也不想活着出去了，杀一个够本，杀两个就有利钱！”蒙、邓等人虽是报仇心切，见他横了心肠拼命，不禁也是有点恐惧。

但他打出钱镖却提醒了邓铿，邓铿心里想道：“我何不即以其人之道还治其人之身？”陡地跳出圈子，喝道：“让你也尝尝我的暗器滋味！”

史宏正面攻击，蒙铣侧面助攻，奚玉帆以一敌二，已是感到吃力。一有空隙，邓铿的暗器又打过来，而且他的暗器又是层出不穷，又狠又准，弄得奚玉帆应接不暇。

原来邓铿不但长于剑法，暗器的功夫也是江湖上一等一的好手。虽然没有百花谷那种独门暗器手法，却是更为狠辣。他的暗器有隙即钻，不会误伤同伴。奚玉帆却非得时刻提心不可。

奚玉帆给三人缠住，连腾出手来偷发暗器也不能了。韩希舜哈哈笑道：“你们夫妻倒是恩爱得很，不过可惜你的丈夫只能救你一次，无力再做护花人了。小娘子，你还是跟了我吧。”

厉赛英气炸心肺，骂道：“放你的狗——”一个“屁”字未曾骂得出来，韩希舜折扇一合，又拿来当作点穴橛使，点她的穴道了。

幸亏厉赛英吃过一次亏，一见他使出点穴功夫，忙用“穿花绕树”身法躲避，总算没有给他点着，不过那折扇从她鬓旁掠过，“叮”的一声响，却打落了她头上插的一支玉簪。厉赛英只好强抑怒火，凝神应付，不敢再骂，韩希舜越攻越紧，眼看她避得过第一招避不过第二招，避得过第二招避不过第三招。

正在奚玉帆和她都是迭遇险招，紧张之极的时候，这条山村的小路，忽然出现了一个人。

临安城乡的军民人等，谁不认识韩相国的公子？公子爷和大护院在这里打人，哪个还敢走来？是以这日郊游的人虽多，游人一发现这边有相府的人闹事，谁也不敢从这条小路经过。

但现在却有一个人竟敢独自来了！

这个人大约二十多岁年纪，背着一把雨伞，身穿粗布衣裳，脚踏六耳麻鞋，像是个笨头笨脑的农家少年。

这天是一个风和日丽的春日，万里晴空，毫无雨意，这农家少年却背着雨伞，已是令人觉得有点奇怪。邓铿的暗器正像雨点般的向奚玉帆打去，他却偏偏从那边走来，更是令人骇异了。

史宏心里想道："莫非他是白痴，不识死活？否则就是武功深不可测的高人了。"当下喝道："浑小子，你眼盲的么？打死了你可没人偿命！"邓铿笑道："史大哥真好心，这样的一个浑小子打死就算，管他作甚？"史宏大声呼喝，还含有警告的意思，邓铿的冷语，却竟是不把人命放在眼内。

那少年好像视而不见，听而不闻，突然撑开雨伞，走得更加快了。

史宏等人认不得这个"农家少年"，奚玉帆和厉赛英却是如同看见天上丢下了宝贝，喜出望外！

原来这个少年不是别人，正是奚玉帆所思念的好朋友公孙璞。公孙璞武功之高，足以与当世的几位前辈高人匹敌，奚玉帆素所深知，是以见他出现，哪得不喜？

厉赛英则在暗暗偷笑，心里想道："这回可有得他们的苦头吃了！"心中偷笑，却不出声。

公孙璞张开了雨伞，自言自语地说道："奇怪，怎的突然落起雨来了，当真是暗无天日！咦，原来不是雨点，是什么东西，亮晶晶的倒像隔邻马寡妇缝衣的针。"原来邓铿正在洒出一把梅花针。

邓铿大吃一惊，喝道："好小子，你真傻，还是假傻！"只听得嗤嗤声响，公孙璞的雨伞团团一转，那把梅花针钉在他的伞上，没一根刺着他。公孙璞一笑，说道："我若还敬，只怕你受不起。"轻轻一抖，把伞上的梅花针抖落。

邓铿又惊又怒，喝道："好呀，原来你是装疯诈傻，特地来趁这淌浑水的不是?"

公孙璞道："什么浑水，天上并没有落雨呀，地下哪来的浑水？我看浑蛋倒是不少！"邓铿把手一扬，两块飞蝗石打出，心想："你这雨伞能够抵御梅花针，不信还能挡住我的飞蝗石?"要知飞蝗石是暗器中份量最重的，当然不是份量最轻的梅花针可比。

哪知公孙璞这把雨伞，并非普通的雨伞，而是稀世之珍的玄铁宝伞，莫说几块飞蝗石，就是用大刀巨斧斫他，他这把宝伞也能招架。

公孙璞叫道："哎呀，不好，天上落下石子来了！"雨伞一转，叮叮两声，那两块飞蝗石反打回去。邓铿避开一块，避不开第二块，石子正正打着面门，打得他鼻破唇肿，血流满面，颊肉瘀黑，就像开了颜料铺。这还幸亏是公孙璞手下留情，否则他的双眼也要盲了。

奚玉帆忍不住叫道："公孙大哥，你来得正好。请你帮忙厉姑娘。"

公孙璞点一点头，便走过去，说道："厉姑娘，你那次帮了我的大忙，我还未曾向你道谢呢，这个无赖少年让我对付吧。"

厉赛英正吃紧，也不客气，飘身一退，说道："好，让你替我惩戒他吧。不过你可得当心一些，这个泼皮的点穴功夫似乎还很不错。"

公孙璞笑道："我正是要来领教他的点穴功夫。"雨伞一挥，替下了厉赛英，迎上韩希舜的折扇。

韩希舜是相国公子的身份，平素风流自赏，自以为文武全材。不料今日却被公孙璞当作"无赖"，厉赛英骂作"泼皮"，心里那份气恼自是不用说了。为了保持"风流儒雅"的公子爷身份，他不便和公孙璞对骂，手底却使出狠招，重手法点公孙璞的穴道。

公孙璞雨伞一迎，"当"的一声，折扇敲在伞柄上。他这伞柄是比凡铁重逾十倍的玄铁做的，登时把韩希舜震得虎口发热，折扇几乎脱手。

韩希舜这才吃了一惊，喝道："你这是什么兵器？"

公孙璞亦是心头微凛，想道："这小子折扇居然还能够拿在手中，也算得是有几分本领了。怪不得厉姑娘打他不过。他这折扇点穴的功夫好像是惊神指法演变出来的，且待我再试他一试。"于是哈哈一笑，说道："你怕我这件真宝贝，我不用它就是。"合了雨伞，仍然背在背后，空手就来夺韩希舜的折扇。原来他是特地要引韩希舜把点穴功夫都抖露出来的。若用玄铁宝伞抵御，只怕会打断他的扇子，这目的就达不到了。

韩希舜气得面色发青，喝道："好小子，你敢目中无人！"立即一招"北斗七星"使出，一招之内，连点对方七处穴道。

公孙璞一飘一闪，故意让韩希舜点着他的一处穴道，韩希舜折扇一收，喝道："给我躺下！"，哪知公孙璞只是身形微晃，冷笑说道："来而不往非礼也，让你也见识见识我的点穴功夫！"口中说话，骈指如戟，便点过来。

原来公孙璞有他祖父家传的"颠倒穴道"的功夫，韩希舜的独门点穴手法虽然厉害之极，功夫未到，却也难奈他何。但韩希舜的这一招点七穴的手法惹起他心中的疑问，暗自想道："这厮用折扇点穴的功夫倒像是从惊神指法变化出来的，惊神指法，天下只有我的檀叔叔和金国完颜长之会使，完颜长之是金国的皇叔，从没收过弟子，更不会把功夫传给汉人。那么他从哪里学来的呢？手法变化的精妙，竟然好像比我的檀叔叔还要高明？"公孙璞的"檀叔叔"即是"武林天骄"檀羽冲。檀羽冲本来是金国的"贝子"（亲王的儿子），但因反对金主的暴政，早已成为"钦犯"了。他和笑傲乾坤华谷涵是好朋友。华谷涵的妻子蓬莱魔女是公孙璞的祖父抚养成人的，既是徒弟，又是养女，所以公孙璞一向叫她姑姑。华谷涵夫妻和武林天骄都曾传授过公孙璞的功夫。（事详拙著《狂侠天骄魔女》）

公孙璞心中疑惑，殊不知韩希舜比他疑惑更甚。公孙璞骈指如戟向他点来，施展的点穴功夫和他刚才用折扇点穴的那一招竟是一模一样，同样的在一招之间，点他七处穴道！

韩希舜好不容易避了开去，心里想道："奇怪，这个乡下少年怎的也会使惊神指法？这种天下无双的点穴功夫，据我师父所说，除了他之外，就没有人懂的。但这乡下少年的点穴功夫，竟似乎比我还要高明？"其实论指法的巧妙，公孙璞还是稍逊一筹。但这变化的微妙之处，高下之别，以韩希舜的武学造诣却是看不出来。公孙璞的功力比他高得多，深厚的内家真力配合上最上乘的点穴功夫，韩希舜自以为是对方比他高明了。

厉赛英脱出身来，便即过去与奚玉帆联手。邓铿仍然在发暗器向奚玉帆偷袭，厉赛英身似水蛇游走，避开他的暗器，眨眼间到了他的面前，刷的一剑向他刺去。

邓铿的剑法和暗器功夫在黑道上号称"双绝"，但他也只能在黑道上称雄而已，却怎比得上厉赛英明霞岛的秘传剑术。

不过十数招，邓铿抵敌不住，逐步后退，又再与史宏、蒙铣会合。合三人之力，勉强敌住奚玉帆、厉赛英二人。

韩希舜比他们更糟，他和公孙璞单打独斗，使尽了浑身解数，非但占不到半点便宜，反而迭遇险招。正在心中暗暗叫苦，忽见一个老者，匆匆跑来，"咦"了一声，叫道："二公子，你为什么和他们打架？"韩希舜喜出望外，原来这个老者正是相府的客卿白逖。

韩希舜喜出望外，连忙叫道："白老师快来帮我！"就在此时，公孙璞一声冷笑，五指如钩，已是向他的琵琶骨疾抓而下。

白逖在相府作客，自是不能袖手旁观，只好插在他们二人之间，替韩希舜挡这一招。

公孙璞一见这老人的身手，便知他是个武功极为高明的人，当下变抓为劈，双掌一交，只觉好像碰着了一团棉花似的，自己发出的刚猛之极的掌力，宛如泥牛入海，一去无踪。对方的身子连动也没动一下，但却也没有反弹之力，分明是手下留情。

公孙璞只知白逖的本领高明，但到底高明到什么地步，仍是试不出来。碰上这样一个"深不可测"的高人，不由得心头大骇。

韩希舜洋洋得意，冷笑说道："白老师来了，看你们还逃到哪里去？白老师你怎么还不动手呀？"

哪知白逖却道："公子且慢！"转过身来叫道，"史师父住手！"史宏虽然是在相府做教师爷的大护院，但白逖却是相爷的上宾，史宏只好遵命跳出圈子，蒙铣、邓铿二人跟着也退下了。

韩希舜怔了一怔，说道："白老师，你怎么啦？他们是想混入临安的匪徒呀。"

白逖不睬他的说话，一晃身到了奚玉帆的面前，说道："请问扬州百花谷的奚璞是你的什么人？"

奚玉帆见他说话客气，遂也恭恭敬敬地答道："正是家父。"白逖哈哈一笑，说道："怪不得你的百花剑法使得这样好，果然是虎父无犬子！"

奚玉帆道："老前辈和家父相识的吗？不敢请教大名。"白逖笑道："我和令尊在二十年前也是不打不成相识的朋友，老朽姓白名逖，想必令尊曾和世兄说过。"

奚玉帆"啊呀"一声，说道："原来是白世叔，爹爹常常提起你的名字，可惜这二十年来，一直见不到你。家父不幸，早已去世了。"

白逖说道："我知道。没多久以前，我还曾经见过你的好朋友谷啸风呢。"

奚玉帆喜道："我也在找他。听说他到——"白逖不待他把话说完，连忙向他使了一个眼色，说道："不错，他是到我的一位老朋友那儿去了。你是到文大侠那里的吧，我不阻拦你了。"

奚玉帆瞿然一省，想道："不错，他是这个什么'公子爷'的'老师'，我若说出太湖七十二家总寨主王宇庭的名字，这个'公子爷'就更有借口指我是匪徒了。岂不令这位白老前辈左右为难？"同时心中也有疑惑："听说白逖是一位避世高人，怎的却会在豪门作客？"

厉赛英沉不住气，冷冷说道："只怕你的公子爷不肯放我们走吧？"正是：

本是江湖豪杰客，权门托庇为何由？

欲知后事如何，请听下回分解。

第六十回　中宵相府窥私秘
客路名山访故人

白逖哈哈一笑，回过头来，对韩希舜说道："这位奚相公是我的世侄，他们奚家在扬州也是著名的望族，决非什么匪徒。想必是史宏他们误会了。请二公子赏老朽一个面子，别再与他们为难。"

韩希舜打不过公孙璞，白逖又和奚玉帆认了世交，他虽然心中恼怒，却也只好忍住，装出笑容，打了个哈哈说道："近来风声很紧，家父担纲朝政，自是不能不提防有匪徒混入临安。一时误会，请奚兄莫怪。今日不打不成相识，请到舍下盘桓数日，让在下得以谢罪如何?"

白逖这才说道："这位韩公子的令尊正是当朝相国。"

奚玉帆冷冷说道："一介布衣，高攀不起。韩公子肯放我们过去，我已是感激不尽。好意心领了。"

他们本来是想在临安住一天，顺便游玩西湖的。闹了这件事情，大家都意兴索然，经过西湖，也不想游玩了。当日便径上天竺山去找文逸凡。

路上厉赛英问道："公孙大哥，你怎么也到了此间，真是凑巧！锦云姐姐呢?"

公孙璞道："我就是特地来江南找她的。"

厉赛英诧道："怎么你们那天没有见着面?"

公孙璞道："我们本来是约好在往金鸡岭的路上见面的，却等不见她。到了金鸡岭也没见着。我猜想她可能是临时变卦，不来金鸡岭了。她是喜欢游山玩水的，或许会来观赏江南的春景也说不定，因此我就来了。”

厉赛英道：“锦云姐姐和我一样好玩，你算是摸透她的脾气。不过，她和你本来是约好的，就算临时变卦，也该向你有个交代呀?”

公孙璞皱起眉头，说道：“是呀，所以我着实有点放心不下呢。”

公孙璞与厉赛英都是有所不知，原来宫锦云的父亲黑风岛主宫昭文和蓬莱魔女结有冤仇，他就是因为惧怕蓬莱魔女，才逃到海外的荒岛去的。宫锦云和公孙璞结识之后，虽然已是不相信父亲的说话，但心想：“我偷自离家，已经招惹了爹爹恼怒，若然再去依附爹爹的仇人，只怕更要气死爹爹了。”是以那日她在知道父亲来追踪公孙璞之后，便用“金蝉脱壳”之计，引父亲去追她。她的马快，父亲追她不上。但由于她走的是另一条路，因而也见不到公孙璞了。她本来想传个消息给公孙璞的，一来为了怕碰见父亲，不敢到金鸡岭去。二来又遇上另一件意外事情，以致无法按照原来计划行事。至于是什么意外的事情，后文再表。

且说厉赛英见公孙璞皱起眉头，她心中虽然疑惑，也只好安慰他道：“锦云姐姐聪明机智，武功又好，一定不会出什么事。定然是如你所说，来到江南游玩了。”

公孙璞苦笑道：“但愿如此。”

奚玉帆为了想给他解除愁闷，转个话题，笑道：“今天幸亏遇上了你，否则我和赛英只怕是当真走不了呢。那个韩相国的公子居然有这样好的武功，也真是大出我的意料之外。”

公孙璞若有所思，半晌说道：“是呀，我也是奇怪得很!”

厉赛英笑道：“有什么奇怪，白逖是武林前辈中有数的高手，他是白逖的徒弟，就难怪练成一身武功了。”

公孙璞忽地摇了摇头，说道：“他不是白逖的徒弟。”

厉赛英诧道：“你怎么知道?”

公孙璞道：“白逖练的是刚柔兼济的正宗内功，和那姓韩的路子完全不同。那姓韩的绝技是点穴功夫，据我所知，白逖不是点穴名家。”

厉赛英心头一动，说道："你怀疑谁是他的师父?"

公孙璞道："我倒是想到一件事情，不过不敢断定。江南大侠文逸凡见多识广，且待见到他再问他吧。"

厉赛英本是个"打破沙锅问到底"的脾气，但公孙璞却是个不喜欢说话的人。此时他们已来到了中天竺，文逸凡的住宅也已经看得见了，厉赛英只好暂且按下好奇之心，跟着奚玉帆和公孙璞到文家通名求见。

文家大门打开，一个五旬左右的青衣汉子出来迎接客人。奚玉帆吃了一惊，说道："展大叔，你也在这儿?"

原来这个人正是韩珮瑛家里的那个老仆人展一环。当年就是他和另一个老仆人陆鸿护送韩珮瑛到扬州完婚的。

由于展一环曾有过发动围攻百花谷那件事情，两人见面，不免有点尴尬。

展一环呆了一呆，哈哈笑道："奚公子，我料到你会来的，过去的事情已经过去了，令妹夫如今是这里的少主人啦，过往的事，谁也不必放在心上。"

奚玉帆道："我正是来找舍妹的，她当真是和辛少侠成了婚吗?"

展一环笑道："此事如何有假？那天江南的武林豪杰，差不多都来喝喜酒呢。可惜你这个大舅子却找不到。"

奚玉帆一片茫然，半晌说道："展大叔，请你叫舍妹出来。"

展一环道："你来得不巧，辛少侠和你的妹妹都不在家。"

奚玉帆道："他们到哪里去了?"

展一环道："听说是文大侠差遣他们去办一件事的。反正你就可以见着文大侠的，你问他吧。"

说话之间，展一环已经带领他们进入客厅，文逸凡得到通报，早已在客厅等候他们了。

公孙璞首先上前拜见，文逸凡笑道："我得过令祖许多教益，虽然未得列入门墙，也算得是私淑弟子呢。世兄不必客气。"双手一托，把公孙璞扶了起来。但公孙璞已经屈了半膝，拜了两拜。可说是行了半个"大礼"。

文逸凡好生欢喜，心里想道：“听说他在光明寺受过三位当代的武学大师亲炙，果然是功力不凡。后一辈中，恐怕是应数他第一了。公孙奇作恶多端，难得有这样一个好儿子。公孙隐老前辈死了一个逆子，却得一个贤孙，也可以大慰晚年了。”原来他刚才那双手一托，乃是有心试公孙璞的功夫的。

跟着奚玉帆以晚辈之礼上前参拜，文逸凡更是欢喜，说道：“令妹和小徒成亲，咱们可说得是一家人，我也不和你客气了。你可是来探亲的么?”

奚玉帆道：“不错。舍妹仓促成婚，我都未曾知道。不知他们可在家么?”

文逸凡道：“可惜你来迟一天，他们是昨天刚刚走的。太湖王寨主有事要和我商量，我叫小徒替我去一趟。令妹舍不得新婚夫婿，跟他一同去了。”

奚玉帆这才知道他的妹妹去了太湖，说道：“我们也是想到太湖去的，这可是真巧了。”

文逸凡说道：“别忙，他们在太湖不会很快走的。你好不容易来了，总得在这里多住两天。”

接着厉赛英上前行礼，敛衽道了“万福”。奚玉帆道：“这位厉姑娘是明霞岛主的千金。”公孙璞笑道：“奚兄在文老前辈面前何必害羞，应该告诉文老前辈才是。”接着对文逸凡说道：“他们是已经订了婚的夫妻，只因明霞岛主有事于中原，还未成亲。”

文逸凡哈哈笑道：“原来奚世兄是明霞岛主的爱婿，这就更是可喜可贺了。”心里却暗暗惊诧。“明霞岛主厉擒龙是个介乎邪正之间的大魔头，奚玉帆不知怎的攀上了这门亲事。”

坐定之后，公孙璞道：“文世伯，小侄有件事情，想要请教。”

文逸凡道：“请说。”

公孙璞道：“小侄今早在临安城外碰见一位武林前辈白老先生，据他说他现在是住在韩侂胄的相府。”

文逸凡道：“啊，你说的是白逖。不错，他是受了太湖王寨主之托，这才特地去作韩侂胄的门客的，你是为了这件事感到诧异吗?”

公孙璞道："这倒不是。白老前辈高风亮节，我是早已听得爷爷说过，怎会疑他。"

文逸凡道："那么你想知道什么？"

公孙璞道："韩侂胄有个儿子名叫韩希舜，不知是否白老前辈的徒弟？"

文逸凡道："我从没听他说过。他到相府也不过两个月，想必不会收徒的。"

厉赛英道："公孙大哥，你果然料得不错。白逖在相府不过两个月，即使他肯传授韩希舜这厮武功，这厮也决不能学到什么东西。"

文逸凡道："哦，你曾经和这位韩二公子交过手么？"

公孙璞道："不错。"当下将路上所遇的事情告诉文逸凡，然后说道："韩希舜的武功路数和白老前辈不同，我早已怀疑他不是白老前辈的徒弟，如今得到文大侠证实，那就更无疑义了。但却不知他的师父是什么人？"

文逸凡道："相府之中高手不少，但听你所说，这位韩二公子的武功似乎还在那些高手之上。他是跟什么人学的，我可不知。不过你为什么要急于打听这件事呢？"

公孙璞道："韩希舜别的功夫也还罢了，他的点穴功夫可是惊人，令我大为疑惑！"

文逸凡笑道："天下点穴高手，还能有胜得过你的檀叔叔武林天骄的么？我听说武林天骄在光明寺之时，曾教过你的点穴功夫的。怎么，难道你的点穴功夫还比不上那个韩希舜吗？他居然能够令你吃惊，这倒奇怪了！"

公孙璞道："他只是功力稍逊而已。若然只论点穴的手法，他不但比我高，似乎也还要比檀叔叔高明！"

文逸凡诧道："有这等事？"

公孙璞道："更奇怪的是他的点穴手法和檀叔叔教我的大同小异，不过变化更为精妙！"

文逸凡道："这么说，他也懂得惊神指法？"

公孙璞道："是呀，所以我才感到奇怪。"

文逸凡皱起眉头，说道："当真如此，这就确实是奇怪了！"

厉赛英听得莫名其妙，问道："你们奇怪的是什么？我还未知道呢。"

文逸凡道："厉姑娘，你有所不知，武林天骄檀羽冲的点穴手法，是从穴道铜人上钻研出来的。这个穴道铜人本来是宋国的国宝，汴京沦陷之时，给金人劫去。金国皇帝特地为此召集了全国的武林高手和杏林国手成立了一个'研经院'，由皇叔完颜长之主持，研究穴道铜人，弄出了一份图解。武林天骄本是金国贝子，他的惊神指法，就是因为获睹这份图解，而参悟出来的。"

听至此处，厉赛英禁不住突然跳了起来，一副恍然大悟的神气，叫道："我明白了！"

奚玉帆道："你明白了？"

厉赛英道："我知道那个蒙面人是什么人了，他就是韩希舜的师父！"

文逸凡道："什么蒙面人？"

厉赛英笑道："对啦，这件事情我还没有告诉文大侠呢。"当下将高氏夫人所说的那个有关穴道铜人图解的故事原原本本的复述一遍。

文逸凡道："原来如此。这么说穴道铜人图解是共有两份的了。一份是原来的宋宫图解，一份是后来金国高手钻研出来的金宫图解。"

厉赛英道："不错，想必是宋宫原来的那份图解高明一些，所以公孙大哥觉得韩希舜的点穴手法似乎更为精妙了。"

接着又道："那天晚上，杨大庆、石棱、高杰三人在客店的房间里，半夜有个蒙面人跳进来，打伤了高杰，点了杨石二人的穴道，抢走了那个藏着穴道铜人的匣子。杨石二人怀疑是高杰串通那个蒙面人，高杰怀疑是他的师兄乔拓疆，后来又怀疑是我的爹爹，我却怀疑是黑风岛主。其实都猜错了，原来是韩希舜的师父。"

奚玉帆笑道："线索是找到了，可惜也还未知道他的师父是谁呢。"

公孙璞道："檀叔叔在惊神指法上边有若干处未能参透，他也知道宋宫有一份原来的图解，却不知落在何方。若然找得出韩希舜的师父，对檀叔叔倒是很有好处。他们可以共同参详。”

厉赛英道：“有其徒必有其师，韩希舜如此可恶，肯收这样的纨绔恶少做徒弟的恐怕也未必是好人吧？”

文逸凡点了点头，说道：“不错，我倒是担心落在坏人手中，将来会酿成武林大患呢。这样吧，我给你打听这人是谁。我打听不出来，还可以请丐帮的陆帮主帮忙打听。丐帮的消息最为灵通，或者可以有意外收获。”

公孙璞谢过了文逸凡，说道：“我想早一点会见啸风，请文大侠原谅我不多留了。”

文逸凡道：“最少你也得住这一晚。”

第二天一早，公孙璞、奚玉帆、厉赛英三人便向文逸凡告辞。下山之后，路上厉赛英忽道：“今晚咱们到韩侂胄的相府去探一探如何？”

奚玉帆笑道：“你怎的这样心急，文大侠不是答应帮咱们打听么？”

厉赛英道：“我的师姐因此而死，我怎能不急于求得答案；再说，文大侠就是打听出来，咱们也奈何不了那个人。不如把韩希舜这厮捉了出来，直截了当的盘问他！”

公孙璞道：“这不大妥当吧。不如去找白老前辈，再向他打听打听。”

厉赛英道：“不好！咱们一到相府，只怕就要给韩希舜这厮纠缠上了。即使没有麻烦，他也一定注意咱们的，咱们还怎能便宜行事？”

公孙璞辩不过她，想了一想，说道：“韩希舜这厮也太可恶，好吧，让他吃点亏也好。咱们今晚就去。”

三人在临安城外兜了一个圈子，待得傍晚时分，悄悄进城。

他们在一条比较僻静的街巷里，找了一间小饭馆，点了几样精致的小菜，吃喝个饱。小饭馆里少有这样的阔客，店主人自是加意奉承，亲自招待。奚玉帆赏了他一两银子，说道：“小可有位远亲，是相府的门客。小可初到临安，却不知相府坐落何方，还望老丈指点。”店主人听说他有亲戚在相府，更是诚惶诚恐的巴结，详详细细的给他说明了相府所在之处，原来就在西湖旁边的孤山山麓。

出了饭馆，在环湖的苏堤上漫步一会，观赏西湖夜景。夜西湖的景色，果然是幽美非常。奚玉帆轻声念那副“平湖秋月”的对联：“凭栏看云影波光，最好是红蓼花疏，白萍秋老；把酒对琼楼玉宇，莫辜负天心月满，水面风来。”笑道：“可惜咱们是人闲花不闲，把酒对琼楼玉宇，凭栏看云影波光，这样的赏心乐事，只有留待他日了。”

不知不觉已是将近三更时分，公孙璞道：“是时候了。”

三人踏上孤山，相府倚山建筑，在一处峭壁上可以俯瞰相府的后花园。峭壁上有一株横生倒挂的古松，形如苍龙攫海，丹凤朝阳，满树蟠着枝藤，藤梢枝枝下垂，随风飘拂。有几枝藤梢几乎可以拂着后花园的围墙。

公孙璞选择了这个有利的地形，笑道：“咱们借这古松苍藤作为梯子，从这里跳下去，包保人不知，鬼不觉。”当下攀上古松，抓着一枝苍藤，荡了几荡，腾身而起，便像打秋千一般，荡过了围墙，轻轻跳下。

厉赛英笑道：“这倒有趣。”与奚玉帆依法施为，三个人进了相府，果然没人发觉。

三人都是上好的轻功，后花园里虽有相府的几名卫士巡逻，他们借物障形，蛇行兔伏，相府的后花园又比寻常人家的花园大得多，几名卫士作“例行公事”的巡逻，做梦也想不到有外人藏在这个园子。

奚玉帆游目四顾，但见花木扶疏，假山、荷池、亭台楼阁，隐现在花木之中，构成美妙的画图。奚玉帆悄悄说道：“园子这么大，却怎知韩希舜这厮是在哪间房子？”

厉赛英道：“别急，好机会来了。”奚玉帆从假山石后抬头望去，只见一个青衣小婢提着一个盒子，正向着他们这边走来。

厉赛英闪电般一跃而出，那小丫环正自大吃一惊，还未能叫出声来，就给她掩着嘴巴，拖到假山后面。

厉赛英在她耳边说道："你别慌，我只是问你一句话，你依实回答，我不会难为你的。但若你敢说谎，那你瞧着！"一掌劈下，把一块石头劈得石屑纷飞，损了一角。

那小丫头见她是个女子，稍稍放心，但见她有这样本领，却是大惊不已。

小丫环惊魂稍定，说道："你要问什么？我是给二公子送参汤去的，可不能耽误。"

厉赛英笑道："我就是要知道二公子住在哪里？"

小丫环张大了眼睛，说道："你们要找二公子？"

厉赛英道："别多问，快说！"

小丫环知道"二公子"喜欢瞒着"相爷"结交江湖异人，心里想道："不知是不是二公子约来的？但不管他是约来的也好，不请自来的也好，总是与我无关。"于是说道："从这里向南走，经过两座假山，在荷池之旁，有一座红楼，那就是二公子的住处了。你们可不能泄漏是我告诉你们的。"

厉赛英道："你别害怕，二公子今晚是决不会查问你没有送参汤这样的小事了，你在这里躺半个时辰，就回去睡觉。"说到"睡觉"二字，倏地出指点了她的穴道。她用的是最轻巧的点穴手法，只须半个时辰，这小丫环的穴道就能自解。

厉赛英笑道："这盅参汤，咱们喝了吧。哈，原来还有鸡汤的滋味呢，参的药味不浓，味道倒很不错。"奚玉帆笑道："你一个人喝吧，我们不想分享你的了。"

他们依照那小丫环的指点，走到荷池之旁，藏在假山石后，果然见那座红楼上灯火犹明，碧纱窗上现出一个人影，正是那个韩希舜。

厉赛英道："咦，他在做什么？"

原来韩希舜正自盘膝坐在房中，坐的姿势很怪，双手抱头，双足足尖相对翘起。而且头上正在发出热腾腾的白气。

公孙璞道："这大概是一种邪派内功，他正在练功。呀，这可不大好了！"

厉赛英道："有什么不好？练功练到紧要关头，对周围一切视而不见，听而不闻，不是正好给咱们手到擒来吗?”

公孙璞道：“我就是不想乘人之危，要就光明正大的打败了他，将他掳走。”

厉赛英悄悄笑道：“和这样的恶少讲什么江湖规矩？古人说得好，遇文王兴礼乐，遇桀纣动刀兵，对付仗势凌人的宰相公子，咱们也用不着充什么正人君子啦。”

公孙璞方自踌躇未决，忽见灯花一暗，待到眼前一亮之时，只见那间房子里忽然多了一个人。

是一个拿着竹杖的青衣妇人，奚、厉两人见了都是不禁大吃一惊，原来这青衣妇人不是别个，正是那个曾经到过邵家庄和他们交过手的那个女魔头辛十四姑!

厉赛英心道：“奇怪，她来做什么？她和韩希舜这厮不知是友是敌?”

心念未已，只见辛十四姑已是一掌向韩希舜的天灵盖拍下!

这一掌突然拍下，躲在假山后面偷看的公孙璞三人都是不禁大吃一惊，以为辛十四姑是要杀掉韩希舜了。

不料结果却是大大出乎他们的意料之外，天灵盖本是人身致命之处，辛十四姑那一掌分明已是打在韩希舜的天灵盖上，韩希舜却并没有倒下，反而“啊呀”的叫了一声，站起来了。

原来韩希舜练的这种邪派内功，倘若给人突然惊醒，就有走火入魔之险。只有轻轻的打他天灵盖使他醒来，才可免除此难。辛十四姑恰好是通晓这门武学的大行家，用的是极其轻巧的手法。

韩希舜跳了起来，固然也是难免一惊，但吃惊的程度却远不及在外面偷看的这三个人。

辛十四姑之来，似乎早已在他意料之中。

只听得他不慌不忙的说道：“你老人家来了，请恕晚辈失迎。”

辛十四姑道：“你的师父呢?”

韩希舜道：“家师早料到你老人家会来的，不过却想不到会这么快。他要迟三两天才到这儿，不知你老人家愿不愿意耽搁几天等他?”

辛十四姑道：“我还以为他是躲在这个园子呢。这么说，倒是另外的人了。”

韩希舜吃了一惊，道：“你发现了什么人？”

辛十四姑冷笑道：“不是我及时赶到，只怕你早已受了暗算了。目前我还不知道是什么人——”说到此处，突然把手一扬，喝道：“躲在后面的小辈给我滚出来！”

当辛十四姑和韩希舜说话的时候，厉赛英已知不妙，捏了捏奚玉帆的掌心，又在公孙璞的耳边悄悄说道：“今晚有这女魔头在这里，咱们是无望了，赶快溜吧！”

话犹未了，只听叮叮几声，原来是辛十四姑一甩手发出几枚指环，向他们打过来了。

辛十四姑的暗器手法当真是奇妙无比，这几枚指环是从假山上面飞过，打了一个圈又飞回来的。这样一来，公孙璞他们虽然是躲在假山背后，也有给暗器打中的危险了。

幸亏公孙璞的功力不弱，这几枚指环是给他用“弹指神通”的功夫弹开的，指环碰着山石，发出叮叮声响。

说时迟，那时快，辛十四姑已如鹰隼穿林，破窗而出，向他们扑来，冷笑说道：“我道是谁？原来是你们这几个胆大妄为的小辈！”

公孙璞和辛十四姑以往未交过手，尚未知道她的厉害，说道：“你们快走，我来挡她几招。”

辛十四姑“哼”了一声，冷笑说道：“走不了啦！”冷笑声中，青竹杖已是高高举起，向公孙璞打了下来。

公孙璞用玄铁宝伞一迎，只听得“当”的一声，火花四溅。公孙璞虎口隐隐发麻！

公孙璞这一惊非同小可，要知他这玄铁宝伞重逾凡铁十倍，寻常刀剑碰着了也会折断的。如今辛十四姑用的不过是一根竹杖，竟然并不折断，反而震得他的虎口发麻。

殊不知公孙璞固然是大吃一惊，辛十四姑亦是吃惊不小。心里想道：“听说西门牧野和朱九穆在孟七娘那里的时候，曾经碰过一个背着雨伞的乡下少年，名叫公孙璞，以那两个魔头的本领，竟是奈何不了那个乡下少年，想必就是此人了。”

韩希舜跟着来到，冷笑说道：“我道是谁，原来是你们三位，昨天我请你们，你们不来，怎的今晚却又鬼鬼祟祟的偷偷来了？嘿，嘿，你们既然来了，那就不必走啦！”

三个人中，韩希舜最顾忌的是公孙璞，看见辛十四姑已经和他交上了手，放下了心，便向奚玉帆和厉赛英攻去，叫道：“来人啦！”

厉赛英斥道：“昨天我是看在白逖面上，饶你一次，如今我是非惩戒你不可了！”

韩希舜哈哈笑道：“你惩戒我？嘿，嘿，我倒是怜惜你呢！”

厉赛英柳眉倒竖，刷地一剑便指到他胸口的“志堂穴”。韩希舜笑道：“小娘子，你的点穴功夫还得再练十年！”折扇一张，拨开厉赛英的剑尖，倏的一合，依样画葫芦的点向厉赛英酥胸！点的是同一穴道，手法的高下可大大不同。

奚玉帆喝道：“休得放肆！”剑柄一颤，抖出三朵剑花，就像把一柄长剑化成三柄似的，攻向韩希舜的三处要害。这一招有个名堂，名为“三环套月”，正是奚玉帆家传的“百花剑法”中一招极其厉害的杀手。

韩希舜和奚玉帆交过手，知道自己不过是点穴功夫能够胜他，对他的凌厉剑法，不敢不防。当下只好移开折扇，先解奚玉帆的剑招，还了一招“七星伴月”，折扇转了一个圈，一招之间，同时点奚玉帆的七处穴道。

厉赛英的功力不及奚玉帆，但明霞岛的独门剑法亦是奇诡百出，一柄青钢剑指东打西，指南打北，“嗤”的一声，削掉了韩希舜的一幅袖子。

韩希舜若是单打独斗，可以胜得奚玉帆，奚厉二人联手斗他，他可是只能有招架之功了。

辛十四姑本领比公孙璞自是胜过不止一筹，但要在迫切之间胜他，却也是并不容易。

公孙璞恃有玄铁宝伞之利，展开了一套防身的打法，只守不攻。辛十四姑的青竹杖纵横点戳，总是给玄铁宝伞挡住。

相府的卫士给园中打斗之声惊动，此时正在纷纷赶来。

公孙璞右手拿着宝伞，作了一个旋风急舞，腾出左掌，“呼”的向韩希舜击去。

公孙璞自幼练大衍八式，内力雄浑非常，这一记劈空掌打将出去，虽然是在十步开外，韩希舜已禁受不起。只觉一股劲风扑面而来，胸口就像给人重重打了一拳似的，不由得一个踉跄，噔噔噔的连退数步。

厉赛英剑法奇快，乘隙即入，冷笑说道：“且叫你这无赖吃点苦头！”一招“玉女投梭”，疾刺韩希舜的肩井穴。

哪知她快还有人比她更快，只见青绿的杖影一闪，辛十四姑的竹杖指东打西，指南打北，早已使出“移形换位”的功夫，闪电般的拦在韩希舜的面前，一招两式，同时向奚玉帆和厉赛英攻去。

这一招两式正是攻敌之所必救，奚厉二人连忙后退。公孙璞扑将过来，辛十四姑已是把韩希舜拉开了。幸亏她的目的是在救人，否则奚玉帆纵使无妨，厉赛英只怕已是难免要伤在她的杖下。

不过，她虽然救出了韩希舜，公孙璞的“声东击西”之计亦已成功。打开缺口，三人便往外闯。

韩希舜只觉肩头火辣辣的作痛，低头一看，只见衣裳已给刺穿，幸而最里的一层垫肩未破，得以侥幸没伤。韩希舜不禁吓出一身冷汗，想道：“这妖女好狠，若不是辛十四姑来快一步，只怕我的琵琶骨都给她刺穿了。哼，她还说只是给我吃点小苦头呢。”大怒之下，喝道：“你们快上呀，一个都不能让他们逃跑！”

他也不想想，他手下那班人焉得阻拦得了公孙璞和奚玉帆这等高手。奚玉帆展开百花剑法，霎眼之间，刺伤了七名卫士，公孙璞用点穴的功夫，也点倒五六个人。

史宏叫道：“叫那白老头儿来，让他看看他的世侄，着落在他的身上——”话犹未了，公孙璞已是手持玄铁宝伞，向他击下。

史宏自恃有七十二把大擒拿手的功夫，善于空手入白刃，却不知公孙璞用的是玄铁宝伞。一抓抓去，只听得“咔嚓”一声，史宏的右臂登时脱臼。这还是公孙璞手下留情，否则这一击就能将他的手臂打断。

公孙璞等三人翩如飞鸟般的翻过墙头，相府的弓箭手箭如雨下，公孙璞撑开宝伞，身在半空，宝伞一转，利箭射着他的宝伞，四面荡开，没射着的也给那股劲风荡得反射回去。

辛十四姑心里想道：“我追出去也未必胜得了这三个小辈，何况还有一层，听说公孙璞这小子是当世三位武学大师的弟子，我又何苦和明明大师他们结上梁子。”

于是说道：“二公子，你受伤没有？治伤要紧，这三个小辈慢慢我找他们算账。”韩希舜给那股劈空掌震得胸口作闷，自己也不知道有没有内伤，不罢休也只好罢休了。正是：

相府深宵窥隐秘，英雄合力闯龙潭。

欲知后事如何，请听下回分解。

第六十一回　野岭危崖逢异丐 金簪罗帕请援兵

公孙璞三人出了相府，回头一看，并没追兵，这才放下了心。

厉赛英道："这女魔头好厉害，我几乎吃了大亏。哼，待我找着了爹爹，再去和她算账。"

公孙璞道："我倒有点担心白老前辈呢，出了这件事情，不知他会不会受到我们连累。"

奚玉帆道："这倒无妨。白逖是韩侂胄和江南武林人物之间的联络人，在蒙古鞑子即将南侵之际，韩侂胄有些地方还是要倚仗他的。咱们还是赶紧前往太湖，见了谷啸风再说吧。"

公孙璞道："对，太湖的王寨主和柳姑姑（蓬莱魔女）常有信使往还，咱们可以请他把这女魔头在相府出现的消息告诉柳盟主，柳姑姑自会告诉檀叔叔。那就不必等待找着你的爹爹，也可以和那女魔头算账了。"

厉赛英道："不错。听那女魔头的口气，她和韩希舜这厮的师父是认识的。这厮的师父一定就是抢了穴道铜人图解的那个蒙面人，让武林天骄知道，武林天骄非得找他们不可。"

三人同行，一路谈谈说说，倒是不觉寂寞。这日到了太湖，只见万顷茫茫，水天一色，不觉逸兴遄飞，胸襟为之一爽。忽听得一声长啸，芦苇丛中摇出一只小船，那舟子笑道："可是百花谷的奚公子么？"

奚玉帆诧道："你怎么知道？请恕眼拙，咱们好像以前没有会过？"

那舟子笑道："你们一路行来，早就有人打探清楚，禀告我们的总寨主。我是奉了总寨主之命，特地在这里等候你们的。"

太湖义军防范的周密，三人都是不禁佩服。上船之后，奚玉帆问那舟子道："有一位谷少侠谷啸风是不是在你们的寨子里？"

那舟子道："不错，谷少侠来了许多天了。"

公孙璞道："文大侠的掌门弟子辛龙生和他的新婚夫人是不是也已经来了？"

那舟子道："这倒没有听说，不过我只是一个小头目，总寨主的宾客，我也不尽知道。"

王宇庭是太湖七十二家的总寨主，大寨在西洞庭山。摇到对岸，弃舟登山，王宇庭早已和谷啸风在半山迎接他们了。好友相逢，自是欢喜无限，不过在无限欢喜之中，奚玉帆想起那次谷啸风的婚变，和他的妹妹闹出的轩然大波，却是不禁颇为感慨，有点尴尬了。

王宇庭不知就里，说道："奚少侠，你们是从文大侠那儿来的吧，令妹和大侠的掌门弟子成婚，我抽不出身子去喝喜酒，很是抱歉。"

奚玉帆吃了一惊，说道："舍妹未曾来到吗？"王宇庭诧道："令妹新婚，怎会来此？"

奚玉帆怔了一怔，说道："文大侠说他们早已来了的，何以还没有到呢？"

王宇庭不禁亦是有点惊疑，说道："是吗？那恐怕是在路上碰着什么事情耽搁了。但你也不必担心，江南的武林人物，谁不识文盟主的掌门弟子？有事耽搁也不会有什么意外的，你们先住下来，待我派人给你打听打听。"

既来之则安之，奚玉帆等人也只好如此了。

这晚奚玉帆与谷啸风联床夜话，说起别后各人的遭遇，大家都是不胜感慨。

奚玉帆说道："我这次在临安韩侂胄的相府碰上一个人，你一定意想不到。"

谷啸风说道："什么人？"

奚玉帆道："辛十四姑。"

谷啸风果然甚为诧异，说道："她怎么会在相府之中出现？"

奚玉帆把穴道铜人图解的故事和如何碰上韩希舜与辛十四姑的经过，一一告诉了谷啸风，谷啸风听得惊奇不已，说道："不瞒你说，这个辛十四姑我也正想找她。"

奚玉帆道："哦，你也要找她，为什么？"

谷啸风道："珮瑛的爹爹在她家里养病，她却失了踪，珮瑛担心得不得了。要找珮瑛的爹爹，不是先得找她吗？"

奚玉帆叹了口气，说道："幸好你当时没有见着韩老英雄。"

谷啸风懂得他的意思，假如当时自己见着韩大维，当然是一定会提出要和韩珮瑛退婚之事了，想不到一年来的变化竟是如此巨大，谷啸风不由得心中苦笑了。

事情的变化，确实是往往有出人意料之外的，辛龙生和奚玉瑾这对夫妇的遭遇就是如此。

花开两朵，各表一枝，暂且按下奚玉帆和谷啸风的事情不提，且说辛龙生夫妇的遭遇。

他们奉了文逸凡之命，前往太湖和王宇庭联络，这日到了浙西的一个山区，为了赶路，走山间小路，路上辛龙生忽地想起一件事情，说道："瑾妹，到了太湖，你可能见着一个你所想不到的人。"

奚玉瑾觉得他的神色有点古怪，说道："王宇庭那里常有江湖上的异人来往，碰上意想不到的人，那也不足当奇。"

辛龙生道："不，这人是你的好朋友，却并不是什么江湖异人。"

奚玉瑾何等聪明，心中已然隐隐猜着了辛龙生要说的是什么人了，嗔道："你究竟说的是谁？"

辛龙生冷冷说道："谷啸风。那天我听得他和我的师父说，说是要到太湖去的。"

奚玉瑾心里甚是难过，却道："碰上他又怎么？唉，龙生，咱们已经结为夫妇，你还不相信我吗？"

辛龙生道："你不嫌弃我，我是感激得很。不过我遭了那丫头之害，与你只有夫妻之名，而无夫妻之实。我，我总是觉得对不起你。唉，谷啸风现在不知成婚了没有？如果——”

奚玉瑾杏脸飞霞，嗔道：“不许你再说下去，夫妻紧要的是两情相悦，相互扶持，难道只是贪欢作乐么？这件事以后不准再提!”

话是这样说，奚玉瑾心里可是难过得很。不由自己的又想起了谷啸风以往对她的种种好处来。“我当真是更喜欢龙生么？还是只贪图可以做未来的盟主夫人呢？”无意间自己揭开了自己心底的秘密，奚玉瑾不禁暗暗有点羞愧了。

这天是个阴天，他们二人心上也像蒙了一层阴影，辛龙生不敢再试探她，奚玉瑾也没心情说笑，两人默默无言的走了一程。

走到一个险峻的路口，忽见有个老叫化睡在那儿。

他们走的是两峰挟峙之间的山路，那叫化睡觉的地方正是绝险之处，下面是深不可测的幽谷，叫化子枕着路口的一个石头，只要稍一转身，就会跌下去的。

辛龙生正自不好气，骂道：“哪里来的这个臭叫化，你死活不要紧，这条路可给你拦住了。”

奚玉瑾道：“你别推他，咱们做个好心，唤醒他吧。你守在那边，提防他滚下去。”

辛龙生道：“哈，你还要我服侍这个臭叫化，你可真是太好心了。”

奚玉瑾道：“他这样睡法，可是危险得很呀！救人一命，胜造七级浮屠，反正咱们也不是要赶路。”

辛龙生赔笑道：“好，好，依你就是。”脸上赔笑，心里可是在埋怨妻子多事。

奚玉瑾叫了几声，那老叫化的鼾声打得更响了。辛龙生苦笑道：“睡得像个陈死人，别理睬他吧，从这块石头上跳过去不就行了?”

奚玉瑾道：“不好，你看，这块石头摇摇欲坠，万一给咱们碰着了那怎么好?”

话犹未了，那老叫化忽地翻了个身，坐了起来，把奚玉瑾吓了一跳。

老叫化枕着路口一块石头，只要稍一转身，就会跌下深谷。

那老叫化睁开惺忪睡眼，咕咕噜噜的埋怨道："我睡得好舒服，你们偏来扰人清梦，真是可恶！"

辛龙生怒道："我们好心救你一条性命，你却反而骂我，真是狗咬吕洞宾，不识好人心。"

那老叫化道："你咒我是死人不是？哼，你死了我还活着呢，谁要你救？"

辛龙生心头火起，正要发作，奚玉瑾劝道："你何必和他一般见识，他不领情，咱们走吧。"

那老叫化揭开一个红漆葫芦的盖子，酒香四溢，说道："这女娃儿倒是有点好心，来，来，来，我请你喝酒。"

辛龙生冷笑道："谁要喝你的酒，你滚吧！"

那老叫化"哼"了一声，说道："别人想喝都喝不到呢。你这臭小子懂得什么？你不喝，你给我滚！"

奚玉瑾忙道："龙生，别吵了。走吧，走吧！"

辛龙生道："我才不屑和叫化子吵呢！"迈开大步便走，只听得那老叫化在背后连连冷笑。

路上辛龙生埋怨道："玉瑾，我叫你不必理这臭叫化，你看，非但得不到他的感谢，反而受了一顿腌臢闲气。"

奚玉瑾忽道："龙生，我看这老叫化恐怕是个江湖异人。普通的叫化怎敢睡在那样险峻的地方，不是和自己的性命开玩笑吗？还有，他后来说的那几句话也着实有点可疑。"

辛龙生人极聪明，奚玉瑾所想到的可疑之点，他此刻亦是想到了。颇为后悔刚才自己一时之气，开罪了这个叫化。不过一想自己是江南武林盟主的掌门弟子，就算这老叫化是江湖异人，开罪他也不见得就有什么大事，不愿意在奚玉瑾面前认错，强笑说道："哪来的这许多江湖异人？你别瞎猜疑吧。"

不料走了一程，忽又听得呼呼噜噜的鼾声，奚玉瑾抬头一望，吓得跳了起来，叫道："龙生，你瞧！"

原来在那路口之处，只见又是那个老叫化伸开双脚枕着石头睡觉，口角还流着酒涎。

他们少说也走了十多里路，虽然不是施展轻功，也是走得比普通人快得多的。这山路又只有一条，这叫化子要赶在他们前头不让他们发现，只有绕过一个山坳才行。不到半个时辰，这叫化子就能躺在前面的路口睡觉。奚玉瑾焉能不吓得一跳。

辛龙生低声说道："你不必惊慌，江南的武林人物，我师父无有不识。不错，我刚才是骂了他，但看在我师父的份上，他也不能怪我。"

他料这老叫化是装睡无疑，这几句话自是有心想说给老叫化听的。

奚玉瑾叫道："老前辈请恕我们刚才有眼无珠，不识高人。"

老叫化伸了一个懒腰，睁开眼睛说道："哼，又是你们，怎的老是来扰人清梦。"

辛龙生道："老前辈何故戏弄？"

那老叫化道："谁有闲情戏弄你们？我问你，文逸凡是你的什么人？"

辛龙生道："正是家师。"

那老叫化点了点头，说道："我早已瞧出来了，那么你是他的掌门弟子辛龙生吧？辛十四姑是你姑姑？"

辛龙生大为欢喜，说道："不错。原来老前辈和我的姑姑也是认识的，那就是更好了。"

那老叫化忽地冷笑道："你有一个做武林盟主的师父，又有一个这样奢拦（有来头而又本领了得之意）的姑姑，这两个人给你撑腰，怪不得你目中无人了！"

辛龙生吃了一惊，说道："晚辈不敢。请、请恕……"

"请恕晚辈无知之罪"，这句话还未能说出口来，那老叫化已是喝了一口酒，忽地张开嘴巴，向他喷去。烈酒夹着口涎，喷得他满面淋漓。

辛龙生所到之处，无不受人尊敬，哪曾受过如此侮辱？明知这老叫化是江湖异人，也禁不住怒火勃发，刷的拔剑出鞘，就向他刺去。喝道："管你是什么人，少爷和你拼了！"

辛龙生的剑法是融会两家之长，以辛十四姑所传的奇诡绝伦的剑法作为基础，再加上他的师父"铁笔书生"文逸凡的点穴功夫，一柄青钢剑当成了判官笔使，一招之间，同时刺那老叫化的七处穴道。

老叫化哈哈笑道："文逸凡的铁笔点穴功夫我也还不曾放在眼内，你居然敢在我的面前卖弄！嘿，嘿，这真是孔夫子门前卖百家姓了。"

话犹未了，只听得"铮"的一声，辛龙生那柄长剑已经给他弹开，辛龙生正要变招，只觉身子忽地一麻，已是给他点着了穴道，不能动弹了。连他用的是什么手法，都未曾看得清楚。

奚玉瑾刚要拔剑，一见丈夫已给他制住，心念电转，想道："我决不是他的对手，不如向他求情的好。说不定他只是恼怒龙生无礼，对他薄施惩戒罢了。"

心念未已，那老叫化已是哈哈一笑，说道："你是他的妻子吧？我看你的心肠比他好得多了。"

奚玉瑾道："请你看在他师父文大侠的面上，恕他无礼之罪。"

那老叫化道："文逸凡吓不倒我，我也不必卖他情面。嘿，嘿，看在你的面上嘛，那倒还可以。"

奚玉瑾道："那就请你看在我的面上，我在这里给你赔罪了。——"

老叫化又是哈哈一笑，说道："我是曾听说文逸凡的掌门弟子娶了媳妇，但现在看来，你们好像是还未洞房的吧？你对他倒是很有情义啊！是不是真正喜欢他呢？"原来这老叫化早已看出奚玉瑾还是处子之身。

奚玉瑾羞得满面通红，说道："嫁猪随猪，嫁狗随狗，他好歹也是我的'良人'。请老前辈休要取笑。"

那老叫化忽地端起面孔，说道："好，那我就和你说不是开玩笑的话，你必须老老实实的答我！"

奚玉瑾道："老前辈请问，晚辈若有所知，定当奉告，决不敢虚言。"

那老叫化冷冷地盯着她，说道："穴道铜人的秘密，你知道多少？我信不过你的丈夫，所以我要问你。"

奚玉瑾怔了一怔，说道："什么穴道铜人的秘密，我连听也没有听过。”

那老叫化道：“辛十四姑一直没有和你提过这件事吗？”

奚玉瑾道：“我们成婚之后，就没有见过他的姑姑。”

那老叫化道：“以前呢？”

奚玉瑾道：“以前我也只是在他家里住过一晚，那时和他的姑姑刚刚相识，她有什么秘密也不会告诉我呀。”

那老叫化道：“邵元化的小老婆高小红你们见过没有？”

奚玉瑾道：“邵元化这个名字我倒是听过的，却从来没有见过他，更不用说他的什么大老婆，小老婆了。”

那老叫化眼珠一转，若有所思，半晌说道：“好，我姑且相信你的说话。但却不能不委屈你们做我的人质了。”

奚玉瑾大惊道：“你可是要扣押我们吗？我，我们是有事在身的呀！”

那老叫化道：“我对你已经算得是十分客气了，谁管你们的什么劳什子事情？好，你不想陪你丈夫受罪，你自己走也行。”

奚玉瑾忙道：“不，不，你既然捉了我的丈夫，我自然是要陪他的，但你总得告诉我这是什么原因呀。”

那老叫化道：“好，我就老实告诉你吧，辛十四姑一个人我是不怕她的，但她有个好朋友叫做韩大维，他们两个人倘若一同来找老叫化的晦气，老叫化只怕不是他们的对手。她的侄儿在我手上，她就不能不有所顾忌了。”

奚玉瑾道：“不知老前辈和他的姑姑结的是什么梁子？”

那老叫化哼了一声，说道：“你问的也太多了，老叫化可没工夫告诉你呢。我不强迫你，你愿意跟你丈夫就跟来吧。”

说了这话，老叫化拖着辛龙生就走。奚玉瑾追上前去，说道：“请问老前辈高姓大名。”

老叫化怒道：“你这女娃儿忒也啰唆，你叫我老叫化不就行了。”

奚玉瑾不敢再问，心里想道：“这老叫化本领如此厉害，想必是丐帮中的高手？”

老叫化拖着个人，登山涉涧，如履平地，奚玉瑾使出全副轻功，兀是落在他们后面。

那老叫化也似乎知道她的本领如何，并不回头看她，却始终和她保持着数丈的距离，让她不至太过落后。

奚玉瑾忽地得了一个主意。

奚玉瑾素来爱美，每次出门，总忘不了要带一盒胭脂，这次也不例外。那老叫化走在她的前面，一直没有回头望她，奚玉瑾大着胆子，悄悄打开胭脂盒子，用指甲挑了一点胭脂，在一方手帕上写道："我们夫妇给一个老叫化捉去，仁人君子，拾获此帕，请送太湖王寨主，金簪聊作报酬。辛龙生、奚玉瑾。"她是把手伸入怀中偷写的，字迹写得歪斜潦草，但料想还可以辨认出来。写好之后，拔下头上一根金簪，折好手帕，用金钗穿过它，插在路旁的一棵树上，那老叫化在她面前数丈之遥，果然没有发觉。

这方金钗钉着的字帕给人拾获的希望甚为渺茫，但总是有个希望。至于她为什么叫拾获的人向太湖王寨主王宇庭报讯，而不是向辛龙生的师父文逸凡报讯呢？则是因为下面两个原因。

第一，这个地方距离太湖只有两天路程，距离文逸凡所在的"中天竺"则有七天路程，她急于脱困，当然是就近向王宇庭求援的好。

第二，王宇庭占领太湖，对附近的百姓很好，百姓和义军亲若家人，倘若樵夫、猎人发现这方字帕，多半会给她送到。文逸凡的住址只有江湖上侠义道中的成名人物知道，普通百姓，只怕连他的名字也未必知道。

奚玉瑾做了手脚，暗自想道："这老叫化未必会注意到我的头上少了一根金钗，若是给他发觉，我就装作惊诧的神气，说是中途跌落了。"

老叫化拖着辛龙生走得飞快，奚玉瑾使出全副轻功，紧紧跟在他们后面，不知不觉，上了一个山峰，只见山顶有间石屋。

忽听得"咿咿呀呀"的叫声，树林里有个披着兽皮的小厮跑出来，约莫十六、七岁年纪，体格甚是壮健，长得几乎有老叫化那么高。这小厮扛着一只吊睛白额虎，他虽然长得不算矮，但这只老虎实在太大，前脚搭在他的肩上，后脚还是拖在地上。

老叫化斥道："虎儿，我叫你守门，你总是不安本分，又跑去打虎了。"那小厮也不知是否听见了师父的说话，只是望着奚玉瑾傻笑。

老叫化道："我这徒弟是个哑巴，在山上长大，很少看见外人的。不过，他对你并无恶意，你不用害怕。"当下笑道："这是别人的媳妇儿，你傻虎虎盯着人家干吗？"那小厮黑脸泛红，喉头发出"荷荷"的喊声，老叫化笑道："奚姑娘，他是说你漂亮。"

奚玉瑾心里想道："这小厮赤手空拳就能打死一只老虎，不用他的师父监视我们，有他看守，只怕我们已是偷走不了。"

进了屋子，老叫化把辛龙生推入柴房，笑道："未来的武林盟主，委屈你在这柴房受苦几天，待你的姑姑来了，只要她向我求情，我就放你。"说罢，轻轻一拍，便给辛龙生解了穴道。

辛龙生几曾受过这等委屈，他听这老叫化的说话，似乎对他的姑姑也是颇有顾忌，穴道一解，不禁就发起怒来，"哼"了一声，说道："有胆的你就把我杀了！哎哟，哎哟，哎哟！"

话犹未了，只觉遍体如焚，十分难受。本来还想再骂几句，已是骂不出来了。

老叫化冷笑道："我杀你做什么，让你多吃一点苦头不更好么？哼，你再嘴硬，我还有更厉害的手段请你尝尝好滋味呢！"奚玉瑾慌忙替丈夫求情，老叫化这才笑道："好，看在你的份上，我姑且饶他一次。"说罢把那红漆葫芦一顿，说道："我的独行点穴手法，本来在穴道解了之后，也要受苦三天的，只有喝了这酒，才可免你受苦。嘿，嘿，酒中可有老叫化的口涎，你喝不喝？"辛龙生遍体如焚，实在忍受不住，只好捧起葫芦，捏着鼻子喝了几口。老叫化抢了过去，笑道："你摆什么少爷架子？哼，你嫌老叫化腌臜，老叫化可还舍不得给你多喝呢！"

辛龙生喝了这酒，果然便觉遍体清凉，但身体仍是软绵绵的使不出力道，对这老叫化的点穴功夫好生惊骇，不敢再发一言。

老叫化道："奚姑娘，你愿意留在这里服侍丈夫，我可以让你自由走动。你什么时候要走，我也决不阻拦，就只不许将他带走。"说罢，回过头来，对那小厮说道："我和他们说的话，你听清楚没有?”小厮点了点头，老叫化道：“倘若我不在家里，这个人要走的话，你把他的双腿打断。这姑娘要走，你就不必留难。”小厮又点了点头，表示明白。

老叫化冷笑道：“你这小子倒是好福气，有这么一个贤慧妻子。”

老叫化出了柴房之后，辛龙生满面通红，说道：“瑾妹，虽说你是嫁猪随猪，嫁狗随狗，但你我只是有夫妻的名分，你可不必陪我受苦。”

奚玉瑾知道他气量狭窄，心里想道：“原来他是为我刚才说的这两句话犯了心病了。”想起自己为他受苦，仍然给他奚落，不觉眼圈一红，说道：“你我已经拜堂成亲，做了正式夫妻，你怎么还说这样的话？唉，咱们现在是在人家的屋檐底下，我劝你也还是暂且忍住一时之气吧。”

辛龙生话出了口，这才觉得有点过分，心中也有歉意，说道：“瑾妹，你待我这样好，我真不知应该如何感激你才是。”

奚玉瑾强颜笑道：“夫妻之间，何必说这样的客气话?”奚玉瑾口里是这么说，心里想起了谷啸风往日对她的温柔体贴，却是不禁有点黯然神伤了。

奚玉帆到了太湖西洞庭山王宇庭的山寨，住了几天，仍然不见他的妹妹和辛龙生来到，也没有得到他们的任何消息，心里十分着急。

这一天来了一个中年叫化，是丐帮中的一个八袋弟子，姓焦名奕。

焦奕来的时候，奚玉帆和公孙璞正在陪王宇庭说话，焦奕问道：“这两位是谁?”王宇庭知道丐帮的八袋弟子前来，定然是有事商量，说道：“这位是百花谷的奚少谷主，这位是耿大侠的弟子公孙璞，他们都不是外人，焦香主，有话你但说无妨。”

焦奕忽地哈哈笑了起来，说道：“这可真是巧极了。”

王宇庭怔了一怔，说道：“什么巧极了?”

焦奕望了望奚玉帆，笑道：“奚少侠，令妹是不是芳名玉瑾?”

奚玉帆又惊又喜，连忙问道："焦香主，你可是有舍妹的消息么？"

焦奕道："不错，我就是为此来的。请你先看看这个。"说罢拿出一根金钗和一方手帕。奚玉帆吃了一惊，说道："这金钗正是舍妹的，焦老前辈你是从何处得来？"

焦奕道："是这样的：松风岭出现了一个踪迹可疑的老叫化，接连几天都在山口的险峻处所睡觉。我的弟子发现他的行踪，初时还以为是本帮的长老，告诉了我。我跑去暗中窥伺，这才知道不是。我起了疑心，就在松风岭上躲藏起来，看他究竟是想干些什么。第二天就看见令妹夫妇二人从那里经过，出了事了！"原来焦奕乃是那个地方的丐帮首领。

此时，王宇庭已经把那方手帕展开，和奚玉帆一同看了奚玉瑾在手帕上写的那封信了。奚玉帆大惊道："原来他们竟是给那老叫化捉了去，这老叫化是什么人呢？他的本领这样高强，难道不知辛龙生是武林盟主文大侠的掌门弟子？"

焦奕说道："我就是因为这老叫化的本领委实太过高强，自忖决不是他的对手，当时不敢声张。

"令妹误会他是我们丐帮中人，这件事我们丐帮当然不能不管。我本来要向帮主报讯的，但帮主远在北方，远水不能救近火，我想想还是照令妹的吩咐，来给王总舵主送信的好。"

王宇庭说道："人多去恐怕打草惊蛇，这老叫化的本领如此高强，可得找几个好手去对付他。"

奚玉帆知道王宇庭在此风云紧急之秋，难以擅离山寨，说道："我们三人前往，大概也可以和那老叫化斗一斗。请焦香主给我们带路，不用王寨主操心了。"正是：

三英寻异丐，联袂探荒山。

欲知后事如何，请听下回分解。

第六十二回　难去心魔生妄念
自惭形秽起猜疑

王宇庭见过他们的本领，心里想道："公孙璞是江南大侠耿照的高足，自幼又在光明寺得到当世三位武学大师的亲炙，本领之强，只有在我之上，决不在我之下。奚玉帆是武学世家，百花剑法，非同凡响。更加上一个明霞岛主的独生爱女，此去大概是应该可以无忧的了。"既然自己抽不出身来，也就只好答应他们了。

但奚玉帆却是有点担忧，路上问焦奕道："从这里到松风岭大约要多少时间?"焦奕说道："以咱们的脚程，走快一些，两天可以赶到。"奚玉帆道："舍妹被那老叫化捉去，是三天之前的事情，对么?"焦奕道："不错。"奚玉帆忧形于色，说道："来回总共五天，不知那老叫化是否还在松风岭上?"

焦奕说道："这点奚少侠不用担忧，据我所知，那老叫化在松风岭有一个秘密的巢穴。那地方十分隐秘，外人难发现，但我已经知道了。"

奚玉帆道："你探过他的那个秘密巢穴么?"

焦奕道："我没有亲自探过。这是我的一个弟子发现的，那天他还几乎挨了一顿打呢。"

奚玉帆道："那老叫化给外人发现了他的巢穴，还不会搬家么?"

焦奕道："那老叫化并不知道。"

奚玉帆诧道："你刚才不是说令徒几乎挨了打么?"

焦奕道："要打他的那个人不是老叫化，是老叫化的一个哑巴徒弟。”

厉赛英大感兴趣，说道：“那老叫化还有一个哑巴徒弟么？本领是不是也很厉害？”

焦奕道：“本领未必胜得过一流高手，气力却大得惊人。

“那天小徒上山采药，无意中走进一个山峰重叠的谷口，远远看见一间石屋。就在此时，忽听得猛虎的吼声，那是受伤负痛的吼叫！

“只见一个精赤着上身的少年正在和那猛虎扑斗，我的徒弟正想跑去帮他，他已经把那头老虎打死了。

“那少年发现小徒，口里‘咿咿呀呀’的呼喊，忽地一掌击碎一块石头，作手势赶他。意思是说，小徒若不快跑，他就要像击碎石头那样击碎他的头颅了。

“我这徒弟颇有机智，他拿出一块糕饼，作手势说要和那哑巴做朋友。那哑巴吃了糕饼，很是高兴。但仍然要赶他走。哑巴指手画脚表达他的意思，好不容易才令得小徒明白，原来他是说他有一个很凶的师父，和小徒一样，也是个叫化子，他的师父是不许外人到这一个地方的。幸亏小徒是碰见他，若是碰见了他的师父，只怕早就丢了性命了。你想，他说的这个师父，不是那个老叫化还有谁？”

奚玉帆放下了心上的一块石头，说道：“那老叫化既然在岭上筑有巢穴，想必是把舍妹关在那里了。我只是不明白他何以要和舍妹为难，我们兄妹可是从未曾见过这样的一个老叫化的啊！”

公孙璞道：“或者他是令妹夫辛少侠的仇家也说不定。”

奚玉帆道：“即使如此，那老叫化也得看在他的师父文大侠的情面啊！”

厉赛英笑道：“反正两天之后，咱们就可以赶到松风岭了，到时自必会知真相，何必现在胡猜？”

奚玉瑾初时也是莫名其妙，不知这老叫化何以要与她的丈夫为难。

这闷葫芦，在她心里藏了三天，终于打破，原因就因为辛龙生的姑姑是辛十四姑。

那老叫化颇守诺言，他答应过可以任奚玉瑾随时离开，是以奚玉瑾虽然不愿离开丈夫，也可以自由走动。

她帮那哑巴做饭，有时也到外面洗衣和拾取柴枝。

这一天奚玉瑾在外面拾取柴枝，忽听得马嘶之声，抬头一望，只见一个戴着瓜皮小帽的青衣汉子，正在策马走进山谷。

奚玉瑾大为奇怪，心里想道："这样荒僻的地方何以会有骑马的人到来？莫非他是老叫化的客人？"

心念未已，只听得那汉子啧啧赞叹，说道："好个标致的小娘子！哈，看来似乎比那明霞岛主的女儿还要漂亮。"

按照奚玉瑾的脾气，若在别的地方碰见这人，非得将他惩戒不可。但此际他们夫妻等于是那老叫化的囚徒，而这个人却可能是老叫化的客人，奚玉瑾既没有心情为这小事发作，也不想得罪老叫化的客人，于是拾了柴枝，匆匆便回去了。

不过她的心里已是多了一层疑团："这人说的那个明霞岛主的女儿，不是和我哥哥同往江南的那个厉姑娘吗？这人怎样会知道的？"

奚玉瑾到了江南，一直得不到哥哥的消息。但她的哥哥和厉赛英同在一起的事情，她家的老仆人却是早就告诉了她的。

奚玉瑾回到柴房不过一会，果然便听得马蹄声在门外戛然而止，那人走进屋子，老叫化哈哈笑道："我早料到二少爷会差你来的，是不是那女魔头已经到过相府，他有了麻烦了？"

奚玉瑾甚为纳罕，心道："什么相府的二少爷，怎的和这老叫化攀上了交情？"

只听得那人恭恭敬敬地说道："正是二少爷要我来禀告你老人家，那女魔头偷进相府，已经见过他了。那女魔头在相府要等你老人家呢！"

老叫化道："你回去叫她来见我吧。"

那汉子有点诧异的神色，说道："你老人家这个地方——"

老叫化笑道："不错，这地方我以前是不想给她知道，现在则是无妨了。你今天就回去，叫二少爷告诉那女魔头，说是我没有工夫到相府会她，她要见我，只有到这里来！”

那汉子应了一个“是”字，说道：“那么小的现在告辞了。”

老叫化道：“我要你今天回去，但也不用这样着忙。再坐会儿，我还有一件事情告诉你呢。”

那汉子道：“对啦，我也正想请问你老人家，你老人家是不是新收了一位女徒儿？”

老叫化道：“没有呀！”笑了起来，跟着说道：“你来的时候，想必是见着那姓奚的小娘子了。”

那汉子道：“这位小娘子是——”

老叫化笑道：“就是那女魔头的侄媳妇儿。”

躲在柴房里偷听的辛龙生和奚玉瑾，听至此处，方始知道他们所说的“女魔头”，原来就是辛十四姑，不禁大吃一惊。

那汉子笑道：“这小娘子倒是标致得很。”心想：“原来如此，怪不得他敢叫那女魔头前来见他。”

老叫化道：“你是陪二少爷读书练武的，他的书读得好不好我不管，他的武功近来练得怎么样了？”

那汉子道：“二公子最近和一个不知来历的小子打上了一架，在点穴功夫上输给那个小子。他恐怕是惊神指法练得尚有什么漏洞，本来要到这儿向你老人家求教的，只因那女魔头缠着他，他动不了。”

原来这个老叫化正是韩希舜的师父，这个汉子即是自幼服侍他的书童，最得他的宠信，故而也学了几分本事。

老叫化听了大为惊诧，说道：“什么，他的点穴功夫竟然不如人家？那小子姓甚名谁，查出来了没有？”

那汉子道：“后来才知道这小子原来是白老师傅相识的一个晚辈，名叫公孙璞。”

老叫化沉吟半晌，说道：“公孙璞？敢情是二、三十年前横行天下的那个公孙奇的儿子？公孙奇我以前倒是会过的，他的两大毒功确是厉害之极，但说到点穴的功夫，却是不见得如何了得呀！”

那汉子道：“还有一样奇怪的事，据公子爷说，那小子的点穴手法，似乎和你老人家所传授的大同小异。”

那老叫化道："哦，有这样的事？倒要留上点心，打听打听这个名叫公孙璞的小子是怎么个来历了。嗯，你还有什么事情要告诉我吗？"

那汉子道："那天和公孙璞这小子在一起的还有一对少年男女。"

老叫化道："那又是谁？"

那汉子悄悄说道："那男的是百花谷的少谷主，女的是明霞岛主的女儿。"

他说话的声音很小，但奚玉瑾是从小练过梅花针之类的暗器功夫的，"听风辨器"的本领是练梅花针之类的暗器必须具备的功夫，故此听觉特别灵敏。听了这话，又惊又喜，心道："他说的可不正是我的哥哥吗？"

那汉子接着说道："明霞岛主的女儿很漂亮，可惜脾气却是很坏。"

老叫化皱了皱眉头，随即却又哈哈一笑，说道："我明白了，一定是希舜这孩子看中了人家的媳妇儿，这才挨了人家的揍。"

那汉子道："你老人家可别怪责公子，不关公子的事。都是蒙铣、邓铿这班人要讨公子的欢喜，才把事情闹出来的。"

那汉子顿了一顿，接着又道："其实，明霞岛主的女儿虽然漂亮，但和我刚才所见的那位小娘子一比，其实却又给比下去了！"

老叫化听出了他的弦外之音，说道："我也想徒弟有个好媳妇儿，但却不喜欢他胡闹。你回去告诉，我已经替他看中一个合适的姑娘了。待辛十四姑这件事情了结之后，我会替他办妥这件事情的。"

"这老叫化说的是什么人呢？"奚玉瑾听了这话，不禁心头鹿撞，惊疑不定了。

那汉子走了之后，那老叫化叫道："奚姑娘，请你出来！"

奚玉瑾面挟寒霜，出来说道："老前辈有何吩咐？"

那老叫化笑道："据我看来，你丈夫的病恐怕是不能医好的了，你正是青春年少，愿意守一辈子的活寡么？"

奚玉瑾柳眉一竖，说道："老前辈，你把我当成什么人了，这话我不要听！”

老叫化笑道：“我是为你的好，你听听又有何妨？我有一个徒弟，是当朝宰相韩相国的二公子——”

奚玉瑾沉声说道：“老前辈，我落在你的手里，你要将我怎样摆布，我是无法抵抗的。但我要寻死，只怕你也难奈我何！最少我还有自断经脉之能！”

老叫化怔了一怔，说道：“想不到你是一位烈女，好，好，老叫化答应过你，决不将你难为的。你不愿意，那也就算了。不过，请你恕我多嘴，你这挂名的丈夫实在配不上你，我那徒儿人品虽不怎样好，却也不会比他更差，家世武功，可是样样在他之上！待你心情平静的时候，你仔细想想我的话吧。”

奚玉瑾不待他说完，拂袖便走，冷冷说道：“多谢老前辈答应不难为我，没什么事，少陪了！”

回到柴房，只见辛龙生坐在柴堆上，嘴角挂着冷笑，正看着她。

奚玉瑾有点奇怪，说道：“你怎么又起来了，今天是不是觉得好了点儿？”

原来辛龙生那天喝了老叫化的药酒之后，虽然免掉了一场大病，精神仍很委靡。昨天他急于恢复功力，试行运气，结果却惹来了浑身酸痛，从昨晚午夜起他就是一直躺着的。

辛龙生对奚玉瑾的问好，竟似听而不闻，冷冷说道：“天跌下来的荣华富贵，你怎么不要？”

奚玉瑾不禁气往上冲，说道：“我在你的心目中竟是贪图富贵的人吗？你老是这样猜疑我，夫妻还如何能够相处下去。现在你是在患难之中，我不能丢下你不管，待你这场灾难过后，你不赶我，我也走了！”

辛龙生见她动了怒，这才赔笑道：“不是我易起猜疑，实是我自惭形秽，心情郁闷，不觉就口不择言了。那人是相府公子，武功人品都比我好。我也觉得我这个‘挂名的丈夫’实在配不上你。”

奚玉瑾道：“这是那老叫化说的，可不是我说的！你既然这样用心偷听，总应该听见我是怎样骂他的吧？哼，你心情郁闷，也不该这样口不择言！”

辛龙生赔笑道：“我已经向你道歉了，你就莫怪我吧。咱们说正经的事儿，那老叫化是不是说要把我的姑姑请来。”

奚玉瑾道：“是呀。不过，听他的口气，他似乎和你的姑姑是结有梁子的呢！”

辛龙生道：“只要姑姑来了，咱们就不怕了。”

奚玉瑾道：“这老叫化的武功非同小可，我倒有点害怕，你的姑姑未必能胜得过他。”

辛龙生道：“不会的，我的姑姑不但是剑法的奇诡天下无敌，她还擅长毒功，使毒的功夫，当今之世，只怕也没有谁人比得上她。”

话虽如此，在他的心里可着实有点害怕，姑姑未必打得赢的，因此沉吟半晌，就接着说道：“姑姑不知什么时候来，如果在她来的时候，我的功力已经恢复，那就可以助她一臂之力了。最不济咱们也可以有机会逃跑，免至成为她的累赘。”

奚玉瑾道：“能够早点恢复功力当然是好，不过那老叫化的点穴手法不知是什么路道，你已经试过一次了，我只怕欲速则不达，若再强行运气，万一遭受走火入魔之险，如何是好？”

辛龙生道：“我还有一门功夫可以试试，但只有一样疑难之处，尚未能够解决。瑾妹，你可以帮忙我吗？”

奚玉瑾道：“我当然愿意帮忙你的，不过你我所练的内功全然不同，只怕我帮不了你的忙吧？”

辛龙生道：“咱们成婚的前一天，谷啸风来见我的师父，当时我还以为他是存心来找我的晦气的呢，说来真是好笑。”

奚玉瑾心头一震，面色白里泛红，说道：“你无端提起这事干嘛？”

辛龙生道：“瑾妹，你别多心，我决没有猜疑你的意思。我提起这件事，是因为，因为——”

奚玉瑾冷冷说道：“因为什么？爽快说吧！”

辛龙生道：“因为那天他送了一件礼给我。”

奚玉瑾道：“哦，什么礼物？”

辛龙生道："我说错了，应该是说他代人送一件礼物给我。这人是江南大侠耿照，所送的礼物就是武林中人梦寐以求的大衍八式。那天谷啸风来的时候，刚好在路上碰见耿照，耿照无暇来喝咱们的喜酒，是以就托他把礼物带来了。"

奚玉瑾吃了一惊，说道："这件礼物可不轻呀。你，你为什么——"

辛龙生道："你怪我为什么不和你说吗？唉，我，我是有点小心眼儿，怕你因此想，想起了他。"

奚玉瑾何等聪明，说道："你刚才说的还有一门功夫可以试试，指的就是这大衍八式么？"

辛龙生道："不错。可惜我在婚后心情不好，未能好好练这大衍八式。大衍八式虽然只有八个式子，看似简单，其实变化却是十分奥妙的。"

奚玉瑾道："这当然了，否则焉能称为武林秘笈。"

辛龙生接着说道："练这大衍八式，最关键的地方是内功的运用，你知道我的内功是跟姑姑学的，不是师父所传。虽然我也曾拿了大衍八式，请师父指点疑难，但还是有几处的地方，未曾问清楚的，后来方始发觉。"

奚玉瑾道："这我怎能帮你的忙？"

辛龙生心里想道："没有办法，也只好和她直说了。"说道："你可知道耿照何以把这份重礼托他带来吗？"

奚玉瑾道："我怎么知道？"心里则在想道："谷啸风是名门正派，少年英侠，耿照当然是相信他的。"

辛龙生道："耿照的原意，是想他和我一同练这大衍八式的，他不愿意与我切磋武功，这份礼物，他，他——"

奚玉瑾道："他就不要，全部送给你了？"

辛龙生面上一红，说道："不错。不过，耿照这份礼物既然是言明送给我的，不过，可以让他也借阅罢了。他不屑与我切磋，这份礼物，我也只好却之不恭，受之有愧了。"

奚玉瑾淡淡地说道："题外的话，不必多说了。只请你说，我怎样才可以帮你的忙。"

辛龙生讷讷说道："听说韩珮瑛受了朱九穆修罗阴煞功之伤，是你替她医好的？"

奚玉瑾猜到几分，说道："不错，是有这事。我是用我家秘制的九天回阳百花酒，替她医治的。"想起了自己当时的用心，实是要韩珮瑛感恩让爱，不禁又是脸上一红，心头一片怅惘。

辛龙生道："除了九天回阳百花酒，只怕还要加上别的功夫，才能医这修罗阴煞功的伤吧？"

奚玉瑾冷冷道："你不必兜圈子了，不错，我还略懂一点少阳神功，是我为了想替韩珮瑛治伤，求谷啸风教给我的。当时我还没有认识你。"

辛龙生赔笑道："你别误会，我决不是吃这陈年旧醋。后来我才知道，耿照想我和他切磋武功，同练这大衍八式，是因为少阳神功属于正宗内功，而练这大衍八式，却非懂得正宗内功的诀窍不行。我师门所授的内功也可以的，不过却又不如少阳神功见效之快。"

奚玉瑾这才说道："原来你要我传你少阳神功的口诀。何不早说，却绕了这么一个大圈子？好，我把我所知道的都告诉你，就只怕知道得不详细。"

奚玉瑾一面传授口诀，一面暗暗感伤，心里想道："只从这件小事看来，两人人品的高下，已是立即可以看出来了。唉，但责人也须自责，我何尝不也是为了贪图做盟主夫人，才会嫁他？"

想起自己刚才和那老叫化说得那样嘴硬，其实自己虽然并不贪慕荣华富贵，却还是有所贪图的。奚玉瑾突然发觉自己品格上的缺点，内心深处，不禁暗暗羞惭。同时又不觉再一次的想起了谷啸风从前对她的种种好处，心头更增怅惘。

辛龙生懂得了运用少阳神功之后，接连几天，在柴房里偷练大衍八式。功力果然渐渐恢复，但他掩饰得很好，当着那老叫化的哑巴徒弟的面时，仍然装作是有病的模样。哑巴徒弟料想他是决计跑不掉的，对他亦没疑心。

辛龙生勤练内功，一心等待姑姑来到。终于盼到了这一天。

这时他正在柴房打坐，忽听得一声长啸，随即一个熟悉的声音叫道："大颠，你请我来，我应约来了，你还不出来见我！"

辛龙生喜得跳了起来，叫道："我姑姑来了！"

那哑巴徒弟推开柴房的板门，指着他咿咿呀呀的做手势，奚玉瑾低声说道："你别得意忘形，现在还不是最好的机会。这哑巴不许你动！"

辛龙生又躺下去，竖起耳朵听外面的动静。

只听得那老叫化哈哈笑道："辛十四姑，咱们许久没有见面了啊，你先进来坐坐，让我稍尽地主之谊吧。"

辛十四姑怕他在房内设有埋伏，暗自想道："还是小心一点为妙，在空地动手，我总不会吃亏。"于是冷冷说道："不必客气，咱们还是把正事办妥了再说吧。"

老叫化道："什么正事？"

辛十四姑冷笑道："你装什么蒜，那穴道铜人的图解呢，难道你想独自霸占吗？"

老叫化道："哦，原来你说的是这件事。"

辛十四姑道："这次你总不能抵赖了吧，令徒韩希舜的惊神指法，难道不就是图解上的功夫么？"

老叫化道："一点不错，是我亲自传授给他的。嘿，嘿，辛十四姑，我也真是佩服你的消息灵通，居然打听到韩希舜是我的徒弟。"

辛十四姑大为得意，说道："那就闲话少说，快点把那份图解给我。你已经占有它二十多年，自必早已牢记心中，也用不着再要它了。"

老叫化哈哈一笑，说道："辛十四姑，请你少安毋躁，我可是还有几句闲话要和你说呢！"

辛十四姑板起脸孔说道："那就有话快说，有屁快放！我可没有许多闲工夫陪你讲废话！"

老叫化笑道："你知道我为什么要请你进来坐坐吗？这屋子里有一个人，或许你愿意见一见他？"

辛十四姑怔了一怔，道："什么人？"

老叫化道："你的亲侄儿，你想不想见一见他？"

辛十四姑吃了一惊，说道：“胡说八道，我的侄儿怎么会跑到你这里来了？”

老叫化笑道：“这是立即便可知道真伪的事情，老叫化岂能骗你。好，你不相信，就先让你见他一见。虎儿，请辛公子出来！”

那个哑巴走入柴房，将辛龙生拖了出来。辛龙生心想：“现在还不是和他动手的时机。”装作病后虚弱，气力尚未恢复的模样，服服贴贴地跟着他走，奚玉瑾跟在后面，也走出来。

那哑巴抓着辛龙生的手，站在门口。辛龙生叫道：“姑姑救我！”

老叫化道：“你的侄媳妇儿也在我这儿呢，你看见了吧。虎儿，将他们押回去！”

奚玉瑾要制伏那哑巴并不为难，但老叫化站在旁边，她若贸然动手，只怕辛龙生性命难保。心里想道：“我且暂忍一时。”

辛十四姑变了面色，喝道：“大颠，你也算得是个有身份的人，怎的这样不要脸欺负后辈？”

老叫化笑道：“你向我的徒弟追问我的行踪，我请你的侄儿作客也不算得什么卑鄙！”

辛十四姑一声冷笑，闪电般的就扑上来。老叫化挡在门前，呼的一掌劈去。他那哑巴徒弟早已把辛龙生押进去了。

辛十四姑给他掌力一震，只觉胸口如受巨石所压，呼吸不舒。立即一个“细胸巧翻云”，倒翻出数丈开外，又从侧面攻来。老叫化见她进退自如，出手如电，也是不由得暗暗佩服。

老叫化加重掌力，连发三掌，不让辛十四姑欺到他的身前，这才淡淡说道：“你不是说要和我谈正事的吗？咱们还是先动口吧！”

辛十四姑怒道：“你欺负我的侄儿侄媳，我岂能与你干休？”

老叫化笑道：“你要领他们回去，那也不难。只须你对我发一个誓，从今之后，不再过问穴道铜人图解之事！”

辛十四姑“哼”了一声，说道：“你是靠了我的帮忙，才抢得到这份图解，如今却想过桥抽板，岂有此理！”

老叫化笑道：“鱼与熊掌，不可兼得，你想要你侄儿侄媳，就不能兼要那份图解！随你选择吧！”

辛十四姑乘他说话的当儿，倏地把袖一扬，发出了一枚“毒雾金针子母弹”，蓬的一声响，弹丸出手便即裂开，喷出一团毒雾，雾中金光闪烁，还夹有许多细如牛毛的梅花针。

老叫化呼的一掌，把那团毒雾荡开，梅花针当然更是不能射到他的身上。老叫化笑道：“辛十四姑，我知道你的毒功厉害，早已有了防备了。不瞒你说，我是先服了天山雪莲炮制的碧灵丹，才出来会你的，即使我的护体神功尚未练成，你也难奈我何。我劝你不要枉费心机暗算我了，要打就光明正大的打一场吧！”言下之意，他的护体神功亦已是早练成了。

辛十四姑老羞成怒，喝道：“好呀，那咱们就见个真章，你以为我怕你不成！”

青影一闪，辛十四姑立即就攻上去，手中的竹杖俨如青蛇吐信，片刻之间，连袭老叫化的七处大穴。

老叫化哈哈笑道：“你在我的面前卖弄点穴功夫，未免有点不知自量吧！”

辛十四姑冷笑道：“你把惊神指法抖露出来吧，咱们今日是胜者为强，吹牛没用！”

老叫化吃亏在只用一双肉掌对付她的绿竹杖，杖长手短，老叫化近不了她的身，用指点她的穴道，纵然点穴的手法比她高明十倍，也是无补于事。

辛十四姑受他的掌力所迫，也是欺不到他的身前，心里想道：“可惜我不放心让大维来帮忙我，这老叫化的掌力，也恐怕只有大维能够敌得过他。好，我且先耗了他的气力再说。”

论功力是老叫化高强，但辛十四姑身法轻灵，行动有如鬼魅，瞻之在前，忽焉在后，瞻之在左，忽焉在右，这份轻功，却是在这老叫化之上。

老叫化是个武学大行家，见她采用绕身游斗的法子，窥破她的用心，暗自想道：“败是决不会败给她的，但我在兵器上吃了亏，要胜她也是很难。久战下去，只怕拦她不住，倘若给她入屋救了人去，可就功亏一篑了。”

剧斗中老叫化双掌齐出，一招“雷电交轰”，掌力有如排山倒海而来，辛十四姑随着他的掌风一飘一闪，身如柳絮轻飏，飘出数丈开外，冷笑说道：“大颠，你的伏魔掌力纵然远胜从前，却又能奈我何哉?”

老叫化忽地哈哈一笑，说道：“叫你见识我的点穴功夫，对不住，我可要用打狗棒了！我这兵器的名称很是难听，你莫见怪。”拿出了一根只有三尺多长的木棒。

辛十四姑怒道：“油嘴滑舌，谁和你斗口？哼，不管你施什么功夫，照打!”话犹未了，老叫化已是一棒打来。老叫化虽然不是丐帮中人，但他这打狗棒法却胜于丐帮一流的高手。辛十四姑以青竹杖使出奇诡莫测的剑法，已是武林一绝，这老叫化用一根木棒代替判官笔，使出穴道铜人的惊神笔法，更是天下无双。

辛十四姑的竹杖给他一绊几乎脱手飞去，吃了一惊，连忙迅速变招。说时迟，那时快，老叫化的杆棒向前一戳，似左似右似中，一招之间，遍袭辛十四姑上中下九道大穴。辛十四姑使出腾挪闪展的小巧功夫，接连退出九步，这才幸而没有给他点着。心里想道：“穴道铜人图解的手法，果然名不虚传，他的棒法已然十分厉害，加上这套神出鬼没的点穴功夫，只怕是讨不了他的便宜了。”本来以她的轻功要跑不难，但那份图解既没到手，侄儿侄媳还落在对方手中，就此逃走，心中有所不甘。只好继续苦斗。

辛龙生在柴房里听得外面激斗方酣，心里想道：“是时候了。”于是装作痛苦难熬的样子，断续呻吟。奚玉瑾叫道：“哑巴师兄！麻烦你倒一杯茶来。”

老叫化这哑巴徒弟倒很好心，果然端了一碗热茶来给辛龙生喝。辛龙生乘他不备，蓦地中指一弹，便点他的麻穴。

哑巴“咕”的一声叫，那碗茶泼在辛龙生的面上，一掌向辛龙生胸膛印下。奚玉瑾大吃一惊，连忙在他腰间的“气愈穴”补戳一下。哑巴这才“咕咚”的倒了下去。辛龙生嘴角沁出血丝，喘气说道：“好厉害。”奚玉瑾连忙问道：“你怎么啦?”辛龙生苦笑道：“还好，幸亏我先点着他的穴道，跟着你又补戳一指，他的气力发不出来，否则这内伤只怕是不轻了。”

奚玉瑾放了点心，说道：“你跑得动么?”辛龙生道：“跑是跑得动的。不过——”

奚玉瑾明白他的意思，说道：“你的姑姑不知胜得了胜不了那老叫化，不过，我的本领不济，只怕也帮不了她的忙。”

辛龙生叹了口气，说道：“咱们只好先顾自己了，走吧！姑姑的轻功很好，打不过我想她也可以脱身的。”其实他自己也是怀着“泥菩萨过江自身难保”的念头，但求能够溜之大吉的。但在奚玉瑾的面前，却不能不装作要为姑姑设想一下。

奚玉瑾早已熟悉他的性格，暗暗好笑，想道：“这个时候，你何必还装出一副伪君子的面孔。”当下说道：“留得青山在，不怕没柴烧。好，咱们从后门悄悄溜走。”

那老叫化眼观四面，耳听八方，他们两人从后门溜走，老叫化听得他们的脚步声，吃了一惊，叫道：“虎儿虎儿！”不见那哑巴徒弟出来，情知不妙，喝道：“好呀，奚玉瑾，我信任你，你却伤了我的徒儿，助他逃跑！”

辛十四姑哈哈笑道：“好，奚姑娘，你真不愧是我的好侄媳妇，快，你们跑得远一些！”本来她是给老叫化迫得连连后退的，此时忽地改守为攻，使出飘忽莫测的身法，阻拦老叫化回头去追辛奚二人。

老叫化的武功虽然胜她一等，但身法却不及她的轻灵，急切间也是难以摆脱她的纠缠。辛龙生和奚玉瑾已是去得很远了。

老叫化大怒道：“好呀，跑得了你的侄儿侄媳妇，跑不了你！”陡地动了杀机，心道：“不杀她总是避免不了麻烦！”棒中夹掌，木棒是每一招都点向辛十四姑的要害，掌力也越来越催紧，叫她脱不了身。

老叫化的劈空掌力能及三丈开外，辛十四姑本来是要耗损他的气力的，此时反而给他消耗了许多气力。倘若逃跑，先要转身，背后没有防备，老叫化的劈空掌力打来，只怕难免也要受伤。辛十四姑不敢冒这个险，只好暗暗叫苦，继续和他恶斗下去。

辛十四姑和老叫化这场恶斗的结果如何，暂且不表。且说奚玉瑾和辛龙生在草莽丛中，蛇行兔伏，跑了一程，终于跑到谷口，不见那老叫化追来，这才放下了心。辛龙生笑道：“咱们终于得见天日了，瑾妹，这次多亏了你啦!”

话犹未了，忽听得马嘶之声，只见两匹快马，正在驰进这个山谷。

奚玉瑾吃了一惊，说道：“后面那人就是那天来过的那个相府家人。”

转眼间，那两骑马已是到了他们面前，那人叫道：“二公子，我说的就是这小娘子儿了！咦，怎么给他们逃跑出来啦?”正是：

骏马轻裘公子至，相逢陌路两心惊。

欲知后事如何，请听下回分解。

第六十三回　断剑轻抛心已碎
故人重晤意如何

那公子哥儿模样的人，歪着脖子，斜着眼睛，目光从辛龙生面上扫过，转到奚玉瑾的身上，深深地望了她一眼，笑道："你说得不错，这小娘儿确实是比明霞岛主的女儿还更标致。"说话之际，已是跳下马来。

这人正是老叫化的徒弟、相府的二公子韩希舜。

辛龙生听了他这番轻薄的说话，气得七窍生烟，倏地就扑过去，喝道："好呀，你就是那个老叫化的徒弟吗？你碰上了我，这是你的灾星到了！"

辛龙生虽然知道他的身份，但想一个生长在相府的公子哥儿，纵有名师，又能学到什么本事？是以根本就不把他放在眼内，一扑上去，立即便用分筋错骨的大擒拿手法，要想把他抓住，重重的磨折一番。

哪知韩希舜并非绣花枕头，而是具有真才实学的。虽然还未得到老叫化的衣钵真传，也已学到了师父的三四分本领了。辛龙生即使是恢复了原来的武功，也未必能够胜得过他，何况辛龙生还是刚刚受了伤的。

韩希舜冷眼道："是吗？"笑声未了，折扇一指，已是用闪电般的手法，点中了辛龙生的穴道。辛龙生闷哼一声，倒在地上，打了个滚，就动也不动了。

韩希舜笑道："且看是谁的灾星到了？""腾"的一脚向倒在地上的辛龙生踢去，想把他踢下山谷。

奚玉瑾这一惊非同小可，喝道："休得逞凶!"飞步上前，刷的一剑，剑光卷地扫来，削韩希舜的双腿!

这一剑来得正是时候，韩希舜硬生生的把踢出去的右腿收了回来，一个倒纵，闪出三丈开外，笑道："这小子就是你的挂名丈夫吗?嘿，嘿，你的本领倒似乎比你的丈夫高明得多呀!"

在韩希舜倒纵出去之时，那书童恰好从马背上跳了下来，叫道："奚姑娘休得无礼，他是我们相府的二公子。你知不知道，这是你的福星到了，我们的公子看、看……哎哟、哟!"

奚玉瑾正在气怒当头，刷的一剑，径刺过去，那书童张大嘴巴，"看中了你"这几个字还未曾说出口来，喉咙已是给利剑穿过。奚玉瑾见韩希舜的本领非同小可，只道这个书童亦非泛泛，不料如此轻而易举就杀了他，杀了他后，方始吃了一惊。

韩希舜说道："安童，你去吧，你服侍了我多年，我会好好的待你的家人的。"把他的书童尸体抛入乱草丛中，瞪了奚玉瑾一眼。

奚玉瑾只道他要替书童报仇，当即横剑当胸，严阵以待，防他骤然扑来。不料韩希舜恶狠狠的瞪她一眼之后，却忽地又哈哈大笑。

奚玉瑾手按剑柄，眼盯着他，冷冷说道："你笑什么?"

韩希舜笑过之后，说道："想不到你这如花似玉的美人儿，竟也如此心狠手辣。我倒是很欣赏你这泼辣的美人儿呢!"

奚玉瑾还是第一次给人说是"泼辣"，不觉心中冷笑，想道："对你这等轻薄的纨绔少年，不错，是要泼辣一点的好!"刷的一剑就刺过去，斥道："胡说什么，看剑!"

韩希舜折扇一张，使了个"卸"字诀，轻轻一拨，把奚玉瑾的青钢剑拨开，说道："且慢，你想过没有?"

奚玉瑾怒道："我可没有工夫听你瞎道!"一口气攻了连环三剑，左刺丹田"血海穴"，右刺胁下的"气愈穴"，中刺胸口的"璇玑穴"。韩希舜是点穴的大行家，奚玉瑾这三招刺穴的剑法，虽然也颇精妙，却怎能伤得了他?

韩希舜折扇一张一合，还了一招"七星伴月"，一招之内，遍袭奚玉瑾的七处大穴。奚玉瑾识得厉害，接连退了七步。

韩希舜一招将她迫退，笑道："你不喜欢听，也得听我说说。你想过没有，你丈夫的性命还捏在我的手中呢，他给我用重手法点了穴道，我的点穴功夫，除了我的师父，天下无人能解！你杀了我的书童，我捏着你丈夫的性命，嘿，嘿，我的一个书童的身价可比不上你的丈夫，你愿意把丈夫的性命和我的书童交换吗？"

奚玉瑾吃了一惊，不知他说的是真是假。但见辛龙生躺在乱草丛中，双眼翻白，却的确是奄奄一息的模样。不由得心里着了慌，想道："看来只怕不是他的对手，即使侥幸胜得了他，我不懂解穴之法，也是救不了辛龙生。"心中有所顾忌，只好权忍一时之气，按剑说道："你待如何？"

韩希舜哈哈一笑，说道："你杀了我的书童，我本来把你的丈夫拿来偿命的。不过，你若替他求情，我也未尝不可看在你的份上饶他。嘿，嘿，听说你只不过和他是挂名夫妻，你救了他的性命，也算尽了挂名夫妻的情义了。今后，今后，哈，哈，哈，哈，底下的话，不用我说，你也应该明白了！我想，我的师父，大概也曾对你说过的吧？"

辛龙生躺在地上，听得韩希舜调戏他的妻子，气得心肺欲裂，只恨自己不能动弹，说不出话来，喉咙咕咕作响。

奚玉瑾柳眉一竖，斥道："狗嘴里不长象牙，我夫妻俩纵然死在你的手下，也决不能受你侮辱！"

辛龙生见奚玉瑾为他拼命，又再和韩希舜交锋，心中方始得到安慰，想道："她对我毕竟还是不错，我却是使她受了许多委屈了。"

奚玉瑾把生死置之度外，使出了家传的奇诡百变的"百花剑法"，向韩希舜攻去，剑剑指向他的要害。

论真实的本领，奚玉瑾其实还比不上她的丈夫，但因韩希舜不愿伤她，对她这等豁了性命的打法，倒也不无顾忌。

韩希舜的一柄折扇盘旋飞舞，倏张倏合，见招解招，见式拆式，奚玉瑾的一套百花剑法尽数施展出来，却也伤他不着。

韩希舜笑道："看不出你倒是个有情有义的妻子，这小子有什么好，值得你为他拼命？唉，这也真是各人的缘分，我唯有羡慕这小子的福气了。”

他口里和奚玉瑾说笑，手上的折扇点、打、削、戳，招数可是丝毫不缓。心里想道：“待你的气力消耗得差不多了，不信你不会给我点中穴道？”

奚玉瑾何等聪明，见他如此打法，自也窥破了他的用心。不过，她纵然能够逃跑，却不能抛了丈夫逃走，明知久战下去，势必不妙，也只好继续苦战了。心里想道：“我若遮拦不住，他一点中我的穴道，我立即自断经脉而亡，决不受他侮辱。”

奚玉瑾渐渐气力不加，韩希舜却是寻瑕找隙，转守为攻。形势是越来越险了！

且说奚玉帆、厉赛英和公孙璞三人，由丐帮弟子焦奕带路，这日终于来到了松风岭。

踏入谷口，远远的便听见兵器碰击之声，焦奕大为诧异，说道：“咦，有谁竟敢跑到这儿，和那老叫化厮杀？”这是老叫化的“禁地”，在“禁地”中发觉有人厮杀，其中的一方，自必是那老叫化了。

众人加快脚步，跑上山上一看，这才知道是辛十四姑。

不久之前，奚、厉等人还曾在邵家庄和辛十四姑交过手的，此时发现是她和那老叫化对敌，不由得都惊异不已！

辛十四姑正是处在下风之际，突然看见他们来到，也是不禁吃了一惊，心里想道：“奚玉帆和厉赛英也还罢了，公孙璞这小子武功可是和我相差不远，他们一来帮忙这老叫化，只怕我可就是要大大的糟糕了！”她在老叫化的掌风笼罩之下，要跑又怕受伤。

厉赛英道：“咱们帮谁？”

奚玉帆道：“当然是先对付这老叫化。”

公孙璞道：“好，待我上去帮她。奚兄，你们赶紧入屋救人吧。”

辛十四姑正想拼着受伤逃跑，公孙璞已经加入战团，老叫化“哼”了一声，喝道：“哪里来的浑小子，胆敢多管闲事！”他不知道公孙璞拿的是玄铁宝伞，一棒打去，火星蓬飞，震得他的虎口隐隐发麻！

老叫化本来不把公孙璞放在眼内，虎口忽地一震，不禁吃了一惊，心道："哪里钻出来的这个小子？"

辛十四姑身法何等矫捷，趁这时机，倏地转守为攻，竹杖俨若青蛇吐信，就在这霎那之间，闪电般的攻出了七招，遍袭老叫化的十四处大穴。

老叫化掌中夹棒，好不容易化解了辛十四姑这七招杀手，接连退了七步。双眼一翻，冷笑说道："来而不往非礼也，且让你们也见识见识我的点穴功夫！"

他知道辛十四姑的轻功超卓，刚才他曾使过穴道铜人图解的惊神笔法，伤不了她，攻势就完全指向了公孙璞，只以劈空掌来防御辛十四姑的反击。他口中说的虽是"你们"，其实不过是拿辛十四姑当作陪衬而已。

幸而公孙璞也懂得穴道铜人图解的功夫，武林天骄所授的手法和这老叫化的手法不过是大同小异，公孙璞使出全副本领，或挡或闪，居然避开了他一招七式极其复杂、极其奥妙的惊神笔法。因为他用的是玄铁宝伞，老叫化试过它的厉害，亦是不无顾忌。

老叫化越发诧异："奇怪，这小子怎的也懂惊神笔法？"

辛十四姑冷笑道："我看你这点穴功夫还未练得到家吧，连一个后生晚辈也奈何不了！嘿，嘿，居然还敢夸口要人见识呢！我是早已见识过了。"

老叫化"哼"了一声，说道："是么？"忽地打狗棒舞起斗大的棒花，暴风骤雨般的向辛十四姑攻去。他突然转换目标，这一招打狗棒法中的"三转法轮"，内中还蕴藏着极其厉害的惊神笔法，正是他的一招得意绝招。

辛十四姑大吃一惊，慌忙后退。公孙璞赶忙将玄铁宝伞向老叫化的背心刺去，给辛十四姑解危。老叫化反手一掌，以劈空掌力荡开了他的伞尖，公孙璞一刺刺空，只觉对方的掌力，恍若排山倒海而来，亦是身不由己，退了三步。

心里想道："怪不得辛十四姑也打不过他，这老叫化的功力果然是非同小可了！"

老叫化哈哈笑道："不错，老叫化的点穴功夫在一时三刻之内，的确是奈何不了这个后生晚辈。可是你这位自命本领高强的辛十四姑，却也要靠一个后生晚辈给你解围，羞也不羞？”

辛十四姑心高气傲，哪受得了他的奚落，心里想道：“这小子本来和我结有梁子，我倚仗他的帮忙，胜了这老叫化，脸上也不光彩。何况奚玉帆和明霞岛主的女儿就要出来，难保这三个小辈不再找我麻烦。”思念及此趁着老叫化对付公孙璞的玄铁宝伞的时候，身形一飘，已是退出三丈开外。

老叫化道：“好呀，你要走了么？”

辛十四姑道：“我生平从不与人联手，现在让你对付这个小子，你占了便宜还说嘴么？不过，咱们的账，可还没了！”

老叫化道：“好，我等你再来算账就是！今天算是便宜了你，你要跑就尽管跑吧！”心里可是巴不得辛十四姑赶快跑开，越远越好！

公孙璞独力抵挡，迭遇险招，老叫化忽道：“你就是曾经和我的徒弟打过一架的那个小子么？”

公孙璞道：“是又怎样？”

老叫化道：“是谁传授你的点穴功夫的？”

公孙璞道：“你这点穴功夫又是哪里来的？你老实说出来，咱们不妨印证印证！”

老叫化“哼”了一声，纵声笑道：“好呀，你这小子倒盘问起我来了！敢情你也觊觎那份图解？哼，多少人觊觎这份图解，但你这小子可还不配！”口中说话，招数丝毫不缓。

公孙璞正在吃紧，奚玉帆和厉赛英从那石屋走了出来。

奚玉帆“咦”了一声，说道：“那女魔头呢？”公孙璞也在同时问道：“令妹呢？没有找着么？”

奚厉二人的本领，虽然比不上公孙璞，却也各有独门功夫。奚玉帆的百花剑法加上了厉赛英家传的奇诡功夫，对这老叫化倒也不无威胁。

三人联手，展开了一场剧斗，老叫化纵然功夫深湛，也是讨不了便宜了。老叫化甚为诧异，心里想道：“老叫化十多年不走江湖，想不到竟然出现了这许多本领高强的后生小子，当真是长江后浪推前浪了！但这三人称辛十四姑作女魔头，显然他们并非一路，何以那小子的口气却又好似知道穴道铜人图解的秘密呢？辛十四姑难道会告诉他？”

奚玉帆占了上风，这才说道：“石屋里只有一个点了穴道的小厮，却没有见着我的妹妹。”原来他没法给那哑巴解穴，是以问不出口供。

公孙璞道：“辛十四姑跑了，可只是她一个人。”

奚玉帆本来以为他的妹妹和辛龙生是给辛十四姑带了跑的，听说逃跑的只是辛十四姑一人，不禁着了慌，刷的一剑，向老叫化攻去，喝道：“你把我的妹妹怎么样了？”

老叫化大袖一挥，荡开奚玉帆的长剑，打狗棒用了个“四两拨千斤”的“卸”字诀，又拨开了公孙璞的玄铁宝伞，松了口气，说道：“你的妹妹和辛龙生这小子早就跑了！”

奚玉帆哪敢相信，喝道：“除非我见着他们，否则决不能放过了你！”

老叫化大怒道：“好呀，我还不肯放过你们呢！”

这老叫化本是介乎邪正之间的人物，怒火一冲，出手毫不留情，掌力有如排山倒海而来，公孙璞自幼修习正宗内功，也感到胸口有点儿作闷。奚玉帆也还可以勉强抵挡。功力较弱的厉赛英却是感到难以支持了。

公孙璞一声大喝，使出了“大衍八式”的一招“伏虎降龙”，双方掌力激荡，声如郁雷。公孙璞连退三步，老叫化也不由得身形一晃。

“大衍八式”本是桑家的不传之秘，公孙璞的母亲桑青虹是桑见田的女儿，他是自幼就得母亲的真传的。他的师父耿照则是得他的母亲桑青虹偷偷传授的。是以若论这门武功的造诣，公孙璞还在他的师父之上。

双方一较掌力，虽然还是那老叫化稍胜一筹，但公孙璞使出了大衍八式，却也能够抵御了。

公孙璞正面化解老叫化的攻势，厉赛英所受的压力减轻，又从侧面进袭，采取绕身游斗的打法，助公孙璞一臂之力。

老叫化以一敌三，打得难解难分，不由得暗暗叫苦，心里想道：“久战下去，只怕老叫化可是要在阴沟里翻船了。不知哪里钻出来的这三个小辈，竟然一个比一个厉害。”

老叫化在前山斗得暗暗叫苦，他的徒弟韩希舜在后山和奚玉瑾缠斗，却是正在大占上风，得意洋洋。

韩希舜笑道：“奚姑娘，你拼了命也没用。说老实话，我倒是爱惜你呢。你愿意听我劝告吗?”

奚玉瑾紧咬牙根，一声不响，刷的一剑就攻过去。这一招是两败俱伤的打法，剑势十分凌厉。

可惜她已是气力不加，韩希舜把折扇轻轻一拨，就把她的青钢剑拨开了。

韩希舜又笑道：“奚姑娘，依我说呀，你与其和我拼命也没有用，不如咱们交个朋友，这样既可以保全你的性命，又可以保全你那挂名丈夫的性命。以后你们虽然分手，你也总算是对得住他了。”

奚玉瑾怒气难禁，骂道：“放你的屁!”把性命置之度外，心里想道：“我若落在他的手里，立即自断经脉而亡!”

正在吃紧，忽地有个人旋风也似地跑来，叫道：“啊，玉瑾，当真是你!”

这个人不是别人，正是谷啸风。

原来那天丐帮的焦奕前来报讯的时候，谷啸风恰好到东洞庭山去会一位寨主，不在王宇庭的大寨。

奚玉帆一来是因为谷啸风和他的妹妹有一段尴尬情事，与他同去，反而不便；二来也觉得有公孙璞和自己联手，任何强敌，足以应付，是以也就不等待谷啸风回来了。

王宇庭是不知道他们之间的事情的，当晚谷啸风从东洞庭山回来，王宇庭把这件事情告诉了他。谷啸风听说奚玉瑾和丈夫被一个老叫化所擒，自是不禁大吃一惊。

王宇庭说道：“本来我是要把你叫回来的，可是奚少侠说等不及了，他们定要马上动身。奚少侠和公孙少侠的武功我是知道的，他们二人联手，足以抵敌当世任何高手，何况还有一位明霞岛主的女儿和他们同去，自是可以无妨。不过，听焦奕所说，那老叫化的武功之强，恐怕也是世间少有——”

王宇庭这样说法，当然是想谷啸风赶去相助的。其实无须王宇庭表露意思，谷啸风已恨不得插翅飞去的了。

谷啸风暗自想道：“玉瑾的丈夫心胸狭窄，我见了他们夫妇，不免是要彼此都有点难为情的。可是难为情事小，救他们脱险紧要。难为情就难为情吧，也顾不得这许多了！”不待王宇庭把话说完，便道：“他们走了多少时候了？”

王宇庭道：“中午动身，走了半天了。”

谷啸风道：“我走快点，或许也还能赶上！”当下向王宇庭问清楚了到松风岭的走法，便即连夜动身。

由于他没人带路，上了松风岭，虽然找到了老叫化所住的那个地方，却多兜了两个圈子，走的方向也和公孙璞他们不同，一个是从前山上去，一个是转错方向，最后才从后山绕了过来。

想不到未曾见到奚玉帆他们，就先见着了奚玉瑾，而奚玉瑾又正在和一个公子哥儿模样的人恶斗，谷啸风这份惊愕自是不用说了。“奇怪，为什么只是她一个人？她的丈夫呢？”

辛龙生是给韩希舜点了穴道躺在乱草丛中的，谷啸风匆匆赶来，无暇细心察看，还没瞧见。

奚玉瑾在这紧急关头，做梦也想不到突然会见着谷啸风，她的惊愕比谷啸风更甚，这霎那间，也不知是悲是喜？想要说话，却是喉头哽塞，说不出来。

高手比斗，哪容得稍有分心，韩希舜正找不到一个可以不伤她而将她生擒的机会，见她蓦地一呆，立即欺身进招，喝道：“小娘子，给我躺下吧！”

话犹未了，谷啸风已是如飞赶上，叫道：“瑾妹，小心！”

只听得“嗤”的一声，奚玉瑾的衣裳给韩希舜那把折扇撕去了一幅，这把折扇的扇骨是锋利的钢片做的。

这还幸亏是因为韩希舜听得背后金刃劈风之声，急于回身抵挡，这才没有点着了奚玉瑾的穴道。

奚玉瑾一个“细胸巧翻云”，倒纵出数丈开外，低头一看，只见衣裳当胸之处，已给撕开一幅，露出了一片雪白的胸脯。

裸露的部分虽然不多，但在讲究礼法的宋代，女子的身体，是只能让丈夫看见的。江湖人物虽说比较不拘小节，亦是甚感难以为情的了。

不过奚玉瑾在尴尬羞愧之中，心里亦有丝丝甜意。

谷啸风刚才不知她的丈夫就在一旁，突然见她遭遇危险，心情紧张之下，脱口而呼“瑾妹”，这两个字对奚玉瑾来说，那是久已不闻的了。

过去热恋当中，谷啸风每天不知要叫她几十百遍“瑾妹”，那时这个称呼自然不会在她心头引起异样的感觉；此际时移势易，忽然重又听到谷啸风这样叫她，多少甜蜜的回忆，霎那间都在奚玉瑾的脑海中翻涌出来，一阵甜丝丝的感觉过后，接着是难以名说的哀愁，奚玉瑾一阵迷茫，眼光一瞥，忽见她的丈夫躺在草丛里，虽然不能动弹，目光却是冷冷的盯着她。这是不信任她的目光，也是愤激的目光。

奚玉瑾面上一阵青，一阵红，连忙整好衣裳，正要过去看她的丈夫，忽听得“当”的一声，抬头一看，只见谷啸风跃起一丈多高，韩希舜正在猛扑过去，趁他身形未稳之际，折扇点向他的后心。

奚玉瑾瞿然一省，心里想道：“当务之急，必须先把这厮打败，龙生对我多疑，那也只能暂时由他去了。”

奚玉瑾不再看她丈夫，青钢剑扬空一闪，退而复上，与谷啸风联手，夹击韩希舜。

谷啸风道：“奚姑娘，你歇歇吧，这小子我应付得了。”他刚才那一跃避招还招，看似危险，其实却是抢占攻势的高招。

就在此时，奚玉瑾忽地又似乎隐隐听得辛龙生“哼”了一声，奚玉瑾呆了一呆之后，看出谷啸风确实是占了上风，就退过一边了。

辛龙生叫不出来，喉头还是会咕咕作响的，但谷啸风正在全神贯注的与韩希舜搏斗，这样微弱的声响，他可是完全没有留意。

奚玉瑾本来就想过去的，但不知怎的，忽地对丈夫起了反感，却只是退下一边，并不过去。她手按剑柄，调匀呼吸，仍然在注视着谷韩二人的搏斗。按情理来说，她这样做也是应该的。韩希舜是个劲敌，谷啸风虽然暂时占了上风，她也不能不作万一的准备。

谷啸风长剑一颤，抖出了七朵剑花，一招之内，遍袭韩希舜的七处穴道。

韩希舜冷笑道："班门弄——"一个"斧"字未曾出口，谷啸风的剑锋已是贴着他的额角削过，不是他闪得快，天灵盖可能就要给利剑洞穿。韩希舜大吃一惊，轻视敌人的说话是再也说不出口了。

原来若是只论点穴的功夫，韩希舜当然是在谷啸风之上。但论功力却是有所不如。而且韩希舜是和奚玉瑾斗过一场的，多少也消耗了一些气力。

谷啸风的"七修剑法"乃是以准、狠两字诀著名的上乘剑法，幸亏韩希舜练过穴道铜人图解的功夫，天下任何点穴、刺穴的指法剑法他都能够化解，这才可以勉强应付。不过刚才那招，由于功力不足，荡不开谷啸风的剑尖，只能临危躲闪，也还幸亏这躲得快，才没有伤着，不过也已是吓出一身冷汗了。

谷啸风见他招数精奇，点穴的手法凌厉无比，亦是不由得心中一凛，想道："怪不得玉瑾打不过他，我可得认真对付他了！"

谷啸风振起精神，一柄长剑指东打西，指南打北，招招攻向韩希舜的要害。

韩希舜毕竟吃亏在气力不加，剧战中谷啸风一招"李广射石"，剑直如矢，向他胸口径刺过去，韩希舜横扇一拨，想用"卸"字诀消去对方的这股劲道。因为谷啸风这一招实在来得太快，要想后跃，只怕跳跃的速度比不上他进剑的速度，背心就难免要给他的利剑搠一个透明的窟窿。

韩希舜的"四两拨千斤"手法，亦有相当造诣，不过却抵御不了谷啸风力透剑尖的一刺，只听得"嗤"的一声，那柄折扇已是穿了一个洞，眼看就要削掉了韩希舜的手指，韩希舜慌忙扔掉折扇，斜窜出去。

幸亏他的折扇挡了这么一挡，斜窜出去，居然没有给谷啸风的剑尖刺着，韩希舜吓得魂飞魄散，只恨爹娘生少了两条腿，不敢回头，一溜烟地逃下山了。

谷啸风冷笑道：“便宜了这小子!”他记挂着奚玉瑾，急于想要问她一些事情，是以也就顾不得去追穷寇了。

可是当他们二人面面相对之时，大家却又都有“不知从何说起”之感。

还是谷啸风恢复镇定得快，呆了一呆之后，说道：“奚姑娘，你的哥哥来了，你见着他没有?”

奚玉瑾惊喜交集，说道：“我的哥哥来了?呀，我可还没有见着!”

谷啸风道：“那你是怎么逃出来的?”

奚玉瑾道：“说来话长，以后再说不迟。现在——”

她正想告诉谷啸风，她的丈夫正在这里。谷啸风已是急不及待地说道：“不错，现在最紧要的是找着你的哥哥，他一定是到老叫化所住的地方找你去了。”

奚玉瑾道：“我只是见着辛十四姑，我们逃跑出来的时候，她正在和那老叫化恶斗。”

谷啸风道：“辛十四姑虽然可恶，但她既然是来救援你的，咱们也就该帮她。快去吧!”

奚玉瑾讷讷说道：“不，我、我现在还不能去。”谷啸风道：“为什么?”奚玉瑾道：“他、他、他——”

谷啸风瞿然一省，说道：“对啦，我还没有问你，怎么只是你一个人?辛公子呢?”

奚玉瑾这才说了出来：“他给那姓韩的小贼点了穴道!”

她深知丈夫是最要面子的人，是以期期艾艾，说不出来。但迫于无奈，也只好说了。

谷啸风顺着她目光注视的方向，发现了躺在乱草丛中的辛龙生，吃了一惊，连忙说道：“那你还不赶快给他解开穴道?”

奚玉瑾苦着脸道：“我解不开。”

说话之际，谷啸风已是把辛龙生扶了起来。

天下还有什么事情比在情敌面前失了面子还更难堪?

辛龙生做梦也想不到在自己最“倒霉”的时候会见着谷啸风，

恨不得有个地洞钻进去。

可惜他的双腿却不争气，丝毫不能动弹。

奚玉瑾道："啸风，请你帮他个忙，好吗？前几天他才练了少阳神功。"

谷啸风是个武学行家，不必奚玉瑾多说，已是明白她的意思。

按照武学的原理，两人修习的内功相同，那就有可能运用本身的内功替别人推血过宫，解开穴道。

谷啸风道："好，让我试试。"

过了大约半支香的时刻，只见谷啸风大汗淋漓，辛龙生的穴道依然未解。奚玉瑾正自忐忑不安，忽听得"喀"的一声，辛龙生张开大口，吐出一口带血丝的浓痰。奚玉瑾又忧又喜，说道："龙生，你能够动弹了，觉得怎么样？"

辛龙生颤巍巍地站了起来，开口就骂："不用你们向我讨好！我，我宁愿——"他想说的是，"我宁愿死也不要他救治。"

话犹未了，忽地咕咚一声，又跌下去。

原来辛龙生因为心情激动，本身的真气散乱，不能和谷啸风帮忙他推血过宫的内功配合，结果只是哑穴解开，能够说话。但麻穴还未能够解开，他要逞强自己站起来，当然就只有跌倒了。

奚玉瑾尴尬之极，说道："龙生，人家对你好，你怎么可以这样说话。"话犹未了，辛龙生已经跌倒。

奚玉瑾又是难过，又是担忧，重又将他扶了起来，说道："你这不是和自己作对吗，干吗不让朋友帮忙？

"那小贼说过的，穴道倘若不能解开，三天之后恐怕会有性命之忧！"

接着回过头来，对谷啸风道："谷大哥，请你莫要怪他，他受了那小贼之辱，心情难免是有点暴躁。"正是：

情天缺陷难填补，莫把新人比旧人。

欲知后事如何，请听下回分解。

第六十四回　十载追踪求秘笈　三英联手斗魔头

谷啸风苦笑道："我怎会、怎会，——不过——"他想说的是"我怎会与他一般见识"，话到口边，蓦地想起自己既然不屑与辛龙生计较，又何必当着奚玉瑾的面，说她丈夫的短处？

奚玉瑾以为谷啸风不肯帮忙，说道："龙生，你给谷大哥赔个罪吧。"

辛龙生这一跤摔得甚重，他在哑穴解开之后，以为其他穴道也可以跟着解开的，不料试一运气冲关，痛得更为厉害。

究竟是性命要紧，辛龙生一时冲动，气过之后，不觉后悔起来，心里想道："玉瑾说得不错，留得青山在，不怕没柴烧。"于是只好忍气吞声，对谷啸风赔了个罪，说道："我适才暴躁，请足下莫怪。"

谷啸风苦笑道："我已经尽力而为，不过实是无法解开这个穴道。"辛龙生平白赔了个罪，心头火起，几乎就要骂了出来："你不会解，那你就赶快给我滚开！"

幸亏他未曾出口，忽听得谷啸风叫道："有了，有了！"

奚玉瑾连忙问道："有了什么？"

谷啸风道："姓韩这小贼的点穴手法十分奇特，与各大门派的点穴功夫都不相同，莫非他是那老叫化的徒弟。"

奚玉瑾道："正是。"谷啸风道："那就有办法了。咱们赶快去找你的哥哥。"奚玉瑾怔了一怔，说道："我的哥哥也不会解呀。"

谷啸风道："你的哥哥是和公孙璞一同来的，公孙璞会解！"

原来谷啸风已经从厉赛英的口中知道穴道铜人图解之事，那日焦奕到王宇庭的山寨报讯，奚玉帆等人判断这份图解一定是在老叫化手上。当时谷啸风虽不在场，事后也从王宇庭口中听到。

老叫化既然是韩希舜的师父，用的当然也就是穴道铜人图解的功夫了。而公孙璞学过这种点穴功夫，则是谷啸风早已知道了的。

谷啸风接着说道："他们一定是在老叫化所住的地方，说不定因为找不着你们，已经和那老叫化打起来了。咱们扶辛大哥去吧。"一人一边，架着辛龙生的臂膊，悬空将他架了起来，立即展开轻功，飞快的向回头路跑。辛龙生满肚皮的气，认为这是平生从所未有的奇耻大辱，但性命要紧，无可奈何，也只好任凭他们摆布了。

跑到山谷入口之处，隐隐听得兵器碰击之声，奚玉瑾大喜道："谷大哥，你料得不差，他们果然是在这里和老叫化动手了。"

公孙璞、奚玉帆和厉赛英三人正在和那老叫化斗得难分难解，忽听得谷啸风的声音叫道："奚大哥，玉瑾已经脱险了！"谷啸风人还未到，先用"传音入密"的功夫向他报讯。

奚玉帆几乎不敢相信自己的耳朵，叫道："啸风，当真是你？你们在哪里？快来呀！"

谷啸风放下了辛龙生，让奚玉瑾独自照顾他，飞快的就跑过去。

老叫化正在使出刚猛绝伦的伏魔掌法，公孙璞正面防御，把他的掌力接去了十之七八。但由于奚玉帆分了心神，仍是不免给他的掌力波及。

谷啸风如飞赶至，"刷"的一剑，就向老叫化刺去。老叫化打狗棒一扬，使了个"绞"字诀，竹棒压着剑背，一翻一绞，谷啸风虎口发热，但长剑仍然握得很牢，一招"夜叉探海"，剑向前伸，把所受的对方力道卸去，而且还迅速的还了一招，竟然迫使那老叫化也不能不后退一步。

老叫化大吃一惊，心里想道："这班小辈，竟是一个比一个厉害！再打下去，老叫化只怕要糟！"

其实并不是谷啸风特别厉害，而是因为老叫化已经打了半个时辰，气力比不上刚才了。论本身的功力，谷啸风只是稍在奚玉帆之上，而在公孙璞之下的。

奚玉帆给老叫化的掌力波及，也是不由自己的退了一步。谷啸风道："帆哥，你去照应他们吧。我来替你。"奚玉帆道："他们在哪里？"谷啸风道："喏，你瞧，他们不是来了！"原来奚玉瑾扶着辛龙生走路，走得甚慢，此时方始转过山坳，现出身形。

"啊，妹妹，你没事吧？""啊，哥哥，咱们终于见着了。你没伤吧？"两兄妹同时叫出声来。奚玉瑾将辛龙生放下，喜不自胜地跑上去迎接她的哥哥。

老叫化"哼"了一声，说道："你这小子还要向我讨还妹妹吗？我早说过他们没事，你偏偏不信！"呼的一掌，将公孙璞迫得闪过一边，冲开缺口，便跑出去。

奚玉瑾道："这老叫化还不算得太坏，由他去吧！"

公孙璞、奚玉帆等人见奚玉瑾和辛龙生已经来到，当然也就不想和那老叫化再斗下去了。

谷啸风道："这位辛公子给老叫化点了穴道，公孙大哥，请你快去帮他解穴。"

忽听得"乒"的一声，板门推开，石屋里跑出一个人来，咿咿呀呀地呼叫，正是老叫化那个哑巴徒弟。原来他的内功造诣亦颇不弱，经过了一个时辰之后，已经运气自己解开了穴道。

哑巴向奚玉瑾怒目而视，奚玉瑾笑道："你别怪我，我要逃跑，刚才不能不点了你的穴道。你的师父已经走了，你赶快跟他去吧。"指了指老叫化逃跑的方向，哑巴面色缓和许多，果然听从奚玉瑾的话。乖乖的去追他师父了。

在这时间，公孙璞也已替辛龙生解开了穴道。

辛龙生穴道解开，满面羞惭，无可奈何，只好低下了头，对公孙璞说了一声"多谢"。

公孙璞道："我和啸风兄是好朋友，大家都是自己人，客气什么。"辛龙生听了这话，满肚皮的酸气，更觉得不是味儿。

奚玉瑾道："哥哥，你们怎么知道要来这儿找我？"

奚玉帆道："你那封信幸亏刚好给丐帮的焦香主拾获，是他到太湖王寨主那儿报讯的。”

奚玉瑾喜道：“原来你们都是在王宇庭那儿吗?”奚玉帆道：“不错。”

奚玉瑾道：“我和龙生也正是奉了他师父之命，想到王宇庭那儿。”

奚玉帆道：“那就再好也没有了，咱们可以——”

他想说的是“咱们可以同行”，刚说到一半，辛龙生忽地说道：“奚大哥，我恐怕不能和你们同行了。玉瑾，你若要去，你就跟你哥哥去吧。”

奚玉瑾怔了怔，道：“你要去哪儿?”

辛龙生苦笑道：“我、我恐怕是受了一点内伤，我要赶快回去请师父帮我调治。”

其实他虽然是受了一点伤，却并非是什么不得了的内伤。这只不过是他的一个借口，不愿意和谷啸风同在一起而已。

奚玉瑾道：“这儿离太湖更近，王寨主也是一位内家高手。”言下之意，当然是想劝丈夫就近到太湖疗治。

辛龙生道：“内功的路子不同，我看还是让师父帮忙我运功疗治的好。”

这是关系他性命的事情，他既然这样说，众人自是不便勉强他了。

奚玉瑾七窍玲珑，一看他的神色，已知他的心思，暗自想道：“我再劝他，只怕他要连我也起疑了。唉，他的心胸如此狭窄，却叫我如何与他相处一生?”但为了避免嫌疑，也就只好说道：“你要回去，我当然陪你回去。”

奚玉帆道：“你受了伤，我和厉姑娘一同送你回去吧。”要知他虽然对辛龙生并无好感，但毕竟是他的妹夫。他只道辛龙生当真是受了内伤，自是放心不下。

辛龙生淡淡说道：“不敢有劳。”奚玉帆眉头一皱，说道：“自家人客气什么。你们有什么事情要告诉王寨主，可以请啸风兄转达。”

辛龙生这才说道：“也好。”但却回过了头，对奚玉瑾道：“你告诉他吧。我的精神不大好，恐怕说得不清楚。”

奚玉瑾满肚皮不舒服，外表还不能不装出落落大方的样子说道：“好，那我就替你说吧。也没有什么紧要的事情，不过是文大侠要把他这边的情形告诉王寨主而已。”

奚玉瑾把所要说的事情一一告诉了谷啸风，谷啸风道：“好，我会替你转达的。”当下他们就各自分道扬镳了。奚玉帆兄妹与辛龙生、厉赛英四人到杭州去，公孙璞陪谷啸风回太湖王宇庭那儿。焦奕事情已了，也要到丐帮的总舵禀报。

这次和奚玉瑾的会面，引起了谷啸风的许多感触，一路郁郁寡欢。

公孙璞道：“谷兄，你好像有什么心事？”

谷啸风道：“没什么。你别胡猜。”

公孙璞笑道：“你瞒不过我的。你是个喜欢说话的人，这半天你却总共才不过说了几句话。我猜，你是在想着韩姑娘了，对不对？”

谷啸风暗暗道了一声“惭愧”。想起了韩珮瑛托付他的事情，心道：“我见了玉瑾，却把这件事忘了。”

公孙璞笑道：“你们经过许多风波，方才和好如初，大家自是免不了要惦记对方的。我来的时候，韩姑娘也曾托我打听你的消息呢。”

谷啸风心里感到甜丝丝的，笑道：“公孙大哥，我的朋友中你最老实，想不到你也学会开坑笑了。”

公孙璞道：“那你说老实话，你是不是在想着韩姑娘？”

谷啸风说道：“你猜着了一半，我是在想着她父亲的事。”

公孙璞瞿然一省，说道：“对啦，听说韩伯伯是在辛十四姑家里养病，辛十四姑来到江南，不知把他搬到哪里去了。”

谷啸风道：“可不是么，珮瑛就是为这件事情担忧呀。玉瑾说她刚才曾见着辛十四姑，可惜我却碰她不着。”

公孙璞道：“我刚才也见着她的。不过，我们就算再见着她，问她，她也一定不肯实说。”

谷啸风道：“找着了她，她不肯说，多少也可以探听一点口风。”

公孙璞道：“就不知她是去哪儿？咱们又是要赶回太湖去的，无法追踪。”

此时他们还未曾走出那条狭长的山谷，刚刚说到这里，忽听得山脚那边，似乎有金铁交鸣之声。

公孙璞道：“奇怪，是什么人在这里厮杀呢？难道那老叫化又回来了？不过奚玉帆他们是从另一面下山的，该不会是他们和老叫化在恶斗吧？”

两人加快脚步，公孙璞眼快，叫道：“咦，好像是辛十四姑！”

走近一看，果然是辛十四姑！

但她的对手却不是那个老叫化，而是孟七娘。

原来孟七娘也是特地到江南来寻找辛十四姑和韩大维的，一路追踪，终于在这里遇上了。

只听得辛十四姑笑道：“孟七娘，咱们是几十年的表姐妹了，何苦为一个韩大维伤了和气？再说，咱们三个人的头发也都白了，他还能够娶你么？”口中说话，手底的招数可是丝毫不缓，青竹杖当作五行剑使，已是疾刺七招。

孟七娘怒道：“你别胡说八道，谁和你争汉子？我是要和你算账！”

辛十四姑淡淡说道：“算什么账啊？”

孟七娘道：“韩大维的妻子是谁害死的？你杀了人，却嫁祸于我！”

辛十四姑道：“哪有此事！第一，她是病死的，与我完全无关！第二，韩大维也并没有指控你是杀人的凶手啊。嫁祸二字，从何说起？”

孟七娘大怒道：“你还要狡赖？你的毒药用得很妙，毒死了她也教人看不出痕迹。不过，韩大维已经是早已起了疑心的，他以为不是你就是我！不错，他在我的面前没敢说出来，但她的女儿却口口声声认定我是她的仇人！这件事情，我非和你弄个水落石出不可！”

谷啸风本来就要现出身形跑过去的，听得这话，不觉呆了。心想："怪不得珮瑛说她母亲死得不明不白，原来是给辛十四姑毒死的，这女魔头的狠毒，还出乎我的意料之外！"

辛十四姑冷笑道："你一口咬定是我谋杀的，好吧，随你怎样说好了。可是你要和我算账，今生可是休想了！嘿嘿，请你莫怪我不念姐妹之情，是你迫我杀你！"

说到一个"杀"字，青竹杖盘旋飞舞，暴风骤雨般的向孟七娘攻去。只见四面八方，都是杖影。孟七娘招架得十分吃力，连连后退。

辛十四姑哈哈笑道："你的功力倒是恢复得很快，可惜和我相差尚远。你是决计过不了百招的了，我劝你还是早点自寻了断吧，免得多受折磨！"原来她们二人的本领本是在伯仲之间，只因那次孟七娘和西门牧野、朱九穆这两大魔头恶斗之后，给辛十四姑乘机暗袭，受了重伤，至今尚未痊愈。功力已是只及原来的七成。

孟七娘深知辛十四姑手段狠毒，落在她的手里，不知要受多少磨折，仍是免不了一死。心道："我就是死了，也决不能让你好活！"

正当她准备使用"天魔解体大法"，自残肢体，与辛十四姑拼个两败俱伤之际，忽听得一声大喝，两个人同时来到。这两个人不用说就是谷啸风和公孙璞了。谷啸风喝道："好呀，你这毒妇又在这里害人。悔不该那天助你脱险！"

就在他们二人将到未到之际，只听得一声惨叫，孟七娘倒纵出数丈开外，一口鲜血狂喷出来，人也立足不稳，倒在地上了！

原来"天魔解体大法"极伤元气，孟七娘只因自份必死，这才决意用这种邪派功夫，拼她一个两败俱伤的。待到公孙璞和谷啸风现出身形，而谷啸风又在大骂辛十四姑之际，孟七娘知道求生有望，当然就不肯再用这种伤残自己的打法了。

可是由于她的内功尚未练到炉火纯青之境，"天魔解体大法"刚刚开始发动，急切之间，却是不能收发自如，一口真气运得急了，以致反伤自身。辛十四姑身子何等矫捷，一杖就打中了她。她狂喷鲜血，一半固然是由于受到辛十四姑打伤，一半也是因为她的邪派功夫运用得不当之故。

说时迟，那时快，谷啸风已是刷的一剑，指到了辛十四姑背心的“风府穴”，辛十四姑笑道：“你这小子也敢来和我作对！”反手竹杖一撩，只听得叮叮之声不绝于耳。原来谷啸风这一招“七修剑法”乃是一招七式的，在这霎那之间，他的长剑和辛十四姑的青竹杖已是碰击了七下。

谷啸风的内功虽然亦有相当造诣，却如何能与辛十四姑相比，只觉对方的内力似波浪般涌来，一个浪头过了，又是一个浪头，登时虎口发麻，长剑几乎就要脱手。

公孙璞连忙张开玄铁宝伞，挡着辛十四姑的竹杖，“当”的一声，火花四溅，竹杖荡开。

辛十四姑吃了一惊，知道他这铁伞是件宝物，不敢硬碰，立即一个“移形易位”，以轻灵迅捷的身法闪到公孙璞左侧，一招“玉女投梭”，青竹杖当作五行剑使，反刺公孙璞的穴道。

公孙璞宝伞一合，却当成了齐眉棍用，用足气力，拍开竹杖。辛十四姑不愿力敌，用了个“卸”字诀，轻描淡写的化解了公孙璞的招数。公孙璞的力道用得急了，重心不稳，身向前倾，几乎跌倒。但辛十四姑刚才给他的宝伞一击，亦是心头一震，虎口微微酸麻。有所顾忌，不敢立即反攻。时机稍纵即逝，公孙璞身形一稳，与她再度交锋。

谷啸风惦记着孟七娘的伤势，叫道：“孟姑姑，你怎样啦?”孟七娘听了这一声“姑姑”，面露笑容，说道：“你们赶快把这毒妇打败要紧，不要顾我。我没有什么大不了的。”声音并不颤抖，也还相当响亮，谷啸风放下了心，心道：“不错，大敌当前，是必须认真对付才行。”于是全神贯注的应付辛十四姑那根竹杖，展开了七修剑法，和公孙璞联手夹击敌人。

他哪里知道孟七娘其实伤得甚重，只因为不想给他看出来，强自运气，这才能够好像平常人一样说话的。孟七娘倚着一棵大树喘气，目不转睛的看这场恶斗。只见辛十四姑以一敌二，兀自攻多守少。

本来若论双方实力，辛十四姑已经斗了一场，是比不上公孙璞和谷啸风二人的合力的。但辛十四姑胜在经验丰富，身法轻灵，善

孟七娘出声指点，谷啸风依法施为，果然刚好闪开了辛十四姑的一击。

于避实就虚，舍强攻弱。故此反而是她占了上风了。

可是她虽然占了上风，心中也是有些着急，暗自想道："这两个小子武功非同泛泛，我若不能在百招之内伤了他们，久战下去，只怕还要吃亏。"

公孙璞和谷啸风给她一轮暴风骤雨一般攻击，两人都是几乎透不过气来，心里暗暗吃惊。谷啸风想道："这一战若然落败，我受伤还不打紧，孟七娘的性命那是必然不保了。"

两人正在给她迫得步步后退之际，孟七娘忽地叫道："谷少侠快转乾门，走坎位！""公孙少侠，快使铁锁横江。"两人依法施为，谷啸风果然刚好闪开了辛十四姑的一击。只听得"当"的一声，公孙璞的宝伞横胸一挡，果然也刚好荡开了辛十四姑的竹杖。辛十四姑这一招两式，本来是她的极其得意的杀手绝招，满以为必定能够伤得一个，不料给孟七娘喝破，两者俱都落空。

原来孟七娘虽然武功已失，但武学的造诣和见识是还在的。尤其是对辛十四姑，她更有经验。她们两人是表姐妹，彼此的功夫都是熟悉的，她一出声指点，等于多了一个高手帮忙，形势登时扭转！

辛十四姑道："你死到临头，还要饶舌！"孟七娘不理睬她，又叫道："左转巽方，右走离位，剑刺空门，伞挡中路！"其时谷啸风是在左方，公孙璞是在右面，她不用提名道姓，省回多少气力，二人已经是心领神会，依照她的指点施为了。

不用多久，两人已是反守为攻，完全占了上风。公孙璞喝道："那日我们救了你，今日也并不想伤你，可是你必须老老实实回答我们的问话，要想逃走，那是万万不能！"

谷啸风接着喝道："你把韩老英雄藏在哪里？快说！"

辛十四姑打了个哈哈，也难为她在这激战之际，居然还能够好整以暇地笑了出来，说道："原来你是为了你的泰山来的，韩大维和我的交情你又不是不知道，我还能待薄他吗？你大可不必操心！"

谷啸风喝道："少说废话，我可没有工夫与你胡扯！你不把韩老前辈交出来，我们决不放过你！"

此时辛十四姑已是在伞影剑光笼罩之下，恍若笼中之鸟，有翼难飞。轻功多好，冲不开缺口也是没用了。不料辛十四姑却忽地一口鲜血喷了出来，纵声笑道："凭你这两个小子也能将我阻拦？那是做梦！"

说也奇怪，她口喷鲜血，出招的劲道却是更胜从前。呼呼呼连环三杖，竟然把玄铁宝伞荡开，遥向谷啸风胸口刺去。谷啸风长剑反圈回来，用了一招闭门推出窗前月的招式，想要把她的青竹杖封出外门，本来这是一招极为精妙的防御剑法，在已经交手的数十招之中，谷啸风也曾反复用过几次，颇为见效的。不料辛十四姑口喷鲜血，内力突然大长，"当"的一声，竹杖搭着剑脊，一翻一绞，谷啸风的长剑竟然掌握不牢，脱手飞出。

公孙璞大吃一惊，连忙撑开宝伞，挡在谷啸风身前，辛十四姑一声冷笑，说道："念在你们曾经帮过我一次忙，我也姑且手下留情，放过你们一次。嘿，嘿，孟七娘，你若不死，咱们后会有期！"冷笑声中，已是一溜烟似地跑了！

孟七娘颓然说道："可惜！可惜！"

谷啸风却是颇为诧异，心道："想不到这女魔头，居然会发慈悲。"奇怪她刚才既然是咬牙切齿的要杀孟七娘，如今自己这边已是一败涂地，她却为何不取孟七娘的性命？

孟七娘似乎知道他的心思，说道："她不是不想取我性命，她是无能为力了。她刚才用的是天魔解体大法。"

原来"天魔解体大法"是一种极为歹毒的邪派功夫，在自残肢体（辛十四姑是咬破舌头）之后，功力可陡增一倍。辛十四姑的功力本来稍胜公孙璞一筹。陡增一倍之后，公孙璞当然是抵挡不住了。

但用这种邪派功夫，却是极伤元气。而且也只能收暂时的功效，时间稍长，不但增加的功力消失，而且还要受伤的。假如公孙璞和谷啸风敢于追上去和她缠斗的话，辛十四姑定跑不了。

谷啸风道："孟姑姑，你安然无事，我们也就放心了。这女魔头咱们以后慢慢和她算账。"

孟七娘忽地苦笑道："我恐怕是不行啦。"口角沁出血丝，颓然地倒了下去，双颊烧得火红。

谷啸风大惊道："孟姑姑，你怎么啦?"可怜孟七娘嘴唇开阖，却已是听不到她说话的声音。

原来孟七娘刚才只是凭着一口真气，勉强支撑的，如今强敌一走，这口气一松，她也就支撑不住了。

幸而公孙璞对正邪各派功夫都是略有所知，一看就知孟七娘刚才也曾用过天魔解体大法，这是真气反伤自身的迹象。

公孙璞道："孟老前辈恐怕是走火入魔了!"谷啸风大惊道："这怎么办?"

原来公孙璞的父亲公孙奇就是因"走火入魔"致死的（事详拙著《狂侠天骄魔女》)，是以公孙璞知道"走火入魔"的厉害。

公孙璞道："幸而她的走火入魔只是刚刚开始，她的天魔解体大法也只是稍稍用了几分，元气虽然大伤，尚未绝望。大概还可救治。谷兄，你助我一臂之力，咱们用本身的真气助孟老前辈治伤。"

当下两人各以右掌，抵着孟七娘的掌心，公孙璞的内功极为精纯，谷啸风的少阳神功更是正宗的上乘内功，两人以真气输入孟七娘体内，过了一会，只见孟七娘面色渐转红润，自己也能运气活血舒筋，和外来的助力配合了。

大约过了半个时辰，孟七娘道："行啦，多谢你们了!"

谷啸风功力较弱，此时亦已是累得大汗淋漓，放开了孟七娘的手，吁吁地直喘气。

孟七娘叹道："啸风，我以为你也是恨我的呢，为什么你要救我?"

谷啸风道："孟姑姑，我小时候你不是也曾救过我一次性命的么?那次我跌在急流激湍的山涧里，多亏你把我拉了起来，我还记得那年我刚好是九岁。"

孟七娘露出笑容说道："好孩子，这么远的事情，多亏你还记得。"

谷啸风道："所以珮瑛和我说起她的母亲死得不明不白，怀疑你也可能是凶手之时，我说你决计不会毒杀她的母亲的，因为我知道你是个好人。"

孟七娘苦笑道："多谢你信任我。其实我也不像你说的这么好，我做了许多错事。勾结朱九穆和西门牧野这两大魔头，害得你的韩伯伯家破人亡，就是我追悔莫及的错事之一。”

谷啸风道：“这件事情已经过去，也就不必再提了。好在韩伯伯如今还在人间，珮瑛也早已安然脱险。”

孟七娘道：“不过，我还是要对你说的。”喘着气，脸上泛起一片红潮，似乎要说又说不出来。

谷啸风道：“孟姑姑，你歇歇，以后再说不迟。”

孟七娘道：“不，我不说心里就不得安宁。唉，我已经是一把年纪了，对你说也无妨了。

“辛柔荑（辛十四姑的名字）和我和韩大维少年时候是好朋友，我们两人都、都是心里在欢喜他，辛柔荑妒忌我，我也妒忌她，我以为他要娶辛柔荑，辛柔荑以为他要娶我，不过后来韩大维娶了妻子，却出乎我们意料之外，却是另一个武功和名气都比不上我们的女子！”谷啸风心里想道：“韩伯母温柔贤慧，可要比你们好得多！”

这话他当然只是藏在心里，没说出来。

孟七娘继续说道：“韩大维屋后的那座山有个隐秘的幽谷，是要从水帘洞钻进去的，我无意之中发现，便搬到那里去住。其后辛柔荑也来了。我的用意不过是想靠近他，见不着他也好，辛柔荑的用心可是狠毒之极，她假装处处关心韩大维，暗地里却找机会害他的妻子。而且还令得他疑心是我。后来的事，你已经知道，也就不必我说了。”

谷啸风安慰她道：“韩伯伯是个精明能干的人，一时糊涂，终究会明白真相的。”孟七娘叹口气道：“但愿如此。对啦，我还没有问你呢，听说你和珮瑛闹翻了，有这件事吗？珮瑛可是一位好姑娘，你莫对不住她才好。”谷啸风面上一红，说道：“这件事早已过去了。”公孙璞笑道：“他们都快要成婚了呢。”孟七娘喜道：“真的吗？这就好了！”谷啸风道：“珮瑛现在就是放心不下她的爹爹，故此叫我到江南寻找。”孟七娘道：“我更是不放心韩大维在这毒妇手上。”说了这句话，忽然低下头来，好像是在思索什么。谷啸风道：“是呀，可惜给这毒妇走了，现在什么线索也没有了。”

孟七娘忽地抬起头来，说道：“我倒找到了一个线索，韩大维说不定就是在那个地方。”谷啸风喜出望外，连忙问道：“什么地方?”孟七娘道：“湘西某处。不过这个地方是一定要我陪你们去才行的。”

谷啸风道：“你老人家的身子——”

孟七娘道：“多谢你们的帮忙，我现在虽然又耗损了几年功力，行动还是可以的。”

谷啸风道：“不如你告诉我这个地方，让我去找。你养好了身体再说吧。”

孟七娘道：“不，你、你不知道，这地方是你不能去的。所以我也不能告诉你，除非我和你一同去。”

谷啸风思疑不定，不过他知道孟七娘的脾气也是相当怪僻，心里思疑，口里却不敢多问。

公孙璞道：“不过，我们是还要回转王宇庭那儿给他报讯的。孟老前辈，你不如和我们先到西洞庭山，稍歇几天，恢复了精神再去吧。”

孟七娘道：“我不想见王宇庭！那个地方，要去现在就去！”

谷啸风没有办法，说道：“不如这样吧，我和孟老前辈先走。你见过了王总寨主再来。你已经知道我们是往湘西的，在路上我也会给你留下标记。”公孙璞没有另外的办法，也就只好如此了。正是：

人间多少离奇事，虎穴龙潭走一遭。

欲知后事如何，请听下回分解。

第六十五回　深入蛮荒悲失路　何来苗女要留人

当下两人分道扬镳，谷啸风与孟七娘西行，公孙璞独自回转太湖。

公孙璞心里想道："孟七娘受了伤，功力已然大减。他们二人，一定不会走得很快，不过我也不能耽误了他们的行程，赶快见过王宇庭，越早赶上他们越好。"于是兼程赶路，第二天傍晚时分，就到了太湖。

去时是良朋结伴，归时是影只形单，公孙璞一叶扁舟，独自渡过太湖，不免颇生感慨："啸风和韩姑娘已是破镜重圆，但愿他这一去能够翁婿团聚。玉帆和厉姑娘亦已是订了良缘，如今只有宫姑娘尚未知道是在何方？"想起宫锦云不惜父女反目，帮了他的大忙，想起宫锦云和厉赛英本来是一对好朋友，如今她与奚玉帆已是俪影双双，只有自己和宫锦云还是在彼此寻找，见面不知何时？心里不禁颇为怅惘。

回到西洞庭山王宇庭的总舵，已经是三更时分了，公孙璞本来不想惊动王宇庭，第二天一早才去向他禀报的。但他刚刚坐下，席未暇暖，王宇庭却已先来看他了。

公孙璞有点奇怪，说道："王伯伯，你还未睡吗？我叫他们不要惊动你的，怎的你却知道我回来了？"

王宇庭笑道："我也想不到你这样快回来的，心里可是希望你快点回来，是以深夜未睡，果然盼得你回来了。你上山的时候，他们已经告诉我啦。"

公孙璞怔了一怔，说道："有什么紧要的事情吗？"

王宇庭道："有两位朋友来找奚玉帆和厉姑娘，他们还在这儿。另外昨天有个人找你，却已走了。对啦，为什么只是你一个人回来？"

公孙璞把事情的经过一一告诉了王宇庭之后，说道："那两位找奚兄的朋友是谁，未知我可认识？"

王宇庭道："一位是湘西武林名宿邵元化的公子，名叫邵湘华，另一个女的名叫杨洁梅，是他的未婚妻。"

公孙璞曾听得奚玉帆说过他们的故事，又是诧异，又是欢喜，说道："这位杨姑娘曾经做过辛十四姑的侍女，她有一段极为悲惨的身世，她的父亲本来也是武林中一位鼎鼎有名的人物的。不过，我听说他们本来要到金鸡岭去的，怎的却到这里来了？"王宇庭说道："啊，你知道他们，那就更好了。我请他们来和你见面吧。"

公孙璞道："只怕他们已经睡了，明天再见也未迟。"

王宇庭笑道："他们比我更心急，还是让他们早点见你，早点知道消息吧。"

公孙璞道："昨天找我的那个人又是谁？"

王宇庭道："老弟，你是否与黄河五大帮会颇有交情？"公孙璞怔了一怔，道："没有呀！"王宇庭道："来的可是黄河五大帮会中一个首脑人物！"公孙璞道："谁？"王宇庭道："海砂帮的帮主楚大鹏。"黄河五大帮会以海砂帮为首，虽然没有公推的盟主，但海砂帮的帮主也等于是他们的领袖了。

公孙璞恍然大悟，说道："哦，原来是楚大鹏。敢情他是来催我动身的么？"

王宇庭道："不错，他说叫你别忘记了和他们的约会，如今一年之期已是将近满了，老弟，这是怎么回事？"

公孙璞道："这件事要从大魔头西门牧野说起。

"西门牧野想称霸武林，他的老巢是在关外，在中原的名头当时可还不是怎么响亮。

"一年前他派遣弟子濮阳坚先入中原，意图收伏黄河五大帮会。濮阳坚用毒辣的手段，以邪派毒功化血刀伤了五大帮会的首脑人物，若然得不到他师父的救治，一年之内，便会身亡。

“他们不知怎的知道我会解化血刀之毒，是以楚大鹏便来求我。当时我一来是因为有事在身；二来因为这五大帮会名声也并不怎么好，我想让他们多受一点折磨也好，故此没有立即答应他。”

王宇庭道：“你答应了一年之后给他们救治？”

公孙璞道：“是。后来我问过身为绿林盟主的柳姑姑（蓬莱魔女），柳姑姑说，黄河五大帮会的帮主人称黄河五霸，声名的确是不怎么好。不过总不至于有勾结蒙古鞑子的那个西门牧野这么坏，倘若能够使得黄河五大帮会站在咱们这边，抵御鞑子的入侵，也是一件好事。她很赞成我这样做。”

王宇庭道：“不错，柳女侠不愧是巾帼须眉，高瞻远瞩，说得对极了。”

其实这是事情过了之后，他去请教蓬莱魔女，蓬莱魔女才给他这个意见的。当时主张他一年之后才去救治那些人的却是宫锦云。

公孙璞与宫锦云的结识，也是在那天开始的。

想起往事，宫锦云当日那副顽皮的神态如在目前，公孙璞不禁又是黯然神伤了。王宇庭接着说道：“大丈夫千金一诺，你既然答应了他们，那么应该赶快去了。”

公孙璞道：“不错，我是应该笃守信诺的；但刚好碰上这个时候，我却有一个老大的为难之处！”

王宇庭道：“是为了谷啸风之事么？”

公孙璞道：“是呀，我答应了他，和他同往湘西的。”

王宇庭道：“你和啸风来回不过相差两天路程，我选一匹快马给你，你先追上啸风，告诉他这件事，然后再到楚大鹏那儿，不是都可以不失约了？”

公孙璞道：“老伯有所不知，那日孟七娘和那女魔头恶斗，曾经用过天魔解体大法，因此元气大受损伤。”

王宇庭道：“哦，你是怕谷啸风加上了她，也还不是辛十四姑的对手。”

公孙璞道：“孟七娘若然功力未减，他们可以稳操胜算，现在可就难说了。还有一层可虑之处，听孟七娘的口气，韩大维老前辈是给那女魔头软禁在湘西某地的，那女魔头敢于离开，想必定有得力的帮手帮她看管韩老前辈，我若不与他们同去，怎能放心得下？”

王宇庭听他说得有理，不觉皱起了眉头，沉吟半晌，说道：“我这里抽不出得力的人来，孟七娘的脾气又是那么怪，照你的说法，这件事情，她根本就不愿意让外人插手的，只怕就是我去了也是帮不上忙。”

公孙璞道：“是呀，所以她只肯带谷兄同去，连那地名也不肯说。那天我们本来想请她到你这儿歇息几日的，她也不肯来，说是不想见你。”

王宇庭道：“你和楚大鹏的期限还有几天？”

公孙璞屈指一算，说道：“只有半个月了。”

王宇庭眉头大皱，说道：“半个月的时间，你要到楚大鹏那里，也还得走快一些。那是决不能再到湘西的了。怎么办呢？”

正在踌躇无计之际，小头目已经带领客人来了。

王宇庭便给他们介绍：“这位是奚玉帆的好朋友公孙璞少侠。这两位是邵公子和杨姑娘。”

杨洁梅笑道：“公孙少侠，我们是见过面的。”

公孙璞怔了一怔，说道：“是么，我倒记不起来了，是在哪儿？”

杨洁梅道：“你是不是曾在幽篁里谷口的水帘洞那个地方，和西门牧野打过一架。”公孙璞道：“不错。”杨洁梅笑道：“那天大概你没留意，有个丫头躲在山坡上大石后面偷看，那个丫头就是我了。”

王宇庭道：“原来你们是认识的，那就更好了。”

邵湘华道：“虽然没见过公孙少侠，也常听奚大哥谈及，当真可以说得是闻名已久的了。”

三人一见如故，公孙璞先说了他自己的遭遇之后，问道：“你们是怎么知道来这里找奚大哥的？”

杨洁梅的笑容忽地消失，脸上好似掠过一丝阴影，半晌说道：“我们在路上碰见玉瑾姐姐。”

公孙璞诧道：“啊，你已经见过她了。那怎么不见她的哥哥？”

邵湘华道："我们只是见着他们夫妇。"

公孙璞道："这就奇怪了，奚大哥和厉姑娘是陪伴他们回杭州的，因为辛龙生受了伤，奚大哥放心不下，是以邀了厉姑娘一起，护送他的妹夫。他们却到哪里去了？你们没有问过奚玉瑾么？"

邵湘华淡淡说道："那位辛公子火气很大，我可不想碰他的钉子。"

公孙璞莫名其妙，说道："这是怎么回事？"

杨洁梅满脸都是不愉快的神情，说道："我和辛龙生结有一点梁子，这事已经过去，我不想再提了。是玉瑾姐姐叫我到这里来找你们的。"

原来他们在路上碰见辛龙生和奚玉瑾，在辛龙生来说，这正是仇人见面，分外眼红，恨不得把杨洁梅杀了才能出一口气。只恨自己受了伤，功力未曾恢复，要对付杨洁梅，非得奚玉瑾帮他不行。

奚玉瑾嫁了一个有名无实的丈夫，这都是拜杨洁梅所"赐"，她的心里，说老实话，对杨洁梅也是不免怨恨的。不过辛龙生也是实在令她失望。她又想到了冤家宜解不宜结这层，既然杨洁梅没有解药，杀了她也没用，何况她的身世又是那样可怜，自己何苦帮忙丈夫去欺负她？是以她甘受丈夫之骂，把辛龙生拉开，避免了一场争斗。而且还把太湖王宇庭这个地址告诉他们。

辛龙生架没打成，少不免破口大骂，骂得十分难听。邵湘华看在杨洁梅与奚玉瑾的情份，这才没有和他动手。当然也就不能仔细的问奚玉瑾了。

公孙璞尚未知道杨洁梅曾有大闹辛、奚婚宴这件事情，自是莫名其妙。不过，杨洁梅既然说了不愿再提，他心里想道："这位杨姑娘曾是辛家的丫头，说不定曾受过辛龙生这位侄少爷的欺负。这且不必管它，不过奚玉帆和厉赛英却又何以不再护送他们了呢？难道也是因为和辛龙生闹翻了吗？玉瑾叫她到这里来找我们，想必是以为她的哥哥和她分手之后，定然回到这里？"

当下公孙璞叹了口气，说道："事情真是越弄越糟糕了，我的难题还没解决，如今又不见了奚大哥和厉姑娘。"

王宇庭道："奚玉帆、厉姑娘或许是有紧要的事情，到别处去了。他们都是一身武功，不用担心，倒是你的难题，可得想法！”

邵湘华道：“公孙璞兄有什么难题，可否说出来让大家商量商量。”

听了公孙璞所说的难题之后，杨洁梅忽地笑道：“公孙少侠不用烦忧，我替你走这一趟就是。不瞒你说，我也正是很想见着孟七娘呢。”

公孙璞沉吟半晌，说道：“好是好。不过孟老前辈的脾气有点怪僻，这件事情，她本来曾叮嘱过我，不许我说出去的。换了一个人和她同去，不知她——”

杨洁梅笑道：“这你就更不用担心了，你忘记了我曾在辛十四姑家里做了十几年的丫头吗？和孟七娘正是邻居，那时她们表姐妹虽然面和心不和，还是时常往来的。辛十四姑有什么事情，十九都是差遣我到孟七娘家里。多蒙她青眼有加，对我倒是相当疼爱。”公孙璞道：“你不怕碰着辛十四姑？”

杨洁梅面色一沉，说道：“我们二人正要找她算账。”

原来杨洁梅在邵家听了高氏夫人所说的那个故事之后，始知自己被拐子卖到辛家，并不是一件偶然的事情。她和邵湘华两家所遭的不幸，恐怕都是和辛十四姑多少有点关系。即使全无关系，辛十四姑也定然知道内情。

公孙璞心里想道：“邵湘华是武林名宿邵元化的儿子，杨洁梅的武功，据奚大哥所说，也是颇为不弱，他们两个人总可以抵得上我一个人了。”于是也就同意了。

第二日一早，他们三人便即下山，王宇庭叫一个头目驾舟送他们渡过太湖。

船到中流，忽见一只小船迎面而来，船上一对青年男女，正在船头观赏风景。

杨洁梅“咦”了一声，叫道：“龙姐姐，你怎么来了这儿！”邵湘华也失声叫道：“元感兄，是你！”

原来这两个人正是他们的好朋友龙天香和武元感。

龙天香道：“果然你们是在这儿！”

杨洁梅诧道：“你们是怎么知道的？”

龙天香说道："说来话长——"

杨洁梅道："既是说来话长，咱们上岸再说吧。你们没有别的事情要找王总舵主吧？"

龙天香道："没有。我们只是来找你的。"

杨洁梅道："既然如此，请你们把这只船掉头吧。"

上岸之后，龙天香说道："那次事情过后，我们惦挂着你。有一天元感就和我去探访邵家伯伯，希望能够见得着你，我们以为你是还在邵家的。"

杨洁梅道："那次事情过后没多久，我们就离开邵家了。"邵湘华则问道："那你们见着我的爹爹没有？"

武元感道："没有，我问你家的邻居，才知道你们一家人都已搬走了。也不知是搬到什么地方。"

邵湘华颇是惊诧，说道："怎的这件事情爹爹事先都没有告诉我。"杨洁梅道："想必是你的爹爹要避开辛十四姑和乔拓疆的骚扰。"

邵湘华很为苦恼，说道："搬到什么地方，也应该告诉我呀。难道爹爹，他、他——"他想的是："难道爹爹已是不把我当作亲生儿子看待了。"念及邵元化好几年来对自己的养育之恩，不由得心中悲痛，这话也就不忍说出来了。

杨洁梅知道他的家庭甚为复杂，安慰他道："他们只是暂时躲躲，将来总可以见着的。咱们还是先听龙姐姐说怎样知道咱们是在这里的吧。"

龙天香道："起初我们以为你们是到金鸡岭去了，我们也想到北方一游，于是我便离开武家，元感陪我一起，我们，我们是——"说至此处，粉脸忽地泛起一片红霞。

武元感微笑接下去说道："我们是已经订了婚了。爹爹说，我们一路同行，订了婚好些，免得要避男女之嫌。"

邵湘华和杨洁梅大喜说道："恭喜，恭喜！你们怎么不早说！"

龙天香笑道："其实你们也该早订婚了。"

杨洁梅道："龙姐姐，你别把火头烧到我的身上，把正经的事情却岔开了。"

龙天香笑道："这不是正经的事吗？好、好，你既然脸皮嫩，我就暂且不说。先说我们的遭遇吧，我们知道你的消息，这可真是一件十分意外的事情！"

杨洁梅道："哦，怎地意外？"

武元感道："有一天，我们在路边的一间茶肆喝茶，碰上一位熟人。他就是以前在韩大维老英雄家里当过管家那位老仆展一环。"

公孙璞道："啊，原来是展一环。我听得啸风兄说，他离开韩家之后，是在文大侠那里帮忙。"

武元感道："不错。他就是奉了文大侠之命到金鸡岭那里和柳盟主联络的。我们碰上他的时候，他刚好是从金鸡岭回来。"

龙天香接着说道："我们和他说起，才知道你们并没有到过金鸡岭。我知道他没有见过你们二人，还曾详细的对他说了你们的名字和相貌呢。"

杨洁梅道："可是金鸡岭的人也不知道我们是来了太湖呀。"

武元感道："后来我们走出那间茶肆的时候，有一件意想不到的事情就发生了。"

杨洁梅诧道："是什么意想不到的事情？"

武元感道："是意想不到的事，也是意想不到的人。有一个衣衫褴褛摇着'虎撑'（一种有长柄的响铃）的走江湖郎中，来到我们面前。"

杨洁梅道："这人怎样？"

武元感道："他龇牙咧嘴的冲着我那么一笑，就向我讨钱。"

杨洁梅笑道："那有什么稀奇，跑江湖的郎中，和游丐其实也没什么分别。"

武元感道："不过郎中是要拿假药来骗钱的，那个郎中却并没有拿出药来，就向我讨钱了。"

杨洁梅笑道："你还在乎施舍几个钱吗？"

武元感道："我当时心里发闷，就和他闲磕牙，开开玩笑，问他：你有什么好药，拿来看看。不料他答的话，却是令我惊奇了。"

杨洁梅道："他说什么？"

武元感道："他说我向别人卖药，向你可不是卖药。是要把一个好消息卖给你。我说什么好消息呀？他说：我刚才坐在门外抓虱子，你们和那位大爷的说话我都听见了。不过我有点重听，听得恐怕不大清楚。请问你们所要找寻的那一男一女，男的名字之中是不是有个华字，女的是不是叫做杨姑娘？”

邵湘华和杨洁梅都不禁诧异起来，说道：“他说的可不正是我们吗？奇怪，我们可没有认识什么江湖郎中啊！”

公孙璞连忙问道：“这个郎中是什么模样，有没有背着一个大红葫芦？”心想莫非是那个松风岭上的老叫化？

武元感道：“我可没有看见他的什么大红葫芦。”描绘了那个郎中的相貌，公孙璞始知不是。

武元感继续说道：“当时我大喜过望，连忙说道：‘是呀，你有他们的消息？’

“那郎中点了点头，说道：‘不错，我见过他们。’”

杨洁梅更是奇怪，说道：“见鬼！我们在路上从没碰见过这样的一个郎中。”

武元感道：“他说他见过你们，不过你们大概没有留意，只怕是未必看见他。”

杨洁梅道：“他说是在哪里见着我们的？”

武元感笑道：“他说就是在那间茶肆里。”

邵湘华大为奇怪，说道：“那间茶肆是在哪条路的？”武元感道：“是在黑河湾东面的一条小路上的。”

邵湘华道：“我们走的根本就不是那条路。一路上也没有在什么路边的茶肆喝过茶！”

武元感诧异之极，说道：“他说得可是绘声绘影，确凿有据，一点不似说谎的啊。当时我不放心，叫他说说你的相貌，他说的一点不错。”

杨洁梅好奇心起，笑道：“他怎么说，我倒想听听他是怎样编造谎言。”

武元感道：“他说这是三天前的事情，那一天你们在那间茶肆里喝茶，他也是在门外晒太阳，抓虱子。他听得女的叫男的做华哥，男的叫女的做杨姑娘。他说他本来无意偷听你们的说话的，后来你们说到了太湖的王寨主，他这就留上神了。因为太湖七十二家总寨主王宇庭的名字，在这方圆数百里之内，是谁个不知，哪个不晓的。他想不到你们这两个‘小娃娃’是王宇庭的朋友，不知不觉就竖起耳朵听了。对不住，我这是用他的口气。这个郎中大约有五六十岁年纪了，在他的眼中，只怕当真是把你们当作小娃娃的。”

杨洁梅笑道：“你不必替他解释，说下去吧。”

武元感继续说道：“他说听得你们是商量要到太湖去找什么朋友的，他也没有怎样放在心上。不过，现在知道我和天香是要找寻你们，他才想起可以把这个消息卖给我，讨几个钱。”

杨洁梅大笑道：“他这谎话可编得不好，你想我们会有那么鲁莽，随便在茶肆里谈及王宇庭，还说要到他那里吗？”

邵湘华却是面色沉重，说道：“奇怪，他怎么会知道我们的行踪呢？固然他是编造谎言，但说的可没错。”武元感道：“当时我也想到这层，怀疑他是说谎。但想家父和王寨主也是略有交情，不妨去拜访拜访他。想不到一到太湖，当真就碰上你们了。”

公孙璞道：“据你看来，那个郎中是不是一个武林高手，江湖异人？”

武元感道：“江湖异人这很难说，或者他有什么特别的技能也说不定。不过看他走路的样子一跛一拐，却不像是身有武功。”

杨洁梅道：“这个无头公案，可就难猜了。不必管它，咱们还是走咱们的路吧。”话虽如此，心中可是满腹疑云。

公孙璞道：“咱们可要分道扬镳了。”当下把谷啸风和他约好的标记告诉他们，说道：“你们朝着往湘西的大路走。啸风在路上当眼之处，或是石头，或是树木，每隔五里，就划一个箭头的标记，指示方向。你们跟着走，他们转入小路，你们也不会走错了。”

杨洁梅笑道：“这样一来，你们可不是又回家了吗？不知是在湘西何处，如果是靠近你们两家的地方，那就更好了。”武元感和邵湘华两家都是在湘西的，不过湘西包括十几个县份，且多山地，只说“湘西某地”，可就不一定是他们的家乡了。

邵、武、杨、龙四人和公孙璞分手之后，便向回家的路上走。头两天果然在路上每隔五里左右，便发现谷啸风所留的箭头标记，但第三天走了二三十里，却一个标记也没发现。

杨洁梅颇是担忧，说道："难道是他们出了事？"武元感道："或者是咱们走了眼没看见也说不定。"杨洁梅道："公孙璞说，谷啸风所留的标记是一定在路上当眼之处的，三十里路应该有五个标记，怎可能一个也没发现？"龙天香道："反正不过是三十里路，咱们回去仔细再瞧一遍。"结果他们来回多走了六十里路，仍然是没有发现谷啸风所留的标记。

杨洁梅道："前面有两条路，怎么办？"龙天香道："咱们先走左边这条，过了三十里，若然还是没有发现标记，再走右面这条。"

左面是一条比较平坦的官道，他们一直走了四十里，依然没有发现什么标记，天色已渐黑了。杨洁梅甚是灰心，说道："只怕是没有什么希望了，姑且再走右面的路试试吧。"

回到原来之处，再向右边路走。走了五里之地，暮霭苍茫中，忽见一块赭红色的石头上有一道裂痕，正是一支箭头的形状。

杨洁梅大喜道："龙姐姐，好在你有耐心，果然找到了。"

武元感忽道："这箭头有点奇怪！"龙天香道："什么奇怪？"武元感道："你们过来仔细瞧瞧！"

他们都是武学行家，看了一会果然看出了破绽。杨洁梅道："这好像是手指在石头上划出来的！"邵湘华道："不错，看这人的功夫，不是少林派的金刚指力，就是佛门的一指禅功。"

杨洁梅道："谷啸风在路上所留的标记，可都是用剑尖划出来的。而且他的武功我也曾见过，恐怕也没有这样的指力。"

龙天香道："这么说，这是另一个人所留的标记了！"

邵湘华道："咱们跟不跟这个箭头指示的方向走？"

武元感沉吟半晌，说道："这个人不知是否谷啸风的朋友，他们留的标记也不知是否另有约会，不过，该不至于这样巧合吧？"

杨洁梅道："管他是友是敌，是好意还是陷阱，咱们没有其他线索可寻，也只好试一试走这条路了。"

大家虽然觉得有点冒险，但没有别的办法，也只好如此了。此后，一连走了几天，每隔五里，都发现这么一个箭头。

他们跟着箭头指示的方向走，不知不觉走进荒凉的山地。这一天到了一座森林里面，已经是找不到人行道了。再走下去，那个标记也没有发现了。

武元感皱了皱眉头，说道："这地方名叫恶鬼岭，是湘西著名的穷山恶水之地，糟糕，莫非是那个人故意将咱们引到这个地方来?"刚说到这里，杨洁梅忽地"咦"的一声叫了起来。

龙天香道："梅姐，你怎么啦?"杨洁梅道："你们看那边!"

只见那边有块磨盘大的石头，光滑平净，好像一座大镜台。石头上却有三堆骷髅头，每堆三个。上端的一个骷髅头还裂开嘴巴，露出两齿獠牙，好似对住他们狞笑。好不骇人!

龙天香胆小，吓得"嘤"的一声尖叫起来。武元感道："别怕，别怕，你莫看它好了。咱们四个生人，还怕几个骷髅头么?它又不会吃人!"

龙天香道："吓死我了，这几个骷髅头是哪里来的?我知道死人不会作祟，但总是不免有点毛骨耸然，咱们赶快离开这里吧。"

杨洁梅笑道："我倒想在这里多留一会。那人把咱们引到这个地方，却摆上几个骷髅头来吓咱们，一定还会有下文的。俗语说得好，既来之，则安之。咱们就看看他要什么把戏吧。"她只道这一切都是那人所为。

武元感道："恐怕未必是那个人所弄的玄虚。"

杨洁梅道："那你以为是什么?"武元感是湘西土生，说道："湘西有许多邪教，颇有一些古古怪怪的不为外人所知的拜神仪式，这个恐怕就是一种邪教的仪式。"

话犹未了，忽听得呜呜声响，乐声极为单调，是一种芦管(苗人的乐器)吹出来的声音。在这神秘的幽林，突然听到这种低沉单调的乐声，更增加了一重恐怖感了。

武元感道："来了，来了!你们别慌，且看他们来意如何?"

谁知来的不是"他们"而是"她们"，只见一群苗女从树林里涌出来，当中一个披着轻纱，半裸上身，耳朵垂着两个金环，服饰与众不同，好像是她们的首领。那群苗女之中，有许多人拿着一根长长的竹筒，也不知是作什么用的。

这群苗女发现了他们，似乎也是有点惊诧。那个首领模样的女子挥一挥手，说了几句话，众苗女便围拢上来，指着他们叽叽咕咕地骂。

龙天香道：“她们说些什么？”武元感道：“那首领说，咱们擅闯她们的禁地，女的要捉回去做她们的奴隶，男的要即时即地剖腹祭神。”

龙天香道：“那你就赶快和她们解释，说明咱们乃是误闯，并无恶意的吧！”武元感懂得一些苗语，说得却不流畅，他走上前去，刚刚开口解释，忽觉一股异香扑鼻，登时头晕脑胀，身子摇摇欲坠！

杨洁梅叫道：“快闭呼吸，这是瘴毒！”一跃而出，将武元感拉了回来，把一颗药丸塞入他的口中。跟着分给邵湘华、龙天香每人一颗药丸，叫他们赶快吞下。正是：

蛮荒探险求真相，苗疆不意有奇逢。

欲知后事如何，请听下回分解。

第六十六回　行径离奇逢异丐
风波诡谲斗魔头

在武元感中毒之际，邵湘华与龙天香也感到一阵晕眩，不过他们距离较远，中的毒没有这么厉害，服下了杨洁梅给他们的辟邪丹，不消一会，便已神清气爽。

说时迟，那时快，这群苗女早已把他们围在当中了。

杨洁梅叫道："这座树林又不是你们的，我们不过误入此林，并非有意窥察你们的秘密，你们怎可一出手就害人！"

那个首脑模样的女子说道："管你们是怎样的，你们擅闯禁地，罪就该死！"

杨洁梅不懂苗语，一时情急之下，用汉语与她辩论，不料这女子居然能说汉语，倒是颇出她意料之外。

不过这女子虽懂汉语，却是不容杨洁梅和她辩论，一声令下，那群苗女就上来拿人了。

杨洁梅怒道："你不讲理，那也休怪我不客气！"

杨洁梅把袖一挥，一团烟雾袖中飞出，迅速散开，首当其冲的几个苗女大吃一惊，赶快退后，只觉奇痒难熬，禁不住大叫大跳，原来杨洁梅洒的是一种能令人皮肤发痒的药粉，并无毒性，也不会伤人，不过在几个时辰之内，浑身发痒，却是比受伤疼痛还要难受！

当中那女子呼的一掌拍出，荡开烟雾，喝道："叫青儿咬她！"

杨洁梅想不到一个苗女居然能有这样深湛的内功，能够用劈空掌力扫荡她所散发的药粉，不禁又是心头一凛，不料令她吃惊的还在后头。“叫青儿咬她”这句话从那女子口中吐出，她手下的十多个苗女就好像军士奉到了号令一样，整齐划一，同时扬起了手中的竹筒！

嘶嘶声响，每根竹筒里钻出了一条青蛇，四面八方向杨洁梅游来，杨洁梅吓得一声尖叫，连忙一个倒纵，回到原来之处，和邵湘华、龙天香等人同时拔出刀剑，疾舞起来。刀剑挥舞，泼水不入，有几条青蛇要窜入来，登时给他们斩死。

可是这些青蛇却好似颇通灵性，知道厉害，就不再硬窜了。却围绕着他们游走，竟似武林高手一般，懂得趋避，要想乘瑕而入，伺机啮人。

青蛇越来越多，颇有防不胜防之苦。杨洁梅等人被困在蛇阵当中，心中都是惴惴不安。只怕时间一久，气力不加，难免要遭蛇咬。

武元感盘膝而坐，头顶散发出一团白气，原来他是在默发玄功，驱除毒气。他服下了辟邪丹，此时运气三转，精神已恢复如初。一跃而起，说道：“射人射马，擒贼擒王！”

杨洁梅道：“不错，咱们先把她们的首领擒了！”计策虽好，可是怎样闯出蛇阵呢？

武元感道：“邵兄，我记得你身上带有火石？”邵湘华道：“不错。”武元感道：“你给我擦燃火石。”邵湘华莫名其妙，心想：“只听说野兽怕火，难道毒蛇也怕火？火的一点微光，又济得甚事？”但已无暇问他，只好听他的话，姑且一试。

火光一燃，只见金光闪烁，武元感就突然跃出去。

原来武元感生长于湘西，湘西多蛇，是以他颇懂克制毒蛇之法。俗语说“打蛇须打七寸”，那闪烁的金星，就是他发出的一把梅花针了。梅花针是份量最轻的暗器，必须打在蛇头下七寸之处，方能致它死命。

黑夜幽林，只凭一点微弱的火光，暗器当然不能打得很准，不过武元感的暗器功夫确也了得，这把梅花针虽然大半落空，却也给他打死了六七条之多。

他们四人中，杨洁梅的轻功最好，立即跟着武元感跃了出来。

那首领模样的女子喝道："好呀，你们两个要在我手下送礼，那也一样！"双手一扬，叮叮声响，原来是她将手上的十枚指环当作暗器射将出。在她发出暗器之际，同时也吹出一声口哨。

这声口哨是催促毒蛇向前进攻的讯号，不过武杨二人已经闯进苗女群中，毒蛇向前集结，对他们倒是并无威胁，只是却又把邵湘华与龙天香围困住了。

武元感挥刀疾舞，一招"夜战八方"的招式，叮当之声，不绝于耳，那女子飞出的十枚指环，全都给他打落。

杨洁梅故技重施，把那种能够令人奇痒的药粉洒将出来，由于她已闯进苗女群中，那女子的劈空掌不敢乱发，她手下的苗女领教过厉害，四散躲避。但也还是有好几个人沾了药粉，奇痒难熬，大叫大嚷的跑入树林，跳进山溪擦洗。

说时迟，那时快，只觉微风飒然，那女子已是向杨洁梅扑到，杨洁梅反手一剑，没有刺着她。"嗤"的一声，肩上的衣裳给她撕去了一幅，幸亏杨洁梅立即沉肩遏步，躲闪得快，这才没有给她抓碎琵琶骨。这女子的轻功身法竟然还在杨洁梅之上。

武元感喝道："休得逞强！"提起金刀，和杨洁梅联手攻那女子。一招"三环套月"，刀光合成了一个圆圈，将那女子身形罩住。

那女子冷笑道："你不向我求饶，还敢对我无礼！"笑声未了，只见银光一闪，径向刀圈中插了进来。武元感见她刀法精奇，也是不禁心中一凛。当下一个侧身绕步，变招换式，截斩她的手腕，喝道："撒刀！"这一招他拿捏时候，妙到毫巅，那女子若要避免受伤，就非撒刀不可。

不料那女子也是倏地变招，一柄月牙弯刀突然从他意想不到的方位削来。冷笑说道："且看是谁撒刀！"

武元感不愧是武学名家之子，在这危急关头，虽惊不乱，立即转攻为守，迅速回刀，当的一声，把那女子的月牙弯刀格开。杨洁梅剑如飞凤，斜削那女子的右臂，两人合力，这才将她迫退数步。

武元感道："杨姑娘，你和她绕身游斗！"展开了一套大开大阖的刀法，把浑身上下，防御得风雨不透，守中带攻。杨洁梅使出穿花绕树的身法，在她身前身后身左身右，寻瑕觅隙，刺她穴道。两人配合得宜，果然不过片刻，便杀得那女子只有招架之功，毫无还手之力。原来这女子的苗家刀法和中原的各家各派都不相同。故而初初交手，武元感不懂如何应付，几乎吃亏。但论真实的本领，武元感却是在她之上。当他一想到适当的战术之时，和杨洁梅配合得宜，联手攻她，她就难免黔驴技穷了。

武元感左劈四刀右劈四刀，刀光闪闪，将她罩住，喝道："我不想取你的性命，你也不能为难我们，把你的青儿叫开吧！"

那女子冷笑道："你的性命就将不保，还敢口出大言！"话犹未了，忽听得一个阴恻恻的声音说道："侍梅，你抬起头看看，看我是谁？"

杨洁梅听得这个熟悉的声音，心头大震，抬头一看，只见来的可不正是她的旧主人辛十四姑。

辛十四姑道："三公主，你去捉那一男一女，这两个人交给我好啦。她是我的逃婢，我要亲手处罚她！"

那女子格格一笑，说道："辛姑姑，你果然料事如神，算准了他们这几天必定来到。"

杨洁梅深知旧主人心毒手狠，撞在她的手上，必无幸理，当下一咬牙根，只好和她一拼。

辛十四姑冷冷笑道："你从我手上学来的功夫也敢在我面前施展？"青竹杖轻轻一拨，杨洁梅的青钢剑几乎掌握不牢。武元感一刀劈下，辛十四姑反手竹杖一撩，武元感的紫金刀也给她封出了外门。

不过武元感的武学造诣不差，虽然远不及辛十四姑，十数招还是可以抵敌得了的。杨洁梅拼了一死，和他联手对敌，一时间辛十四姑倒还未能伤了他们。

辛十四姑淡淡说道："侍梅，我杀了你，倒是便宜了你。知罪的你赶快跟我回去，由我处置，否则你多打一会，待会儿落在我的手上，我就多折磨你几分。"

杨洁梅听了这话，不寒而栗，心里想道："与其落在她的手上，不如我自尽的好。"

邵湘华、龙天香二人被困在蛇阵之中，形势更为危险。本来那些毒蛇已被杀了一半，邵龙二人是可以从容应付的了。哪知刚刚松了口气，那苗人的“三公主”转过来对付他们，她会驱使毒蛇，不怕被蛇所咬，径自踏进蛇阵，和邵龙二人交手。

这么一来，邵龙二人既要防御毒蛇，又要应付那个苗女，而这苗女的武功又是非常厉害，他们自是难以兼顾的了。

那苗女道：“辛姑姑，要活的还是死的？”辛十四姑阴恻恻地说道：“当然是活的好。”那苗女道：“好，让我试试。捉活的是稍为难些。”月牙弯刀盘旋飞舞，使的是一套克制长剑，截斩手腕的刀法，只要能把邵龙二人的守势冲开，不须打落他们的长剑，毒蛇也就可以从缺口窜了进去，咬啮他们了。

武元感和龙天香是未婚夫妻，痛痒关心，如今被分开两处，各自对敌厮杀，大家都不免为对方的安危提心吊胆。武元感眼光一瞥，刚好见着一条毒蛇窜上龙天香的身上，看来就似要咬她的咽喉，武元感这一惊非同小可！他是在剧斗之中的，一惊之下，刀法登时散乱。

高手比拼，哪容得稍有分神？辛十四姑抓着这个时机，竹杖一挥，当的一声，立即打落了武元感的金刀，信手就点了他的穴道。

辛十四姑点了武元感的穴道，回过头来，向着杨洁梅冷笑说道：“看你这丫头还能逃出我的掌心？你是要找孟七娘和谷啸风来和我作对是不是，好，我告诉你吧，他们早已被我捉了，你要见他们一点不难，现在我就可以让你达成心愿！”

杨洁梅心头一凉，心道：“我决不能落在她的手中！”正要自尽，就在此时，忽听得有人长啸，啸声非常怪异，好像苗家的芦管有无数支同时吹奏一样，听进耳朵，竟自心神不定，好似着了催眠一般。

辛十四姑吃了一惊，喝道：“是谁在这里装神弄鬼？”

说也奇怪，啸声一起，那些毒蛇竟然不听苗女的驱遣，潮水般的退下去，游入林中，霎时间已是逃得干干净净，窜上龙天香身上的那条毒蛇则被邵湘华一剑斩了。

那“三公主”和她手下的那群苗女呆了一呆，忽然间也转过了身，一窝蜂的散了。树林里只留下辛十四姑一人。

辛十四姑惊异万分，莫名其妙。这苗人“三公主”一向是最听她的话的，不知怎的，此际却是连招呼也没和她打一个，便自跑了。一抬头，只见树林里走出了一个人。

这个人衣裳褴褛，背一个药囊，脸有一条刀疤，手提长柄铃铛，看样子像是个江湖郎中。

龙天香见了这个郎中却是又惊又喜，原来这个郎中就是她和武元感那天在路旁茶肆所碰见的那个郎中。

辛十四姑怒道：“你是谁？胆敢到这里来和我捣乱？”

那郎中冷冷说道：“辛十四姑，我还记得你呢，你就不认得我了！”

辛十四姑定神一瞧，依稀看出了那人的原来面目，大吃一惊，失声叫道：“你是石，石……你还没有死呀？”

那郎中冷冷笑道：“多谢关心，侥幸未死，哼，哼，我还要留着性命报仇呢，焉能就死！你虽然不是直接害我的仇人，也有你的一份，嘿，嘿，今日咱们就把旧账算一算吧！”

辛十四姑青竹杖一挥，蓦地向他点去，喝道：“你逃了一次性命，再次难逃！你嫌活得不耐烦了，那就请你去见阎王！”

辛十四姑是想出其不意，制敌机先，哪知那人早有准备，辛十四姑“攻其无备”的算盘可打得不响，只听得“当”的一声，那人把长柄铃铛当作武器，一招“拨云见日”，就把辛十四姑的青竹杖拨开了。

说时迟，那时快，闪电之间，辛十四姑和那人已是斗了十数招，辛十四姑不但没有占到便宜，反而给那人迫得连退几步，只觉得对方那杆长柄铃铛，每次劈打下来，好像有千钧之力，她的青竹杖竟是难以招架。辛十四姑心头一凛：“奇怪，这人的武功本来比不上我的，这十多年来，即使他的武功精进，我也没有丢荒，怎的却打不过他了？”

原来并不是这人的武功已胜过了辛十四姑，而是一来因为辛十四姑一直以为他已经死掉，突然见他出现，不免有点心慌，二来辛十四姑和武元感、杨洁梅斗了一场，虽说没耗多少气力，究竟也耗了一点。此消彼长，加上她的心里着慌，这就觉得对方似乎是胜过她了。

邵湘华和龙天香脱险之后，同声叫道："咱们联手攻这女魔头！"杨洁梅定了定神，叫道："不错，攻这魔头！别让她跑！"

辛十四姑冷笑道："我要来就来，要去就去，凭你们这几个人也阻拦得我？"其实她已是没了斗志，邵湘华等人不来联手攻她，她也是要跑的了。

邵湘华等人也不过是吓吓她而已，辛十四姑竹杖一点，飞身掠起，邵湘华笑道："咱们救武大哥要紧，由她去吧！"辛十四姑的轻功委实了得，转眼之间，背影已是没入林中，看不见了。

龙天香早已上前替武元感解穴，叫道："糟糕，我不知她点的是什么穴道，可解不开。"杨洁梅帮忙也解不开。原来这是辛十四姑的独门点穴手法，杨洁梅学得还未到家。

那郎中道："让我试试。"轻轻的在武元感身上推揉几下，武元感登时感到血脉畅通，果然便跳了起来。

武元感连忙躬身道谢，说道："那日多蒙前辈指点，今日又得解救之恩，晚辈——"

那郎中摆了一摆手，笑道："客气的话不用多说了，我帮你的忙其实也是为了自己，以后你会明白的。"

说也奇怪，邵湘华见了这人，忽地有一种好像很想和这人亲近的感觉，心里想道："奇怪，这人我好像是在哪里见过似的，他是谁呢？"心念方动，那人的目光也刚好注视着他，脸上现出一副极其古怪的神情，邵湘华发现他的眼角有两颗晶莹的泪珠。

邵湘华一阵迷茫，定了定神，问道："你是谁，你怎么知道我是在太湖王寨主那儿？是你把我们引到这里来的吗？你好像知道我们许多事情，为什么？为什么？"

那人叹了一口长气，说道："唉，孩子，你竟不认识我了？我问你，你的腋下，是不是有一颗黑痣？你家遭受大祸的那个晚上，你是不是一个老仆人背你从后门逃跑的，这个老仆人名叫王三？"

这两件事情外人是决不能知道的，邵湘华听了这话，呆了一呆，顿时明白了！杨洁梅见他呆若木鸡，眼珠好似定住似的望着那人，不由得吃了一惊，叫道："华哥，你怎么啦？"

邵湘华忽地"哇"的一声哭了出来，抱着那人双腿叫道："爹爹，你是我的爹爹？"

那人将他扶了起来，说道："别哭，别哭，咱们父子今日总算是团圆啦，应该高兴才是。"他叫邵湘华别哭，自己的眼泪却也流下来了。邵湘华道："爹爹，你猜这位杨姑娘是谁，他就是杨伯伯，杨大庆伯伯的女儿！"

那人更是欢喜，说道："是么，我找过你爹爹，知道你家遭受的不幸，我这十几年一直放心不下，不知你是流落何方，想不到今日找到了华儿，也找到了你。你们两人又是这样要好，哈哈，这当真是天意了。"笑中带泪，不过这却是喜极而泣了。

那人顿了一顿，接着说道："我名叫石稜，和你爹爹是最要好的朋友。你知道么？"

杨洁梅道："知道。小时候爹爹和我说过的。最近还有一个人和我说起你们的事情，前因后果，我大概知道了一些。石伯伯，想不到能够见到你，我真是高兴。不瞒你说，我以为你，你……"

石稜笑道："你们以为我是死了，是么？"

邵湘华道："爹，杨姑娘就是给贼人拐去，卖给辛十四姑这女魔头的。"

石稜说道："我知道这件事，我也是早就有点怀疑的了，不过我还不敢断定你是不是我的杨大哥的女儿。不瞒你说，我曾经跟踪过你们的，不过我不让你们发现罢了。"

邵湘华道："爹，你为什么不早认我们？"

石稜说道："时机未到，当时有些事情我也还未曾明白，是以不敢贸然相认。"

邵湘华道："爹，你是怎么知道我在邵家的？辛十四姑这女魔头是不是和你也结有冤仇？这十多年来，爹，你又是一直躲在哪里？"

一连串的问题，石稜不知从哪里说起，他想了一想，笑道："你别心急，我会一件件一桩桩告诉你的。唉，说来话长，且让我想想该从哪里说起？对啦，穴道铜人图解的故事你们知道了么，咱们两家的遭遇，都是和这份图解有关的。”

邵湘华道：“二娘已经和我们说过了。”

石稜怔了一怔，道：“哪个二娘？”忽地恍然大悟，接着就说道：“你说的可是高杰的女儿高小红，她嫁给你义父做小老婆？”

邵湘华道：“不错，但二娘对我很好，可惜已经死了。她爹对你不住，你也别怪她啦。”

石稜叹口气道：“高小红也是受图解连累的人，她的命比我还苦，我怎会怪她？唉，世间的事情，有时也的确是奇怪得很，高小红的父亲当年和我们一起护送那份宝图，他害人不成反而害了自己。我和他乃是平辈，他的女儿却变成了你的二娘。”

邵湘华道：“她就是为了要躲避乔拓疆的逼害，这才甘受委屈，嫁给我的义父的。她以为可得庇护，不料还是遭了乔拓疆和辛十四姑这女魔头的毒手。”

石稜听了高小红所受的不幸，慨叹不已，说道：“我得以保全这条性命，说来也真是侥幸，那晚我和乔拓疆剧战受了重伤，又给他的手下斩了一刀，喏，我脸上的疤痕就是这一刀留下的标记了。”

邵湘华泪流满面，说道：“爹，你的苦也受够了。这个仇咱们一定要报！”

石稜说道：“当然要报！”接着说道：“不过也幸亏那人斩了我一刀，我倒在地下。乔拓疆以为我已经死了。”邵湘华道：“后来怎样？”石稜道：“这班强盗走了之后，我爬起来躲在后山一个石洞里，养好了伤。我知道乔拓疆，若然知道我还未死，一定不肯放过我的。后来我就远离家乡，躲到贵州的苗疆里去，我多少懂得一点医术，扮作郎中，医好了许多苗人的病。那个苗疆的峒主，现在已经是我的好朋友了。”

武元感听到这里，方始恍然大悟，说道：“石伯伯，怪不得你懂得苗人驱蛇的方法。”

石稜笑道：“我还懂得吹芦笙招集苗人的方法呢！贵州苗疆那个峒主是诸苗之长，湘西的苗人也要听他的号令的。刚才那些苗女以为是贵州苗疆的峒主的使者到来，这才赶着回去的。”

武元感道：“待到她们发现不是，岂不是又会再来？”邵湘华则问道：“爹，那些苗女是什么路道？那个‘三公主’武功很高，和辛十四姑这女魔头又似乎好熟。”

石稜说道：“她们的苗寨离这里大约有十里左右，待到她们发觉不是，一个来回，也得半个时辰。我还是赶快把你们想要知道的事情告诉你们吧。对，咱们边走边说，不必等待她们再来，咱们先去夜探她们的苗寨。”

杨洁梅问道：“辛十四姑说孟七娘和谷啸风已经给她捉去了，是不是就关在那个苗寨？”

石稜说道：“不错，所以咱们才要去探苗寨。”笑了一笑，接着说道：“话题又岔开了，我刚才说到哪里？”

邵湘华道：“你说躲到了贵州苗疆，和峒主交上了朋友。”

石稜说道：“我也不是一直躲在苗疆，几年之后，我的武功已经恢复，先后也曾几次离开苗疆，行走江湖，为的就是要探寻你们的消息。多谢那贼人在我脸上斩了一刀，江湖上的朋友都不认识我啦。于是我仍然扮作江湖郎中，四海云游。首先，我打探到一个秘密，辛十四姑这女魔头原来和我们那次宝图被劫的事情有关。”

杨洁梅道：“但何以听她的口气，她似乎是本来和乔拓疆不相识的？”

石稜说道：“她是本来和乔拓疆并不相识，不过她却是乔拓疆师弟的老相识。乔拓疆的师弟就是高小红的父亲，也就是当年和我们一同护送宝图的那个高宏。

“高宏对辛十四姑甚为爱慕，少年时候，是曾经追求过辛十四姑。辛十四姑眼高于顶，心里又早就有了韩大维，哪里会理睬他？

“不过高宏对她却甚痴心，他把穴道铜人图解的秘密告诉辛十四姑，请辛十四姑帮他的忙，答应事成之后，把图解送她当作礼物。

“辛十四姑不愿出面，却给他设谋划策，那晚高宏所下的蒙汗药就是辛十四姑给他的。辛十四姑是天下第一擅于使毒的行家，若是寻常的蒙汗药那就骗不过我们了。”

杨洁梅道：“高小红却以为那蒙汗药是乔拓疆给她爹爹的呢。”

石稜说道：“这件事情高小红也不知道。她爹爹说谎骗她，因为他不愿意女儿知道他的秘密。他的妻子是给他害死的，为的就是想讨辛十四姑做续弦。”

杨洁梅道：“石伯伯，你怎么知道?”

石稜说道：“我重入江湖，第一件事情就是去找高宏。我是怀着报仇的心情去找他的，谁知找到他的时候，他已是奄奄一息了。问起来才知道他也遭了乔拓疆的毒手。这些秘密是他临死之前告诉我的。人之将死，其言也善。我相信他说的都是真话。”

杨洁梅又问道：“那些苗女何以肯听辛十四姑的驱使，不知她们又是什么关系?”

石稜说道：“这里的苗寨之主有个汉人名字，名叫蒙得志，他有三个女儿，大女蒙赛玉，二女蒙赛月，三女蒙赛花。刚才和你们交手的那个‘三公主’就是蒙赛花了。

“这地方的瘴气是很厉害的，尤其是每年春天所发的桃花瘴。

“有一年春天，霖雨连绵，桃花瘴比哪一年都厉害。苗人虽有解瘴的药物，也是防御不了，最后连蒙得志和他的三个女儿都中毒了。

“其时辛十四姑还未曾在幽篁里隐居，这一年恰巧来到湘西苗疆，她是天下第一使毒高手，也是第一解毒行家。

“蒙得志父女得她解救，当然是把她当作恩人，奉若神明了。蒙赛花和她尤其投缘，蒙赛花的一身武功，许多也是她传授的。”

杨洁梅道：“原来如此，怪不得辛十四姑放心把韩大维藏在这里。”

石稜说道：“我幸亏结交了贵州的苗峒峒主，否则我也不知道这个地方呢。”

杨洁梅道：“石伯伯，你曾经探过这个苗寨没有?”

石稜说道：“我不敢深入腹地，不过这苗寨周围的地形，我已是十分熟悉。我知道有一条小路，可以从山上下去，进入后寨。”

走了一程，穿过一片竹林，夜风掠过，竹叶沙沙作响，石稜忽地咦了一声。邵湘华道：“爹，你听见什么?”

石稜道：“没什么，让我走在前头，你们小心戒备。”

原来他听得好似是夜行人经过，但游目四顾，却又不见人影，不觉有点疑心不定，想道：“辛十四姑刚才败在我的手下，她单独一人，还敢来跟踪我吗？但除了她，却又有谁能有这样轻功？难道我听错了，这当真只是风吹竹叶的声响？”

穿过竹林，什么事情都没有，石稜稍稍放心，心道：“看来当真是我听错了。”石稜想起一事，说道：“对啦，有件事情，我忘记问你。华儿，你的二娘可有说出那份图解究竟是落在何人手中？我起初以为是那个蒙面人乔拓疆，后来才知道不是。十年以来，我一直想探查这个秘密，兀是找不到一点线索。”

邵湘华道：“二娘以为是明霞岛岛主厉擒龙的师兄丘抗所盗，因此她特地想个方法投到丘抗门下，偷了一本点穴的秘笈，后来才发现这本秘笈，并非那份图解。这个谜，二娘也是至死都没揭开。”

石稜叹口气道：“这份图解害死了杨大哥，害死了高宏，我也给它害得险死还生。如今连那个蒙面人是谁都不知道！”

杨洁梅笑道：“已经知道了。”石稜大喜道：“是谁？你何不早说？”

邵湘华笑道：“爹，我也知道了。我刚要告诉你呢。不过我只知道这个蒙面人是个老叫化，听说在松风岭和辛十四姑打过一架。谷啸风也曾和他交过手的。”

当下邵湘华把从王宇庭那里听来的事情，原原本本告诉了父亲。石稜甚是诧异，说道：“这么说，这老叫化又不是和乔拓疆一伙的了。奇怪，辛十四姑何以和他也是作对的呢？”

竹林前面，两峰夹峙，下面是深不可测的幽谷。两峰相距不过数丈，悬空有一条石梁是天生的，不过只有尺余宽，不能两人并肩同走。

石稜忽道：“让我先过去，到了那边，你们再来。”

石梁狭窄，不过虽然不能并肩同走，一个跟着一个，四个人还是可以同时踏着石梁的。邵湘华有点奇怪，正想问他爹爹，石稜已是一个鹞子翻身，身形平地拔起，落在石梁的中间了。

忽听得石稜喝道：“哪位朋友躲在这里？请现身吧！”

话犹未了，陡然间只见石梁上现出一个人来，正是王宇庭向邵湘华他们描绘过的那个背着红漆葫芦的老叫化！

原来这个老叫化是吊在石梁下面，双手攀着石梁的边缘的。他只凭十指之力，悬空支持体重，而且陡然间便能翻身跳上石梁，这份功力，石稜见了也是不禁心头一凛。

但待他定睛一瞧，看清楚了这老叫化时，却不由得大怒如狂了。

那晚他虽然没有看见那个蒙面人的面目，但身材体态，他却是不会忘记的。尤其是那人的手掌比常人粗大得多，伸开来好像蒲扇一样，石稜和他交过手，更是印象深刻。

石稜大喝道："你就是那晚偷了我们那份图解的人！好呀，我正要找你！"

那老叫化哈哈笑道："石稜，果然是你，我只道你已经死了呢。你来得好，我也正要找你，你听我说……"

仇人见面，分外眼红，石稜哪里肯听他分说，提起长柄铃铛，呼的便向他胸膛戳过去了！正是：

说到恩仇心事涌，谁言往事是云烟。

欲知后事如何，请听下回分解。

第六十七回　历劫归来如再世　前因细说化深仇

在这石梁之上，转身也难，根本无从躲避，只听得叮叮当当之声不绝于耳，老叫化抓着了长柄铃铛，往内一夺，喝道：“撒手!”石稜则用力前挺，喝道：“下去!”

双方功力旗鼓相当，争夺这柄铃铛，各不相让，铜铃响个不停，忽听得“咔嚓”一声，长柄铃铛断为两截。石稜抛开断杆，双掌便向老叫化的面门劈去!

老叫化一个“大弯腰，斜插柳”，双足牢牢钉住石梁，头向后仰，竟然在这绝险的处所使出“铁板桥”的功夫。石稜双掌几乎是擦着他的面门削过!

说时迟，那时快，老叫化陡地挺起腰来，扭着石稜双臂，左足向前一勾。喝声“倒也!”

石稜冷笑道：“未必!”他的下盘功夫极为坚固，使出了千斤坠的重身法，老叫化勾着他的足跟，不能摇撼分毫。石稜一个“金蝉脱壳”，只听得声如裂帛，他穿的那件本来就是破破烂烂的长衫给老叫化撕开，可是他的双臂却已滑似游鱼地从老叫化掌握之中滑脱出来。

老叫化赞道：“石兄，你的功夫大有长进了啊!”口中话说，手底招数丝毫不缓，骈指如戟，便点石稜穴道。

此时邵、杨、武、龙四人早已来到石梁那边，邵湘华的双足且已踏上石梁了。可是这条石梁不过尺许宽，他的父亲和那老叫化互相扭打，邵湘华想要上去帮忙也不可能。

邵湘华知道这老叫化的点穴功夫天下无双，见他骈指如戟，堪堪的就要点到父亲身上，不禁大吃一惊，“啊呀”的叫了出来。

石稜陡地一声大喝道：“我和你拼了！”横掌如刀，“抹”老叫化的颈项，这一招只是攻敌之所必救，老叫化霍的一个凤点头，身形略斜，双指恰恰在穴道点个正着，石稜只感到一阵酸麻，运气三转，已是没事。

老叫化道：“这位想必是令郎了，你们父子团聚，当真是可喜可贺！嘿，嘿，石兄，但我为你着想，你方得家人团聚，却又何苦和我拼命。我老叫化无牵无挂，死了倒是不打紧的啊！”

石稜怒道：“你害得我好苦，我就是要和你拼命！”

不过石稜虽然愤怒，在愤怒之中，却也不由得心中一动，想道：“看来这老叫化并非怕我，难道他当真是有心与我和解么？”原来他刚才给老叫化的双指触着身体，他是个武学大行家，立即便感觉得到这老叫化用的并非重手法点穴，当然若是给他点个正着，身子是不能动弹的，但却不至于有什么伤害。

但此际在这绝险之处搏斗，石稜亦已是无暇推敲了。

老叫化叹了口气，说道：“石兄，你这样打法，只怕咱们可要同归于尽了！”

石稜冷笑道：“反正我这条性命是侥幸拾回来的，和你拼了，又有何妨？”

老叫化不再说话，两人各展生平绝学，在这尺余宽的石梁上斗得难解难分，把邵湘华等人看得心惊胆战！

忽听得“蓬”的一声，四掌相交，石稜和那老叫化都好似着了定身法似的，掌心抵着对方的掌心，大家都是动也不动，像僵了的石像。

原来斗到此际，双方已是变成了内功的比拼，不再是招数上的决胜争雄了。

内功的比拼全凭双方的实力，绝无可以取巧之处。这是最凶险的搏斗，败的一方固然不免丧命，胜的一方，也必重伤。若是双方旗鼓相当，那就可能同归于尽，至少也是两败俱伤。

邵湘华吓得一颗心都好像要跳出来，颤声叫道：“爹爹，你就

老叫化叹了口气，说道：“石兄，你这样打法，只怕咱们要同归于尽了！”

与他和解了吧!”要知高手比拼内功，除非是有一个功力比他们更高的人来化解，否则只能是让他们拼斗到底的，功力不济的人上去化解，非但帮不了忙，自身也必受累重伤。

石棱本来是怒气填胸，不惜和对方同归于尽的，如今到了这个生死关头，听得儿子这么说，却是不禁心中一酸，暗暗有点悔意了。可是在内力拼斗之际，是谁也不能相让的。石棱唯有全力运功，根本不能分神说话。

老叫化好似知道他的心意，忽地笑道：“石兄，咱们好好谈一谈如何?”

石棱见对方能够好整以暇地说话，不由得大吃一惊，心里想道：“我苦练了二十年，不料这老叫化的功力还是远胜于我。他居然能够说话，再拼下去，时间一久，我一定是要丧在他的掌下了。”

就在此时，石棱忽觉对方的压力稍稍放松，他喘过口气，也能说话了，说道：“你我之间，还有什么好说?”

老叫化笑道：“石兄，我想问你，你是恨我多些，还是恨乔拓疆多些?”

那晚石棱给蒙面人点了穴道，夺了宝图，但害得他家破人亡，自己也险死还生的却是乔拓疆。而乔拓疆之所以来害他，则是因为误会那份图解仍在他的手中。

石棱想了一想，说道：“我与乔拓疆仇深似海，但追源祸始，不是你夺了那份图解，我也不至于与乔拓疆结下如此大仇。”

老叫化道：“如此说来，你和乔拓疆的仇总是深过我了。虽然你对我也还是不能原谅。”

石棱道：“也可以这样说吧。”老叫化又问道：“那么你恨不恨辛十四姑?”

石棱冷笑道：“你这是明知故问!”

老叫化道：“这么说，你也是深恨辛十四姑的了?”

石棱哼了一声，说道：“乔拓疆是我的第一个大仇人，第二个是辛十四姑，哼，你，你——”

老叫化哈哈一笑，说道：“你不说我也明白，我就是你的第三个大仇人了，是不是?”石棱冷冷说道：“一点不错，今日你杀不了我，我就还要报仇！”

老叫化笑道：“石兄，多谢你把我名列第三，以后你要找我报仇那是以后的事，今日咱们倒是大有商量的余地了。”

石稜道：“商量什么？”

老叫化道：“你自忖能够胜得了辛十四姑吗？”石稜道：“胜不了她也未必就会输了给她！”心里却在想道：“刚才她若是一开始就和我斗，只怕我还是不免要败在她的手中。但这老叫化问我这话是什么意思呢？难道——”对老叫化的来意，隐隐猜到几分。

心念未已，那老叫化又已接着说道：“好，即使你能够和辛十四姑斗个不分高下，她有那些苗人帮忙，你是必败无疑的了。据我所知，令郎是要进苗寨救人的，那么就更不用想了。石兄，老叫化是直话直说，你不怪我小觑你吧？”

石稜说道：“我成功也好，打败也好，却又与你何关？”

老叫化道：“大有关系！因为老叫化孤掌难鸣，自忖也斗不过辛十四姑和这些苗人。”

石稜说道：“你和这女魔头也结有梁子？”

老叫化道：“实不相瞒，她要抢我这份图解，我不肯给她。她恨我只怕比恨你还要厉害呢！”

石稜道：“哦，原来你想和我联手，共同去对付辛十四姑？”

老叫化道：“不仅如此，咱们以后还可以联手去对付乔拓疆。我不过是你的第三个仇人而已，倘若我能够帮忙你除掉第一个大仇人和第二个大仇人，石兄，咱们的这个梁子我想也应该可以化解了吧？”

石稜给他说动了心，但一时之间，却还不敢贸然答允，心里想道：“就不知道这厮是否真有诚意？”又再想道：“我若与他化敌为友，那份穴道铜人图解我就不能向他讨回了。却又怎对得住当年一片苦心孤诣，想保护这份图解而死掉的杨大哥？”

老叫化似乎知道他的心意，缓缓说道：“当年你们是想把那份图解送回南宋的皇帝老儿，让他归还内库，是吗？我抢了去，你们当然是恨我的了。不过，你们这件事情也幸亏没有成功！”

石稜怒气又起，说道：“你抢了去，还说风凉话儿？”

老叫化正容说道："这可不是风凉话儿，其时秦桧虽然死了，做宰相的可还是秦桧一手栽培起来的史弥远，你这份图解纵然归还内库，结果恐怕仍是不免落在奸臣手中。

"你想一想，与其落入奸人之手，何如让它留在武林人士的手中。"

石稜怒道："你也不配据为私有。"

老叫化哈哈一笑，说道："不错，老叫化无德无能，的确是不配把这部武林秘笈据为私有。唉，当年我是不度德、不量力，但这份自知之明，现在却是有了。

"为了表示我的诚意，咱们和解之后，我把这份图解交给你，由你作主，将它送给一个你认为最适当的人！这样你可以相信我了吧？"

石稜呆了一呆，说道："你当真愿意这样做，咱们还有什么化解不了的仇恨？好，我相信你，这份图解你也不用给我。事情过后，请你亲自送到金鸡岭上，交给柳女侠柳清瑶便是。"

老叫化道："一定遵命！好，现在咱们可以和解了，请你慢慢收减内力。"

双方各自缓缓收减内力，终于四掌垂下，免了两败俱伤之祸。

邵湘华大喜过望，上前和那老叫化见过了礼，说道："爹爹，咱们有了这位老前辈帮忙，成功定然有望了。"

石稜道："对啦，丐兄，我还没有请教你的高姓大名呢。"

老叫化道："我姓张。我未做叫化之前，人家叫我做张疯子。我就自号大颠。"

石稜道："大颠兄，咱们用什么办法报仇、救人，想必你已胸有成竹。"

老叫化道："我正是要靠你们的帮忙。你把辛十四姑远远引开，她一定叫那苗寨寨主帮忙来追捕你们的，你们拖得多久就是多久，我进苗寨救人。救人要紧，救了人再说报仇，你同意吗？"

石稜道："理该如此。但你一个人深入苗寨，不怕风险太大吗？"

老叫化道："你不用为我担心，我已经知道韩大维、谷啸风等人被囚之处了，而且我又懂得苗语。倒是你要小心应付那个女魔头和苗寨寨主呢。”

石稜道：“这里的地形我已很熟，我把他们引到那边山头上去，那女魔头和苗寨寨主或者会追上我的，那些苗人，谅他们在一时三刻之内，决计不能赶到。”

老叫化道：“好，那咱们就分头办事吧。你看那边的火光，那些苗人已经出动了。”

石稜心中自忖，自己可以勉强应付辛十四姑，武元感、邵湘华、杨洁梅、龙天香四人想也可以对付得了那个苗寨之主，于是说道：“华儿，你们跟我过去，咱们故意现出身形，引诱他们来追。”

他们走后，老叫化吁了口气，心情轻松许多，但却也还有一重心事，暗自想道：“石稜的梁子化解了。但愿韩大维不要喝了那女魔头的迷汤才好。”

韩大维此时正在静室中，盘膝而坐，做例行的吐纳功课。他中毒颇深，行动不能自如，但内功还在，每晚临睡之前，总要默运玄功半个时辰的。

此时已是三更时分，他的心情却与往晚不大一样，无法安静下来。

来到这个苗寨已三个多月了，辛十四姑每隔几天给他一颗解药，她外出的时候，就把解药留给苗寨寨主给他，不过解药的效力却只是能够令他的痛苦减轻，不能根治。总而言之，是叫他死不去也好不了。

据辛十四姑说她已经是尽了力了，但韩大维却是不能无所怀疑，而且这份对辛十四姑的疑心，近来更是越来越重了。

他隐隐听得芦管吹奏的呜呜声，大队苗人走出寨门的脚步声。发生了什么事情呢？柔荑（辛十四姑的闺名）为什么又不来看我呢？出了什么事情，她也应该告诉我啊！前天她刚回来，这两天苗寨里就似乎有些异样，两件事情莫非有甚关联？

韩大维愈想愈是起疑，叹了口气，又想道：“明知不是伴，事急且相随。现在我是落在她的掌握之中，她若要害我，我也是没法的了。唉，瑛儿和谷啸风现在不知怎么样？但愿在我有生之年，能够再见他们一面。”

想起了女儿女婿，他是越发难过了。同时，对辛十四姑的疑心也更加重了。因为他曾经再三请辛十四姑设法通知他们到这里来见他的，辛十四姑却总是说无法打听他们的消息。

正在韩大维心乱如麻，无法静坐之际，窗门忽地无风自开，一个人跳了进来！

韩大维吃了一惊，喝道：“什么人？”

窗门打开，月光射进屋内，虽然不够明亮，隐约也可看见这人是个老叫化。

韩大维怔了一怔，心道：“这人怎的似曾相识？”

心念未已，那老叫化哈哈一笑，说道：“韩大哥，咱们可有二十年未见面了，你不认得我了么？我是张大颠呀！”

“啊，大颠兄，你怎么会到这里来的？”韩大维不禁失声惊呼，几乎疑心自己是在梦中了！

老叫化“嘘”了一声，低声说道：“别声张，我是特地来报你的大恩，救你出去的。”

原来他们是少年时代的好朋友，韩大维年纪稍长，当时已经是交游甚广，颇有名望的武林人物了。

张大颠初出道的时候，血气方刚，好勇斗狠，任侠而使气，有时就不免皂白不分，流于暴戾。不知为了什么一件小事，他和武当门下的四大弟子结了冤仇，幸得韩大维给他化解，方始没事。后来韩大维在洛阳隐居，张大颠抢了那份穴道铜人图解，也远走海外，避仇潜修。两人已有二十多年没见面了。

韩大维吃了一惊，说道：“救我出去？你这话是什么意思？”

张大颠笑道：“难道你愿意老死在这里吗？辛十四姑恐怕不是什么好伴儿呢！”

韩大维听出他话中有话，怔了一怔，说道：“你知道了一些什么？”

张大颠道：“咱们没工夫细说了，我让你先见一个人，你就明白了。”

韩大维苦笑道：“我怎么能够走出去，我已经是半身不遂了。”

张大颠道："不用担忧，我知道你是着了酥骨散的毒。我这里有一朵天山雪莲，你把它嚼碎服下。天山雪莲能解百毒，纵非对症解医，也可以令你行走自如。"

天山雪莲是极为难得之物，韩大维心想张大颠不知费了多少心力，方始采得这朵雪莲，心里感激，但大恩不言报，也就不和他说什么客气的话了。当下嚼碎雪莲吞下，默运玄功，配合药力，导引气血，不过片刻，果然便觉气达四肢，功力虽然未能恢复，却是可以走动了。

韩大维跟着张大颠走进园子，只见他左转一个弯，右转一个弯，绕过假山，穿过竹林，对这地方竟似甚为熟悉，韩大维不由得暗暗惊诧，心想："不知他要我去见的这个人是谁？"

心念未已，只见面前现出一间石屋，门外直挺挺的站着两个苗人，僵尸似的，眼珠也都定住，动也不会一动，韩大维是个武学大行家，一看就知是被人点了穴道。心道："原来他早已准备妥当，才带我来的。但这种点穴的手法极为高明，我亦是知其然而不知其所以然，一别二十年，想不到张大颠竟学会了这样高明的点穴功夫，倒是可喜可贺。"

张大颠笑道："这是一个你非常想见的人，你进去吧。""砰"的一掌，击碎两扇厚厚的板门。

黑黝黝的屋子里，一个人跳了起来，叫道："是谁？"

韩大维一听这个声音，可当真是喜出望外了！

原来这个人不是别人，正是他曾再三请求辛十四姑替他找来的爱婿谷啸风！

韩大维喜极叫道："啸风，当真是你？珮瑛呢？怎的你一个人到了这里，却又给他们关了起来？"

这霎那间，谷啸风也是几乎不敢相信自己的耳朵，定了定神，说道："岳父，当真是你老人家么？唉，一言难尽，我是给辛十四姑捉来的。"

韩大维大惊道："我是叫她请你来的，她怎的将你捉来了？"

张大颠笑道："你们翁婿谈谈，我再给你们找一个人来。到时你就什么都明白了。"

孟七娘被囚在一座石牢中，这座石牢是在山腹中辟建的，比谷啸风的那座牢房坚固百倍，四面石壁高达数丈，上面开着一个小洞，可以把装盛食物的小篮子吊下来。辛十四姑是因她武功较高，所以分外小心，把她囚禁在这座石牢，令她插翼难飞。也正是由于料她插翼难飞，是以没有另外人守卫。

孟七娘正在闭目养神，忽听得有“笃、笃、笃”几声声响，似乎有人敲击上面的石壁，孟七娘怔了一怔，颇觉诧异，抬头一看，忽见火光一亮，上面那个小洞吊下一根长绳。那微弱的火光，想必是那个人擦燃火石的亮光了。但那根长绳垂下，却并没有吊着竹篮。

孟七娘大为奇怪，心里想道：“现在已是三更时分，不应该在这个时候送食物来的，而且只放下一根绳子，这却是什么意思？”

心念未已，只听得一个声音说道：“抓牢这根绳子！”

孟七娘怒道：“你们捣什么鬼？”那人说道：“救你出去呀！”孟七娘骂道：“谁信你的鬼话！你们要杀便杀，我可不能任由你们戏耍！”要知道这个小洞只能容一个小竹篮吊下来的，一个人怎么能够出去？

哪知话犹未了，忽听得“轰隆”一声，那个山洞突然间扩大了十倍不止。抬头看上去，已经可以看得见头顶的星空了。

原来石牢上面，是用一块大石头压着的，这块石头重逾千斤，没有张大颠这样深厚的功力，别人也推不开。

孟七娘惊疑不定，但想最坏的结果也不会比囚在石牢更坏，心道：“好，我且出去看看，看他们弄什么玄虚？”

抓牢绳子，那个人果然把她扯了上去。月光之下，只见是个衣衫褴褛的老叫化。孟七娘道：“你是谁？是丐帮的吗？”

张大颠道：“你不必管我是谁，跟我来吧！你应该相信，我既然救你出来，就决不会害你！”

孟七娘心里想道：“不错，反正大不了是一个死，管他是好意还是恶意，我且跟他去看个明白。”张大颠业已跑在前面，不再说话了。孟七娘日前一战，元气大伤，尚未恢复，好在她轻功底子甚好，落后十多步，也还可以勉强跟得上他。

此时在谷啸风的那座囚房里，谷啸风也已经把别后的遭遇，与及他所知道的所有关于辛十四姑的事情，一五一十，原原本本的都告诉了岳父了。

韩大维听了他所说的前因后果，越听越是吃惊，说道："这么说害我的人竟是辛十四姑了?"

谷啸风道："是呀，正是她在九天琼花回阳酒中下的毒，却令你疑心是孟七娘和奚玉瑾所为。不过，她也未必是存心害你，据孟七娘的猜测，她是要令你逃不出她的掌心，心里却还感激她是个好人。"

韩大维一生不知经过多少风浪，此刻也不由得心中战栗，寒意直透心头，咬牙说道："我早已对她有点疑心了，却还未想到她竟是如此阴险毒辣！如此说来，只怕你的岳母也是她下手毒害的了?啊，这件事情我好像尚未告诉过你，你的岳母是死得不明不白的，你知道么?"

谷啸风道："瑛妹已经告诉我了，我们猜测，恐怕——"

话犹未了，忽听得一个熟悉的声音说道："用不着猜测，我来告诉你们吧!"原来是孟七娘和张大颠来到，正好听到他们说到这宗无头公案。

两人都惊喜交集，韩大维失声叫道："七娘，原来你也在这里!"

孟七娘道："我也想不到居然还能够再见到你，都是多亏了这位叫化子大哥。"

韩大维道："他是我的好朋友张大颠，大颠兄，多谢你救了我，还帮我揭开了二十年来藏在心里的闷葫芦!"

张大颠笑道："韩大哥，我知道你们有许多话要说，你们慢慢说罢。待你们把真相都弄清楚之后，你所服的天山雪莲，药力也可以运行全身了。那时你也就可以行动自如了。现在我要去会一个人，待会儿你们到前面山头找我。"

不出石稜所料，他和武元感等人在山头现出身形，果然把辛十四姑和苗寨的寨主蒙得志引来，蒙得志手下的苗人跟不上他们，一时间还未能到达山顶。于是石稜按照原来的计划，由他和辛十四姑单打独斗，武元感、邵湘华等人联手抵敌苗寨寨主。

石稜那柄长柄铃铛已经毁坏，仗着精堪的内功，以绵掌功夫抵敌辛十四姑的青竹杖。

本来两人是各有所长，但石稜失了兵器，可就不免要屈处下风了。辛十四姑的青竹杖矫若游龙，指东打西，指南打北，招招攻向敌人的要害。石稜给她打得只有招架的份儿，不过她对石稜雄浑的掌力多少也有点顾忌，虽占上风，一时间亦是未能取胜。

苗寨寨主蒙得志武功甚为怪异，和中土所传的大不相同，他用的是月牙弯刀，刀中夹掌，每一掌劈出，带着一股腥风，中人欲呕，武元感、邵湘华的内功造诣较深，还不觉得怎么，龙天香、杨洁梅二女斗了一会，却是渐渐感到头晕目眩，呼吸不舒。蒙得志手下的苗人亦已上到半山。石稜暗暗叫声不妙，“那老叫化怎的还未到来？倘若他也被困在寨中，那可真是糟糕透顶了！”

正在吃紧，心念未已，忽听得一声长啸，张大颠如飞跑来，哈哈笑道：“石兄别慌，老叫化来了。”

半山上的苗兵张弓搭箭，向他射去，却哪里阻得住他？只见大笑声中，流矢四散，张大颠双袖飞舞，冲开箭雨，当真是翩如飞鸟，片刻之间，就到了山顶，从半山射上来的箭，也都落在他的身后了！

辛十四姑大吃一惊，冷笑说道：“好呀，你们总也算得是个成名人物，若要倚多为胜，不怕天下英雄笑话，那就并肩子上吧！”

张大颠呼的一记劈空掌发出，把辛十四姑震退三步，说道：“我的身家性命都几乎断送在你这贼婆娘手上，和你这贼婆娘还讲什么江湖规矩！”

石稜喘过口气，说道：“张兄，请你去助他们几个小辈一臂之力，这个贼婆娘我还勉强可以对付得了。”

张大颠瞿然一省，笑道：“也好，这贼婆娘其实也用不着我对付她，自然有人会来对付她的。”

蒙得志一刀向张大颠刺去，紧接着朝着他的面门又是一掌。张大颠挥袖一拂，锋利的月牙弯刀竟然割不破他的衣袖。张大颠深深的吸了口气，哈哈笑道：“哪里刮来的这股香风，好香，好香！”

蒙得志的五毒掌是用蛇、蝎、蜈蚣、毒蛛、金蚕五种毒物的毒汁炼成的，见张大颠吸了他的毒掌所发的腥气，面不改色，居然还赞好香，不禁大吃一惊，喝道：“今日冒充苗峒总峒主使者的就是你这个老叫化么?”

张大颠把背着的红漆葫芦拿下，交给了武元感，说道：“你们把这葫芦里的酒分喝，喝了就没事了。”待武元感等四人退下之后，他才回过头来，对蒙得志哈哈一笑。

蒙得志怒道：“你这老叫化笑什么，你别自恃武功高强，纵然你胜得了我，你一个人能敌得住我这许多手下么？我告诉你，他们手中的弓箭可是见血封喉的毒箭！这地方已是绝地，几百张弓向你攒射，总有一支射到你的身上!”此时那队苗兵已是来得近了。

张大颠笑道：“蒙寨主，老叫化可并不想和你打架。你相信也好，不相信也好，我对你可的确是一番好意呢！不过，你若一定要和我拼个死活的话，我纵然死在毒箭之下，只怕你也逃不过我的双掌吧!”

蒙得志已经领教过他的厉害，深知他决非虚声恫吓。心里想道：“不错，这老叫化若是当真发起狠来，只怕毒箭未射死他，我却先要毙在他的双掌之下了。”

如此一想，不觉气馁，但仍不甘就此低头，冷笑说道：“还说什么好意，你冒充总峒主的使者，来我这里捣乱，这可又该怎说?”

张大颠笑道：“我这使者虽是冒充，但却也并非完全是假的。我是你们总峒主的好朋友，我到你们这里，他曾经许我便宜行事的。你若不信，请看这个。”

说罢拿出一块竹简，竹简上漆有花花绿绿的图案，蒙得志接了过来，吃了一惊，说道：“这块绿玉竹符当真是总峒主给你的么?”

张大颠笑道：“若不是总峒主给我，我怎么知道你们苗家有这竹符？我即算有妙手空空的绝技，也不会去偷一片竹片呀?”

原来这“绿玉竹符”是只有总峒主才能颁发的一种“护身符”，是只给汉人用的。要知苗人和汉人之间，由于汉族所设的治苗官员往往对苗人采取高压政策，把苗人迫得躲到深山里去，苗人不懂得欺压他们的只是一部分当权的汉人，这就造成了民族的仇恨。汉人进入苗寨，往往给苗人杀掉。

“绿玉竹符”的作用就是证明这个汉人是苗人的好朋友，是总峒主的贵宾的！持有竹符的汉人，到苗人任何地方，苗人都应该对他尊敬。张大颠说道：“我知道辛十四姑曾经医好过你的病，但这个人却不是好人。总峒主怕你上了她的当，叫我来打听她在你这里捣什么鬼的。她果然胡作非为，利用你的势力，来和汉人的侠义道作对，我告诉你，这可是要给你招惹大祸的呢!”

张大颠说苗峒的总峒主派他调查这件事情，其实也还是假话，不过他有这块“绿玉竹符”，蒙得志却是不敢不信他的话了。何况张大颠的武功远胜于他，他自己的性命也在别人手中，当然是要硬也硬不起来了。

此时那队苗兵已经上了山头，把他们团团围住了。正是：

幸有竹符能弥祸，愿同联手斗强仇。

欲知后事如何，请听下回分解。

第六十八回　只为孽缘施毒手
莫提恩怨总伤心

蒙得志连忙叫道："别放箭！"回过头来，说道："好，你既然是我们总峒主的贵宾，我们当然不能伤害你。但辛十四姑是我的恩人，我可也不能伤害她！"

张大颠道："我不会令你为难的，只要你不插手这件事情就行了。我们和她的事，我们自己了断！"

蒙得志道："辛十四姑，不是我不肯帮你的忙，但我可不能得罪总峒主的好朋友！"说罢把手一挥，叫那队苗兵退下，随着自己也下山了。

武元感、邵湘华二人喝了葫芦中的药酒，精神业已恢复，在张大颠和蒙得志说话的时候，他们已经上去和辛十四姑动手了，龙天香、杨洁梅二人的晕眩之感亦已消除，但一时之间，功力却尚未能够恢复，还在运气养神。

张大颠见石稜等三人联手，已经稍稍占了一点上风，心里想道："韩大维也应该就可以来了，我倒不必着忙啦。"

韩大维听了孟七娘的话，真相业已水落石出，叹口气道："七娘，我一向错怪了你，你不恨我吗？"

孟七娘道："只要你明白就好了。其实我也做错了事，对不住你。我不该和西门牧野勾结，和你为难的。"

韩大维道："咱们都曾做过错事，过去的事不必提了。如今紧要的是找那毒妇算账啦！"当下一跃而起，大踏步跨出囚房。

忽听得一个人叫道："咦，你怎么能够行走了？啊，快来人啊，这两个囚犯也要逃啦！”

原来来的是蒙得志的两个女婿，蒙得志和三个女儿都出去搜索敌人了，两个女婿留在寨里巡逻，恰巧在韩大维要走的时候经过这里。

孟七娘身手何等敏捷，后发先至，一出手就抓着了蒙得志大女婿的琵琶骨。

韩大维道：“七娘，别伤他的性命。”说话之际，他亦已出手点了蒙得志二女婿的穴道。

韩大维道：“念在我和你们多少也有点主客之情，我不伤你们，你们也休想阻拦我。韩某告辞啦！”

孟七娘大喜道：“大维，你的轻功恢复了！”韩大维笑道：“老叫化给我的天山雪莲，功效当真是出乎我意料之外！”

韩大维功力已恢复了六七分，那些苗人哪里还赶得上他。不消片刻，他和谷啸风、孟七娘已经出了苗寨。

辛十四姑正在吃紧，突然看见韩大维来到，虽然吃惊，却也有意外之喜，连忙叫道：“大维，你快来帮我！”

韩大维冷笑道：“好，我就来帮你了！”

张大颠叫道：“石兄退下，对付这女魔头的人来了，他的仇恨比你更深！”

辛十四姑见韩大维目露凶光，大吃一惊，抬头看时，只见孟七娘和谷啸风跟着出现，心里立即知道不妙，再听得张大颠这么一说，更是吃惊，慌忙一个转身，青竹杖向邵湘华点去，这一招乃是“围魏救赵”的打法，用得十分精妙，石稜怕她伤了自己的儿子，扑去救时，辛十四姑已从缺口窜出。此时韩大维刚刚来到。辛十四姑叫道：“大维，你就不念我的恩情了吗？”

韩大维冷笑道：“亏你还有脸皮说这个话，好呀，我来‘报答’你的恩情吧！”距离三丈之外，一记劈空掌发出，辛十四姑的背心好像给人打了一拳似的，隐隐作痛。这还是幸亏韩大维的功力未曾完全恢复，否则这一记劈空掌就可以令她受伤跌倒。

辛十四姑竹杖点地，翩如飞鸟般的疾掠起来，一掠数丈，张大颠喝道：“哪里走！”双臂箕张，扑向前来，但辛十四姑的轻功实在超妙，张大颠这一拦也没有将她拦住。杨洁梅叫道：“啊，谷少侠，你也来了。韩老英雄，那次你喝的九天琼花回阳酒是辛十四姑下的毒，我可以做证人！”

韩大维道：“我已经知道了！”想起新仇旧恨，不由得怒火如焚，立即向辛十四姑追去，叫道：“你们不必插手，让我和这毒妇算账！”他们所在之处是一个陡峭的山坡，辛十四姑无路可逃，唯有仗着超妙的轻功跑上山顶，明知到了山顶也是无路可逃，但总可以拖延一些时候。

韩大维的轻功本来比不上她，但因辛十四姑和石稜剧斗了一场，气力却没有他的悠长，韩大维在怒火焚烧之下，跑得又特别快，风驰电逐，辛十四姑未到山顶，他们的距离已是渐渐接近了。张大颠等人还在山腰。

辛十四姑蓦地回转身来，凄然说道：“大维，不错，那次是我在酒中下的毒，但我只是不想离开你呀。我下了毒，我也救了你性命，难道你就不能原谅我吗？”

韩大维道：“我的妻子是怎样死的，你说给我听！哼，你害死我不打紧，我的妻子无辜受害，这笔账我可不能不和你算了！”

辛十四姑道：“你的妻子是孟七娘下的毒，她诬赖我，你就只相信她的话吗？”

韩大维大怒道：“你还要狡赖，嫁祸别人！不错，什么人的话我都相信，就是不相信你的话！”两人的距离又近了一步。

辛十四姑情知逃跑不了，狠起心肠，说道：“大维，你迫我太甚，我只有和你一拼了！”

竹杖轻轻一抖，迎风发出嗤嗤声响，左刺“白海穴”，右刺“乳突穴”，中刺“璇玑穴”。这一招三式，飘忽莫测，似左似右似中，当真是奇诡变幻，令人难以捉摸。

韩大维见她使出了两败俱伤的招数，果然是拼命的打法，冷笑说道：“反正我这条性命是拾回来的，与你拼了，又有何妨！”要知他虽然是恨极了辛十四姑，但毕竟是相识多年的朋友，倘非辛十四姑先下毒手，只怕他还狠不起心肠杀她。

韩大维杀机陡起，冷笑声中，中指弹出，“铮”的一声，把竹杖弹开，飞身猛扑过去，左掌向她天灵盖拍下。

辛十四姑虎口发麻，一个“细胸巧翻云”倒翻出去，恰恰避开了韩大维的一扑一掌，这一震之力，震得她竹杖几乎脱手，她却哈哈大笑。

韩大维怒道：“你死到临头，还笑什么?”

辛十四姑道：“大维，你我都是一大把年纪的人了，你的火气还这样大，不可笑么？你试想想，你和我拼了有什么好处，你有女儿女婿，我却是孤身一个人!”

韩大维道：“你即使舌绽莲花，我也不能饶你!”

辛十四姑连避三招，冷冷说道：“大维，你是武学的大行家，你应该知道，你要杀我，恐怕也未必容易吧？你的武功虽然恢复，内力已是不及从前，三百招之内，你是杀不了我的。三百招之外，你纵能杀得了我，我看你也是只能苟延残喘，活不了多少时候了。难道你当真想要和我同归于尽么?”

韩大维道：“不错，我就是要和你同归于尽!”

辛十四姑惨笑道：“那也好，你我不能同年同月同日生，但得同年同月同日死，这也不错!”她心中战栗，自知韩大维不肯饶她，却还不肯放弃希望，还想动之以情。

韩大维冷笑道：“我压根儿就没有喜欢过你，你和我说这样的话，那是瞎了眼了!”

辛十四姑面色惨白如纸，颤声说道：“好呀，原来你竟是这样憎恨我！今日你不杀我，我也要杀你了!”

她口中说话，身形却又一个倒翻，连连后退，把韩大维引到了悬崖上。韩大维喝道：“你不是要杀我吗？为何总是避而不战?”

辛十四姑一声冷笑，说道：“韩大维，你瞧清楚，这里就是你我毙命之所了!”

韩大维这才发现已是置身于绝险的悬岩之上，下面是深不可测的幽谷！在这悬岩之上搏斗，辛十四姑仗着轻灵的身法，当然要比他多占便宜。韩大维虽然恨极了她，也不能不沉着气来对付她了。

悬岩上再度交手，这才真正是豁出了性命的打法。辛十四姑展开小巧的身法，化出碧森森的一片杖影，从四面八方，向韩大维攻来。韩大维沉住了气，双足牢牢的钉在石头上，双掌连环劈出，掌力恍如波翻浪涌，一个浪头高过一个浪头。

张大颠等人到了悬崖之下，看见这个情形，不由得心中暗暗叫苦。这陡峭的悬崖，只有张大颠或者还可以攀登上去，但那么一丁点地方，他上得去也插不了手。何况以韩大维的身份，也决不能让他插手。而且他上到上面之时，只怕两人生死已判了。

张大颠心里想道："这毒妇端的是诡计多端，平地上她打不过韩大维，却把他引到悬崖上去。不知何以韩大维会上了她的当？"

悬崖上的搏斗越来越是激烈，众人看得惊心动魄。正在手心里都是捏着一把冷汗之时，忽听得芦管吹奏的声音呜呜作响，对面的山峰现出了一队苗女。领头的正是这苗寨的"三公主"蒙赛花。

他们搏斗的这座悬崖是在山峰上伸出来的，和对面的山峰相距不过十数丈之遥。蒙赛花叫道："姑姑别慌，我发毒箭射他。但你也可得小心了！"

辛十四姑大喜过望，叫道："不用为我担心，你们尽管放箭！"

蒙赛花深知辛十四姑的轻功了得，又擅于解毒，在毒箭攒射之下，她可能遭受的危险当然是比韩大维轻得多。而且她训练的这队苗女，箭法又都是极准的，于是一声令下，数十张弓在对面的山峰上就一齐向韩大维射去。

韩大维脱下了身上的长衫，应得呼呼风响，扫荡箭雨，可是由于他要分神，辛十四姑就不但转危为安，而且抢了先手攻势了。

辛十四姑衣袂飘飘，倏进倏退，偶尔有几支冷箭射到她的身边，也给她的竹杖拨落。在箭雨间歇之际，她就闪电般的扑上去，攻击韩大维的要害！

张大颠叫道："蒙姑娘，你的爹爹已经回去了。他没有通知你吗，我是总峒主的朋友，你不信，我可以把绿玉竹符给你看！你们暂且不要放箭，我过去给你看！"

蒙赛花冷笑道："你这个骗子，总想再来骗我！哼，即使你有绿玉竹符，我也不理！"

辛十四姑道："对，赛花，不必理他！你帮了我这个大忙，我一定也帮你达成心愿。"原来蒙赛花私心爱慕辛十四姑的侄儿辛龙生，却不知辛龙生半年前和奚玉瑾已经成了婚了。辛十四姑有意瞒着她，为的也就是以侄儿为饵，钓她上钩！

隔着一个山峰，张大颠武功再强，可也没有办法去制止蒙赛花发箭。

辛十四姑展开小巧轻灵的身法，在悬崖上占了有利形势，迫使韩大维面朝里背朝外，自己则在内线作战，这样一来，毒箭射到韩大维身上的机会就更大了。

斗了半支香时刻，韩大维的背心果然中了一箭，插入了三寸多深，只露出半截箭杆。

韩大维双目火红，陡地喝道："你莫得意，我固然是活不成，你却非要死在我的前头不可！"辛十四姑心头一震，杖法不觉稍为散乱。

大喝声中，韩大维一抓就抓着了辛十四姑的青竹杖头，使出了隔物传功的本领，凝聚全身的真力，力透杖尖，作最后的一击。

悬崖上的生死搏斗，演变成这样凶险绝伦的局面，吓得在半山上观战的张大颠、邵湘华等人都是胆战心惊，魂飞天外，闭上眼睛，不敢再看下去。

这个局面已经变成了双方的内功拼斗，悬崖上无从逃避，辛十四姑的内力比不上韩大维，当然是非死在他的双掌之下不可。但韩大维总不能立即就毙了她，毒箭继续射来，内功的拼斗是必须全力应付的，韩大维也是势必要给毒箭射死的了。韩大维面向危崖，背向对面的山峰，正好是给那苗女当作了活箭靶！

张大颠等人以为他们势必同归于尽，韩大维本人更是不存侥幸之想，只盼在自己给毒箭射死之前，先毙了辛十四姑。

不料就在他们生死搏斗，眼看就要同归于尽之际，悬崖的上端，突然有一个青衣人翩如飞鸟般地扑下来。

这人宽袍大袖，半空中跳下来，双袖伸开，俨如摩云巨鸟的翅膀，把对面山峰射来的毒箭，全部扑落，没有一支射到韩大维的身上。

不过这个人落在悬崖之后，却并没有插手帮哪一方。但见他当中一立，中指轻轻一弹，把辛十四姑的青竹杖弹开。但这一弹，却也把韩大维正在施展的隔物传功的内力消解了。

辛十四姑给韩大维狂涛骇浪般的内力正自压得透不过气来，忽地觉得胸口一松，这才能够抬起了头。

韩大维给那人用弹指神通的功夫，化解了他的内家真力，也是不禁陡地心头一震：“当今之世，却是何人有此功力？”一震之后，抬起头来，恰好是和辛十四姑同一时候。

看清楚时，两人也都是不禁大吃一惊，大感意外。原来这个人乃是邪派中著名的大魔头黑风岛主宫昭文。

韩大维虽然与他相识，一向没有往来，辛十四姑与他比较见多几面，但也谈不上有什么交情。他的来意如何，双方都是猜想不透。

辛十四姑惴惴不安，心里想道：“此人心狠手辣，他这一来，莫非是对我不怀好意？”要知她与黑风岛主乃是邪派之中盛名相若的两大魔头，当然是不免有所猜忌。

张大颠正自为好友担忧，不敢观看，忽听得那班苗女哗然惊呼，张眼看时，这才知道是黑风岛主来了。

张大颠看见黑风岛主，也是不禁大吃一惊，连忙喝道：“黑风岛主，你可不要乘人之危！”他猜不透黑风岛主的来意，只道正邪不两立，黑风岛主是邪派的大魔头，此来自必是帮忙辛十四姑，要对韩大维有所不利的了。

黑风岛主冷冷说道：“我与他们河水不犯井水，哪一边我都不会偏帮。你们不用惊疑，我是来作鲁仲连的。”

他这一说倒是颇出人意料之外，张大颠暗自想道：“他能不幸灾乐祸已是好了，怎的还肯排难解纷，这可不像是黑风岛主的一向行径呀。”

韩大维哼了一声，说道：“我与这毒妇的冤仇，万难化解！”

辛十四姑却道：“黑风岛主，你意欲怎样调停？”

黑风岛主说道：“你先叫她们停止放箭，免得扰乱了我的说话。”

辛十四姑知道有黑风岛主在此，他要为韩大维抵御毒箭的话，毒箭决计射不到韩大维的身上，不如卖他这个人情。于是把手一挥，叫道："三公主暂且住手。他们若然害我，你再替我报仇。"

黑风岛主淡淡说道："十四姑你也忒多疑了。"说罢，回过头来，拿出一个瓷瓶，对韩大维道："韩兄，这是我自制的拔毒膏，你先治箭伤吧。"

韩大维待要不接，转念一想，苗家见血封喉的毒箭可是不能忽视，如今自己只是凭着尚未完全恢复的内功，抵御毒质，决不能持久，目前既然杀不掉辛十四姑，死在她的前头，岂非遂她的心愿？无可奈何，只好领黑风岛主这个情，接过瓷瓶，一运内力，插在他背上的那支毒箭就飞了出去，一股紫黑色的血液随着喷出，待到血色渐渐变红，方始在瓷瓶中挑出一点药膏，敷上伤口。

黑风岛主见他运功拔箭，心头微微一凛，想道："他的功力未曾恢复，又在重伤之下，居然还有如此能耐。若在平时，只怕我也未必胜得过他。此人不除，将来终必是我争霸武林的大患，不过现在时机未到，我却还是先要救他的性命了。"

韩大维敷好了伤，说道："我领了你这个情，本该遵你的命，但我与这毒妇的冤仇无可化解，待我与她拼了，我宁愿舍弃性命，报你的恩。"

黑风岛主缓缓说道："人死不能复生，尊夫人墓木已拱，即使杀了辛十四姑，却又何补于事？何况她和你总算也有了几十年的交情？"

韩大维道："难道我的妻子就平白让她害死不成？"

黑风岛主叹了口气："情到深时恨也深，我不知道尊夫人是否给她害死，就算真的，韩兄，你也不妨稍予原谅吧？"

辛十四姑冷冷笑道："我不要他原谅，大不了同归于尽！"她是个七窍玲珑的人，察言观色，已知黑风岛主定是有什么想要利用她，决不会让她给韩大维杀掉。

黑风岛主果然说道："你们拿性命来赌气，这又何苦？还是听我的劝告，各让一步吧。"

辛十四姑道："好，那就请你划出道儿。"

黑风岛主道："我划出的道儿，当然是让你们双方都可以走的。不过，辛十四姑，你可得多受一点委屈了。"

辛十四姑道："到底怎样？"

黑风岛主道："请你自废武功！"

辛十四姑又惊又怒，说道："什么，你竟然要我自废武功，让你去讨好韩大维么？"

黑风岛主冷冷说道："俗语说得好，留得青山在，不怕没柴烧。自废武功，固然难受，总比死了的好吧？"接着回过头来，又对韩大维说道："杀人不过头点地，她废了武功，你这口气也总可以消了吧？"说至此处，面色一端，接下去再说道："我与你们本是风马牛不相及，用不着讨好哪方，我之所以自招烦恼，强作调人，不过是念在你们都是一派宗师，若然同归于尽，未免是武林损失，而且也太可惜了！不过我这个人的脾气是除非不管，要管就管到底的。屈有我在此，你们谁想与对方同归于尽，恐怕都是不容易做到的吧？"言下之意，哪方不服，他就要帮另一方了。

辛十四姑听了这话，不由得心中战栗，暗自想道："此人心狠手辣，果然是名不虚传，远远在我之上。他要我自废武功，不问可知，当然要我以后再也逃不出他的手心，唯有让他利用了。哼，但老娘也不是省油灯，纵然废了武功，也未必就能任你摆布。不错，留得青山在，不怕没柴烧，只要性命还在，就尚有可为。"想念及此，心意立决，苦笑说道："好，杀人填命，欠债还钱，我就自废武功，变作废人，让大维出这口气吧。"韩大维倒不是怕黑风岛主的威胁，他却真是给黑风岛主那番冠冕堂皇的话所打动的。心里想道："他说得不错，人死不能复生，这毒妇废了武功，从此也就不能再害人了。废了她的武功，我也可以对得起瑛儿死去的娘啦。"于是不再说话，表示同意。

辛十四姑一声苦笑，说道："好，大维，我这就让你快意吧！"凄苦的笑声中，只听得一片好似炒豆般的爆裂声，辛十四姑面色惨变，冷汗如雨，痛苦之状，难以形容。原来是她自行散功，全身骨骼就似要裂开一样，格格作响。韩大维虽然恨极了她，见她如此痛苦，也是不忍卒睹。急忙回过了头，不敢看她。

过了片刻，黑风岛主说道："我这个调人总算是做成功了，韩兄，请你察看，她的武功是不是已经废了？"

韩大维是个武学大行家，不用细看，已知辛十四姑确是自行散功，虽不至于残废，但内力尽消，已是和一个普通的老妇差不多了。不觉有点恻隐之心，挥手说道：“辛柔荑，这是你自己作的孽，但愿你解了此孽，从今以后，做个好人。你去吧。”

黑风岛主道：“好，你们之间的仇冤已经一笔勾销，我也该走了，但在我未走之前，还想和这位谷少侠说几句话。”

谷啸风走上前来，说道：“宫老前辈有何吩咐?”

黑风岛主道：“小女锦云，听说与谷兄相识，你可知道她身在何方?”

谷啸风道：“不错。一年多前，我与令嫒曾在洛阳相会，自从青龙口乱军之中失散之后，至今不知她的消息。”

黑风岛主道：“那么公孙璞的下落呢，你是知也不知?”

谷啸风曾听得公孙璞说过，说是黑风岛主曾欲加害于他，心里踌躇，不敢即答。

黑风岛主好似知道他的心意，忽地叹了口气，说道：“谷兄或许知道，小女是自小许婚给公孙璞的，我则因他为我仇人所用，对这桩婚事，起初的确是曾有过悔婚之意，但现在我已经想通了，我和蓬莱魔女结仇事小，女儿我可是不能不要的，若得父女团圆，这仇不报也罢。小女与他有夫妻名分，而我又知道锦云确实是喜欢他的，我还会害自己的女儿女婿吗?”

谷啸风听他说得诚恳，不觉信了几分，想道：“爱屋及乌，他只有一个女儿，按说也该成全女儿的心愿，翁婿相认了吧?”于是说道：“据我所知，公孙璞是到海砂帮替黄河五大帮会的首脑人物治病去了。”

黑风岛主道：“好，多谢你了。我这就去找他。”说罢回过头来，对辛十四姑道：“把竹杖给我，你跟我走吧。”辛十四姑武功已废，若是没人帮助，她已是无法下山。“明知不是伴，事急且相随”。只好把竹杖的一头递给黑风岛主，自己抓牢另一头，让黑风岛主牵她下山。孟七娘与张大颠等人见这女魔头只能服服帖帖的跟着黑风岛主走，心中都是慨叹不已。

辛十四姑和黑风岛主走到山下，说道：“多亏了你这个鲁仲连，我侥幸不至埋骨荒山，大恩徐图后报。咱们就此别过。”口里说的是感谢的话，心中的怨毒之情，已是不知不觉见之辞色。

黑风岛主淡淡说道：“何必这样着忙？”撮唇一啸，忽见一辆骡车从树林里驶出来，驾车的是个浓眉大眼的汉子，还有一个妖里妖气的妇人坐在车上，骡车一停，妇人走下来立在车旁，恭恭敬敬的向辛十四姑施了一礼，说道：“奴婢奉岛主之命，特别迎接贵客。”黑风岛主缓缓说道：“请上车吧。恕我不能奉陪你了。”

辛十四姑吃了一惊，说道：“这是什么意思？”

黑风岛主哈哈一笑，说道：“为人为到底，送佛送到西。他们夫妇是我的管家，我特地叫他们送你回黑风岛的。”

辛十四姑道：“我的家在幽篁里，我自己会回去，不敢再到黑风岛麻烦岛主。”

黑风岛主笑道：“我是为你着想啊，你如今武功已失，倘若碰上仇人，有甚意外，岂非失了我救你的本心？你到我的黑风岛作客，自然有人伺候你，我一点也没麻烦，你也可以少了许多麻烦了。”

辛十四姑明知这一去就是做了他的囚徒，却也无计可施，心里想道：“也好，暂且借他的黑风岛做我安的身之处，待我恢复了几分功力，再作打算。”

黑风岛主似乎知道她的心意，笑道：“你要恢复了原来的功力，恐怕至少也得重练十年。不过我可以帮助你，我给你找一支千年何首乌回来，那么你就只需三年了。”

辛十四姑冷冷说道：“我对你有什么好处，你要帮我？”

黑风岛主哈哈笑道：“问得好！咱们真是可谓知己知彼了。不错，蚀本的生意我是不做的，我素仰你使毒的功夫天下第一，你在岛上静居，正可以安心著书啊。只要你不是用假的骗我，我当然也会为你尽心尽力，让你早日恢复武功的。”接着说道：“还有一层，我也不妨打开天窗说亮话，在我回岛之前，我劝你可别打什么主意。我岛上的人众，你不可能全部毒死的，毒死了，你困在四面都是大海的孤岛之上，也决不能独自逃生！”说罢，背转身子，说道：“张大嫂，你和她到车厢里给她换过一套衣裳，把她身上所有的东西都搜出来毁掉。这样，你就可以更安心的伺候她了。”

辛十四姑苦笑道：“你设计得这样周到，还怕我飞得出你的掌心吗？”心里把黑风岛主恨如刺骨，却也无可奈何，只好任他手下欺辱。

黑风岛主得意之极，说道：“辛柔荑，说到工于心计，我是远不及你，只可惜你的运道不济。”纵声大笑而去。心里自思：“待我找到了公孙璞这小子，软硬兼施，不怕这小子逃得出我的掌心。嘿嘿，到了那时，桑家的毒功秘笈落在我的手中，又有使毒的大行家辛十四姑为我所用，那两大毒功我必能够练成。那时莫说柳清瑶不是我的对手，天下又有何人能胜过我？”

且说公孙璞与谷啸风分手之后，单骑北行，这日到了禹城，禹城是黄河岸边的一个城镇，传说大禹曾在此地治水，因而得名。从禹城前往楚大鹏的海砂帮所在之处，不过是大半日的路程了。

禹城地方虽小，却有一座“仪醪楼”是天下闻名的酒家，佳肴美酒，脍炙人口。到了禹城，公孙璞不免要上仪醪楼喝一喝酒。旧地重游，心中甚多感慨。

他和宫锦云就是在这仪醪楼中相识的，如今他是旧地重来，宫锦云却不知身在何处？

也正是在这座仪醪楼中，他和西门牧野这个大魔头的门人弟子结了仇怨，今日他要赶往海砂帮，给黄河五大帮会的首脑人物治伤，也是因此而起。

“在这仪醪楼上，我曾招惹了不少麻烦，却也得到了一位红颜知己。仪醪楼无负于我，我也不该辜负它的美酒啊。”

前尘往事，都上心头，公孙璞不知不觉把一大壶美酒都喝光了。

忽地觉得腹中隐隐作痛，公孙璞瞿然一省，心道：“不对，我的酒量虽然不好，但也从没有喝醉了酒肚痛的事。啊，不好！这酒定是有毒！”

公孙璞虽不擅长使毒，却也是跟他母亲练过桑家毒功的人，一发觉有中毒的迹象，立即默运玄功。

一个店小二走过来道：“客人海量，还要酒么？”

公孙璞大着舌头说道："你这酒是什么酒，真香真纯！哈哈，美酒当前，拼了命也是要喝的，给我再来一壶！再来一壶！"说到后来，声音已是模糊不清，忽地身形晃了几晃，"卜通"一声，就倒下去了！

"倒也！倒也！"账房里面跑出了两条汉子，哈哈大笑。

这两个人正是西门牧野的门下，一个是大弟子濮阳坚，一个是二弟子郑友宝。

濮阳坚狂笑道："天堂有路你不走，地狱无门你偏闯进来，今日你可是逃不出我的手心了！"正是：

旧地重来增怅惘，情人不见见仇人。

欲知后事如何，请听下回分解。

第六十九回　有情喜得重相见
无计难防敌再来

濮阳坚的“化血刀”毒功就是那日在仪醪楼上，给公孙璞破了的，至今尚未重新练成，自是把公孙璞恨如刺骨。

郑友宝笑道：“大师兄，师父可是要留下这小子呢?”

濮阳坚道：“将他一刀杀了，还是便宜了他。嘿嘿，不用师父吩咐，我也不会这样便宜他。”

郑友宝道：“对，先给他多少折磨。”

濮阳坚道：“我捏碎这小子的琵琶骨，先把他的武功废了！嘿嘿，他破了我的化血刀，我废了他的武功，这正是叫做天道好还，一报还一报!”

濮阳坚只道公孙璞已中毒昏迷，放心的走到他的身前，弯下腰便要捏碎他的琵琶骨。

不料公孙璞忽地一跃而起，冷笑说道：“区区毒酒，岂能奈我何哉!”

只见他中指一翘，一条水线突然从指端射出。原来公孙璞佯作昏倒之时，却是默运玄功，把毒酒导引到中指之端。

濮阳坚骤出不意，给毒酒射上面门，两只眼睛登时张不开来。说时迟，那时快，公孙璞“砰”的一掌击出，濮阳坚哪里闪避得开，摔了一个大筋斗。

郑友宝这一惊非同小可，慌忙拔刀出鞘，抢上去拦住公孙璞。

公孙璞喝道：“且看是谁逃不出谁的掌心！我不屑杀你，先废掉你的‘招子’（眼睛）!”左掌平伸一托对手肘尖，双指便向郑友宝的面门点去。

郑友宝曾经看过公孙璞和他的师父交手，深知他的厉害，他是为了救师兄，迫于无奈，才装腔作势，上前拦阻，怎敢与公孙璞真个交手？大惊之下，连忙后退。

濮阳坚抹干脸上酒水，跳起来叫道："不用怕他，他支持不了多久了！"原来公孙璞一掌将他打翻，但这一掌却未能令他受伤，他是和公孙璞交过手，深知公孙璞的功力如何的，这一掌没有将他打伤，他自是知道公孙璞因要运功御毒，功力业已大减了。

公孙璞冷笑道："料理你们这两个脓包，费什么事！"提起玄铁宝伞，一招"飞龙在天"，横击出去。"当"的一声，郑友宝的长刀砍着宝伞，火花四溅，损了一个缺口，几乎掌握不牢。濮阳坚斜身一闪，锋利的伞尖从他胸前划过，也是"嗤"的一声，撕裂了他的一幅衣裳。

濮阳坚心惊胆战，却还是笑道："师弟，我说得不错吧，这小子的功力是不是大不如前？哼，用了玄铁宝伞，却连你的刀也未能打落！"

公孙璞猛击一招，只觉玄铁宝伞沉重非常，已是有点施展不开。

公孙璞知道气力渐弱，抛了玄铁宝伞，喝道："叫你也尝尝化血刀的滋味！"反手一掌，掌心如血，掌势飘忽，濮阳坚和郑友宝都不禁心头一凛，以为公孙璞这一掌是向自己打来。

濮阳坚是练过"化血刀"的，深知这门毒功的厉害。陡然看见公孙璞用"化血刀"来对付自己，焉能不惊？百忙中急忙倒纵，"咚"的一声，又摔了一跤。

郑友宝功力较师兄稍高，长刀弯转，削公孙璞左臂，这一招是攻敌之所必救，意欲以攻为守，迫使公孙璞回掌护身。

哪知公孙璞气力虽然大减，身法仍是不差，一个"搂膝拗步"，方位立变，郑友宝长刀劈空，公孙璞那一掌已打到面门，郑友宝吓得魂飞魄散，本能的霍的一个凤点头，横刀保护脑袋，下盘空虚，公孙璞一个弹腿，喝道："给我滚吧！"踢个正着。这一腿虽是气力不加，也把郑友宝踢了一丈开外。

郑友宝只觉头皮一阵发麻，也不知是否给他的毒掌沾上，滚到濮阳坚身旁，颤声问道："大师哥，你给我看看，我是否受了化血刀之伤？"

公孙璞暗暗叫了一声惭愧："想不到我今日竟要倚仗毒掌吓退敌人。"喝道："你们两个脓包我还不屑取你们的性命，你们给我滚得远远的，省得叫我见了生气！"原来公孙璞刚才那一掌本来可以拍中他的脑门的，一念慈悲，这才改用弹腿踢他。

公孙璞正要拾起玄铁宝伞，忽见那个胖掌柜拿出一把算盘，摇摇晃晃地走到他跟前，说道："客官，你就想一走了之么？"

公孙璞冷冷笑道："你请的好伙计啊，我要的是酒，他却给我在酒中加上药料。好吧，多少银两，你算清楚了给你就是。"

那胖掌柜拨拨算盘，滴答滴答的打了几下，说道："你打伤我们两个客人，这账该当怎么算法，你自己说！"

公孙璞喝道："好呀，原来你也是他们一伙！"

胖掌柜哈哈笑道："不错，你现在才知道么？"大笑声中，那把铁算盘已是向公孙璞胸膛推去。

原来西门牧野算准了公孙璞必定要来给黄河五大帮会的首脑人物治伤，禹城乃是必经之路，他到了禹城，十九会到仪醪楼喝酒，是以派遣门下两个弟子和这个胖子先到禹城布置。这个胖子本是江湖大盗，给西门牧野收服，如今已是成了他的得力助手。武功远在濮阳坚和郑友宝之上。

他们到了禹城，便占据了仪醪楼，将原来的老板赶走，伙计也换了他们的人。

"胖掌柜"这把铁算盘其实乃是一件奇门兵器，擅能锁拿刀剑，如今用来对付公孙璞一双肉掌，自是更占上风。

公孙璞右掌划了一道圆弧，左掌推出，这一招"见龙在田"本来是威力极强的掌法，可惜公孙璞只剩下三成功力，一掌推出，只不过把那铁算盘稍稍推开。胖掌柜一个转身，顺势一招"推窗望月"，铁算盘又来锁拿公孙璞的手腕。公孙璞的右掌若是仍然打去，五指就要给他算盘夹断。

公孙璞变招迅速，左掌一收，右手中食二指向胖掌柜面门挖去，这一招名为“骊龙探珠”，乃是败中求胜的招数。

胖掌柜笑道：“好狠的手法，可惜你已是强弩之末，奈何不了我啦！”衣袖一挥，“嗤”的一声，公孙璞双指戳破了他的衣袖，却给他的铁算盘推过来，退了三步。

公孙璞心道：“可惜我已不能使用玄铁宝伞，否则正是他这把铁算盘的克星。”无可奈何，唯有重使“化血刀”的功夫，镇慑强敌。

胖掌柜对他的毒掌亦是颇为忌惮，不过他的武功可要比濮阳坚、郑友宝好得多，攻守兼施，他那把铁算盘也足可抵敌得住。

濮阳坚、郑友宝爬了起来，左右分上，又来夹攻，濮阳坚狞笑说道：“好小子，我倒要看看你还能打得多久，嘿、嘿，你想跑出这座仪醪楼只怕是万万不能啦！”

公孙璞咬牙狠斗，越来越是感觉气力不加，还幸亏对方三人对他的“化血刀”都是颇为顾忌，不敢太过迫近。

正在吃紧，忽听得两个守在梯口的“伙计”齐声怒斥：“臭小厮，给我滚出去，这里是你来的地方吗？”

话犹未了，只听得轰隆轰隆的声音，那两个伙计滚下楼梯，一个满面煤灰的小厮却走上来了。

那小厮道：“我有钱就来这里喝酒，你管我是什么人。哼，你们才是臭不可闻的大坏蛋！”

公孙璞一听得这小厮说话的声音，不由得惊喜交集，几乎不敢相信自己的耳朵。原来这小厮不是别人，正是他日思夜想的宫锦云。

宫锦云第一次在仪醪楼与他相识的时候，是作捡煤球的小厮装扮的，如今正是和那天的装扮一模一样！

公孙璞失声叫道：“宫姑娘，你来了！”

那胖掌柜吃了一惊，说道：“什么，你是黑风岛主的女儿，你来作甚？”

宫锦云笑道：“我本来是来喝酒的，如今没酒可喝，但却有架可打，那我就只好和你们打架玩玩啦！”

濮阳坚喝道：“把她干了！”他们这边三个人都是同一心意，

既然不能善罢甘休，那就必须把黑风岛主女儿杀了灭口，方能除后患。

三个人没有预先约好，同时向宫锦云出招，这就给了公孙璞一个可乘之机。只听得“砰”的一声，郑友宝着了他的一掌，他的功力虽然大减，这一掌郑友宝也仍是禁受不起，骨碌碌的从楼梯直滚下去。

宫锦云笑道：“打得好，这正是叫做以其人之道还治其人之身！”

郑友宝爬了起来，本来还想上楼再斗的，听了这话，不由得大吃一惊，冷汗如雨。宫锦云说的是“以其人之道还治其人之身”，话中之意，不啻告诉郑友宝知道，他中的是“化血刀”的毒伤了。

郑友宝没有练过“化血刀”，不知是真是假，但宁可信其有，不可信其无。此时他已跌得浑身酸痛，心里想道：“受了‘化血刀’之伤是决不能再用真力的，上去也帮不了师兄的忙，还是赶快回去请师父救治要紧。”于是不敢上楼，爬了起来，一溜烟的便跑了。其实公孙璞用的却并不是“化血刀”的功夫。

那胖掌柜武功最高，三个人同时出招向宫锦云攻击之际，他陡地瞿然一省，身似陀螺疾拧，“铁算盘”转了过来，挡了公孙璞的一招，叫道：“你对付那丫头，我收拾了这小子再来帮你。咱们不可自乱步骤。”

濮阳坚曾经和宫锦云交过手，暗自思忖：“这丫头本领有限，我虽然失了毒功，杀她谅也不难。”说道：“好，你专心对付那小子吧，杀了那丫头我再来帮你。”他的武功远不如那胖掌柜，口头上却是要好胜争强。

宫锦云笑道：“濮阳坚，你已经是给拔了牙的蛇，还想咬人么？”濮阳坚大怒，呼的一掌便打过去，喝道：“杀你这丫头何必用毒功！”

宫锦云格格一笑，道：“是么？”笑声中衣袂飘飘，倏地一剑指到了丹田，濮阳坚大吃一惊：“这丫头的功力怎的精进如斯？”饶是他闪得快，剑光过处，也削掉了他的一幅衣袂。

原来宫锦云自从和公孙璞相识之后，得公孙璞传授她的正宗内功心法，这一年来颇有进境。而濮阳坚在一年前给公孙璞废了毒功，本身的功力，也多少受了影响，迄今仍未恢复如初。此消彼长，即使只以功力而论，宫锦云亦已不逊于他。

宫锦云的剑法是黑风岛不传之秘，招数的精妙，远远在濮阳坚之上。濮阳坚不能以功力荡开她的长剑，越战越是惊慌，十数招后，宫锦云喝声“着!”一剑从他右肩穿过!

濮阳坚一声吼叫，喝道：“臭丫头，你敢伤我，我要你的命!”口里这么说，脚底却似抹了油，一转身跳出窗口，便即跑了。跑到老远，不见有人追来，这才扬声叫道：“君子报仇十年未晚，总有一天，我要取你这臭丫头的性命!”

宫锦云哈哈笑道：“落水狗自称君子，你这狗面皮之厚，倒是可以算得上世上无双。可惜我现在没有工夫打落水狗，由你去吧!嘿，嘿，这里还有条咬人的恶狗，且待我把它打得变了落水狗再说。”

胖掌柜又惊又怒，恼怒濮阳坚和郑友宝，只顾自己逃跑，丝毫不讲江湖义气。心里想道：“好呀，你们会跑，难道我就不会跑吗?”

本来以他的武功，抵敌公孙璞和宫锦云二人，还是可以应付得了的。因为公孙璞要一面运功疗伤，此时已是快要到了强弩之末的境地了。但他一来因为知道宫锦云是黑风岛主的女儿，心里不无顾忌。他与宫锦云未交手，也不知是否胜得过她。心想纵然能够伤她，杀不了她，给她逃回去告诉父亲，自己这条性命也要丧在黑风岛主之手。二来见濮阳坚和郑友宝已经给她杀得大败而逃，心里也就未免着慌，不敢恋战。

宫锦云身似水蛇游走，刷、刷、刷疾攻数剑，胖掌柜无心恋战，把铁算盘推出，锁住宫锦云的剑尖，说道：“小丫头不可迫人太甚。”一个转身，抛开了铁算盘，也从窗口跳出去了。

宫锦云道：“你吃饭的家伙丢了，这掌柜你可当不成啦!”长剑一竖，把那铁算盘抛下，哈哈大笑。

胖掌柜那班伙计在她的笑声中逃得干干净净。宫锦云也不理会他们。

公孙璞喘过口气，说道：“锦云，我真是做梦也想不到会在这里见得着你。”

宫锦云笑道：“为什么想不到？你应该想得到的。你答应给那些人治伤，我能够不算准日期赶来会你吗？”

公孙璞心里甜丝丝的，说道：“锦云，你真好，是呀，我的确胡涂，应该想得到你会来的。”

宫锦云道：“闲话少说，你怎么样了？”

公孙璞道：“没有什么，他们用毒酒害我，毒气已是给我驱除八九了，害不了我的，你别担心。”宫锦云道：“好，那咱们在这里吃喝饱了再走，你可以在这时候慢慢驱毒疗伤。”公孙璞道：“你还要在这里喝酒？”

宫锦云笑道：“不会再有毒酒的了。你吃了半顿，我可没有吃过呢。仪醪楼的佳肴美酒，岂可错过。不吃个饱，那不是如入宝山空手回去吗？”

刚说到这里，只见厨房里走出七八个人，为首的是个腰系围裙、满面油光的胖子。宫锦云笑道：“大师傅，你受惊啦。”

原来这胖子乃是仪醪楼的大厨司，其他的人，有的是酿酒师傅，有的是“二厨”、“三厨”，总之都是在厨房干活的伙计。要知濮阳坚和那“胖掌柜”霸占了仪醪楼，楼面的伙计可以掉换他们的人，厨房里的伙计却非保留原来的旧人不可。

大厨师率领一众伙计向他们二人恭恭敬敬的施了一礼，说道：“多谢两位大侠，给我们赶跑了恶人。两位要吃什么东西，尽管吩咐。”

宫锦云笑道：“想不到我这煤黑子也变作了大侠啦。好，且待我想想要吃什么。对，公孙大哥，我们就要那天所点的菜式好不好？”

公孙璞道：“你还记得？”只听得宫锦云已在念道：“清蒸黄河鲤鱼、玉树鸡、翡翠羹、排南（最好的火腿）、油炆竹笋。公孙大哥，你瞧一瞧是不是那天所点的菜式，还有没有遗漏的？”

公孙璞笑道：“你的记性真好。”宫锦云道：“你和我也是那天的装束，只可惜少了珮瑛姐姐。你还记得吗，那天你和我都几乎给赶下楼去，后来是珮瑛姐姐请我的客，我又做你的东道主人。”

其中一个伙计还记得当日的事，笑道：“我们是有眼不识泰山，你们两位可别见怪。今天让我们用心做好菜肴，孝敬你们两位。”

过了一会，厨房里端出酒菜，殷勤招呼，宫锦云抹干净了脸上的煤灰，现出一张俏脸，笑盈盈地说道：“公孙大哥，你不怪我和你开这个玩笑吗？我给你敬酒啦。”

公孙璞道：“韩姑娘和谷大哥我都见过了。谷大哥现在江南，我就是在七八日前和他分手之后才来这里的。”

宫锦云道：“他们两个人怎样了？”

公孙璞笑道：“早已和好如初了。说不定待咱们回到金鸡岭的时候，正好赶得上喝他们的喜酒。”

宫锦云道：“是吗？江南好不好玩？”

公孙璞道：“上有天堂，下有苏杭，这两句话果然名不虚传。对啦，我告诉你一件事情，我和谷大哥在杭州的时候，曾经到月老祠求签。”

宫锦云道：“求得什么签？”

公孙璞道：“两支都是上上签。月老祠那副对联真有意思，我念给你听：愿天下有情人都成了眷属；是前生注定事莫错过姻缘。我一求到上上签，就知道咱们一定还会重聚的，但却想不到今天就能见着你了。”

宫锦云粉脸通红，嗔道：“你本来是个老实人，几时学得这样油嘴滑舌的？”其辞若有憾焉，心实喜之。

公孙璞道：“我说的可是心里话啊，难道你不想见我么？”

宫锦云噗嗤一笑，说道：“不想见你，我老远的赶来这里做什么？你明知故问，不和你说了，罚你喝酒。”她心中充满蜜意柔情，终于真情流露了。

公孙璞更是心花怒放，笑道：“对，仪醪楼天下闻名的美酒，若不痛痛快快地喝它一顿，那就正如你刚才所说，是如入宝山空手回了。好，我喝，我喝！”

宫锦云见他接连喝了几大杯，不禁又有点为他担心起来，说道："大哥，你的酒量似乎并不怎么好，可别喝醉了。"

公孙璞笑道："你放心，我不会醉的。"

只见他的头上散发出热腾腾的白气，这团白气越来越浓，好像一团浓雾，空气中也弥漫着酒香。原来他正在以上乘内功，把体内残留的毒质，化成汗水，散发出来。上乘内功，借着酒力，功效更大。

宫锦云大为欣羡，说道："大哥，相隔不过一年，你的内功又增进了不少啊！如此精妙的内功，不知我几时才能练到？"

公孙璞道："你刚才打败了濮阳坚，本领也是大胜从前了啊。以你这样的聪明，用不了几年，必定可以赶过我。"

宫锦云笑道："那可得要你这老师悉心指点才行。"

公孙璞笑道："第一，我这点本领可不配做别人师父，第二，我也不敢收你这个弟子。我只想——"

宫锦云知道他要说的是什么，截断他的话笑道："不许你油嘴滑舌。对啦，我知道你是怕教会徒弟打师父是不是？"

两人正在说笑，忽听得楼下一个伙计说道："楚大爷，什么风把你吹来了？不过你老可来得有点不巧呢，小店刚刚出了一点事情……"

话犹未了，只见一个人业已走上楼来，正是黄河五大帮会的副盟主楚大鹏。今次这个约会，就是他和公孙璞订的。

楚大鹏走上楼来，哈哈笑道："我就是因为知道你们这里出了事情，这才赶忙来的。哈哈，公孙少侠果是信人，我们都在盼望你呢，想不到你早已来了。宫姑娘，难得你也一同来到，这更是喜上加喜了。"

宫锦云淡淡说道："我可帮不上你什么忙。"

楚大鹏道："我帮不上你们的忙才是真的，宫姑娘，你刚才把濮阳坚打得夹着尾巴逃跑，真是令人称快！"

宫锦云笑道："原来你早已来了，躲在附近，是不是？"

楚大鹏面上一红，说道："姑娘明鉴，我可惹不起他们。"

公孙璞道："多谢你来接我，你既然来了，先喝两杯再走吧。"给楚大鹏倒了一杯酒，接着问道："你那几位朋友的伤势没有什么变化吧？我记得是后天才到期的。”

楚大鹏道：“还是像平日一样，早午晚发作三次，发冷之后跟着发烧。海砂帮的洪副帮主似乎稍重一些。”公孙璞道：“不用担心，我会替他治好的。”

楚大鹏忽地放下酒杯，神色有点古怪，向宫锦云问道：“宫姑娘，令尊没有来吗？”

宫锦云怔了一怔，说道：“什么，你是听说我的爹爹来了吗？”

楚大鹏道：“这倒没有。不过我以为姑娘来了，他老人家或许也会来的。我们五个帮会的弟兄都愿意听他老人家的号令，非常盼望他老人家能够光临呢。”

宫锦云淡淡说道：“是吗？可惜这件事情，我可没有告诉爹爹。我到你们这里来，爹爹根本不知道。”

楚大鹏好像有点失望，却也没有再说什么，低下头又喝闷酒。

公孙璞已把体内残留的毒质蒸发净尽。说道：“救人要紧，好，咱们这就走吧。”

宫锦云心有所疑，路上禁不住又问楚大鹏道：“楚帮主，你一定听到什么关于我爹爹的消息？”

楚大鹏迟疑半晌，讷讷说道：“我倒是听得一些风言风语，不过要请姑娘恕罪，我才敢说。”

宫锦云道：“但说无妨，决不怪你！”

楚大鹏道：“听说令尊对公孙少侠有点、有点小小芥蒂，不知是也不是？”

宫锦云心道：“原来我们的事情，江湖上都已经知道了。”当下说道：“这又怎样？”

楚大鹏面色阴暗，说道：“那么这谣言是真的了？”

宫锦云是任性惯了的，心中不大舒服，就发作出来：“爹爹不喜欢他，我喜欢他，这又和你们有甚相干？”她在人前坦率表露自己的真情，公孙璞却不禁羞得脸都红了。

楚大鹏赔笑道：“我不过是问问而已。这也是姑娘要我说的。”

宫锦云道：“我知道你们是盼望我的爹爹能来，如今他是不会来了，所以你们很是失望，是不是？”

楚大鹏连忙赔笑道："姑娘莲驾亲来，我们已经是大感荣幸啦。"

宫锦云道："给你们治伤的是他，我爹爹可不会治'化血刀'之伤，他来了也没有用。"

楚大鹏道："是，是。公孙少侠一诺千金，如期来到。我们五个帮会的上下弟兄都是深感大德。"心中却是在暗自踌躇："黑风岛主不认这个女婿，他来了也未必会帮他女儿。何况他根本不知此事，恐怕更不会来了。嗯，黑风岛主不来，事情可就有点不妙。不错，公孙璞会治'化血刀'之伤，但他的武功却是敌不过西门牧野。唉，是要他医治的好呢？还是不要他医治的好呢？可当真令我为难了。但他既然来了，我也只好陪他回去，让受伤的洪大哥他们自己决定吧。"

到了海砂帮总舵，其他四个帮会的首脑人物，早已得知消息，抬了受伤的人，赶来恭候。

公孙璞知道五大帮会受了"化血刀"毒伤的共有八人，但举目一看，只见七人，据说受伤最重的海砂帮副帮主洪圻却不在这七人之内，公孙璞有点奇怪，心里想道："难道洪圻伤得不能走动了？"原来"化血刀"的毒伤一发便可致命，但在期限来到之前，却还不至于寸步难行的。

那些人看见只是公孙璞和宫锦云来到，脸上不禁都是颇有失望的神色。长鲸帮的帮主于鲲首先问道："宫岛主他老人家没有来吗？"

楚大鹏道："这位是宫岛主的千金。宫小姐说，她爹爹不会来了。"此言一出，众人都是"啊"的一声，失望的神情更显露了。宫锦云大不高兴，说道："给你们治伤的是我这位公孙大哥，可不是我的爹爹。"于鲲似乎有点尴尬，连连说道："是，是。"但他接连说了几个"是"字，底下又没有别的话了。只见他的目光在那七个伤者的身上扫过，似乎是在征求他们的意见。

治"化血刀"之伤颇费内力。公孙璞误喝毒酒，功力已经略减，忖度自己每天最多可以医治三个人，恰好在第三天最后的期限之前，可以将八个伤者全部医好。于是迫不及待，便即说道："治伤要紧，事不宜迟。是哪位先来让我医治？”

七名伤者面面相觑，大家都不说话。过了一会，黑洋帮的伤者说道：“丁二哥，你的伤势比我重，你先治吧。”那个“丁二哥”道：“不，不，刘大哥今早发烧就比我厉害得多，刘大哥先来吧！”那个“刘大哥”又让给另一个“张三哥”，大家你推我让，谁都不肯先来求治。

宫锦云忍不住说道：“你们这班江湖好汉怎的却忽然变得婆婆妈妈的？大哥，他们大概是不想治了，我也没工夫等他们，咱们走吧！”

公孙璞道：“依我看还是请伤得最重的人先来。”

正要说出洪圻的名字，只见洪圻已经扶着拐杖，颤巍巍的独自走了出来。公孙璞道：“对啦，我看是这位洪圻帮主伤得最重，让我先给洪帮主治好不好？”

洪圻一声长叹，说道：“事已如斯，你们还不实话实说，怎对得住好朋友？”

回过头来，向公孙璞一揖到地，说道：“公孙少侠，你不辞千里奔波，不怕结仇树敌，来给我们治病，洪某感激你的义气，佩服你的侠肠，但洪某可不想连累你了！这位宫姑娘说得好，你们还是赶快走吧。洪某即使不治身亡，也是一样的感激你！”

公孙璞诧异之极，问道：“这是什么缘故，怎的你们连性命都不爱惜了，请洪帮主细道其详。”

洪圻说道：“好，我和你说实话吧，我们正是为了恐怕性命不保，所以才不敢要你医治。”

公孙璞愠道：“你不相信我的医术？”洪圻道：“不，不。我知道你会治“化血刀”之伤，我们怕的是西门牧野！”公孙璞道：“啊，西门牧野！”隐隐猜到几分，一时间尚未完全会意。

宫锦云心思灵敏，登时恍然大悟，说道：“是不是这魔头曾有言语带来，恐吓你们？呀，其实我也应该早就想到了，他既派遣濮阳坚到禹城来占据了仪醪楼，当然就不仅只是为了对付我们的。”

洪圻说道：“姑娘明鉴，确实如此。西门牧野早已有话捎来，不许我们接受别人医治。刚才又得到信息，说是他已经到了禹城，只怕就要来了!”

宫锦云听得这个消息，也不禁吃了一惊，“啊呀”地叫了出来。

洪圻继续说道：“西门牧野心狠手辣，用这种手段迫我们降服，我们谁都不愿服他。可是他的武功实在太强，我们又有什么办法?”

宫锦云道：“你们既然怕他，何以一年之前，你们又要千方百计的求公孙大哥给你们医治?”洪圻苦笑道：“那是为了想要仰仗姑娘的缘故。”

宫锦云道：“仰仗于我，这话可说得怪了。我的本领还不如公孙大哥。”

洪圻道：“可是令尊的本领，我们相信他老人家是可以胜过西门牧野的!”

宫锦云道：“哦，原来如此。你们因为我和公孙璞是好朋友，我是一定会来帮他的，我来了，我的爹爹也就会来帮我了。可惜现在却是要使得你们失望啦!”

洪圻笑道：“一点不错，正是这样。所以还是请你们赶快走吧!”正是：

强弱悬殊难抵敌，劝君远走感君谊。

欲知后事如何，请听下回分解。

第七十回　击退魔头逢旧友
找寻爱女到中原

公孙璞豪气勃发，朗声说道："我偏要斗一斗这个魔头！"

洪圻说道："公孙少侠，我佩服你的英雄气概，但这可不是逞意气的事。"

于鲲冷冷说道："公孙少侠，你本领高强，西门牧野或许奈不了你何；我们这些人可是本领低微，决计难逃他的毒手。"

宫锦云冷冷说道："公孙大哥，你听清楚了没有，他们怕受了咱们的连累！"

公孙璞黯然说道："好，那就算是我公孙璞多事，告辞了！"

洪圻说道："公孙少侠，请莫误会，洪某可不是贪生怕死的人。你今番恩德，洪某是生是死，一样感激。唉，但事已如斯，我也没有什么好说的了，但愿，但愿……"

公孙璞道："洪帮主，我知道你是一条好汉子，但愿咱们后会有期。"

正待要走，忽听得一个阴恻恻的声音说道："公孙璞，你老远赶来，这么快又想走么？嘿，嘿，只怕你是来得去不得了！"

声到人到，只见聚义厅上突然多了一个人，可不正是那个大魔头西门牧野！

随着西门牧野的两个弟子濮阳坚和郑友宝也都来了，一左一右，守在门口。

群豪大惊失色，不自觉地纷纷退后。于鲲更是瑟瑟缩缩地退到一角，颤声说道："西门先生，这小子可不是我请来的。于某率领长鲸帮上下，正在这里恭候你老人家的大驾。”

西门牧野侧目斜睨，对于鲲毫不理睬，却紧紧地盯着公孙璞冷笑说道：“你这小子是泥菩萨过江自身难保，居然还敢逞能，到这里救人!”

公孙璞恍似视而不见，听而不闻，把玄铁宝伞拿在手中，也是紧紧地盯着西门牧野。原来他正在默运玄功，准备应战，可顾不得和对方斗口了。

双方如箭在弦，一触即发，宫锦云灵机一动，忽地笑道：“西门先生，你来得正好。我的爹爹正想见识，见识你的化血刀功夫!”

西门牧野心头一凛，说道：“什么，你的爹爹也来了么?”

宫锦云笑道：“我来了，爹爹怎能不来?他说锦儿，咱们黑风岛的七煞掌与桑家的化血刀有异曲同工之妙，可是一些见识浅薄之辈总是说咱们的七煞掌比不上人家，我倒想试一试。就只怕西门牧野这老家伙不敢见我。我说爹爹你让我和公孙大哥先去，他没有看见你老人家，不是就敢现身了么?”

宫锦云叽叽呱呱的乱说一通，把西门牧野说得倒是将信将疑。原来宫锦云用的是缓兵之计，即使不能吓退西门牧野，也可以让公孙璞多些时候运功。

西门牧野老奸巨猾，见宫锦云东拉西扯，起了疑心，心念一动，突然斜身一掠，以迅雷不及掩耳的手法，把躲在屋角的于鲲一把抓着，拖了出来。

他这两下兔起鹘落，群豪尚未看得清楚，于鲲已是落在他的手中。这些人本来就是畏他如虎，此时更是吓得大惊失色，不敢作声。

于鲲魂飞魄散，叫道：“西门先生，我可没有得罪你老人家。”

西门牧野沉声说道：“你是不是忠心于我?”于鲲连忙说道：“你老人家若有差遣，赴汤蹈火，在所不辞。”

西门牧野冷冷说道：“我不要你赴汤蹈火，只要你说实话，否则我叫你死得比赴汤蹈火还要更痛苦！黑风岛主是不是已经来了?快说!”

于鲲颤声说道：“宫姑娘是骗你的!”

西门牧野哈哈一笑，把于鲲抛开，说道：“你这丫头好大的胆，竟敢胡说八道骗我。哼，你以为我当真怕你爹爹不成！”

公孙璞生怕他转向宫锦云施展杀手，此时他已气沉丹田，但尚差一两分火候，玄功未曾运行得十分完满。当下一跃而起，撑开宝伞，挡在宫锦云前面。

西门牧野喝道：“好，你这小子急着投胎我就先毙了你！”

公孙璞一招“大鹏展翅”，把玄铁宝伞张开，向他扑去。西门牧野识得宝伞的厉害，掌心用了个“卸”字诀，贴着伞面轻轻一转，呼的一掌便劈进去。公孙璞的功力毕竟是差了一筹，给他掌力一震，斜退三步，宝伞一合，当作小花枪使，锋利的伞尖，刺他掌心的“劳宫穴”。

公孙璞仗着宝伞之利，化解了西门牧野的两招攻势，但在这两招之内，他已是险象环生。群豪虽然不是武学的大行家，谁也看得出来，公孙璞决计不是西门牧野的对手。

洪圻忍不住叫道：“咱们五大帮会可不能让好朋友为了咱们送命!”

西门牧野喝道：“我杀了这小子，自会给你们医治化血刀之伤。你们若是不讲感情，那可休怪我大开杀戒！好，言尽于此，你们哪个不怕死的就上来吧!”

除了洪圻之外，那七个受了化血刀毒伤的人心里俱是想道：“不错，我们若然与他作对，他眼看就可以把这小子毙了，那时谁给我们治伤？何况我们纵然以多为胜，也未必就能胜得了他。”

于是齐声说道：“西门先生切莫误会，这小子只是洪圻的好朋友，和咱们可是素不相识。”西门牧野哈哈大笑，一掌比一掌凶猛，攻得更加紧了。

洪圻悲愤填膺，怆然说道：“大丈夫宁折不弯，与其给这魔头奴役，不如死了的好。公孙少侠，我帮不了你的忙，唯有一死以报。咱们来世再见!”说罢，抽出一柄匕首，向自己心窝插下。

公孙璞本来正在连连后退的，忽地转守为攻，呼的一掌，从宝伞下面劈出来，掌心鲜红如血，劈向西门牧野的胸膛。

西门牧野见他忽地和自己拼命，也不禁吃了一惊，心里想道：

"这小子的化血刀功夫，只怕比我还要精纯，与他拼个两败俱伤，可不值得。"要知"化血刀"乃是桑家两大毒功之一，公孙璞的母亲桑青虹正是桑家如今还活在世上的唯一传人，西门牧野对公孙璞的毒功自是不能不有点儿顾忌。反正他已胜券稳操，自是不愿以毒功和他硬拼了。西门牧野心念一动，让开两步。说时迟，那时快，只见公孙璞把手一扬，"叮"的一声，飞出一枚铜钱，把洪圻手中的匕首打落。原来他在洪圻怆然道白之际，已知他蓄有死志，是以立即以攻为守，迫退西门牧野，飞出钱镖，救了洪圻的一条性命。

出掌、掏钱、袭敌、救人，几个动作，一气呵成，堂上群豪，虽然震慑于西门牧野的积威之下，有几个人也不禁喝起彩来。站在旁边监视群豪的西门牧野两个弟子大怒，不约而同，便向洪圻扑去。

公孙璞叫道："云妹，这位洪帮主是好朋友……"话犹未了，宫锦云早已拔剑出鞘，挡住了濮阳坚和郑友宝，朗声说道："大哥，你别担心，我不会让这两个小贼害了咱们的好朋友的!"

西门牧野哈哈笑道："洪圻跑不了的，不必忙着去理会他。你们给我拿下这个丫头，但也不用伤她性命。"

濮阳坚、郑友宝齐声答了一个"是"字，当下便即左右分上，夹攻宫锦云。濮阳坚咬牙切齿地说道："臭丫头，看你还能逞能，若不是师父有命，我不剥掉你的皮才怪！哼，你要想免受折磨，快快投降!"

宫锦云格格笑道："有胆的你就杀我，你杀了我，我爹爹杀你满门!"

西门牧野哈哈笑道："小丫头，你的谎话早拆穿了，还要用你的爹爹吓人。不过你这么一说，我不杀你，倒显得是我怕你爹爹了。濮阳坚，这丫头若还顽抗，我准许你杀了她!"语气虽然凌厉，其实是还留余地的。用意只在于恐吓宫锦云，叫她不敢"顽抗"而已。濮阳坚懂得师父的意思，应了一声"是"，加紧向宫锦云进攻，但却暗地留心，避免误杀了她。

宫锦云与他们绕身游斗，衣袂飘飘，俨如蜻蜓点水，海燕掠波。剑光刀影之中，只听得"嗤"的一声，濮阳坚的衣襟给她一剑刺过，但郑友宝的月牙弯刀亦已向她的膝盖削了下来。

濮阳坚大喝一声，“撒剑!”横掌如刀，向她小臂关节劈下。这一掌若是给他劈个正着，宫锦云的一条手臂就非得和身体分家不可。

宫锦云在刀掌夹攻之下，无法兼顾，百忙中只好冒险施展轻功，斜身窜避。脚尖一点，身形平地纵起，斜飞出去。

饶是她闪避得快，避开了郑友宝削向她下盘的一刀，却避不开濮阳坚斜抹劈下的一掌。关节要害没给劈个正着，虎口已是给他的掌缘抹过，登时一阵酸麻，长剑坠地。

原来他们二人要把宫锦云生擒，故而用这诱敌之计，濮阳坚冒着她利剑穿裳之险，这才把她的剑打落的。若然不是因为他们的师父对黑风岛主有所顾忌，预先吩咐他们，宫锦云早已受了伤了。

濮阳坚一击成功，亦已吓出一身冷汗，跟踪追上，怒声喝道：“好狠的丫头，你现在还不肯低头吗?”

宫锦云冷笑道：“好，我给你磕头啦!”霍的一个“凤点头”，欺到濮阳坚身前，这身法古怪之极，濮阳坚一抓抓空，只听得“啪”的一声响，已是给她打了一记清脆响亮的耳光！可惜她的气力不足，这一记耳光打得濮阳坚肿了半边脸孔，却也只是轻伤。

濮阳坚大怒道：“臭丫头，我不杀你，你却行凶，你是不想活啦!”

宫锦云冷笑道：“有胆的你尽管杀我!”郑友宝喝道：“你以为我不敢杀你吗？看刀!”他使的月牙弯刀，刀法颇有独到之处，霍霍展开，把宫锦云四方的退路全都封住。濮阳坚使用大擒拿手法，招招进攻。不过由于刚才吃了亏，却也不能不加了几分小心，不敢太过迫近。宫锦云若是有剑在手，单打独斗，可以胜过他们，但也不能以一敌二。如今失了兵刃，掌法纵然精妙，也是更加吃力了。

公孙璞见她频频遇险，又惊又急，几次想冲过去，都给西门牧野堵住，摆脱不开。西门牧野“哼”的一声，冷冷说道：“你这小子已是泥菩萨过海自身难保，还想救人吗?”

公孙璞咬牙苦斗，忽觉腹中隐隐作痛，原来他用力过度，真气已是渐渐散乱。西门牧野见他大汗淋漓，冷笑道：“好，我和你比比毒功!”“蓬”的一声，双掌相交，公孙璞噔噔噔的连接退出三四步，面如金纸，摇摇欲坠。西门牧野哈哈大笑，喝道：“好小子，往哪里跑!”

眼看公孙璞就要毙在西门牧野的毒掌之下，宫锦云无法救他，心头一凛，想道：“大哥若是死了，我决不独生，自断经脉陪他便是。”

心念未已，忽听得一声长啸，宛若龙吟。西门牧野刚要再劈一掌，取公孙璞的性命，听得这个啸声，不觉大吃一惊：“是谁有此功力，难道当真是黑风岛主来了?”骤吃一惊之下，那一掌失了准头，给公孙璞用个“醉八仙”的身法躲开了。

说时迟，那时快，啸声未止，陡然间，一个青衣老者已是出现在众人面前!

宫锦云惊喜交集叫道：“厉伯伯，西门牧野贼师徒欺负我!”

原来来的并不是她的父亲，却是明霞岛主厉擒龙。

厉擒龙道：“乖侄女别慌，你要他们怎样?”

宫锦云道：“我要他们给我磕头!”

厉擒龙道：“这个容易!”双手疾伸，一手一个，把濮阳坚和郑友宝抓了起来，轻轻一摔，两人都身不由己地跪在地上，咚咚的叩了两个头。手法的巧妙，当真是难以思议。

西门牧野这两个弟子的武功虽然并不怎么高明，至少在江湖上也算得是二流人物，如今竟给厉擒龙好像抓小鸡一样，一抓就抓到手中，毫无抵抗的能力。

西门牧野见了，也是不禁大大吃惊。

宫锦云道：“这个老贼叫他的弟子杀我，我也要他给我磕头。”

厉擒龙笑道：“要西门牧野磕头我恐怕未必做得到了，杀他或许还比较容易。”

宫锦云道：“好，那你就替我杀了他吧!”厉擒龙道：“不用着忙，我此来正是为了要对付他的。”

公孙璞“哇”的一口鲜血喷了出来，再也支持不住，坐在地上。西门牧野凝神注视着厉擒龙，对周围的一切宛若视而不见听而不闻。要知道高手搏斗，岂容稍有分心，纵然取公孙璞的性命只是举手之劳，他亦是无暇及此了。

厉擒龙的目光缓缓从宫锦云身上移到西门牧野身上，打量了一会，点一点头，说道："不错，桑家的毒功秘笈果然是给你偷了去。可惜化血刀的功夫你似乎还未练得十分到家。"

西门牧野道："厉岛主，我与你河水不犯井水，你何故特地来与我为难?"

厉擒龙缓缓说道："你说错了。第一，宫锦云是我的侄女；第二，我是受人之托，要取你一件东西，我可非得遵守诺言不可!"

西门牧野哼了一声，说道："托你的人是谁?"厉擒龙冷冷说道："这你就不必知道了!"

西门牧野自从练成了桑家的两大毒功之后，再出江湖，未逢敌手，是以他对明霞岛主厉擒龙虽然颇有顾忌，听了这几句话，也不由得心头火起，当下嘿嘿嘿的几声冷笑，说道："不错，西门牧野的仇家多得数不清，原也不必知道他的姓名。你既然受人之托，要取我项上人头，那我也唯有舍命陪君子罢啦!"他以为厉擒龙所说的那"一件东西"，自是指他的首级无疑。

厉擒龙哈哈冷笑，慢条斯理地说道："那人要的并不是你的头颅，不过，你若是不允交出的话，说不得我也只好伤你的性命了。明白的和你说吧，他要的是桑家的毒功秘笈!"

西门牧野怒极气极，反而纵声狂笑，说道："要嘛这两样东西你都取去，要嘛你就一样都得不到。嘿嘿，只要你有本领杀得了我，毒功秘笈自然就是你的啦。何必多言!"

厉擒龙淡淡说道："这倒爽快，好，我今日就见识见识你的毒招吧！还不进招，更待何时?"

西门牧野吸了口气，暗运毒功，双掌鲜红如血，就在厉擒龙那"进招"二字吐出之际，倏地跃了起来，一招"鹏搏九霄"，呼的一掌向厉擒龙击下。

厉擒龙喝声"来得好!"霍的一个"凤点头"，双掌如环，凝身一动，以逸待劳，反削对方双腕。

这一招乃是他的"擒龙手"得意绝招，不但是最上乘的擒拿功夫，而且还藏有分筋错骨的手法。

西门牧野想不到他明知“化血刀”毒功的厉害，居然还敢硬拼。双方都是武学高手，一旦硬拼，必然是力强者胜，力弱者败，其间绝无可以侥幸之处。

这霎那间，西门牧野心念电转：“万一我的毒功伤不了他，我这双手可就要给他废了。”半空中一个“鹞子倒翻”，避招出招，呼呼两掌，从正面扑攻，转为侧击。

厉擒龙心道：“这厮原来不仅是毒功厉害，身手也委实不凡。”赞了一个“好”字，掌指兼施，掌截臂弯关节，指戳掌心的“劳宫穴”。西门牧野又是一个“盘龙绕步”，攻守兼施，化解了厉擒龙的攻势。但也吓出了一身冷汗，只能步步退守了。

厉擒龙暗暗叫了一声“侥幸”，原来他也没有确实的把握可以不受毒伤的，开首第一招的硬拼，乃是为了抢占先手，不得不然。西门牧野果然给他吓住，这一来以后就只有招架的份儿了。

公孙璞此时正口角淌着鲜血，坐在地上。宫锦云吓得慌了，哪里还有心情观战，连忙走过去把公孙璞扶了起来，说道：“大哥你怎么啦?”

公孙璞道：“不碍事，他的化血刀毒功要不了我的性命。不过，我却要一间静室自行疗伤。”群豪面面相看，谁也不敢答话。

楚大鹏适才把洪圻扶了进去，此时刚好出来，看见这个情形，不由得激起心中的一点义愤，说道：“宫姑娘，公孙少侠，请随我来。”宫锦云笑道：“楚帮主，毕竟是你有眼力，这老魔头决计打不过我的厉伯伯，可笑你们这帮人还要那样怕他。我只可惜看不到这场精彩绝伦的高手比拼啦。”当下楚大鹏将他们二人带入一间静室。

西门牧野看见他们两人离开现场，心里叫声“不好!”倏地就扑过去，可是他快厉擒龙也快，西门牧野脚步刚刚着地，厉擒龙已是一个“燕子穿帘”，掠到他的前头，堵住了他的去路，冷笑说：“有我在此，你的鬼蜮伎俩休想得逞!”西门牧野给他阻了一阻，宫锦云和公孙璞早已进入内堂了。

原来西门牧野自知不敌，想要擒着宫锦云作为人质，不料却给厉擒龙看破，功败垂成。

西门牧野恼羞成怒，喝道："厉擒龙，我与你拼啦！"厉擒龙哈哈笑道："这正是求之不得！"

西门牧野双掌齐出，左掌鲜红如血，右掌漆黑如墨，厉擒龙见他同时使出"化血刀"和"腐骨掌"的两大毒功，也是不敢轻敌。

正当他全神贯注，准备破解西门牧野的毒功之际，忽听得"哎哟"一声尖叫，西门牧野已是把躲在屋角的一个人抓了出来，这个人是长鲸帮的副帮主于鲲。

于鲲再次落在西门牧野手中，吓得魂飞魄散，求饶的话一个字都未曾出口，西门牧野已是把他当作人球，向厉擒龙掷去了。

厉擒龙见宫锦云和公孙璞业已脱离险地，旁人的生死并不放在他的心上，是以只顾全神应敌，却不妨西门牧野一计不成，又生二计，仍然是用这移祸东吴的毒招。

他把人当作暗器，这一掷的力道委实不可小觑。而且于鲲身上中了他的毒，厉擒龙也不敢让他的身体碰着。当下腾的飞起一脚，把掷来的于鲲踢得倒飞回去！

于鲲怎受得了两大高手的一掷一踢，一声惨叫，登时毙命。可笑众人之中最怕死的是他，却是第一个逃不过杀身之祸。

惨叫声中，西门牧野哈哈大笑，已是跑出去了。厉擒龙大怒道："你就想跑得这样容易么？"

厉擒龙疾追出去，两人都是一等一的轻功，电逐风驰，不消片刻，已是跑出了海砂帮的总舵的数十里之外。西门牧野钻入树林，冷笑说道："姓厉的，有胆的你就来追！"

江湖上有"逢林莫入"的禁忌，厉擒龙心里想道："莫非他在林中设有埋伏？但若抓不着他，我欠黑风岛主的债务就没法偿还，却叫我有什么面子回去见他？"

那次乔拓疆率领手下侵入明霞岛，厉擒龙被困在乔拓疆所布的六合阵中，无巧不巧，恰好黑风岛主来到，给他解了围。是以厉擒龙欠下了黑风岛主一笔人情，必须替他取得桑家的毒功秘笈作为酬报。

厉擒龙艺高胆大，略一踌躇，终于还是紧追不舍。但这略一踌躇，却又把两人之间的距离拉开了十数丈了。

西门牧野暗暗叫苦，心里想道："国师虽说要来，却不知是否能及时赶到？明霞岛主名不虚传，内力悠长，确是在我之上，国师若是不来，再过半个时辰，只怕我就逃不脱了。"

心念未已，忽听得有个人说道："是厉兄吗？你在追什么人呀？"声音远远传来，但霎眼之间，那人已是在树林中出现，是一个年约五旬的青衣老者。

厉擒龙叫道："宫兄，你来得好极了，这人正是盗墓贼西门牧野！"

这正是"屋漏却逢连夜雨，行船偏遇打头风"！西门牧野苦盼的大援未到，来的却是和厉擒龙称兄道弟的黑风岛主宫昭文！

西门牧野吓得心胆俱寒，但他却也不愧是个老狐狸，从厉擒龙的说话中听出一点消息。登时灵机一动，想道："他骂我是盗墓贼？啊，我明白了，他要夺我的毒功秘笈原来就是为了黑风岛主。"原来那本桑家的毒功秘笈乃是西门牧野挖开公孙奇的坟墓偷到手的。

果然便听得黑风岛主哈哈笑道："天下竟有这样的巧事，西门牧野呀西门牧野，这回可真是狭路相逢了！你知不知道公孙奇是我的好朋友？我岂能容你挖他的坟，毁他的尸，偷他的秘笈？嘿，嘿，听说你练成了化血刀和腐骨掌两大毒功，我正要找你比试比试！"

这几句话正好与宫锦云刚才随口所说的谎言符合，西门牧野不由得魂飞魄散，暗暗咒骂业已给他摔死的那个长鲸帮副帮主于鲲，"原来那小丫头说的话才是真的，于鲲却是骗我。哼，这厮真是该死，杀了他也未能解我心头之恨！"

黑风岛主与明霞岛主两路来追，眼看即将会合，西门牧野有天大的胆子，也是不敢接受黑风岛主的挑战了。

黑风岛主加快脚步，冷笑说道："你这老贼还要跑吗？哼，哼，不是我口出狂言，天下谅也没有谁人能够逃脱我和明霞岛主的掌握，除非我们不想抓他！"这话确实不算狂言，黑风岛主和明霞岛主都是武林中顶儿尖儿的角色，两大高手合力追捕一个人，自是易于探囊取物。

西门牧野人急智生，灵机一动，叫道："厉擒龙，你已经拿了毒功秘笈，为何还要苦苦相追？黑风岛主，你我无冤无仇，你得了毒功秘笈也就算了，又何苦定要与我为难？须知你们纵然杀得了我，我也不是没人替我报仇的啊！"

黑风岛主心念一动，想道："听说西门牧野这厮已经投靠蒙古，有龙象法王做靠山，又有朱九穆这班人是他朋友，杀了他的确是也有麻烦。"

心念一动，不觉就放慢了脚步，回过头问厉擒龙道："此话可真？"厉擒龙怒道："一派胡言，宫兄，你怎能相信他的鬼话！"

西门牧野一面跑，一面冷笑说道："也不知谁说的才是鬼话呢？嘿嘿，黑风岛主，最好你不要相信我的'鬼话'，那本毒功秘笈就可以让姓厉的独占了。"

黑风岛主和厉擒龙本来就不是有什么真正交情的好朋友，听了这话，不禁心里起疑，但因捉摸不定，却也不敢再触厉擒龙之怒，重又问他。

厉擒龙道："宫兄，你有猜疑之意，我也不怪你。但咱们只要捉着这个老贼，一搜他的身子，不是就可以真相大白了。"

黑风岛主心想："这话倒也有理，那本毒功秘笈料他也不放心放在别处，必是随身携带无疑。"当下说道："不错。我岂能猜疑老兄，当然是捉着这个老贼要紧。哼，哼，谅他也跑不掉的！"

西门牧野的缓兵之计，只是拖延得了片刻，背后两大强敌又追来了。正在暗暗叫苦之际，忽听得有人连宣佛号："阿弥陀佛，阿弥陀佛，人间还是刀兵遍地，荒山野岭，哪堪也见纷争？"

只见一个红光满面的大和尚盘膝坐在地上，西门牧野一见此人，当真是欢喜得如同天上掉下宝贝。那和尚向他使了个眼色，西门牧野心领神会，连忙说道："大和尚救救弟子，这两个人要杀我。"

那大和尚道："阿弥陀佛，阿弥陀佛，佛门最戒杀生。贫僧岂能眼见凶杀之事，你快走吧，让我为你向这两位施主求情。"

黑风岛主大怒道："你是哪里钻出来的野和尚，滚开！"

那和尚道："我从来处来，往去处去。今日相遇，亦是有缘。

俗语有云，得饶人处且饶人，我劝两位施主还是罢手了吧。”

黑风岛主大怒道：“放你的屁，给我滚开！”他是武学的大行家，虽在盛怒之下，也看得出这“野和尚”决非泛泛之辈，当下陡地拍出一掌！

那和尚道：“阿弥陀佛，有老衲在此，岂能容你妄开杀戒！”说话之际，僧袍就像张满的风帆一样鼓起来，挥袖向黑风岛主一拂。但却仍然是盘膝坐在地上，身形纹丝不动。

黑风岛主的七煞掌何等厉害，天下武学之士挡得他一掌的人还当真是寥寥可数，不料这和尚竟然坐在地上，接他一掌，大袖一拂，竟然把他的掌力尽都消解。

厉擒龙看出不妙，一招“斩龙手”向他颈项劈下，那和尚双掌齐出，左掌格住厉擒龙，右掌震退黑风岛主，站了起来，说道：“好功夫，老衲是给两位施主逼得无法坐禅了！”

厉擒龙功力较高，接他一掌，身形不过一晃；黑风岛主接他一掌，只觉对方的力道恍似排山倒海而来，竟是不由自己地退了两步！

黑风岛主大吃一惊，喝道：“你是谁？”

那和尚笑道：“素仰黑风岛主见多识广，贫僧的来历难道岛主还看不出来？”

说话之间，那和尚左攻右拒，黑风岛主与厉擒龙联手攻他，竟是不能越过他所把守的路口。此时西门牧野早已去得远了。

黑风岛主道：“你可是蒙古的国师，号称天下第一高手的龙象法王？”

那和尚哈哈一笑，说道：“不错，我是蒙古国师，但天下第一高手的称号，这可是别人给我脸上贴金的。两位施主名不虚传，老衲已是用到第八重的龙象功，还只是堪堪和两位施主打成平手，老衲也是好生佩服。”

黑风岛主道：“我和西门牧野结的乃是私人仇冤，不知法王何以横加拦阻？”其实他早已听说西门牧野投奔蒙古，这一问不过是想加以证实而已。

果然便听得龙象法王哈哈一笑，说道：“西门牧野如今算是贫

那大和尚大袖一拂，把黑风岛主的掌力尽都消解，右掌又震退了厉擒龙。

僧的记名弟子了，两位施主和他结的既然只是私人仇怨，那就请两位施主看在贫僧薄面化解了吧。我们的大汗正想招揽天下英雄，今日有缘相会，不知贫僧是否请得动两位的大驾?”厉擒龙冷冷说道:“武功我不如你，你要迫我向你们的大汗称臣，可是万万不能!”龙象法王道:“施主言重了，我是以礼相请。”厉擒龙道:“好，你以礼相请，我也以礼相答，多谢好意，我不去!”正是:

虽非侠义道，风骨亦棱棱。

欲知后事如何，请听下回分解。

第七十一回　名利诱人嗟上钩
是非陷阱切宜防

龙象法王面色一变，随即哈哈笑道："厉岛主高风亮节，佩服，佩服。俗语说得好，生意不成仁义在，贫僧虽然请不动厉岛主的大驾，交上你这样一位好朋友，也总算不虚此行了。"厉擒龙冷冷说道："法王折节下交，厉某可是高攀不起。"

龙象法王甚是尴尬，勉强笑了一笑，回过头来，对黑风岛主说道："人各有志，不能相强。做一个世外高人，固然乐得逍遥；建功立业，却足以名垂后世，不知宫岛主意下如何？"

黑风岛主心中一动，但仍是说道："多谢法王美意，但我也是逍遥惯了的，闲云野鹤之身，实是难堪拘束。请法王上复贵国大汗，让我做个化外之民吧。"虽是同样拒绝对方的邀请，但语气却比厉擒龙和缓许多。

龙象法王听出有隙可乘，又是哈哈一笑，说道："我倒有个两全其美的办法，请宫岛主再作考虑。"

黑风岛主眼光一瞥，只见厉擒龙冷森森的目光正在望着他，不觉颇是踌躇。他知道厉擒龙的意思是要他坚决回绝，立即就走，但他却有几分怯惧龙象法王，心里想道："听他说说，又有何妨？若是太过不给他的面子，只怕彼此都是难以落台。"心意踌躇，只好佯作不懂厉擒龙的示意，默不作声。

龙象法王缓缓说道："说老实话，西门牧野哪配做中原的武林盟主，我不过是因为找不到适当的人选，所以才支持他出山罢了。宫岛主若然有意，中原武林盟主之位，唾手可得。有甚需要老衲之处，老衲愿意竭力效劳。这样一来，无须你到和林见我们的大汗。只要我不说出去，也没有人知道咱们有这协议。你做了武林盟主，仍然可以保持闲云野鹤的身份，无拘无束。这不是两全其美么？”

黑风岛主不知不觉看了厉擒龙一眼，见他嘴角挂着冷笑，心里想道：“这件事情，最少已有厉擒龙知道。”

龙象法王似乎知道他的心意，哈哈笑道：“厉岛主是你的好朋友，当然是乐观厥成，不会泄漏你的秘密的。”

厉擒龙淡淡说道：“法王刚才引的那句俗语说得好，人各有志，不能相强。宫岛主喜欢怎么样就怎么样，我管不着。我也总之是置身事外。”

龙象法王哈哈笑道：“好，好，那么现在就只看宫岛主的意思了。”

黑风岛主与厉擒龙相交数十年，深知他的脾气，他虽然说是“置身事外”，但话中之意，却分明是极不赞同。

黑风岛主听得龙象法王以中原的武林盟主为饵，心中已是大动特动，但碍着有厉擒龙在旁，却是不敢便即答应。当下说道：“多谢法王青眼有加，宫某不胜荣幸。但我一来自问也是不配当这中原的武林盟主；二来我和厉大哥两人如同一体，厉大哥不愿出山，我当然也是与他一同进退。”

厉擒龙心中冷笑，想道：“你愿意上钩也好，不愿意上钩也好，何必搞到我的身上？”但黑风岛主总算拒绝了对方的建议，他的心里虽然不舒服，也不愿意多话了。

龙象法王何等精明，早已看出黑风岛主心意，当下笑道：“好，那么此事从长计议，以后慢慢再说不迟。但为了表白老衲的诚心，我回去自当劝告西门牧野打消妄念，这中原武林盟主之位，虚席以待，待到什么时候宫岛主回心转意，咱们再说。”

龙象法王走后，厉擒龙冷冷笑道：“宫兄，我本来答应替你取那毒功秘笈的，但如今你已经高攀上西门牧野的主子龙象法王了，用不着我替你代劳啦。我欠你的人情，以后自当设法报答。告辞了。”

黑风岛主道：“厉兄慢走！”

厉擒龙道："你是怀疑我已经拿了那本毒功秘笈么?"

黑风岛主道："不，不，厉兄切莫误会，小弟怎敢有此猜疑?不过，我似乎应该向厉兄解释一下，厉兄说我高攀上龙象法王，这话，这话——"

厉擒龙道："不错，这话我说得不当，应该说是你们二人彼此结纳，谈不上是谁个高攀。"

黑风岛主苦笑道："我刚才不过敷衍他而已，岂是要想和他结交?"

黑风岛主深知厉擒龙的脾气，厉擒龙何尝不也是深知他的脾气。黑风岛主欲盖弥彰，厉擒龙心里暗暗冷笑，但却也不揭破他，以免他恼羞成怒，更走极端。当下淡淡说道："好，那就算是我以小人之心度君子之腹吧。宫兄若是没什差遣，我可要回明霞岛了。"

黑风岛主又道："且慢!"

厉擒龙道："有何吩咐?"黑风岛主道："不敢，我只是想请问厉兄，可曾见着小女?"

厉擒龙猛然一省，说道："令嫒在海砂帮总舵，公孙璞也在那儿。请你转告令嫒，她的厉伯伯本领不济，没能替她杀掉西门牧野。嘿嘿，其实你现在大概也是不想再杀西门牧野了吧?"说罢，再不理会黑风岛主，拂袖便行。

黑风岛主听说女儿是和公孙璞同在一起，心中却是一忧一喜。

忧的是女儿果然爱上了公孙璞，而公孙璞却是站在自己的仇人那边；喜的是自己梦寐以求的桑家毒功秘笈，总算有了着落。黑风岛主暗自思量："公孙璞的毒功得自母亲传授，又有当世的三位武学大师传授他正宗内功心法，足以消除修习毒功的后患。西门牧野不过本身的功力比他深厚罢了，毒功的造诣一定还不如他。嘿嘿，我找着了公孙璞，这不正是可以失之东隅，收之桑榆吗?找着了这小子，我给他来个软硬兼施，看他服不服我?他若识得好歹，如我心意，我自是不妨要他做我的东床快婿，他若不识好歹，与我作对，哼，那我也只好让锦儿伤心，把他杀了!"盘算已定，便即前往海砂帮总舵去找他们。

公孙璞在静室里运功疗伤，业已过了一个时辰。他是在误喝毒酒之后着了西门牧野的毒掌的，西门牧野的毒掌又要比毒酒厉害得多。幸亏公孙璞自幼曾受“化血刀”毒伤之害，得柳元宗与明明大师传他上乘内功医好毒伤，体中培养了抵抗这种毒伤的能力，是以经过了一个时辰的运功疗治，虽然未能恢复如初，精神却是好了许多，可以和宫锦云谈笑了。

在他心里正有着一个疑团，这疑团藏在他的心里将近一年，此时见着了宫锦云，自是不免要向她查问了。

两人各诉别来情事，公孙璞道：“那天在固河镇，你为何不辞而别？”

宫锦云道：“你还记得那天在酒楼上咱们碰见的那个小偷吗，他不是寻常的偷儿，他是我爹爹的仆人，名唤张弓，我追他出去，就是为了向他探听消息的。他告诉我，我的爹爹随后就要来到固河，我怕爹爹见着咱们同在一起，是以只好和张弓合计，把我爹爹引开。”

“何以你怕令尊见着我？令尊又是为了什么缘故憎恨我呢？”公孙璞问道。

宫锦云犹疑半晌，说道：“这个说来话长，那天你是怎样离开固河镇的，先告诉我吧。”

公孙璞道：“你走了不久，有一个陌生的女子忽然到咱们的客店来，叫我逃走。”

宫锦云道：“啊，陌生的女子？是什么模样的女子？”

公孙璞向她详细描述了那女子的形貌之后，宫锦云笑道：“我道是谁，原来是厉姐姐。她叫做厉赛英，是我最要好的朋友。刚才把西门牧野赶跑的那位老前辈，就是她的爹爹明霞岛主厉擒龙了。她那天和你说了一些什么？”

公孙璞道：“她告诉我一个故事，我却不知该不该和你说。”

宫锦云心中已是明白了几分，脸上一红，说道：“你我之间还有什么话不可以说的？告诉我吧。”

公孙璞讷讷说道：“她说你和我原来是，原来自幼订了亲的。这，这是真的吗？”

宫锦云粉颈低垂，轻声说道：“真的!”

公孙璞又惊又喜，说道：“你为什么不早告诉我?”

宫锦云笑道：“你这傻子，那时我和你相识未久，这话怎好由我的口中说出来?其实我也曾经向你暗示了，你想想看!”

公孙璞瞿然一省，笑道：“我真是个傻瓜。对啦，怪不得你曾问过我订过亲没有，原来就是试探我知不知道这件事情。”

宫锦云道：“你却对我矢口否认曾订过亲。”

公孙璞道：“我妈从来没有告诉我。”宫锦云听了这句话，不禁幽幽地叹了口气。

公孙璞亦已隐隐猜着了几分，却问她道：“既然咱们是自小订亲，为何你的爹爹又要杀我?”

宫锦云道：“你怎么知道他要杀你?”

公孙璞道：“就在那一天，过后不久，终于我还是见着令尊了。不过他却不知道是我。”当下把厉赛英如何替他掩饰，黑风岛主试他功夫，他没有使出桑家毒功，黑风岛主以为找错了人，这才放过了他等等情事说给宫锦云知道。“最无辜的是奚玉帆大哥，后来我才知道，你的爹爹错把他当作了我，将他伤了。”

宫锦云叹了口气，说道：“其间原因甚为复杂，慢慢我会告诉你的。我现在最担心的是，唉——”

公孙璞道：“你担心婚事难谐?”

宫锦云顾不得害羞，说道：“不错，你的娘根本就不承认这头婚事，我的父亲也不会许我嫁你。”

公孙璞道：“你自己呢?”

宫锦云道：“我拼着爹爹不把我当作女儿，只，只要你肯，肯……”说至此处，面红直透耳根，“娶我”二字可是没有勇气说出来了。

公孙璞道：“那不就行了吗，这是咱们两人的事情。”

宫锦云脸上绽出笑容，说道：“那么你妈不许我进门，你也敢不听她的话吗?”

公孙璞道：“我会和妈说的，我说令尊纵然不是好人，你却是天下最好的姑娘!”

宫锦云道："你当真这样喜欢我?"

公孙璞道："你还不相信我吗?"不知不觉之间，两人的手紧紧相握了。

宫锦云心里甜丝丝的，想道："这傻哥哥虽然欠缺了几分风流潇洒，对我却是十分真挚。"想起从前错把韩珮瑛当作男子，对她单相思的笑话，再看看眼前的公孙璞，心里不禁又是羞愧又是欢喜。

公孙璞紧紧握着她的手，笑道："云妹，你在想什么?"宫锦云如梦初醒，说道："大哥，你正在运功疗伤，我却弄得你心绪不宁了。你赶快运功吧，洪圻他们还在等你替他们治伤呢。你的身体先得恢复了健康才行。"

公孙璞叹道："我正在为着这件事情心里不安。"

宫锦云吃了一惊，说道："你觉得怎么样?毒伤能够自疗吗?"

公孙璞道："我的伤你倒不用担心，化血刀害不了我的。可是我只怕至少也得在十天之后，方能替他们治伤。如今却是心有余而力不足了。"宫锦云道："十天就十天，只要你安然无事，那又有什么打紧?"公孙璞道："洪圻他们可是等不了十天，他们只有三天的性命!"

宫锦云道："我知道你的心里着急，但你已经是尽了力了。你必须把自己医好了再说，旁的事情暂且抛开别去想他。说不定你用不了十天就可以恢复武功呢。"

公孙璞苦笑摇了摇头，心道："十天这是最快的了，无论如何也救不了洪圻他们的性命了。"

宫锦云知道他的心思，劝慰他道："死生有命，你已经尽了心力，纵然有什么不幸，他们也不能怪你。"

公孙璞却是个最重然诺的人，说道："我答应过他们的，我做不到，纵然不是我的错，我的心里也是难安。"

宫锦云心念一动，笑道："幸亏刚才来的，是厉伯伯不是爹爹，这位厉伯伯一向是对我十分疼爱的。"

公孙璞道："这又怎样?"

宫锦云道："待他回来了，我求他以本身真力助你疗伤，他一定会答应的。他的内功造诣还在我爹爹之上，有他相助，你要恢复武功用不了三天！嗯，他去了已经一个多时辰了吧，怎的还不回来？”

刚说到这里，忽听得有人哼了一声，径自推开房门，走了进来，说道：“你们想不到我会来吧？”

这人来得当真是大出他们意料之外，他们期待着明霞岛主厉擒龙，不料来的却是宫锦云的爹爹黑风岛主。

宫锦云这一惊非同小可，强笑说道：“爹爹，你的消息真是灵通，终于给你找着我了。厉伯伯呢？”

黑风岛主冷冷说道：“厉擒龙回家去了。哼，你不听我的话，给人欺负了吧？”

宫锦云道：“是呀，西门牧野这老魔头欺负我，爹，你要给我出气。”

黑风岛主道：“你这野丫头胡作非为，也该让你吃点苦头才好。哼，我现在没工夫管这闲事，有话先要问你！”原来黑风岛主来到了海砂帮总舵，问清楚了事情的经过之后，说是要和女儿见面，帮主诚惶诚恐的带他进来，就退出去了。

宫锦云强作镇定，笑道：“爹爹，我倒没有吃什么苦头，只是他却给西门牧野的化血刀伤了。”

黑风岛主盯了公孙璞一眼，说道：“他，他是谁？”

宫锦云低声说道：“爹，他是你的女婿公孙璞呀！”

公孙璞道：“宫老伯，小侄记得曾见过你老人家，只是当时彼此不知，请老伯恕罪。”

黑风岛主哼了一声，道：“我记得你这小子。”

宫锦云道：“爹，你怎么可以这样骂他？”

黑风岛主面挟寒霜，说道：“公孙璞，你是不是愿意娶我女儿？”

公孙璞道：“小侄以前不知与令嫒有婚姻之约，如今业已知道，自当早日迎亲。”

黑风岛主道：“你的娘应允吗？”

公孙璞道：“娘最疼我，我和她说，她会答应的。”

黑风岛主点了点头，说道："这么说，你们两人倒是真心相爱了？"

宫锦云连忙捏了捏公孙璞的手心，示意叫他快改称呼，公孙璞为人老实，可并不笨，当下说道："岳父大人，请恕小婿有伤在身，不能给你老磕头。"

黑风岛主冷冷说道："且慢！你叫我岳父，还嫌早一点儿！"

宫锦云道："爹，你怎么啦？你说过的，这头婚事是你亲口答应他的爹爹的，如今你要悔婚？"

黑风岛主道："我只有这个女儿，做我的女婿，就该听我的话！"

公孙璞心想："也得看你说的是什么话？"宫锦云连忙说道："爹，他不听你的话，我也会叫他听你的话的。璞哥，是吗？"公孙璞无可奈何，只好默不作声，点了点头。

黑风岛主道："好，那么我倒要问问你了，听说你是在蓬莱魔女的金鸡岭上，做了她的手下，还想把我的女儿也带上金鸡岭去，有没有这回事？"公孙璞道："不错！"宫锦云道："爹，这和我们的婚事又有什么相干？"

黑风岛主道："哼，不相干？公孙璞，你可知道你的爹爹是怎么死的？"

公孙璞道："爹爹死的时候，我才周岁。不过听妈说，爹是误练毒功，走火入魔死的。"

黑风岛主道："不对！你的爹爹是给蓬莱魔女害死的！"

公孙璞道："我不相信！妈怎会骗我！"

黑风岛主道："我不想说你母亲的坏话，但我也不能不告诉你，你的母亲当初并不想嫁给你的爹爹，他们一直是同床异梦，后来甚至反目成仇。你爹的死因，你妈并没有对你说实话！"

公孙璞道："爷爷也是这样说的，难道爷爷也骗我么？"

黑风岛主道："不错，你爹是因走火入魔而死，但若是没有蓬莱魔女和他作对，迫得他在桑家堡不能容身，以他的武学修为，安心静修，焉知他不能解脱走火入魔之难？是以溯本追源，蓬莱魔女虽然没有亲手杀他，他也是给她害死的！如今你不报杀父之仇，反而听仇人差遣，你对得住你的爹爹么?”

公孙璞道：“妈给我取个小名，名叫去恶。她说你爹爹是个坏人，你长大了可不要学他的模样。”

黑风岛主大怒道：“这么说你是只想做你母亲的孝顺儿子，把杀父之仇也置之脑后了。哼，只知有母，不知有父，你还算得是个人吗?”

公孙璞怒气上冲，冷冷说道：“父母之恩，同样深厚。但是非善恶，却也不能不分!”

宫锦云劝道：“爹，这是他的家事，你又何必多去管它?”黑风岛主道：“锦儿，我曾经告诉你的，你就忘记了么?好，你忘记了，我再告诉你一遍。一来我和他的爹是好朋友，二来蓬莱魔女也是我的仇人!”

说至此处，黑风岛主怒火勃发，缓缓举起手掌，说道：“你想想看，这小子依附我的仇人，我岂能让他与你成亲?哼，非但如此，我，我还要——”

公孙璞道：“宫老伯，你容不得我，你把我杀了好了!”

黑风岛主冷笑道：“你以为我不敢杀你吗?”说到一个“杀”字，掌心距离公孙璞的脑门已是只有三寸。

宫锦云连忙攀着父亲的手臂，说道：“璞哥，你少说两句。爹，你且慢动手，听我一言!”黑风岛主道：“你要说什么?”宫锦云道：“你要杀他，请先杀我!”

黑风岛主道：“好呀，你长大了，自己会飞了，只要丈夫，不要爹爹了么?”怒气未敛，右手却已慢慢放了下来。

宫锦云道：“爹，孩儿愿意永远留在你的身边，只是你不肯要我罢了。其实这也不是什么为难之事，你让我和璞哥成了亲，你不但不会失了女儿，还多了半个儿子呢。”为了保存公孙璞的性命，她已是顾不得害羞了。

黑风岛主冷笑道：“他不把我当作仇人已经好了，我还能把他当作女婿么?”

宫锦云道：“璞哥性情是倔强一点，但只要你待他好，我相信他会渐渐改变，会听你的话的。”偷偷向公孙璞递了一眼色，示意叫他暂时不可顶撞自己的父亲。

黑风岛主道："好，看在你的份上，我可以饶他。不过，他可得答应我一件事情。"

公孙璞不声不响，宫锦云道："爹，你要他答应什么事情？"

黑风岛主道："你们两人跟我回去，我要他在三年之内不能离开黑风岛，磨炼他的心性，待他心性平和，肯听我的话了，那时我自会允许你们成亲。"

原来黑风岛主其实也并不是想杀公孙璞的，他的目的只在于取得桑家的两大毒功，有三年的工夫，他自信总有办法能令公孙璞将那两大毒功的秘诀默写给他。

公孙璞心里想道："三年不能离开黑风岛，却叫我如何向柳姑姑交代？而且中原正是战云密布，我又如何能够在海外一个荒岛度过三年？"

宫锦云道："留得青山在，不怕没柴烧。璞哥，你就为了我的缘故，答应爹爹吧。"

公孙璞好生为难，宫锦云似乎知道他的心意，说道："你嫌三年的时间太长了，是么？爹，你就减为一年吧。"

黑风岛主道："这又不是做买卖，哪来的讨价还价？"

宫锦云笑道："爹，你就当作是一桩交易好啦。你不是漫天讨价，孩儿也算不得是就地还钱。"

黑风岛主心想："这小子落在我的手上，一年工夫，大概也足够啦。"

说道："好，爹爹磨不过你，依你好啦。"

公孙璞道："宫老伯，我可以答应到你的黑风岛住上一年，但你也得答应我一个条件。"

黑风岛主道："啊，你也和我讨价还价了，是不是要我给你治伤！哼，只要你听我的话，不用你说，我自然会给你治伤的。"不料公孙璞却道："不是。"

黑风岛主怔了一怔，说道："啊，你不是要我治伤，那又是什么？"

公孙璞道："我答应了楚大鹏，替他们五个帮中了化血刀之毒的人治伤，请你等我十天，待我办了这桩事情，我再跟你回去。”

黑风岛主心念一动，说道：“十天？我可没有功夫等你十天！这样吧，我替你办这桩事情好了！”

宫锦云道：“爹，你会医化血刀的毒伤么？”

黑风岛主道：“化血刀与七煞掌大同小异，凭我数十年的功力，料想这点小事也难不到我！”

公孙璞道：“这就更好了，宫老伯，我把解毒的方法说给你听，或许也可以帮你一点小忙。”原来公孙璞正是想要黑风岛主自愿代劳，让洪圻这些人早日医好伤的。因为他们的性命其实只有三天，等不了十天这么久的。

殊不知黑风岛主也正是要他说这句话，他懂得了解毒的方法，对“化血刀”的奥秘就摸索到几分。

公孙璞见他说得如此有把握，只道化血刀与七煞掌真是有共通之处，自己再把解毒的方法告诉他，他就更可以对症解毒了。却不知是上了黑风岛主的当。

黑风岛主装作满不在乎的样子说道：“也好，你把解毒的方法告诉我，可能更快一些。”

他得了解毒之法，出去一会，还不到半个时辰，果然就把那七个受伤的人都带了进来，那七个人齐声向公孙璞道谢。

黑风岛主笑道：“你看我答应给你做的事，是不是已经做到了？”

公孙璞又惊又喜，心想：“这魔头果然是有通天彻地之能，即使是我功力如初，医七个人，至少也得两三天，他却只用了半个时辰！”

当下说道：“是宫老前辈医好你们的，你们却怎来谢我？”

洪圻说道：“宫老前辈说这全是看你的情面，我们怎能不来谢你？公孙少侠，这次你为了我们的事如此热心，我就是医不好也是一样要谢你的。”

楚大鹏道：“宫岛主，难得你老人家这次到来，好坏也得留住三天，让我们稍尽地主之谊。”

黑风岛主忽地面色微变，说道：“我没工夫听你们啰唆，公孙璞你答应了我的，现在快跟我走！”

说罢一手拖着女儿，一手拖着公孙璞，立即疾跑出去，众人都是不禁愕然，心里想道：“怪不得人家都说这老魔头丝毫不通情理，果然名不虚传。”

公孙璞给他拖着飞跑，心中也是很不舒服，说道：“宫老伯，我答应跟你到黑风岛去，就决不会食言。不用你拉，我自己会走。”黑风岛主也觉得自己做得有点过分，把手一松，说道：“好，只要你说话算数就行！跟着我走，不许离开！”

忽听得一缕箫声，远远传来，音细而清，宛如鹤唳九霄，黄莺出谷。宫锦云尚未觉察，公孙璞是自小练童子功的人，听觉特别灵敏，一听之下，已知是武林天骄檀羽冲的箫声。公孙璞大喜叫道：“檀叔叔，我在这……”“这儿”两字未曾说得完全，黑风岛主倏地一指向他点来，幸而宫锦云是和他拉着手走的，见他忽地一个旋身，左臂扬起，反手戳出，骇叫道：“爹，你做什么？”

公孙璞大惊之下，倒跃三步，只听得黑风岛主沉声喝道：“不许声张！”

公孙璞这才恍然大悟，原来黑风岛主在海砂帮会的总舵之时，早已听得武林天骄的箫声了。“原来他是恐怕檀叔叔来到，把我带走，怪不得要赶快离开，如今他是要点我的哑穴！”当下说道：“宫伯伯，我不会违背诺言，你放心好了。但檀叔叔远来，请你准我和他见上一面。”黑风岛主道：“不许你这么多事！”放开女儿，又来拉他。公孙璞性子倔强，不由得生了气，说道：“宫老伯，你强迫我走，我就偏不走了。”撑开宝伞防身，挡住黑风岛主双掌。

这一下倒是令黑风岛主无可奈何，公孙璞有宝伞防身，他要取他性命容易，要迫他就范，急切之间，可是不能点着他的穴道。

正在纠缠，只听得箫声戛然而止，武林天骄已是在他们前面现出身形，喝道：“原来是你这个魔头，你敢戏侮我的侄儿！”

黑风岛主道：“哼，你也不问清楚，谁欺侮他了。”

公孙璞道：“檀叔叔，请莫误会。我是自愿跟他走的。”

武林天骄诧道：“你自愿的？你要跟他上哪儿？”

公孙璞道：“跟他回黑风岛去。我答应在他的黑风岛住上一年。”

武林天骄更是奇怪，问道：“为什么?”

黑风岛主哈哈笑道：“你不知道他是我的女婿么?”

武林天骄心道：“哦，原来他是贪恋美色，为了私情，忘了公事了。”当下说道：“璞侄，你就是要到黑风岛完婚，也得先回金鸡岭一趟，交代公事啊。”

黑风岛主道：“他的公事早已办妥，你到海砂帮总舵一问，自会明白，何须他去交代。”正是：

荒岛难求娇客到，瞒天过海愿终违。

欲知后事如何，请听下回分解。

第七十二回　骗局拆穿惊少侠
真情流露走娇娃

武林天骄道："是吗？璞侄，你自己是什么主意，我要听你亲口和我说。"

公孙璞满面通红，说道："我，我不是去完婚的。我跟宫伯伯到黑风岛去，这是我许下的诺言。"

武林天骄道："为了什么原因，你许下这诺言？"

公孙璞道："宫老伯，请你准许我和檀叔叔多说一会。"

黑风岛主无可奈何，只好说道："好，你就实话实说吧，免得他以为我是强迫你的。"

武林天骄听了公孙璞所说的前因后果，不觉起了疑心，冷笑说道："宫昭文，你几时学会了医化血刀之伤？"

黑风岛主知道骗不过他，强笑道："檀羽冲，你也忒小看人了，你怎知道我不会医？嘿嘿，纵然我不会医，难道我的女婿也不懂吗？"

武林天骄道："是你把解毒的方法传了给他？"公孙璞道："不错。"

武林天骄摇了摇头，说道："仍然不对！"黑风岛主道："又有什么不对了？"武林天骄道："公孙璞会治化血刀之伤，一半是因为他自小就身受化血刀的伤害；一半是因为他得了明明大师所传的内功心法。即使他的爹爹公孙奇重生，也是不会医的。你这魔头练的是邪派内功，纵然懂得秘诀，谅你也不能在一年半载之内便能应用。"

黑风岛主冷笑道："你不相信，为什么不到海砂帮亲自去看？哼，你说我医不好，偏偏我都已医好了！"

公孙璞道："檀叔叔，这是真的。宫老伯功力之纯，小侄望尘莫及。他只用了半个时辰，就把七个身受化血刀毒伤的人全部医好了！"

黑风岛主纵声笑道："你世侄说的话，你总该相信了吧？好啦，璞儿，你要说的话已经说了，檀羽冲，你也应该到海砂帮去亲自看一看啦。恕不奉陪，我们可要走了！"

檀羽冲忽道："且慢！"

黑风岛主道："你待怎样？璞儿自愿跟我，你要阻拦？"

檀羽冲道："不是这桩事情，我听说你已经练成了七煞掌，我想领教领教！"

黑风岛主道："檀羽冲，你是存心来找我的岔子吗？哼，我不是怕你，现在我可是没有工夫。"

檀羽冲冷冷说道："你赶回黑风岛也用不着忙在一时，武林中彼此印证武功乃是寻常之事，我答应你，点到即止，决不伤你就是，你没有工夫也是非得陪我走个几招不可！"

黑风岛主情知躲避不了，说道："好，咱们只是印证武功，可不许你缠七夹八。"

公孙璞不觉也起了疑心："他为什么急着和我回去？他说这话，固然是怕檀叔叔硬要把我留下，对我也是很不放心。"想到这里，心里自是不免有点不大舒服，说道："宫伯伯，你放心好了，我答应跟你到黑风岛去，大丈夫一言既出，就决不会食言。你和檀叔叔印证武功，胜也好，败也好，都是与我无关，两桩事情，不必混而为一。"

檀羽冲道："好，你放心了吧？进招吧！"

黑风岛主深知武林天骄的厉害，虽说是"印证"武功，心中亦是不无惧意，想道："我决不能与他久战下去，胜得了他，固然最好，胜不了他，五十招之内，我就自行认输。他说过的话，谅他不敢不作数。"于是也就不再客气，喝道："接招！"呼的一掌便击过去。

武林天骄侧目斜睨，冷冷说道："不错，七煞掌也算有点门道。"玉箫一挥，微微摇晃，登时好像一支变成两支，两支变成四支，四支变成八支，转眼间幻出了碧森森的千重箫影！

这一招名为"无边落木萧萧下"，原来他这"紫府神箫"的招数，每一招都是和一句唐诗的诗意暗合的。他深知黑风岛主老奸巨猾，早已提防他在打不过的时候便要"三十六招走为上着"，是以一照面就施展这招绝招，把他的身形笼罩在箫影之下。

公孙璞凝神细看，只见武林天骄的玉箫变幻莫测，每出一招，甫到中途，已是变幻了好几个方位，招数奇幻如斯，真是生平未睹。黑风岛主的掌法却甚古拙，来来去去，不过七招，出掌收掌，也似乎有点窒滞不舒。但站在数丈开外，却也感到他的掌力恍似天风海雨迫人而来，黑风岛主只用七招，居然和武林天骄变幻莫测的箫法打成平手。

公孙璞自小受当世的三位武学大师亲炙，见识自是不凡，暗自想道："武学中虽有以拙胜巧的说法，但也要看人的造诣如何，檀叔叔的'巧'已是到了登峰造极的地步，宫岛主的'拙'却还没有最上乘的内功与之配合，武学中走'拙'的路子是要'重'、'拙'、'大'三字诀互相配合的，这就难免要输给檀叔叔一筹了。"

公孙璞的看法果然不错，黑风岛主练的是邪派内功，比公孙璞当然是深厚许多，但比起武林天骄却是有所不如。果然打了一会，他的掌法已是招架不住，只觉全身的三十六道大穴，都在对方的玉箫威胁之下，随时可能有被点中的危险。

黑风岛主本来想按照原来的计划，打不过便即认输，不料武林天骄的招数越展越快，不但容不得他缓手认输，分神说话，亦不可能。

黑风岛主心头大震："这哪里是和我印证武功，分明是要点我的穴道。纵不伤我，也叫我难以逃脱了。"大惊之下，无可奈何，只好拼命抵挡。

天色渐近黄昏，两人已拼斗了一百来招，黑风岛主暗运玄功，双掌掌心漆黑如墨，呼呼呼地接连拍出七八掌，卷起一片腥风！

武林天骄不慌不忙，把玉箫凑到口边，笑道："吹个无名曲子你听。”呜呜呜吹了几声，黑风岛主只觉一股和风吹来，中人如酒，便似在春风骀荡的黄昏，有一种懒洋洋的感觉，好不舒服！

黑风岛主瞿然一惊，连忙一咬舌头，一阵疼痛驱散了他的睡意，抖擞精神，再与武林天骄苦斗。虽然逃脱了武林天骄箫声的控制，但却已不敢再用七煞掌毒功了。

原来武林天骄的箫乃是一件宝贝，名为“暖玉箫”，配上他深厚的正宗内功，吹出的是一股纯阳罡气，专破各种阴毒的邪派功夫，黑风岛主是怕伤人不成，反害自己。

武林天骄亦是有点感到意外，想道：“这老魔头在海外苦练了二十年，果然是大非昔比，看来已是不逊公孙奇当年了。”

这一战看得公孙璞心神如醉，但却把宫锦云看得手心里捏了一把冷汗，悄悄的和公孙璞道：“你的檀叔叔不会伤我爹爹的性命吧？请你看在我的份上，为我的爹求一求情。”

公孙璞道：“你放心，檀叔叔说了点到即止，那就决不会伤你爹爹。”

就在此时，忽听得马蹄声响，一骑快马来到，骑在马上的正是海砂帮的楚大鹏。

楚大鹏看见黑风岛主正在苦斗武林天骄，不觉惊得呆了。跳下马来，一时间竟不知说些什么话好。

公孙璞叫道：“楚香主，有什么事么？”

楚大鹏定了定神，说道：“不好了！”公孙璞道：“什么不好了？”楚大鹏道：“那几个受了化血刀毒伤的人如今又发作了。”

公孙璞大为惊诧，说道：“什么？宫岛主不是已经替他们医好了的吗？”

楚大鹏道：“只好了两个时辰，忽然间又寒热交作，七个人都昏迷过去了。公孙少侠，请你回去救救他们吧。”

原来黑风岛主是用邪派的内功替他们打通经脉，虽然解毒的方法不尽，却能暂时好转，只是治标，并非治本。由于他这邪派内功太过霸道，过后毒一发作，更加沉重！

公孙璞恍然大悟：“原来此事早已在檀叔叔意料之中，宫伯伯其实并不会医治化血刀的毒伤，是以檀叔叔借口与他印证武功，好等待楚大鹏赶来求救。”

心念未已，果然便听得武林天骄哈哈一笑，收回玉箫，停手罢斗，缓缓说道：“宫岛主，你的牛皮吹破了，如今已是水落石出，我也用不着与你印证武功啦。”

黑风岛主累得大汗淋漓，缓过口气，脸上一阵青一阵红，说道：“檀羽冲，你的武功比我高明，佩服佩服。但你有言在先，印证武功就是印证武功，并不牵连别事，我们可要走啦！”

武林天骄笑道：“只要公孙璞肯跟你走，我又何苦与你为难？好，你们走吧，不送，不送！”

公孙璞却是动也不动。黑风岛主心里发慌，叫道：“璞儿，大丈夫一言既出，驷马难追，你答应过我的，可不能后悔！”

楚大鹏颤声说道：“宫岛主，公孙少侠，你们可不能现在就走。宫岛主，你答应医好他们的，但如今他们的毒伤却是发作得更加沉重了。”

黑风岛主恨不得一掌把楚大鹏打死，但武林天骄站在他的身边，他可是连话也不敢说了。

武林天骄笑道：“楚大鹏，你请宫岛主去治病，这是错把刽子手当作大夫（医生）啦！化血刀的伤，只有公孙璞会治。”

楚大鹏拉着公孙璞的袖子，说道：“那么，公孙少侠，我求求你——”

黑风岛主叫道：“璞儿，你怎么啦？别忘记了你对我的诺言。”

公孙璞心意已决，毅然说道：“宫伯伯，我不走了！”黑风岛主怒道：“什么？——”底下的话未曾说得出来，公孙璞已是连珠炮似的说道：“宫伯伯，你不能怪我违背诺言，你是和我说好的，你医好了他们，我才跟你到黑风岛去。如今他们危在旦夕，我岂能见死不救！”

黑风岛主无可辩驳，面红直透耳根，一个转身，拉了女儿就走。

宫锦云叫道：“爹爹，你——”黑风岛主涩声说道：“你是我的女儿，你也不听我的话么？”

宫锦云从未见过父亲如此恼怒，心里想道：“爹爹正在气头上，我可不便逆他，且待他火气平息了，我再想法逃走。”

公孙璞呆呆的望着他们走，心中悲痛，但却怎能跑去抢人家的女儿？武林天骄微笑道：“璞侄，咱们也该回去了。别忘记了有七个病人正在等着你救命呢！”

公孙璞瞿然一省，说道：“檀叔叔，侄儿只怕有心无力——”下面求助的话尚未说出，武林天骄已是哈哈一笑，说道：“你不用告诉我，我也省出来了，你是不是受了西门牧野这老魔头的化血刀之伤？”公孙璞道：“正是。我要十天之后方能恢复功力，但洪圻他们却必须在三天之内治好。”武林天骄笑道：“化血刀的毒伤我不会医治，但你想要恢复功力，却是无须三个时辰。”

当下一行三人赶回海砂帮总舵，武林天骄以绝顶内功替公孙璞打通奇经八脉，果然只不过用了两个时辰，公孙璞已是康复如初。公孙璞在三天之内，也把七个病人都医好了。

黄河五大帮会的帮主对他们感恩戴德自是不在话下，饯行宴上，楚大鹏代表五大帮会说道：“檀大侠，公孙少侠，今后你们有甚差遣，只须捎个信来，我们水里水里去，火里火里去。”

武林天骄说道：“我正是有件要事，要和各位相商。当今正是风云紧急之秋，蒙古鞑子，入侵在即，各位都是豪杰之士，岂能坐视胡骑蹂躏中原，毁我田园，杀我父老？”

洪圻热血沸腾，说道：“我这条性命是两位给的，大不了与鞑子拼了。只不过我们乃是乌合之众，行军用兵之道一窍不通，恐怕抵挡不了蒙古大军，须得有个人做我们的头领才行。”

武林天骄正是要说这句话，当下笑道：“实不相瞒，我是奉了柳盟主之命来的，正是想请各位加盟。大家同心戮力，抵抗鞑子。金鸡岭会派人来协助各位的。”

洪圻大喜说道：“好，那么现在咱们就歃血定盟，从今之后，我们五个帮会唯金鸡岭柳盟主的马首是瞻。”

其他的人一来是因为公孙璞救了他们的性命，二来洪圻这样慷慨激昂的说了，他们之中虽然有一两个人还有点畏首畏尾，亦是不敢有所异议了。当下洪圻首先割破手指，和武林天骄、公孙璞喝了血酒，其他的人跟着也都这样做了。

第二天一早，武林天骄和公孙璞与他们辞行，五个帮会的首脑人物直送到十里之外。

路上武林天骄和公孙璞说道：“我是要赶回金鸡岭的，你有没有别的事情?”

公孙璞道：“我的事情都已经办妥了，并无别的事情。不知檀叔叔何以有此一问?”

武林天骄笑道：“有我回去，就不用你去回报了。你既然没有别的事情，到杭州走一趟吧。”

公孙璞道：“到杭州去做什么?”

武林天骄道：“江南武林盟主文逸凡隐居在杭州上天竺，柳盟主的意思，想你去拜访他。听说你的师父耿大侠最近也到了杭州，你正可以顺便去见一见他。”

公孙璞大喜说道：“这就最好不过了。但师父本是镇守长江的总兵官，如今正是时局紧张的时候，不知他何以离开防地到了杭州?”

武林天骄道：“听说是宰相韩侂胄调他回来的。南宋朝廷，和战大计尚未定夺，韩侂胄大概是想听听你师父的意见。”

公孙璞叹道：“南宋偏安江左，把杭州改为临安，定作首都。难道当真还要把临安变作‘苟安’吗?胡马渡江，只怕苟安也不容易呢!”武林天骄道：“朝廷不敢抵抗鞑子，老百姓也会自己起来的。我们正是想和文大侠联络，叫他发动江南的侠义道人物，组织义军，迫使南宋朝廷不能不抗敌守土！你以前在江南的时候，可曾见过文大侠?”公孙璞道：“我在江南八年，一直跟着师父，未有机会拜见文大侠。不过，文大侠的掌门弟子，最近我却见过。”

武林天骄道：“文逸凡的掌门弟子，是辛龙生吗?听说他和奚玉帆的妹妹奚玉瑾成了亲，我们最近才知道。你此去可以代表金鸡岭补送一份贺礼。”

公孙璞道：“是。那次在松风岭上，他们夫妇我都见着了。谷啸风也是正和我在一起呢。”他是因为武林天骄提起奚玉瑾而想到谷啸风的。

武林天骄笑道：“人生变幻，往往出乎意料之外，如今谷啸风和奚玉瑾都各自有了归宿，那也很不错呀。对啦，说起谷啸风，我倒想问问你了，你可知道他现在哪里？”

公孙璞道：“他本来是在太湖王舵主那儿的，后来和孟七娘去了湘西，至于是湘西的什么地方，我就不知道了。孟七娘并没有告诉他。”

武林天骄道：“孟七娘这人和辛十四姑不同，心地倒不坏，不过行事多少有点诡秘。对啦，我忘记告诉你，韩大维的女儿韩珮瑛也离开金鸡岭来江南了，说不定你在文逸凡那儿会碰上她。她是等不着谷啸风回来，等得不耐烦了，自己到江南去找父亲的。”

武林天骄和公孙璞分手之后，一个回金鸡岭，一个前往杭州。按下不表。

且说黑风岛主败在武林天骄手下，带了女儿逃跑，父女俩各怀心事，正行走间，忽听得有人笑道：“人生无处不相逢，宫岛主，想不到咱们又碰上了，这位是令嫒吧？”

宫锦云抬头一看，只见一个披着大红袈裟的僧人，相貌不似汉人，黑风岛主吃了一惊，施礼说道：“法王何以去而复回？”原来这个番僧正是蒙古国师龙象法王。

龙象法王笑道：“老衲去而复回，就是为了等候施主呀。”

黑风岛主忐忑不安，说道：“锦儿，上前拜见法王。请问法王有何指教？”宫锦云心里很不愿意，却也只好上前施了一礼。

龙象法王道：“恭喜施主父女重逢，但怎的却不见令婿？”宫锦云面上一红，心道：“原来这番僧竟也知道我和璞哥的事。”

黑风岛主道：“法王说的敢情是公孙璞这个小子？不错，小女是自幼和他订了亲，不过现在是各走各的路，这头婚事，算是毁了。”

龙象法王道：“人生不如意事常八九，姻缘，讲究的是‘缘’字，既是无缘，那也不必难过。”黑风岛主道：“法王说的是。”宫锦云却在心里暗暗咒骂：“这番僧一派胡言，但不知爹爹却何以对他这样尊敬？”

黑风岛主心想：“你特地回来，想必不是为了和我说这些闲话。”心念未已，果然便听得龙象法王说道：“不如意事常八九，但人贵知机，不如意之事过后，就可以大大得意了。施主，你说这话对吗？”

黑风岛主道：“法王佛学高深，所说实含至理。但可惜宫某愚昧，还请法王明白指示。”

龙象法王道：“宫岛主，咱们是一见如故，大家打开天窗说亮话吧。据老衲所知，武林天骄檀羽冲已是到了海砂帮总舵，想必公孙璞是为他留下了。”

黑风岛主道：“法王明鉴秋毫，正是这样。”龙象法王道：“如此说来，施主欲求的桑家秘笈，岂不是没了指望了？”黑风岛主道：“我自有本门武功，对这秘笈，原也并不觊觎。”

他给龙象法王洞察心事，自是不免尴尬。为了面子，不能不说几句保持身份的话。

龙象法王微微一笑，说道：“西门牧野已经告诉我，他说施主和他结的梁子，起因就是为了桑家的秘笈。施主，你不必对我怀疑，我是有心来成全你的。咱们就实话实说吧。”

黑风岛主道：“不知法王的意思是怎么样？”心中已是隐隐猜到几分。

龙象法王笑道：“咱们还是旧话重提。请你们父女到和林作我们大汗的贵宾，我叫西门牧野把桑家的秘笈给你。”

黑风岛主道：“这个，这个——”宫锦云忍不住叫道：“爹爹，咱们怎能到蒙古去？”

龙象法王笑道：“蒙古并不是像你们汉人想象的那样荒凉，和林就是一个好地方。何况你们是大汗的贵宾，到了和林，一定会让你们住得舒舒服服，玩得痛痛快快。宫姑娘，你喜不喜欢打猎？和林的厄尔特山上，珍禽异兽，不知多少，都是中原所没有的。”宫锦云道：“我不听你的花言巧语，不管是好地方还是坏地方，我就是——”“不去”二字尚未出口，已是给父亲骂道：“锦儿，不可对法王无礼！”

龙象法王笑道：“小孩子说的话何必当真，我倒是喜欢令媛这样直话直说呢。宫岛主，你意下如何，也不妨对我直话直说。”

黑风岛主好生委决之下，半晌说道：“多谢法王好意，不过说到要做中原的武林盟主，宫某却是自知不配。”

龙象法王道：“宫岛主，你这话恐怕是违心之论了。让我替你说出心里话如何？你不是不配做武林盟主，而是你不愿意给人家知道是我支持你做这个武林盟主。但只要我不说出去，又有何人知道？”

宫锦云忍不住又道：“若要人不知，除非己莫为！”黑风岛主瞪她一眼，斥道：“大人说话，小孩子不许插嘴！法王，这个，咱们从长计议如何？”

龙象法王道：“好，你们先到和林去，咱们慢慢商量。武林盟主，你高兴做就做，不高兴做我也不勉强你。西门牧野盗墓所得的那本桑家秘笈，我答应叫他给你，就一定给你，也不必你答应我们什么。还有，你们什么时候想要离开和林，就什么时候离开，我们也决不阻拦。老衲只想和你交个朋友。这样你总可以满意了吧？”

黑风岛主心里想道：“我若是练成那两大毒功，也就不会再给武林天骄欺负了。至于武林盟主，做不做倒在其次。待到我的武功胜得过蓬莱魔女、笑傲乾坤与武林天骄三人，那就抢了蓬莱魔女的盟主来做，也是一件足慰平生的事。”心意已决，说道：“承蒙法王错爱，宫某愿到和林承教。”

宫锦云道：“爹爹，你真的要去？”黑风岛主道：“你也要去，我不放心你在中原到处乱走，给我闯祸。”

宫锦云知道父亲的脾气，他说了的话，决不会更改。心里想道：“我若是不去，只怕他更要上这番僧的当。倒不如我在他的身边，纵然劝不动他，也好过没人劝他。”说道：“好吧，爹爹，你既然要去，我只好陪你去了。”

宫锦云无可奈何陪父亲前往蒙古，心中可是甚为彷徨，一路走一路在想：“不知什么时候，我才能重见公孙大哥？”

宫锦云想念着公孙璞，公孙璞也在想念着她。他独自一人，跋涉长途，偷渡黄河，潜往杭州，旅途的寂寞，心情的惆怅，比之宫锦云更甚。

经过了一个多月的旅程，这日到了杭州。文逸凡隐居的天竺山在西湖南面，公孙璞从湖滨经过，只见湖光潋滟，微波耀金，湖中画舫，岸上垂杨，构成一幅美妙的画面。公孙璞忍不住心中赞叹，想道："怪不得诗人把西湖比作西子，果然是山清水秀，名不虚传。可惜锦云不能与我一同游赏。"

正在触景思人，情怀惘惘之际，忽见一只画舫，从湖中心摇回来！舟行甚快，公孙璞尚未走过那道长堤，画舫已经靠岸。

只见一个衣服丽都的贵公子模样的人，带着两个随从，走上岸来，走到公孙璞的面前。那贵公子模样的少年轻摇折扇，与他打了一个招呼，微笑说道："人生无处不相逢，想不到咱们又在这里见面了。公孙少侠，谅必还认得区区在下！"

公孙璞吃了一惊，原来这个贵公子不是别人，正是宰相韩侂胄的次子韩希舜。

半年前公孙璞曾经和他交过一次手，那次是因为韩希舜调戏厉赛英，恰好公孙璞路过，以上乘的点穴手法将他吓退。后来在松风岭中，公孙璞与谷啸风分道上山，找寻被张大颠囚禁的奚玉瑾。韩希舜是张大颠的弟子，那天恰巧也来拜见师父，谷啸风碰见韩希舜，将他打败。公孙璞那次虽然没有见着他，但这件事情，却是大家都知道的。

突然在西湖岸边碰上，公孙璞自是不免有点尴尬。他已经知道了韩希舜的身份，由于师父正是受他的父亲管辖，又是住在他的相府，公孙璞自是不愿和他再打一架。对方既然以礼相见，公孙璞只好淡淡的还了一礼。

韩希舜却好像从来没有和他发生过什么不愉快的事情似的，满面春风，和他打了招呼，笑道："相请不如偶遇，公孙少侠，这次路经敝地，无论如何，请容小可稍尽地主之谊。"公孙璞道："小弟有事在身，多谢兄台美意，可是不便前去打扰了。"韩希舜道："你有什么紧要的事情，难道耽搁一两天都不行么？"

公孙璞不便将真情告诉他，但又不擅于说谎，正在思索如何对答之际，韩希舜已又是摇着折扇笑道："公孙少侠，请问耿总兵是否尊师？"公孙璞道："不错，听说家师来了杭州，不知是否住在府上？"他见韩希舜已经知道耿照是他的师父，提起了他的师父，他自是不能不有此一问了。韩希舜道："正是。令师昨日还曾与在下提起你呢。”

人家提起了他的师父，公孙璞于礼不能不问：“家师他老人家可好？”

韩希舜道：“好。令师不但是一位名将，也是一位名闻江南的大侠，这两天我正在向他请教武功呢。不过可惜他明天就要走了。所以我说，公孙少侠，你即使有什么紧要的事情，似乎也该去见一见令师吧？”

公孙璞本来是准备见了文逸凡，再请文逸凡设法给师父捎个信儿，与师父约会的。如今听说师父明天就要离开杭州，心里不禁有点着急，踌躇难决了。

韩希舜轻摇折扇，又是哈哈一笑，说道：“公孙少侠，我诚意请你，何况尊师又正在寒舍，你若还不去，莫非是对小弟尚有芥蒂于心么？”

公孙璞道：“韩公子不记旧恨，小弟又焉能够放在心上？”

韩希舜哈哈笑道：“是呀。江湖人物，胸襟原该开阔。些须误会，料想公孙少侠也是不会记在心中的。那么现在就请公孙少侠屈驾寒舍吧。”

公孙璞渴念师父，想道：“师父在他家里，还有一位白老前辈听说也在他的家里作客卿，我此去大概他不敢对我怎样。”于是说道：“韩公子盛情难却，小弟只好去打扰了。”

韩希舜大喜道：“好，那么就请公孙兄上船。”原来韩侂胄的相府是筑在小孤山下，正在对岸的西子湖边。

进了相府，只见飞楼插空，雕甍绣槛，奇花烂漫，佳木葱茏。相府的花园是倚山修建的，有错落匀称的高低山坡，有运用巧思堆砌起来的山石，和天然的山水构成曲折隐现的奇景。公孙璞暗自想道：“天上神仙府，人间宰相家。这话当真不错。但这样的相府，却不知是多少百姓的血汗堆成。”思念及此，美景当前，已是无心欣赏。

韩希舜招待他进一间精舍坐下，公孙璞迫不及待的便要请见师父。韩希舜笑道：“公孙兄不用着急，喝一杯茶，稍坐片刻。我叫他们把尊师请来。”

过了一会，仆人回报："耿大人今早与相爷上朝，还未见回来。"

韩希舜沉吟说道："听家父说，这两天朝中正在为着蒙古南侵之事，连日在开廷议。不过他们至迟晚上也会回来的。公孙兄，我请几位武林朋友和你见面如何?"

公孙璞抱着既来之则安之的心情，想道："白逖老前辈在此，能够见他一见，也是佳事。"于是无可无不可的答允了。过了不久，韩希舜的那些"武林朋友"陆续来到，却不见有白逖在内。正是：

口似蜜糖腹藏剑，怎知相府即龙潭。

欲知后事如何，请听下回分解。

第七十三回　相府豪门藏敌使
少年侠士陷图圄

这些人中，公孙璞只认识一个在相府作教头的史宏，那次他和韩希舜交手，史宏也是曾在旁边呐喊助威的。

史宏哈哈笑道："公孙少侠，原来是你。怪不得二公子要赶快把我们找来了。诸位大哥，这位公孙少侠是当今最享盛名的少年豪杰，咱们可不能错过这个机会，求他指点一二啊。"

公孙璞惊疑莫定："难道韩希舜口里说的是一套，做的是另一套，他记着旧恨，要给我来个群殴么？"不过他虽是起疑，却也不惧，淡淡说道："不敢当。史大教头，你的本领远胜在下。你史大教头要较考我，我可是不敢奉陪。"

韩希舜哈哈笑道："公孙兄，你误会了。我是想要他们在你的面前各练一套功夫，可不敢委屈你和他们交手，只是求你指点他们而已。"

公孙璞放下了心上的一块石头，说道："这就更不敢当了。我一个末学后进，这'指点'二字，应该颠倒过来说才是。"

韩希舜笑道："好，那就大家都不必客气。文人是以文会友，咱们就来个以武会友吧。这几位朋友都是家父礼聘来的，在江湖上也都是成名的人物。"跟着向公孙璞逐一介绍，公孙璞也无心记他们的名字，作了一个罗圈揖，说道："各位的大名，在下也是久仰的了。但听说有一位白逖老前辈也在这儿，不知何以不见？"

史宏说道："不巧得很，白老师今早进城去了。不过恐怕也就快要回来的。"

公孙璞心里想道："韩希舜要这些人在我面前表演功夫，不知是何用意。怎的白老前辈也有这么凑巧不在这儿，也不知他们说的是真是假？但既来之则安之，且看他们怎么对付我吧？”

韩希舜道：“各位稍待一会，还有一位远道而来的朋友，我已经请他也来参与盛会了。”史宏似乎是有点兴奋又有点吃惊的样子说道：“公子说的是——”

韩希舜道：“噤声，颜公子来了。”

只见一个披着白狐裘的少年带了两个随从，大摇大摆地走来，韩希舜连忙恭恭敬敬地站起来走出门外迎接，史宏等人更是诚惶诚恐的跟着出去，好像捧凤凰似的，把那位“颜公子”捧进屋内。

公孙璞大为奇怪，心道：“这姓颜的不知是什么来头？何以韩希舜也要对他如此恭敬？难道他的身份还在相府少爷之上？”

那个颜公子看见只有公孙璞一人没有出去迎接，向他看了一眼，说道：“这位敢情就是名震江湖的公孙少侠？”

公孙璞道：“不敢当。请问公子高姓大名，仙乡何处？”

那贵公子对公孙璞倒似颇瞧得起，说道：“公孙兄太客气了，小弟姓颜名豪，大都人氏，久慕江南山水清丽，特来游玩。”

公孙璞心道：“怪不得他的口音不似南方人，原来是家住金京的。但不知他是什么身份？金、宋两国目前尚处在交战的状态之中，他一个富贵人家的公子，却怎敢带领随从，大摇大摆地来到江南，而且是在相府之中作客？”

韩希舜道：“今日难得颜公子在此，公孙少侠也恰好来到。我想叫他们各自练一套功夫，请两位指点。”

颜豪说道：“好说好说，我喜欢看别人的武技，却不知道怎么指点的。我这两个随从倒是多少懂得一些，待会儿可以叫他们和大家琢磨琢磨。”口气之傲，当真是无以复加，史宏这班人听了这话，心里虽然不大好受，脸上却是一副恭顺的颜色，诺诺连声。由史宏代表他们说道：“但求得尊仆指点，我们已是不胜荣幸之至。”

颜豪的一个身材高瘦的随从说道：“指点两字，我们可是担当不起。即使只是彼此琢磨，有公孙少侠这样的高人在此，我们也是不敢献丑的。”

公孙璞淡淡说道：“高人二字，我怎敢当？我是深幸有此机会，一饱眼福，阁下可别给我脸上贴金。”

另一个短小精悍的随从说道：“我们是颜公子的下人，公孙少侠如此谦抑自下，真是折煞我们了。”忽地话头一转，接着说道：“今天天气很好，公孙少侠，你这把雨伞可用不着随身携带啊。”

韩希舜笑道：“独孤大哥，你有所不知，这是公孙少侠的兵器。”

那随从说道：“哦，原来如此。这个兵器倒是特别得很，可否借给小人一观。”

公孙璞的玄铁宝伞放在身边，在这样的场合中不便推辞，只好说道：“这粗笨的兵器贻笑方众，可是没有什么好看。”心想：“只要你拿得动，给你看看又有何妨？”

那短小精悍的汉子把宝伞拿来，撑开来滴溜溜地转了两转，笑道：“好重，好重。这伞柄似乎不是凡铁吧？”他口里说“好重”，舞弄宝伞，却是毫不费力。公孙璞不禁心头微凛：“这个颜豪的仆人也有如此内力，他本人可想而知。今日之会，不知是何用意，我倒是得小心了。”

公孙璞尚未回答，那颜公子已哈哈一笑说道：“这是玄铁打成的伞柄吧？我这随从见识浅陋，教公孙少侠见笑了。”

公孙璞见颜豪识得玄铁宝伞，只好承认，说道：“颜公子见识不凡，佩服，佩服！”颜豪心想：“我家里什么宝贝都有，可没一样比得上玄铁宝伞。可惜今天却是不便抢他的，慢慢再想法吧。”

韩希舜道：“颜公子、公孙少侠请喝酒，边喝边看他们的武技。”

颜豪说道：“好，好。古人读汉书下酒，咱们饮酒观赏武技，也是一大佳话。”

韩希舜道：“史教头，你先练一趟黑虎拳，博颜公子一哂。”

史宏道：“遵命。不过我可得请二公子允许，让我用那株梧桐树练拳。”

韩希舜道：“你们要如何练便如何练，不必顾惜园中景物。”

公孙璞心想：“这人不知要如何用梧桐练拳？”只见史宏跑到一株梧桐树下，乒乒乓乓地打了七八拳，接着横扫一腿，树叶纷落，这还不算，过了片刻，树枝也都被折断，纷纷落下。这株梧桐树就只剩下一株光秃秃的树干。

颜豪没说什么，他那个高瘦的随从道："史教头内力雄浑，黑虎拳练到这个地步也委实不错了。"

史宏本来以为可以博得颜豪的称赞的，不料却只博得他的随从的"不错"二字，心里当然不大舒服，虽然不敢发作出来，脸上的神色可也不怎么好瞧了，说道："我这粗笨的拳脚功夫，本是难入方家法眼。请西门大哥多多指点。"

话犹未了，忽见一个汉子飞般跃出，说道："我也来一套刀法，博颜公子一哂。"

此时梧桐树的树枝正在纷纷落下，只见刀光疾闪，霎时间刀光静止，那汉子插刀归鞘，说道："献丑了。"众人定睛看时，只见落在地上的树枝都给削为两段，有人走去拾起几枝拿回来给大家看，每枝树枝都是恰好分为两半同样长短。

那短小精悍的随从道："这位是郭武师吧，久仰郭武师的快刀绝技，果然言下无虚。"

那姓郭的武师洋洋得意地说道："请独孤大哥指教。"

那随从道："我也练过几年刀法，待会儿自当献拙，现在还是请西门大哥先露一手吧。"

那高瘦的随从笑道："你这是教我出丑了。不过史教头有命在先，我也只好献丑，与史教头琢磨琢磨吧。"

说罢，走到另一株梧桐树下，轻轻在树干上拍了一掌，那株梧桐树纹丝不动，他就立即回来了。

史宏正自心里嘀咕："这算什么?"心念未已，奇景忽现。

只见那棵梧桐树的树叶转眼间变得枯黄，一阵风吹过，一片片的树叶落下来。众人吃惊不已，那高瘦的随从笑道："郭武师，请你剖开树心一看。"那个快刀的郭武师刷刷两记快刀，在树上划开一个"十"字，只见树心就似给虫蛀过一般，腐烂得一捏即碎。

史宏大惊道："西门大哥，你练的是什么功夫?"那高瘦的随从道："我也不知是什么功夫，家师传授我这门功夫的时候，说是从桑家的腐骨掌变化来的，他还没有定名。嘿嘿，雕虫小技，教史大哥见笑了。”

史宏心悦诚服，说道：“我的黑虎拳断树，不过是硬功而已。和你这阴柔的掌力相比，实在相差太远，倘若是血肉之躯，着了你的一掌那还了得。”那高瘦的随从微笑不语，他的同伴代答道：“西门兄的神掌能伤奇经八脉，擅克内功高明之士，着了他的一掌，七天之内，血坏脉枯，就像这棵枯萎的梧桐树一样，纵然不死，也要变得瘫痪了。”

公孙璞是练过腐骨掌功夫的，心里亦是不禁好生惊诧，想道：“我外祖的腐骨掌从来不传外人，我爹也是偷学的。怎的这个人却也懂得这门功夫？他复姓西门，难道是西门牧野的子侄吗？但西门牧野已经投奔蒙古，若是他的子侄，又怎敢大摇大摆来到宋国的相府作客？以他这样的武功，却又何以肯委身作这个颜公子的随从？”百思莫得其解，只好随众称赞。

颜公子忽地笑道：“公孙少侠，你这就不够朋友了。”

公孙璞怔了一怔，说道：“颜公子，你这是什么意思？”

颜豪笑道：“在座的别位朋友，或许是未曾见过这门功夫，对他夸赞。吾兄是个大行家，理应予他指点才是。谅他这点能为，焉能入得吾兄法眼，你也称赞他，我看，那是言不由衷了。”

公孙璞心头微凛：“这姓颜的对我的底细倒似乎摸得相当清楚。”当下说道：“腐骨掌我只是略知皮毛，西门大哥的功夫是从腐骨掌变化来的，神奇奥妙，比我所知的不知高明多少，指点二字，要颠倒过来说才是。”

颜豪摇了摇头，说道：“公孙少侠是真人不露相，西门柱石，你只好自叹没福了。”西门柱石说道：“是呀，公孙少侠不肯指点，真是遗憾之至。”心里则在想道：“我就不信你的腐骨掌比我还要高明，终须我要迫得你不能不露出来。”韩希舜道：“好戏还在后头，只盼公孙兄酒酣兴起之后，再给咱们露两手吧。现在请独孤大哥使一回快刀，让我们开开眼界。”

那复姓独孤的随从笑道：“有郭武师的快刀珠玉在前，我若再练，这可当真是班门弄斧了。”

郭武师道：“独孤大哥，你是答应过指点我的，可不能自食前言。”

颜豪道：“独孤行，主人盛意拳拳，你就练一趟吧。”

独孤行道：“好，指点二字我不敢当，我与郭武师琢磨琢磨。韩公子，请借一位尊仆一用。”

众人不觉有点纳罕：“他练快刀，何以却要借一个韩家的仆人来用?”韩希舜道：“独孤大哥，你的刀法要人陪练的吗？我的仆人可是没人会使快刀的啊!”

独孤行道：“我要一个完全不懂武功的。韩公子放心，我不是要他喂招，决不会伤他的。”

韩希舜笑道：“要不懂武功的，那就太容易了。小杨子，你站出来。”小杨子是给他们斟酒的一个小厮。

那小厮一副惶惑的神色，站出来道：“我什么也不懂的，不知要我如何陪练?”

独孤行笑道：“你什么也不用管，听我的就行。”说罢在地上拾起一片树叶，涂上一点泥浆，贴在那小厮的鼻子上。忽地说道：“你看后面是什么?”

那小厮吃了一惊，回头一望，就在这霎眼之间，只见刀光一闪，独孤行已是一刀把粘在鼻尖上的那片树叶削了下来。小厮毫发无伤。原来他哄他回头，是避免他看见刀光难免要吓一跳。

众人看得目瞪口呆，呆了片刻，这才爆发出如雷的彩声。那郭武师叹了口气，说道：“天外有天，人外有人，这句话当真不错。从今之后，我是不敢再使快刀的了。”

独孤行道：“郭武师，你可千万别要如此，你的快刀，在江湖上最少也可以排在十名之内，倘若闭门封刀，那就太可惜了。”

若在平时，郭武师听得人家将他的快刀排在十名之内，心里一定极不高兴，因为他自认为是数一数二的。

如今见了独孤行的刀法，得他认为可以在十名之内，知道这已是他为了给自己挽回面子的说法，心中反而大为舒服了。

韩希舜笑道：“有颜公子、公孙少侠和西门、独孤两位大哥在此，你们的一些粗浅武功也就不用练了。”

颜豪说道：“不必扯到我们身上。不过天色不早，恐怕也是没有足够的时候看大家的功夫了，还是早早请公孙少侠露两手吧。”

公孙璞道：“我这庄稼汉的把式更难入方家法眼。我说过此会我只是来开眼界的。”

颜豪打个哈哈说道：“公孙少侠，咱们今日是以武会友，你又何必如此惜技如金。不过韩公子刚才说得好，酒酣方能兴起，请让我借花献佛，敬少侠一杯。”说到一个“敬”字，双指一挥，把一只斟满了酒的酒杯，向公孙璞弹去。

这杯酒是放在桌上的，一弹之下，酒杯飞了起来，半空中打了两个圈，平平稳稳的向公孙璞飞去，杯中的酒竟没溅出半点。

在座的都是武学行家，见颜豪露出这手功夫，也不禁看得呆了，人人心里喝彩，但又都是目不转睛的盯着那个酒杯，谁也不敢出声。要知若是把酒杯从手中飞出，杯中的酒不溅出来已是难能，但擅于暗器功夫的人也还勉强可以做得到；如今将放在桌上的酒杯弹得飞起，而要滴酒不溅，力道用的巧妙，简直是匪夷所思，难度是要比从手中飞出难上百倍了。

众人屏息而观！只见那杯酒飞到公孙璞面前，公孙璞张开嘴巴，一吸而尽，就像有一只无形的手，把这杯酒倒入他的口中一样。公孙璞咬着酒杯，轻轻放下，说道：“谢颜公子赐酒。小弟不胜酒量，可只能喝这一杯了。”

众人吃惊过后，这才爆发出如雷的彩声，人人都是夸赞颜豪的神技，颜豪却是并无喜色，勉强一笑，说道：“公孙少侠才真是好功夫呢，佩服，佩服！”史宏这些人还只道颜豪说的是客气话，只有韩希舜看出公孙璞喝这杯酒的精妙功夫，哈哈笑道：“敬酒接酒，并臻佳妙。当真可以说得是互相辉映，璧合珠联。我敬两位一杯。”他可不敢卖弄，敬酒就是敬酒，并无其他花样。

原来颜豪弹那酒杯，用的是上乘内功“弹指神通”，酒杯上附有内力，功力稍差的人，给这酒杯一撞，少说也要跌落两齿门牙。旁人看来，好像是这杯酒飞到公孙璞面前，迫得他不能不张开嘴巴，那杯酒就倒入他的口中的。其实却是还有一点距离，公孙璞张口一吸，就吸干杯中的酒的。他这吸酒的功夫，纯用内家真气，难度决不在颜公子“隔座传杯”的功夫之下。只是他不愿意炫露，武学造诣稍差一点的人就看不出来了。

公孙璞心中有气，想道："这姓颜的不知是安着什么心，初相识就想要我难看。"本来他想"还敬"颜豪的，但转念一想，何必争这闲气，当下接过韩希舜的敬酒，说道："小弟实在是不能再喝了。"韩希舜道："公孙大哥，你喝颜公子的不喝我的，这怎么说得过去，好歹给我一个面子吧？"公孙璞无可奈何，只好喝了他的一杯。

颜豪接着说道："公孙少侠深藏若虚，刚才这手功夫令小弟十分佩服，小弟可还要敬少侠一杯。"

公孙璞心念一动："莫非他们是有意灌醉我吗？"酒是壶子里斟出来的，大家喝的都是壶中的酒，公孙璞多少也懂得一点如何辨别有毒无毒，倒是放心得下。不过对方用意难测，自己又是单身一人，纵然明知不是毒酒，也是不敢不防。当下说道："我这点微末的功夫实在算不了什么，怎敢当颜兄一再敬酒。对不住，这杯酒我是无论如何不能喝了。"

颜豪见他坚不肯喝，只好自下台阶，说道："公孙少侠的凌空吸酒绝技还说是微末功夫，那一定有更足以惊世骇俗的还在后头，今日无论如何是要请少侠多露一手，让我们饱饱眼福的了。公孙少侠，你露一手，我就喝三大杯如何？"

公孙璞淡淡说道："我哪里还有什么功夫可以炫露？颜公子身怀绝技，我倒是想请颜公子多露一手呢。"

颜豪说道："我说过只懂看不会练的。但若公孙少侠肯露一手的话，我给少侠陪练，那却无妨。"

这话已经有点"挑战"意味，公孙璞只当不知，说道："一来我委实不胜酒力，二来我怎敢委屈颜公子陪练，这话说笑了。"

韩希舜却道："颜公子，你这话倒是说对了。公孙少侠的看家本领乃是他的点穴功夫，刚才那手虽然神妙，比起他的点穴功夫，可又的确算不了什么了。"

公孙璞是曾用过"惊神指法"打败韩希舜的，见他透露出来，不知如何对答才好，只得含糊应道："韩公子，你是越发取笑了，取笑了。"

此时仆人正在端上一盘熊掌，韩希舜笑道："大家趁热尝尝，吃过了咱们再说武功。”

颜豪使了一个眼色，他那两个随从站了起来，作出来服侍公孙璞之状，一个给公孙璞挟熊掌，一个给他斟酒。

公孙璞知道这二人决不是普通仆人，如何能要他们服侍，当下也连忙站起来道：“两位怎可如此客气，我自己来。”

挟熊掌的那个汉子筷子一翻，压着公孙璞的筷子，说道：“公孙少侠别客气，小的理该服侍少侠。”口中说话，筷子一伸，闪电般的便点公孙璞的腕脉。

公孙璞不由得心头火起：“图穷匕见，原来你们当真是要暗算我！”筷头轻轻一颤，弹开西门柱石的筷子，筷尖虚指他掌心的“劳宫穴”。西门柱石也是个点穴行家，一惊之下，慌忙后退，那双筷子掉了下来。

公孙璞刚刚站起，另一个随从独孤行双掌便即向他肩头按下，说道：“请赏面我家主人，喝这一杯。否则我可要受主人责怪了。”

公孙璞已经知道他会使“腐骨掌”的功夫，这一按分明是不怀好意，心中大怒，冷冷说道：“我早已和你家公子说过，我是不能再喝的了。”

只听得“哎哟”一声，独孤行黑着脸孔，倒跃出一丈开外。原来是被公孙璞用护体神功，将他掌心的毒质迫令倒涌回去。独孤行不能不放开他，慌忙自己运功护着心房，否则就要给自己的毒掌反伤自身了。但这还是由于公孙璞不忍过分难为他，内力反震适可而止，否则他就是立即运功，亦是难保无伤的了。

独孤行运气三转，黑着脸说道：“公孙少侠，我替主人敬酒，总是一番好意。你不喝也罢，如何却叫我出丑？”

此事突然发生，史宏这班人面面相觑，一时间不知是劝解的好，还是装作不知的好。

颜豪忽地也站起身来，说道：“公孙少侠不赏面我的下人，总该给我一点面子吧。你不能喝也请再喝半杯。”

公孙璞恼道：“我说不喝，就是不喝。”颜豪道：“你不喝酒，请吃佳肴！”筷子挟了一块熊掌，伸到公孙璞面前。

他的筷子突然伸来，公孙璞也不禁吃了一惊。原来他这招竟是蕴藏着十分复杂的上乘点穴手法。比起刚才他那个随从西门柱石，不知高明了多少！

公孙璞怒道："颜公子是有意考较我的功夫吗?"筷子合拢，伸前招架，同样的蕴藏着奇妙异常的"惊神指法"，拆解对方的招数，反指对方的穴道。

颜公子哈哈一笑，说道："果然名不虚传，小弟正是想领教公孙少侠的点穴功夫。嘿、嘿，咱们是以武会友，朋友嘛印证武功事属寻常，少侠这考较二字，说得重了。"

韩希舜哈哈笑道："对，两位印证武功，我们正可以大开眼界。"

公孙璞接了几招，心中越来越是惊诧不已："难道他是韩希舜的师兄？他的惊神指法可远在韩希舜之上！"

原来"惊神指法"是从"穴道铜人图解"上演变出来，武林天骄得一部分，传给公孙璞。直到最近方知，那份原来的图解是在韩希舜的师父张大颠手上。

双方旗鼓相当，但颜豪占了先手攻势，公孙璞已是不能再站住不动了。两人不知不觉之间，离开酒席，走出亭子，就在园中动起手来。公孙璞暗运玄功，两双筷子相交，"啪"的一声，两人手上的筷子都折断了。

颜豪抛了筷子，骈指如戟，便点他的穴道。公孙璞心中恼怒，想道："以武会友，理当点到即止。我已经手下留情，这姓颜的却纠缠不休，分明是不怀好意了。不过他的点穴功夫确是奇妙，看来还在檀叔叔传授我的惊神指法之上。难得遇上这样的好手，他要纠缠，我就奉陪他吧。"原来若论点穴的功夫乃是各有千秋。但颜豪所会的惊神指法却比公孙璞稍为多些；不过，若是论到内功的深厚，颜豪则不止逊了一筹。是以若是当真较量的话，公孙璞早就可以胜他，刚才他们的筷子相交，虽然都是同样折断，那是公孙璞有意让他的。

公孙璞碍着他是相府贵宾，不便伤他。若是用到内功搏斗，只怕万一失手。这么一来，公孙璞有了顾忌，对方却是全力施展，公孙璞自是不免处在下风了。

公孙璞怒道：“颜公子是有意考较我的功夫吗?”筷子合拢，使出“惊神指法”……

史宏这班人纷纷给颜豪喝彩，公孙璞心里想道：“不给他一点厉害瞧瞧，谅他不会知难而退。”可是难就难在如何可以避免伤他而令他知难而退。蓦地得了个主意，把桑家秘传的大衍八式施展出来，内力逐渐增加，心里想道：“三十招之内，你非筋疲力竭不可，那时看你罢不罢手。”

果然只过了七八招，颜豪就有点招架得吃力的样子。不过，说也奇怪，公孙璞也觉得好像有点气力不加，他是逐渐把内力增加的，到了十数招之后，气力已是加不上去了。虽然还是比对方稍为强些，但三十招之内击败对方的计划，显然已是无法达成。

剧斗中忽见颜豪那两个随从走开，独孤行拿着他那把玄铁宝伞，西门柱石跟在后面，笑嘻嘻地说道：“这小子不是我们公子的对手，我们不想再看下去了。对不住，少陪啦。”韩希舜道：“两位大哥请便。”对独孤行拿了公孙璞的玄铁宝伞，竟是视若无睹。

公孙璞大怒道：“你这厮为何偷我宝伞？颜公子，你不管你的下人，我可要越俎代庖了。”跳出圈子，正要向独孤行追去，不料颜豪如影随形的就扑上来，双指点他背心的风府穴，笑道：“咱们胜负未决，怎的你就要走了？”

公孙璞焉得让他点着，只好回身与他再斗，怒道：“颜公子，你是有心纵容下人作贼么？”颜豪笑道：“他是借你的伞子去玩玩的，这样着急干吗？”

众人轰然大笑，有的说道：“真是乡下人，小家子气，一把雨伞也看得这样宝贵！”有的说道：“逗他玩玩，他就这样着急，真是上不了台盘。哈哈，他越着急，就越要耍耍他！”

有的还在帮忙颜豪骂他道：“胡说八道，颜公子的家人会要你的东西？你口出不逊之言，就该受罪！”

韩希舜袖手旁观，听了众人的言语，这才笑道：“这是他相依为命的宝贝，怪不得他着急的。不过，公孙少侠，你放心吧。只要你胜得了颜公子，那把宝伞自然还给你。若是胜不了呢，嘿嘿，我做主人的可要妄作主张了，这把玄铁宝伞就拿来当作彩头吧。”

公孙璞知道上当，心想：“不撕破脸也得撕破脸了。”紧紧的一咬牙，暗运玄功，力贯指尖，猛戳出三指。

颜豪吃了一惊："奇怪，难道药力还未生效？怎的他能够运用如此深厚的内力？"公孙璞这三招点穴手法，并不如何精妙，但功力却是凌厉非常，虽没有点到颜豪身上，隔着衣裳，穴道也觉得有点酸麻。颜豪大骇之下，连连后退。

韩希舜也吃了惊，作好作歹的上前劝道："公孙少侠，他们是和你开开玩笑的，不要认真！"作势劝解，却分明是要帮颜豪。

公孙璞怒道："好呀，你们并肩子上吧！"呼的一掌向韩希舜拍去，韩希舜叫道："你怎么啦，发了疯吗，连劝架的也要打了。"

颜豪忽地冷笑道："这小子不是我的对手，韩公子请你退下，免得他输了要赖。"

公孙璞大怒道："谁输了要赖？"话犹未了，忽觉一口气转不过来，大衍八式中的一招刚使出一半，力道已是发不出去。陡地胁下一麻，颜豪一指点中了他的穴道。耳边隐隐听得韩希舜哈哈笑道："颜公子你赢啦，这彩物是你的了。"公孙璞只听得这两句话，一气就晕过去了。

也不知过了多久，公孙璞悠悠醒转，这才发现自己是被囚在一间石屋之内。公孙璞大怒道："韩希舜，你枉为相府公子，怎能用这样卑鄙的手段暗算我！"蓬蓬蓬的向墙壁打了几拳，打得拳头流血，大喊大叫，却哪里有人理会他。但发泄过后，他也发觉自己的内力虽然不及从前，却也并非完全消失。

公孙璞冷静下来，暗自思量："我是怎么着了他们的道儿呢？那酒是大家都喝的，我又没有中毒的迹象。"

原来那酒虽然是大家都喝，倒自同一壶中，但公孙璞的酒杯却是与众不同，他那个酒杯的杯底是涂有药物的，这是金宫秘制的一种药物，无色无味，能使内功高明之士的内力渐渐消灭，但对身体却无毒害。

过了大约半个时辰，这才听得脚步声响，有人来了。公孙璞大叫道："叫韩希舜来见我！"那相府仆人道："我只是奉命送食物来的。"正是：

可恨豪门施诡计，难堪侠士陷囹圄。

欲知后事如何，请听下回分解。

第七十四回　窃取武功施诡计
闯开虎穴见恩师

那仆人把一个盘子从窗口递进来，盘中有热腾腾的白饭，有一只香喷喷的烧鸡，还有一壶酒。公孙璞怒道："不吃你们的臭东西！"振臂一挥，把那盘子推出去，哗啦啦一片响，杯盘碗筷，撒了满地。那仆人一声不响，在窗外打扫干净，就走开了。

又不知过了多久，公孙璞越来越感到饥饿，口渴更是难受。那仆人又把食物送来，说道："你和自己的肚皮为难，这是何苦？俗语说得好，留得青山在，不怕没柴烧。你要出这口气，也得有点气力才行呀！"盘子递进来，公孙璞已是没有气力将它推出去了，只好让它摆在窗口。

公孙璞饿得火气都消了，头脑倒是清醒了许多，暗自想道："韩希舜若是要杀害我，早就可以把我害了，何必在食物之中下毒？这仆人倒是说得不错，留得青山在，不怕没柴烧，且吃饱了再说。顶多是给他毒死。"横起心，把那盘食物吃得干干净净。

吃饱之后，气力果然大增，没发觉有什么中毒迹象。但四壁是石墙，窗口又仅能容得扁平的盘子递进来，身体不能通过。公孙璞仍是无法脱困。

公孙璞越想越觉得奇怪，"他们把我关在这里做什么？那姓颜的和韩希舜串同谋夺我的玄铁宝伞，按说应该把我杀了免除后患才是。"

正在想不出一个所以然来，忽听得牢门轧轧作响，接着是开锁的声音，公孙璞眼睛陡地一亮，只见门外站着两个人，可不正是韩希舜和那个颜豪！

公孙璞一个虎跳，冲出牢房，喝道："韩希舜，你还有胆见我？你们这样待我，这算什么？"

韩希舜笑道："公孙兄，且别动怒。小弟乃是一番好意。"

公孙璞冷笑道："你们抢了我的东西，又把我关起来，还说是好意？哼，堂堂相府公子，行同强盗，你干嘛不干脆谋财害命？"

韩希舜皱眉道："别说得这样难听好不好，你那把伞是当作彩物输给颜公子的，怎能说是人家抢你的呢？"其实公孙璞可并没有说过拿宝伞当赌注的，这只是韩希舜的自说自话。

公孙璞怒道："他若是赢了我，我把宝伞送他也不打紧，你们用的却是无耻的暗算手段！"

颜豪倒不动怒，笑道："公孙兄，我怎样暗算你了？你自己说，你是不是给我点中穴道晕倒的？"

公孙璞道："谁知你们搞的什么鬼？总之若是光明正大的较量，我决不输给你！"

原来公孙璞虽然亦已猜疑他们是在酒中做了手脚，但却苦于拿不出确实的证据。

颜豪笑道："这样说，你是输得很不服气了。这不打紧，咱们可以再比划比划，你赢了我，玄铁宝伞，原物奉还，我决不要你的。"

韩希舜接着笑道："现在我可以说明我的用意啦，我是怕留你不住，所以出此下策，把你关在这里的。因为颜公子要和你琢磨武功，你第一次输了不服气，还可以再比第二次；第二次输了不服气，还可以再比第三次。凭良心说，颜公子的武功总够得上做你对手吧？棋逢对手，相互切磋，这是对大家都有好处的啊！"

公孙璞正要恨不得打颜豪一顿，心里想道："管他是什么用意？反正我已落在他们手里，他送上门来，好坏也得和他一拼！"当下喝道："那就少说废话，来吧！"

两人再度交手，公孙璞不理他是什么相府的贵宾不贵宾了，去了顾虑，紧迫着他，一点也不放松。颜豪仍然以惊神指法对付他，指法变幻，层出不穷，公孙璞也不禁暗暗佩服。

公孙璞使出平生所学，五十招之前，大占上风。但说也奇怪，五十招之后，又重蹈覆辙，气力渐渐不加，一个疏神，便给颜豪点着穴道，登时又是不醒人事，晕了过去。待醒来时，只见周围很黑，又回到原来的牢房里了。

公孙璞心里想道："一定是酒菜里下了什么古怪的药物，但这姓颜的和韩希舜为什么不干脆害死我呢？"但他是个嗜武成癖的人，想到颜豪与他交手所用的一些武功，也的确有些是值得借鉴的，暗自想道："好呀，他们拿我消遣，我也乐得拿他们消遣，比武就比武吧，只要我不死，我一意奉陪。"那老仆送食物进来，他照样吃了。

果然一待他吃饱之后，韩希舜又和颜豪来找他比试，一切都是像上次那样，五十招过后，他就渐渐气力不加，终于给颜豪点倒。

话休烦絮，如是者过了数天，每天颜豪都来和他比试一场，公孙璞已是把平生所学，全都施展出来了。

一天晚上，公孙璞正在打坐运功，准备养足气力，明天与颜豪大打一场。忽听得牢门轧轧作响，公孙璞颇为诧异："他们都是白天来找我的，难道这姓颜的等得不耐烦，晚上也要来了！"

牢门打开，淡淡的月光之下，只见一个白须老者站在外面，公孙璞认得是白逖，大吃一惊，说道："白老前辈，你知道了我的事么？"白逖轻声道："噤声，我带你出去！"

公孙璞忍不住小声问道："去哪儿？"白逖在他耳边说道："去见你的师父！"公孙璞大喜过望，心里想道："韩希舜定是瞒着他的爹爹胡作非为，见了师父，我就可以出这口冤气了。"

白逖前头带路，绕过假山，穿过回廊，踏入一条花木荫蔽的曲径，白逖示意叫他伏下来。只见道旁一间精舍，内有灯光，纱窗上现出两个人影，隐隐可以分别得出，一个是韩希舜，另一个正是那姓颜的公子爷。原来他们正是在韩希舜的书房经过。

公孙璞伏地听声，隐隐听得韩希舜说道："恭喜贝勒，穴道铜人的功夫你可说是学全啦，明明大师的上乘心法，想必你也知道个概梗了。"公孙璞吃了一惊："何以韩希舜称这颜公子做贝勒，难道他不是汉人？"要知"贝勒"乃是金国对王子的尊称。

只听得颜豪笑道："韩公子，咱们还分什么彼此，这几天你在旁观战，所获料亦不少，咱们正好琢磨。"公孙璞方始恍然大悟："原来姓颜的与我比试武功，乃是存心偷学我的功夫。"

接着又听得颜豪说道："我离家日久，恐怕就要回去了。这小子对我已是没有多大用处，明天我准备再和他比试一场，以后就用不着他了。这小子该当如何处置，交给你吧。"韩希舜笑道："贝勒既是用不着他，过了明天，我把他杀了灭口就是。"公孙璞听得毛骨悚然，心想："若不是白老前辈救我出来，明天我可就要做一个糊里糊涂的冤鬼了！"

公孙璞本来还想偷听下去的，白逖悄声说道："此地不宜久留，快走！"不知不觉走过那条花径，两人越过一道围墙，已是置身相府之外。公孙璞有点奇怪，问道："我的师父不是住在相府的吗？"白逖说道："他今早才搬出来的，现在住在一间小客店里。"公孙璞道："可是出了什么事吗？"白逖说道："也不是什么大不了的事，你先别多问，见了师父，自会知道。"

公孙璞满腹疑团，跟着白逖进城，到了那间小客店，刚好是天亮时分。

白逖与他走入耿照那间房间，笑道："耿大侠，老朽差幸不辱使命，把令徒带来了。"公孙璞又惊又喜，连忙行过拜师大礼，说道："师父，你怎么住到这儿来了。"

耿照仔细地看了看他，说道："璞儿，你别着忙，我给你恢复功力再说。你盘膝静坐，以本门内功心法，默运大衍八式。"公孙璞依法施为，耿照握着他的双手，以本门真力助他推血过宫。过了半支香的时刻，公孙璞只觉血脉畅通，神清气爽。

耿照笑道："行啦！"双手放开，说道："你可还有烦闷之感？"公孙璞道："多谢师父，现在已是完全没有啦。"原来这几天他的内力虽然并非完全消失，但每当运功之际，胸中总是隐隐有点烦闷之感。

公孙璞道："想必是我着了韩希舜和那姓颜的暗算了？"耿照说道："不错，他们在你食物中下了药，是一种可以化去内力的药物，好在并无剧毒，而他又要和你比试武功，不能完全化去你的内力，所以药力没有用足，否则我也不能这样快给你恢复武功。”

公孙璞道：“师父，你已经知道他们是如何暗算徒儿么？”耿照说道：“白老前辈打听到一些关于你的事情，知道得不是很清楚。你是怎样给他们骗进相府的？”

公孙璞把那日的遭遇说了出来，问道：“那姓颜的是什么人，师父，他偷了我的玄铁宝伞，你老人家可不可以将这件事情说给相爷知道？他是宰相身份，料想不好意思包庇他的儿子和那姓颜的吧？”

耿照叹了口气，说道：“大宋的江山他们都要双手奉送给那姓颜的呢，你的一柄玄铁宝伞值得什么？我怎能为你向韩侂胄讨还？”

公孙璞大吃一惊，说道：“那姓颜的究竟是什么人？”

耿照说道：“其实他并非姓颜，他是复姓完颜，单名一个豪字。”

公孙璞道：“完颜豪？这个名字，似是金人？”

耿照说道：“还不是普通的金人呢。他的父亲是金国的皇叔，身兼金国御林军统领的完颜长之！”

公孙璞道：“原来他的父亲是完颜长之，怪不得韩希舜都要奉承他，称他做贝勒啦！”

耿照说道：“完颜长之是金国第一高手，金国劫夺了宋宫的穴道铜人，就是由他主持研究那铜人图解的上乘武功的。听说他集合了金国许多武学高明之士，穷十年之力，重绘一份图解，虽然不及宋宫原来那份图解，却也参透了不少秘奥。后来这份图解给武林天骄偷去了一部分，但还是不及完颜长之所得的完全。”

公孙璞道：“怪不得完颜豪要和我比试武功，现在我明白了。”又道：“宋宫原来的那份图解的下落，徒儿现在也知道了。听说几经转折，现在是落在韩希舜师父的手中。”

白逖说道：“此事我亦有所风闻，韩希舜与完颜豪深相结纳，除了公事之外，彼此交换对这份图解的心得，这也是原因之一呢。”

公孙璞道：“金宋乃是敌国，目前不过暂时休战而已，完颜豪怎的竟敢到相府作客？”

耿照说道：“那完颜豪正是金国的密使，金主不愿派遣正式使臣，以免给蒙古方面知道。是以由他以贝勒的身份，来和宋国的宰相磋商。”

公孙璞愤然说道：“金寇占据宋国的半幅江山，还有什么好磋商的？”

耿照苦笑道：“咱们此刻身在临安，临安就是宋室南迁之后，把原来的杭州改名的。为什么要改名临安，你想想看。”

公孙璞懂得师父的意思，长叹说道：“我明白了‘临安’即是‘苟安’，南宋君臣，只图偏安江左，哪里还顾得中原父老？”

耿照说道：“正是这样，否则也没有当年秦桧用十二金牌召回岳飞的事了。

“不过这次完颜豪以金国密使的身份到来，内情却还要比当年勾结秦桧骗和复杂得多。”

白逖虽是相府客卿，亦是不知内情，说道：“他们磋商什么，耿大哥可有所知？”

耿照说道：“我是个现任总兵，韩侂胄不能不让我知道一些。

“据我所知，今年初春，蒙古本来也派有密使来的，蒙古大汗要求与宋国联盟，灭金之后，蒙古愿归还宋国被金所占的疆土。”

白逖说道：“这恐怕也只是骗人的话罢了。要是蒙古有诚意与宋联盟，它又何必派兵侵扰陕南川北，又指使史天泽在江淮捣乱？”

耿照说道：“不错，朝廷之中，许多大臣也有与你同样的看法。是以这半年间，是否要联蒙古以灭金，朝廷一直是悬而未决。

“看来大概是金国已得到风声，所以急急忙忙就派遣完颜豪来了。

“皇上与韩相国既怕蒙古，也怕金人，但蒙古离得远，金国离得近，他们怕万一蒙古未曾灭金，金兵先来入寇，如何得了？是以虽有与蒙古联盟之意，却也不能不敷衍金人。他们接待完颜豪，就是想探听出金国什么价钱的。”

白逖叹道：“这不等于把江南的剩水残山，插上草标找寻买主吗？”

耿照说道：“也是事有凑巧，蒙古方面因有汗位之争，灭金的计划要拖延一年，皇上和韩相国打听了金国所开的价钱，就愿意和金国先谋和了。他们还说这正是看风使舵的上上国策呢。”

公孙璞道：“金国开的是什么价钱？”

耿照说道：“两国划江而治，联手袭匪。”

公耿璞道：“袭什么匪？”

耿照说道：“他们口中的‘匪’，还能是什么人，当然是民间抗金的义军了。”

公孙璞愤然道：“这么说，我也是匪了。”

白逖苦笑道：“你是从金鸡岭来的，当然是如假包换的匪了。我和你们金鸡岭互通声气，也算得是通匪有据了。”

公孙璞道：“义军抵御外敌，正是要保大宋江山。皇上怎能恩将仇报，反而和敌人携手屠杀他们？”

耿照说道：“皇上可不是你这样的想法，他是宁愿做金虏的儿皇帝，却怕老百姓造反抢他的江山。这样的事情不是现在才有，以前也不知有过多少次了。岳少保（岳飞）大败金军，在朱仙镇杀得金兀术几乎全军覆没，你知道得的是什么人之力？”

公孙璞道：“那是牛皋所率领的太行山上的一股义军功劳最大，我虽然不熟前朝史实，也常听得说书人说的。听说岳少保为了招降牛皋，不惜与他结拜做异姓兄弟。”

耿照道：“牛皋也是因为岳少保是抗金名将，这才归降他的。但后来岳少保也因圣旨难违，强迫牛皋助他袭匪。最可惜的是袭灭了太湖的杨么。杨么当年有十几万弟兄，正是抗金最得力的一股义军。”

公孙璞道：“现在皇上又要‘袭匪’了，这不正是重蹈覆辙吗？”

耿照叹道：“岂只是历史重演，比当年还要糟呢。现在是和金寇联手‘袭匪’的呀！”

公孙璞道：“师父，那你怎么样？”

耿照道：“岳少保为了愚忠，牛皋为了手足之义，做出了大错之事。我的功业自然远远不能和他们相提并论，但也不能像他们的糊涂。”

公孙璞道：“师父，你是现任总兵，如果皇上调你袭匪，那又如何？”

耿照道：“我现在已经不是总兵了。”

公孙璞喜道：“师父，你老人家不做官啦！”

耿照道：“廷议中我坚持异议，皇上很不高兴，要把我调任御林军的副统领，我说我愿削职为民，皇上大概见我去意甚坚，终于也答应了。”

公孙璞道：“师父，你做得对，这样的官，做不做也罢。”

白逖却道：“耿大侠，你不肯附和他们，只怕韩侂胄也不放心你吧。你可得提防他暗中加害才好。”

耿照说道：“我会小心的。所以昨日我一辞了官，今日就搬出相府。”

公孙璞这才明白师父为什么改了平民的服装，住在这个小客店里。说道：“师父，那你就该早点走呀。”

耿照说道：“我的兵权尚未交代，韩侂胄要害我，至少也得等到新任的总兵接了我的兵权才行。我本来想今日走的，但因听到你的消息，所以要等你脱险。”

跟着白逖告诉他，原来韩希舜私囚他的事情，显然是早已吩咐手下，切不可让白逖知道。但是还有一个送信给他的仆人，和白逖相交甚厚，偷偷告诉了他。

公孙璞拜谢了白逖救命之恩，说道：“白老前辈，这件事恐怕终须会给韩希舜知道，倒是我连累了你不能在相府安居了。”

白逖苦笑道：“就是没有这件事情，我也不能在相府再住下去了。我本来是充当他和义军的联络人，才做他的客卿的，如今‘国策’已变，我也没有必要再做他的客卿啦。”

公孙璞道：“白老前辈，那你也得多加小心才是。”

白逖说道：“我活了这一大把年纪，还怕什么。我担心的倒是文大侠，他住在中天竺，离此不过一日路程，住址虽然隐秘，只怕相府也会有人知道。”公孙璞道：“我正是奉柳盟主之命，要来拜见文大侠的。咱们一道到他那里去如何？”

刚刚说到这里，忽听得外面一片吵闹之声，有人喝道：“我们已打听得清楚，有位耿总兵住在你们的客店里，你怎能说不知道?”一个惊惶的声音说道：“小的委实不知道哪个是耿总兵。你看小店这样简陋，我们的客人多是做小生意的客商，哪会有官老爷住到我们的店子里来?”有一个人说道：“咱们还是搜吧!”前头那个人道：“不好。耿照若然当真住在这里，咱们还不方便得罪他。”白逖听出这个人的声音正是相府的大护院史宏。

白逖说道：“他们的消息倒是好灵通呀，怎么样?”

耿照道：“光明正大地见他。璞儿，你先躲一躲，若是他们没提起你，你就不用出来。”

白逖说道：“他们来得正好，省得我回相府告辞，耿大侠，我和你一起见他们，碍不碍事?我想他们既然能够找到这里，想必也已知道我是来找你的了。”耿照点了点头，说道：“好，明人不做暗事，和他们说清楚了也好。”当下朗声说道：“史护院，耿照在此，请进来吧，别与店主人为难了。”

只见史宏和三个人一同进来，其中两个正是完颜豪的随从，和公孙璞交过手的那两个人。

史宏虽然早已料到白逖是在这里，但见他公然出现，也是不禁怔了一怔，说道：“白老师，相爷正在找你，原来你是在给耿大人送行。”

白逖冷冷说道：“我不是来送行的，你们才是送行的。”

史宏一时不解其意，笑道：“不错，我们来替相爷给耿大人送行的。白老师，不是来送行的却是什么?”

白逖说道：“白某今日与耿大人一同离开杭州（他故意不说‘临安’而说旧名），麻烦你回去禀告相爷，白某没工夫回去向他告辞了。”

史宏道：“耿大人要借重你参与戎幕么?”

白逖说道：“此事与耿大人无关。我们一同离开杭州，可却是我走我的，他走他的。你们不用胡乱猜疑。”

史宏说道：“白老师，你在相府住得好好的，人人都尊重你，这一走却是为何?”

白逖冷笑道：“多谢你们的尊重了。白某因何要走，你回去问你们的二公子自然明白。”

史宏甚是尴尬，打了个哈哈说道："白老师，你的事咱们慢慢再谈。"

耿照说道："你们几位到来，有何见教，不妨直说！"

史宏说道："实不相瞒，史宏奉了相爷的指示，确是有三件事情要办。"

耿照道："很好，那就请你一一道来，看我是否能够照办。"

史宏说道："第一件事情我早已说过了，我们是来替相爷给你耿大人送行。"

耿照淡淡说道："不敢当，耿某早已辞了官职，不是什么大人了。"

史宏说道："相爷说新任的总兵已经派出，他知道耿大人尚未离开临安，是以——"

耿照冷笑道："原来是相爷叫你来催促我走的。"

史宏说道："不敢。相爷说耿大人若是未尽游兴，异日自当请耿大人再来游赏西湖。"

耿照淡淡说道："多谢了。你回去禀告相爷，说耿某巴不得马上解除兵柄，用不着他催促，我自当快马赶回防地。"

史宏说道："是。还有一桩事情，想要请问大人。有一位少年英雄名叫公孙璞，听说是耿大人的高足。"

耿照说道："不错，公孙璞正是小徒，怎么样？"

史宏说道："是这样的，二公子与令徒一见如故，好生敬重。日前他曾请令徒入居相府，不知何故令徒不告而别，想请问耿大人可知他的去处吗？"

耿照冷笑道："你这话有点不尽不实吧？"史宏装出一副惶恐的神气道："二公子确实是这样告诉小的。"

耿照蓦地提高声音叫道："璞儿，你出来！"公孙璞在内室应声而出。对史宏等人怒目而视，说道："是韩希舜与完颜豪要找我回去打架么？"耿照道："璞儿，不可无礼，有话好好和他们说。"

史宏打了个哈哈，掩饰窘态，说道："完颜公子与你切磋武功，那也是一番好意。公孙少侠，你是怎么出来的，也不和二公子说一声。"

公孙璞冷笑道："我和韩希舜说了，他还肯放我出来？"

白逖冷冷说道："史宏，你不必假惺惺了。韩希舜是要查究他怎能走出相府的，是么？你回去告诉他，昨晚的事都是我姓白的干的！"史宏说道："白老师，恐怕你和公孙少侠都是有点误会了。二公子说他挽留公孙少侠的方法容或不当，却实是一番诚意。昨晚的事已经过去，大家不必再提。二公子还说，他已向爹爹进言，若然请得公孙少侠回去，担保相爷会重用公孙少侠呢。"

公孙璞冷笑道："好个诚意！昨晚我可曾亲耳听见，韩希舜和完颜豪可是正在想方设法地加害我！"

史宏吃了一惊，说道："公孙少侠，你听错了吧？哪会有这种事？耿大人，请你劝劝令徒，二公子已经与相爷说了，相爷确是要借重令徒。"

耿照说道："他有他的主意，我虽然是他师父，可也不能勉强他。"

史宏奸笑道："哪有徒弟不听师父之命的，所以相爷才特地叫我们来和你耿大人商量。相爷说耿大人辞了官他是十分可惜，但盼耿大人肯让令徒作他臂助，他日令徒也好有个出身。"

耿照说道："这是相爷的命令吗？"

史宏道："不敢，我只是代转相爷的主意。"言下之意，不啻承认这是命令。

耿照冷冷说道："我已经辞了官，纵然是相爷的命令，我也无须照办！不是命令那我就更用不着勉强我的徒弟了。"

史宏深知耿照的厉害，见他说得如此决绝，一时间倒是不敢再说下去了。

耿照说道："第三件事是什么，你还未说呢！"

史宏道："第三件事是相爷要请白老师回去。"

白逖一声不响，缓缓地站起来，提起脚尖，在地上一划。

脚尖一划，只见地上的方砖开了一道裂痕，横过七块方砖，足有六七尺长，宛如刀刻一般，拖得笔直。白逖冷冷说道："古人割席绝交，此处无席可割，只好以砖代席，略表白某心意。从今之后，你我是河水不犯井水，你走你的阳关路，我走我的独木桥，休将不入耳之言，再来啰唆!”此言一出，史宏脸上登时变色!

要知内力踩碎砖头不难，江湖上二三流的人物都可以办得到，但要像白逖这样，横七块方砖，划出裂痕，一样深浅，笔直拖过，除了这条裂痕之外，七块方砖的其余部分毫无破损，这就难了，这是炉火纯青的内功，莫说史宏做不到，当世一流高手之中，有这般功力的也是寥寥无几。

史宏听他说得这样决绝，心里想道：“好汉不吃眼前亏，三十六招，还是走为上招。”于是说道：“白老师既是执意不回相府，史某告辞了。”

公孙璞忽道：“且慢!”史宏吃了一惊，道：“公孙少侠，我可只是奉了相爷之命来的。”此时不仅脸上变色，说话的声音也都变了。

公孙璞道：“我并不是和你为难，但你说了三件事情，也该轮到我说一件事情了吧?”

史宏忐忑不安，说道：“公孙少侠要说何事?”公孙璞道：“此事与你无关。”一个虎跳，站在门口，拦着完颜豪的那两个随从，独孤行大吃一惊，叫道：“公孙少侠，你要作甚?”他是擅使快刀的高手，反应灵敏，不觉的就出手向公孙璞推去，公孙璞正是要他如此，双指一扭，已是扣着他的脉门，左臂一伸，把另一个名叫西门柱石的随从也抓着了。

史宏惊道：“公孙少侠，手下留情!”公孙璞道：“你放心，我不是要他们性命。只是有一件事情未了，须得他们交代。你可以走，他们不能走!”

西门柱石颤声道：“公孙少侠，我们可没得罪你，不知有何事赐教?”

公孙璞冷笑道：“你还装什么蒜，你们偷了我的玄铁宝伞，我如今是要捉贼追赃!”独孤行痛彻心肺，额角的汗珠像黄豆般大小一颗颗滴下来，忍着疼痛，说道：“公孙少侠，这宝伞是我们的主人要我拿的，早已交给了主人了。你要讨还，只能向我们的主人讨取。”史宏也吓得慌了，向耿照求情道：“耿大人，完颜公子是相爷的贵宾，此事尚祈包涵，免得相爷为难。”

耿照说道："失主追回失物，这是天公地道的事情，按说是必须追究的。不过念在这两人只是从犯，璞儿，你就从宽发落，让他们回去吧。"正是：

狐鼠猖狂犹事小，最伤胡马渡江来。

欲知后事如何，请听下回分解。

第七十五回　权臣误国殊堪叹
文士遭危亦可哀

公孙璞这才松开了手，将他们推出门外，冷笑说道："这可真是天下奇闻，我一向只知道官府是捉贼的，却原来还有包庇强盗的官府，我如今是奉了师父之命饶了你们，你们回去给我告诉完颜豪，这件事情我公孙璞可是不能作罢，一定还要追究！"

史宏等人走后，白逖笑道："公孙老弟，你骂得痛快，可这么一来，韩侂胄和你可也结了冤啦。与相府结冤，可不是好玩的事情，以后你当真得处处小心了。"

公孙璞道："我就要回金鸡岭去的，怕他什么？这样的卖国求荣的宰相，我没有指名骂他，心头之气都未曾泄呢。"接着笑道："白老前辈，我对这两人薄施惩戒，固然是为了稍泄心头之愤，但也是为了省却咱们路上的麻烦，我要他们在两个时辰之后才能回到相府，咱们才可以从容地到中天竺去拜访文大侠。"原来公孙璞刚才已是用"截手法"伤了独孤行与西门柱石的手少阳经脉，伤得虽然不重，但在两个时辰之内，他们却是不能走路了。耿照说道："璞儿，你这件事情是做得冲动了些，不过既然做了，那也就算了，你和白老前辈立即赶往中天竺吧，我也该走了。"

当下分道扬镳，耿照回转防地，公孙璞和白逖同往中天竺去向文逸凡报讯。

天竺山是西湖南北两支山脉的主脉，白灵隐寺西面登山，周围数千里，两边重叠着峰岭，都称为"天竺山"，文逸凡所居的中天竺，离市区约有五十里之遥。公孙璞和白逖上午动身，未到黄昏时分，便已到了文逸凡的住处。

将到门前，只听得里面一片喧哗之声，公孙璞吃了一惊道："似乎是有人闹事。什么人这样大胆，竟敢到文大侠这里惹事生非?"

躲入院子，只见有十几个高高矮矮的陌生人和文逸凡的手下混在一起。这些陌生人个个都是神情倨傲，有的是一个对一个，有的是两个对一个盯着文逸凡的手下，似乎是在监视他们。其中有一个正在与文逸凡的手下吵闹。

公孙璞认得一方是韩家的老仆展一环，和他吵闹的那个人也好像是在哪里见过似的，仔细想一想，却原来就是那日在相府与完颜豪初次相会之时见过的一个人。公孙璞心想："原来史宏还未回到相府，他们已是来了。却不知完颜豪来了没有?"只听得那个人傲然说道："凭你也配问我们的来历?"展一环怒道："你是什么东西，狗仗人势罢了。别人怕韩侂胄权势滔天，我姓展的不靠他吃饭，用不着怕他。"那人大怒道："你敢骂我!"双臂一伸，就来抓展一环的琵琶骨。

展一环也是精于擒拿手的名家，当下一个沉肩缩肘，立即反扣对方脉门。两人功力悉敌，双掌相交，大家都占不了便宜。

公孙璞缓缓走上前去，在天井的石块上一步踏出一个足印，走到那人面前，说道："展老前辈，我知道他的来历。"那人看见是公孙璞，大吃一惊，连忙放开了展一环，闪过一边。其他没有见过公孙璞的人，见他露出这手功夫，也都给他吓住了。

公孙璞道："展老前辈，这些人是怎么来的?"

展一环道："是韩希舜带他们来的，韩希舜说是来拜访盟主，但你看这些人里面，有几个好像不是汉人，所以我要盘问他们的来历。"

公孙璞道："韩希舜呢?"

展一环道："他和另外三个人已经进去了。文盟主是看在韩侂胄的份上，让他进去的。"要知文逸凡尚未知道南宋小朝廷的国策已变，他是武林领袖，这几个月来，正在通过白逖的关系，希望能够与韩侂胄谋得协议，联手抗敌。他还以为是白逖泄漏他的住址，故而韩侂胄派了儿子来此作礼貌上的拜访。

公孙璞说道："展老前辈，你看得不错，这些人是金国御林军统领完颜长之的手下！其中有金人，也有甘作虎伥的汉人败类。"

展一环又惊又怒，说道："原来如此！岂有此理，我们这里，怎能容得金虏登门！"

白逖说道："且慢动手，待我和公孙少侠进去见了盟主再说。"白逖因为一来完颜豪不仅是相府的客人，实际也是金国的密使身份，南宋的皇帝都要庇护他们的。非到万不得已之际，能够避免决裂还是避免的好。二来他知道这些人的武功都很不错，动起手来只怕展一环等人不是他们的对手，敌众我寡，最少也是互有损伤的了。

公孙璞一个转身，揪住那人道："完颜豪来了没有？"

那人深知他的厉害，丝毫不敢抵抗，颤声说道："来了，来了！公孙少侠，冤有头，债有主，你可别与我为难！"

公孙璞放开了他，冷笑说道："完颜豪来得正好！你这厮不值得我动手，可你也得规规矩矩的站在这儿，不许闹事。"那人吓出一身冷汗，诺诺连声。

公孙璞与白逖走进内堂，只见韩希舜、完颜豪之外，另两个人一个是满面红光的和尚，一个是面如黄蜡，两额太阳穴高高鼓起的汉子。这两个人白逖也是未曾见过的，但一看就知道他们是身怀绝技的内家高手。白逖心想："看来他们是特地来向文大侠挑战了！"

果然便听得韩希舜说道："家父久仰文盟主的大名，今日方始得知文盟主驻足此山，相距不远，家父说他本应该亲自来问候文大侠的，可惜忙于朝政，难以抽身，是以特命晚辈代表，前来拜访，聊表敬意。"文逸凡道："不敢。这几位是——"韩希舜说道："这位颜公子是晚辈的好友，这位无妄大师是家父的方外之交，这位蒯二先生是家父礼聘远道而来的客卿，他们三位知道，文大侠是江南的武林盟主，说是难得有此机缘，故此与晚辈同来拜会。"那满面红光的大和尚接着说道："贫僧颇想借此机缘，见识江南豪杰的本领，文大侠若肯赐教，贫僧更是不虚此行了。"那"蒯二先生"跟着说道："武林同道印证武功，文大侠想必不会推辞。"

文逸凡疑心顿起，暗自想道：“韩侂胄差遣他们来见我，若然是作礼貌的拜访，他们似乎不该一见我就提出要较量武功？这和尚看来也似乎不大像是汉人？”当下淡淡说道：“武林同道，印证武功，事属寻常。但各位都是相府贵人，万一有甚失错，文某可是对相国不住了。”言下之意，“印证”武功是可以的，但可不能保证不会失手将他们打伤。试探他们反应怎样。

那和尚哈哈一笑，说道：“印证武功，本是点到即止的事，纵然失手，又有何妨？不过文大侠若想尽展所长，点到即止那就未必能够恰到好处了，这在贫僧更是求之不得的事。”那“翦二先生”接着说道：“文大侠身为江南的武林盟主，属下高手定然不少，翦某颇愿意一一领教。这样文盟主就更可以放心与无妄大师尽展所长了。”言下之意，即是他答应决不与那个和尚用车轮战来对付文逸凡，而他却愿意和文逸凡的手下作车轮战。口气的狂妄实是无以复加。文逸凡更是疑心，想道：“这分明是来挑衅的，哪里是什么礼貌拜访？”

公孙璞在外面听到这里，再也忍耐不住，便也顾不得什么礼貌了，当下便与白逖推门进去。韩希舜看见了他，虽然吃了一惊，但随即便是哈哈笑道：“公孙少侠，你也来了。小弟正在叫史宏找你呢。”

公孙璞不理睬他，先对文逸凡施了一礼，说道：“文大侠，韩二公子对这几位的介绍颇有不尽不实之处，请容小侄代他详作介绍如何？”

文逸凡道：“啊，你是知道他们的吗？说吧！”

公孙璞道：“另外两位我不知道，这位‘颜公子’可是我这几天来天天都与他‘印证’武功的相识，他的尊姓‘颜’字上还应该加上一个‘完’字！”

文逸凡道：“啊，这位公子原来复姓完颜，‘完颜’是金国‘国姓’，公子是金人还是汉人？”

完颜豪说道：“印证武功，何须区分金汉？”

公孙璞道：“完颜豪，你不敢说我替你说吧。文大侠，这位完颜公子乃是金国皇叔完颜长之的儿子，以金国贝勒的身份奉派到江南来作密使，这来头可真是不小啊！”

文逸凡“哼”了一声，淡淡说道：“原来如此，文某失敬了！”

白逖忽道：“这两位的来历身份，白某倒也略有所知，让白某替他们说吧。”

说至此处，一指那个和尚，说道：“这位无妄大师是完颜长之的师兄，听说最近方始出山，新任了金国的国师的。”

文逸凡听了，也不觉心头微凛，想道：“久闻完颜长之乃是金国的第一高手，却不知他的武功是在哪里学来的。原来他还有一位出家人师兄。这个无妄大师既然是他的师兄，倒是不可轻敌了。”

无妄大师神色不变，哈哈笑道：“白居士，你的消息倒真是灵通呀！”

白逖再一指那个“蓢二先生”说道：“这位蓢长春蓢二先生来头也很不小，他是金宫大内的副侍卫长，极少在江湖走动。不过白某有缘，十年前在青州道上，倒曾与这位蓢副总领‘印证’过武功了。”

原来十年前白逖曾偷入金宫，意图盗取穴道铜人图解（他不知那份原来的图解早已不在金宫）。众寡不敌，逃了出来，给蓢长春追到青州道上追上，打了个两败俱伤。蓢长春也是哈哈一笑，说道：“白兄，十年不见，想必你的武功又是大有进境了。上次‘印证’武功，未分胜负，蓢某倒是颇想再次向你领教呢！”

蓢长春说完了话，白逖正要开口，文逸凡先已纵声笑道：“原来是金国的三位贵人光临寒舍，真是失敬、失敬了，这么说‘同道’二字，请恕璧还，‘印证’、‘琢磨’等字眼，今日也用不上了。咱们今日就较量较量吧！”话中带笑，但十分明显，杀机已露！

“武林同道，印证武功，事属寻常。”这几句话是韩希舜刚才说的，他见了文逸凡这副神态，不觉心头一震，想道：“这位无妄大师自信必可打败文逸凡，但万一他不能取胜，我可要给他连累了。话还是说得圆滑一点的好。”于是说道：“文大侠，金宋以前是敌国，如今却是盟邦。文大侠若不相信，可问这位公孙少侠。”

文逸凡冷冷说道：“我相信，否则也不会由你韩二公子带领他们来了。但韩二公子，有几句话我可也不能不说在前头。”

韩希舜道："文大侠请说。"

文逸凡亢声说道："文某一介白衣（老百姓），不与庙堂大计。朝廷视金国为盟邦，那是朝廷的事，在我们老百姓眼中，金国只能是敌国，完颜公子是你们相府的贵宾，可不是文某的朋友！这几句话说在前头，请韩二公子别要见怪！"

韩希舜暗暗吃惊，说道："文大侠，你虽然不受朝廷俸禄，也是大宋治下的百姓。朝廷的旨意，尚盼你能善自体会。"

文逸凡冷冷说道："请恕文某愚鲁，不懂你们朝廷的庙堂大计！"

那和尚"哼"了一声，说道："文逸凡，你以为我们当真就怕了你吗？点到即止也好，决胜负，判死生也好，贫僧都愿奉陪。韩二公子，请你也莫多言了！"

文逸凡哈哈一笑，说道："无妄大师要伸量在下，那是求之不得。请，请！"

蓢长春却道："我和白老师有点旧账要算，请大师让蓢某先上，接白老师的高招。"

公孙璞朗声说道："我与完颜公子也是有点旧账未了，你们这边三个人，正好与我们比拼三场。"

完颜豪心里想道："他是昨晚逃出相府的，酥骨散的药力未过，我要胜他，谅也不难。"便道："好，那么咱们就以江湖比武的规矩，三场两胜，哪一方败了两场，就得甘心情愿认输，不许横生枝节。"原来他也怕万一无妄大师敌不过文逸凡，那时他虽然胜了公孙璞也是逃不出去。

文逸凡道："好，你们划出的道儿，悉依你们就是。白兄，你先上。"

白逖应声而出，说道："蓢长春，你远来是客，发招吧！"

完颜豪本来想和公孙璞先打第一场的，但见白逖已是和蓢长春两阵对圆，他自是不便抢先了，暗自想道："酥骨散的药力最少还有三个时辰，先让他们决了胜负，那也不迟。"而他却不知，公孙璞得师父耿照之助，早已恢复功力。

蓢长春自从那次与白逖斗个两败俱伤之后，苦练十年，自忖：

"我如今方在盛年，白逖已经老迈，纵然胜不了他，至少也不会败了给他!"

当下喝道："好，接招!"吐气开声，一掌便劈过去!

他使的是"大摔碑手"，掌力十分威猛，一掌劈开，方圆数丈之内，沙飞石走！只见白逖双掌虚抱，画了一道圆弧，蓢长春的掌锋差少许未曾插入圆弧之内，便即收招再发。蓢长春接连发了三招，白逖接连退了三步!

公孙璞在旁观战，暗暗吃惊，心里想道："白老前辈的掌法圆转如环，那自是炉火纯青的上乘掌法，但只怕他年老力衰，打下去恐怕未必是这厮对手。"

只见蓢长春强攻猛扑，白逖接一招退一步，接连退了七步，身形忽地兀立如山，不再后退了，公孙璞方始放下心上一块石头，回头一望，只见文逸凡脸有笑容。从他的面色看来，显然是他已看出了白逖有"胜劵稳操"的把握。

此时轮到蓢长春暗暗吃惊："我只道可以欺他年老力衰，谁知他的武功已练到了炉火纯青，无暇可击的地步。要想速战速决，只怕是不可能的了。"

蓢长春心中一怯，掌法立变。此时他已是不敢妄想求胜，只图能保不败，于愿已足。白逖心道："这厮倒也乖巧。"他是惯经阵仗的大行家，一看出对方已有虚怯之意，哪还容得敌手喘息？当下立即转守为攻，按、拍、劈、打、撕、抓、擒、拿，七十二路大擒拿手法宛如长江大河滚滚而下，迫得蓢长春透不过气来!

三十招过后，形势和初时刚好相反，只见白逖一派进手的招数，进如猿猴窜枝，退似龙蛇疾走，起如鹰隼飞天，落若猛虎扑地！蓢长春只有招架的份儿。

剧战中只听得"嗤"的一声，蓢长春倒纵出三丈开外，肩头一片血红，原来已是给白逖撕下了一块肉皮，还幸未溟伤着他的琵琶骨。蓢长春满面羞惭，抱拳说道："白老师功夫超卓，老而弥辣，蓢某佩服!"白逖打败了他，亦觉胸中气血翻涌，心里微微一酸："我毕竟是上了年纪了。"见他赔礼认输，也就不为已甚，说道："蓢长春，你的本领本来也足以称雄江湖，却何苦作金虏鹰犬？今日我不取你性命，但盼你能及早回头！”

那满面红光的大和尚大踏步走了出来，说道：“胜败兵家常事，还有两场未打呢，也不见得就是我们输了。”

文逸凡道：“不错，打了这两场再说，无妄大师，我接你的高招！”无妄大师凝视文逸凡，缓缓说道：“文大侠，贫僧素仰你有‘铁笔书生’的雅号，请你亮笔赐招！”

文逸凡哈哈一笑，说道：“文某封笔业已十年，大师远道而来，文某也不妨为大师破戒，大师你用什么兵器？”无妄大师脱下了身披的大红袈裟，淡淡说道：“我只有这条袈裟可以一用，文大侠，你笔下留情。嘿嘿，你不留情也不打紧，戳破了贫僧的袈裟，贫僧认输就是！”文逸凡心想：“这番僧的内功必有相当造诣，否则他可不敢说这个大话！”

文逸凡淡淡说道：“那也不必如此。大师，你远来是客，进招吧！”说话不亢不卑，显出了武林盟主的风度。

无妄大师道：“好，接招！”袈裟一抖，蓦地里就似平地涌起一片红霞，向文逸凡疾卷而来。文逸凡身形一侧，笔尖吐出银光，点向他胁下的“气愈穴”。无妄大师的袈裟一翻一卷，隐隐挟着风雷之声，站在旁边观战的公孙璞，都感到劲风扑面，几乎立足不稳。

文逸凡心头微凛：“这厮的劲力果是不凡！”双笔未曾点实，立即变招。转眼之间，幻出千重笔影，与无妄大师斗得难解难分。

无妄大师“哼”了一声，说道：“铁笔书生，原来也不过如此。有本领的你就戳破我的袈裟。”文逸凡笑道：“少安毋躁，看文某戳破你的牛皮！”笔法瞬息百变，越来越是奇幻。无妄大师的袈裟盘旋飞舞，浑身就似在金霞覆罩之下。文逸凡的判官笔点不到他的身上，他的袈裟也无法卷着文逸凡的判官笔，原来文逸凡是个武学的大行家，试了几招之后，心知对方的内功并不在他之下，他要戳破对方的袈裟不是不能，但只怕勉强而为，自己也难免要着了对方的道儿。是以决意采取“避其朝锐，击其暮归”的打法，消耗他的真力。

无妄大师也是个武学的大行家，见他如此打法，心里想道：

“久战下去，只怕稍有疏虞，就要吃亏，看来他的功力似不及我，何妨与他硬拼?”当下一招“云麾三舞”，袈裟就像涨满了的风帆，追着文逸凡的身形疾卷。

只听得“嗤”的一声，文逸凡的笔尖从袈裟划过，划出一道笔痕，袈裟却未破裂。无妄大师得意之极，心道：“我的所料，果然不差。他戳不破我的袈裟，我与他硬拼，五十招之内，定必是可以胜他了。”他哪里知道这是文逸凡的骄兵之计。

无妄大师连番猛扑，文逸凡的笔尖一触他的袈裟，就给他用个“卸”字诀滑过一边，袈裟始终没有破损，无妄大师越发得意，猛攻不已。

文逸凡接连退了七步，陡地双笔一振，喝道：“着!”银光吐处，只见袈裟穿了两个指头般大小的孔。公孙璞大喜叫道：“牛皮戳穿啦!”

无妄大师也真不愧是顶儿尖儿的高手，一知中计，袈裟立即抛出，向文逸凡当头罩下，骈指便点文逸凡的穴道。他的袈裟是附上内力的，文逸凡岂能让袈裟蒙着头面，遮断目光?当下一掌拍出，把袈裟荡开，只听得“当”的一声，他的一支判官笔也跌落地上了。

原来文逸凡要抵挡他这记怪招，只得改用掌力，方能荡开他的袈裟。他既然一掌拍出，右手所握的判官笔自是不能不松开了。

无妄大师虚戳一指，立即倒跃三步，说道：“你戳破我的袈裟，我打落你的判官笔。咱们只能算是打个平手，再来，再来!”其实文逸凡的判官笔是自己松手跌落的，无妄大师只因自己曾经夸口在前，是以不能不说这几句遮羞的说话，方有借口与文逸凡再斗。

公孙璞冷笑骂道：“不识羞，文大侠的判官笔是你打落的吗?”

文逸凡笑道：“何必迫他识输?不让他尽展所长，他输了也不甘心。好，你要较量掌法，文某奉陪就是。”把左手的判官笔也一并抛开，两人又再交手。

无妄大师吃了一次亏，哪里还敢再有丝毫轻敌，当下把平生所学全都施展出来，掌劈指戳，招招凌厉。文逸凡见他指法精奇，心里想道：“他的掌力也还罢了，这点穴的指法却是中土上各派所无，难得有这机会，我倒是应该仔细看看了。”

要知文逸凡号称“铁笔书生”，点穴的功夫自是高明之极，不用判官笔也是可以与无妄大师周旋。在武学上有专长的人，最喜欢的就是碰上可堪匹敌的对手。文逸凡为了想窥对方指法的全豹，本来可以在百招之内取胜的也不欲速胜了。

原来无妄大师的点穴功夫乃是从完颜长之那里借来了一份穴道铜人图解，自己练成的，精妙之处，又在完颜豪之上。

不过，那份图解究竟不是原来的图解，他的指法也只能说是“精妙”而不能说是“登峰造极”，比之文逸凡的点穴功夫还是要稍逊一筹。

公孙璞正在看得如醉如痴，白逖忽地轻轻拉他一下，说道：“外面似有大队人马开来，一盏茶之后，就会到了。”

公孙璞瞿然一省，登时懂得白逖的意思，跳上前去，喝道：“时候不早，完颜豪，咱们现在就较量较量。”

完颜豪不知公孙璞功力已经恢复，也想趁酥骨散的药力未过占他便宜，当下喝道：“打就打，你是我手下败将，我还怕你不成！”

公孙璞连日来吃他苦头，恨极气极，不再打话，一掌就劈过去。这一招名为“飞龙在天”，大衍八式中的一招杀手。

完颜豪话犹未了，只觉一股排山倒海般的掌力已是疾涌而来，完颜豪心头一震，连忙使出浑身本领，双掌齐出，方才勉强的化解了这招。公孙璞不容他有喘息的余暇，一掌紧接一掌，俨如长江大河，滚滚而下！

完颜豪最擅长的是点穴功夫，但在公孙璞这样刚猛的掌力急攻之下，他已是无法施展他的所长了。要知指力远远不如掌力，公孙璞的双掌似大斧开山，铁锤凿石，完颜豪全力抵挡，仍是为难，如何敢变掌为指来对付他？只怕指头未点到他的身上，手指已是要给他打断。

韩希舜见势不妙，上前说道：“公孙兄，小弟也想领教领教你的功夫！”

白逖身形一晃，拦在他的面前，冷冷说道：“二公子，你也曾走江湖，应当知道江湖规矩，你若是技痒难熬，我给你喂招吧。”

韩希舜大吃一惊，强笑说道：“白老师，我如何是你的对手？

不过这位完颜公子是家父的贵客，白老师你在舍下的时候，家父对你始终是优礼有加，还请你看在家父的份上，作个调人。请公孙少侠莫要与完颜公子为难了。”

白逖冷笑道：“我就是念在主客之情，这才不与你为难的。要我替金国的贝子说情，对不住，这个我可办不到。”

韩希舜讷讷说道：“白老师，这个，这个——”

白逖陡地提高声音喝道：“还有什么这个那个的？我答应不与你为难，你的爹爹倒要来与我为难呢！哼，你再不走，我的主意可要改了！”

话犹未了，只听得院子外面已是乒乒乓乓地打了起来，跟着便听得大队军士呐喊之声：“叛贼快快束手就擒！”原来是史宏带领了大队的相府卫士开到。院子里完颜豪带来的人趁这时机发难，和文逸凡的手下混战起来。

公孙璞一声大吼，向完颜豪的天灵盖劈下，完颜豪吓得魂不附体，顾不得狼狈，倒在地上一滚，想用“滚地堂”的功夫躲开，公孙璞一抓就抓下去，白逖叫道：“别伤他的性命！”公孙璞道：“我理会得！”话犹未了，已是抓着了完颜豪的后颈，抓小鸡似的将他一把抓了起来！

史宏带领几个武士此时刚好冲进内院，一见完颜豪给公孙璞抓住，不由得惊得呆了！

韩希舜连忙叫道：“公孙兄，有话好说！”史宏定了定神，跟着叫道：“外面有几百名弓箭手对着你们，你们本领再强，也是冲不出去！”他出言恫吓，可是声音已是不自觉的抖颤！

公孙璞冷笑道：“我本来不打算活着出去，不过完颜豪可要死在我的前头！一命换一命，他是贝子，我是平民，这一桩交易倒也做得过！”韩希舜道：“史宏，你出去叫他们住手！”

史宏应道：“是。”走出院子，高声叫道：“公子有命，大家住手！”相府的卫士正在把展一环等人围在当中，听得此言，大惑不解，却是不敢不遵，当下各自退后三步，仍然手握兵器，采取包围态势。

公孙璞冷笑道：“韩希舜，你要什么花招？”

韩希舜赔笑道：“古语有云，以和为贵。与其斗个两败俱伤，易若化干戈而为玉帛?”

公孙璞道:“少说文绉绉的假客套话,干脆的说,这桩交易,你是准备怎样做法?”

韩希舜道:“你把完颜公子放还,我带这些人回去。”

白逖说道:“你说实话,你们这次是不是来图谋文大侠?哼,不仅是图谋文大侠,还要‘袭灭’义军?”

韩希舜道:“朝廷大计,我不敢与闻。家父想请文大侠到舍下共商国是,那却是真的。彼此误会,闹成现在这个样子,实非始料所及。”

白逖冷笑道:“什么误会,若不是公孙少侠拿住了你们的‘贵客’,你肯向我们求情么?”

公孙璞道:“好,这桩交易我可以答应你。以后怎样?”

韩希舜道:“以后的事,我可不敢替家父作主。”

文逸凡冷笑道:“放人解围,这桩交易,今日就依他吧。韩侂胄他要拿我,他有本领,以后尽管冲着我来就是。”

文逸凡口中说话,手底仍是丝毫不缓,与无妄大师斗个不休。无妄大师功力稍逊,却是不敢开口说话。

此时院子内外,均已罢手止斗,就只有文逸凡和无妄大师这对仍然交手了。

韩希舜道:“既承文大侠应诺,请住手吧。”

完颜豪也叫道:“师伯请顾念小侄,与文大侠讲和吧。”

无妄大师对他的话,却似听而不闻。只见他满头大汗,分明是在苦斗之中,但却是欲罢不能。

原来因为他们二人都是顶儿尖儿的高手,别的人说罢斗就可罢斗,顶儿尖儿的高手,却必须双方采取同一步骤,缓缓收招,否则就必有一方受伤了。

过了片刻,只听得“嗤”的一声,双方后退三步。文逸凡缓缓收招,气定神闲。无妄大师却似斗败的公鸡一样,垂头丧气。只见他的僧袍当胸之处,裂开了一个交叉十字!正是:

名山龙虎斗,各自显神通。

欲知后事如何,请听下回分解。

第七十六回　何惧孤身斗强敌　却从群盗悉芳踪

原来双方虽是同时收招，但无妄大师技逊一筹，在最后一招，仍是不免吃了点亏。这还是文逸凡有心对他略施惩戒，叫他识得厉害，故而没有伤他。只是以金刚指力，在他胸前，划了一个交叉十字。

无妄大师气沮神伤，叹口气道："罢了，罢了。完颜贝子，咱们还是回去吧。"

公孙璞喝道："且慢！"他已经放下了完颜豪，但还是抓着他肩上的琵琶骨。

完颜豪颤声叫道："公孙少侠，你不是说可以和解的吗，怎么又反悔了？"韩希舜也在失声叫道："公孙少侠，大丈夫可要说话算数！"

公孙璞道："我说的话当然算数，但我的失物却非追讨不可，这也是我一开头就说过的。"

完颜豪吁了口气，说道："原来，你是要那把玄铁宝伞。"

公孙璞道："不错，宝伞交还，放你回去！"

完颜豪苦着脸道："你看得见的，宝伞我可没有带来。"

公孙璞道："你叫人回相府去拿，总之宝伞到了我的手，我才能够放你。"

完颜豪道："相府到这里一个来回，那是要明天才能到了。请你先让我回去，我保证送回宝伞就是。"

公孙璞冷笑道："我信不过你，你就在这里'屈驾'一天吧。"

韩希舜道：“完颜公子今晚不回去，家父只怕难以放心。”

公孙璞道：“韩侂胄放不放心，关我什么事？我要的只是宝伞。”

完颜豪愁眉苦脸，连连说道：“这怎么办？这怎么办？韩公子，你叫人快马赶回去吧。”

韩希舜这才说道：“让我出去看看，说不定有人已经把宝伞带来了。”

他出去一会，和完颜豪的随从西门柱石一同进来，西门柱石手上，果然拿着那把玄铁宝伞。

原来西门柱石在那间小客栈吃了大亏回去，知道史宏已经带领人马去围攻文逸凡，料想公孙璞也在那里，他心怀不忿，是以带了这把玄铁宝伞赶来，意图助完颜豪一臂之力。他以为文逸凡、公孙璞等人本领再大，也是寡不敌众，却不料完颜豪已是为公孙璞所擒，他正好是赶来送宝。韩希舜则是早已知道西门柱石带来了宝伞的，他却诸多推搪，非到最后关头，不肯说出实话。

完颜豪道：“公孙少侠，你已经得回宝伞，可以放我了吧？”公孙璞正要把手放开，白逖却道：“且慢！”

韩希舜大吃一惊，说道：“咱们不是说好的么，白老师，你怎的又横生枝节？”

白逖冷笑道：“我可信不过你们两位公子爷，对不住，我可要完颜豪送我一程。你不放心，可以跟来。”

完颜豪道：“我又怎知道你们不是骗我？”

文逸凡大怒道：“你当我和白老师是像你们金虏一样不讲信义的么？到了山脚，自然放你！我们江南豪杰要对付的是你们金国的朝廷，是你们敢于渡江南犯的虏骑！岂在乎拘留你一个区区的贝子。”

韩希舜吃下一颗定心丸，说道：“完颜兄放心，文大侠是江南的武林盟主，说的话自然算数。”完颜豪落在人家掌握之中，心里虽然惴惴不安，也只好依从对方了。

当下韩希舜命令手下留在山上，他陪伴完颜豪“送”文逸凡等人下山。到了山下，文逸凡果然将完颜豪交回给他，说道：“韩公子，请你回府上复令尊，义军是‘袭灭’不了的，文某以大宋江山为重，不愿与他为难，但令尊若是再欺迫我们，终有一日，只怕我们也难以和他客气了。”韩希舜哪里还敢多话，与完颜豪诺诺连声而退。

这两人走了之后，文逸凡说道：“现在朝廷大计已变，柳女侠还未曾知道。我和白老师要分头去通知江南的各路义军，一年半载之内，恐怕是不能到金鸡岭的了。公孙世兄，这件差事还是麻烦你再走一趟吧。”

公孙璞道：“我本来是要回去禀报柳姑姑的，那么晚辈告辞了。”白逖道：“你路上当心一些，你如今回去不比来时，和你作对的人多了许多呢！”公孙璞道：“我理会得，白老师不用挂心。”心里却在想道：“我倒是巴不得再碰上完颜豪，这次真是太便宜他了。”

出乎公孙璞意料之外，他渡过长江，一路都是平安无事。既没有相府的人找他麻烦，也没有碰上完颜豪派遣的追兵。

这日他进入山东嘉山县的山区，离金鸡岭不过三日路程了。正行走间，忽见两骑快马对面驰来，马上是两个粗豪汉子，腰悬刀剑，看来似是黑道上的人物。

公孙璞注意他们，这两个人也是很注意他。公孙璞避在路旁，当他们的快马跑过之际，只听得他们“咦”了一声，低声说了两句“黑话”，公孙璞可听不懂。

公孙璞心里暗暗好笑：“他们若来劫我，那就是要大失所望了。我身上的碎银子总共也不到十两。”

那两个人从他身旁驰过，虽然神色有异，却无举动。公孙璞只当是自己的瞎猜疑，也就不再放在心上，继续赶路。

不料走了一程，只听得背后马铃声响，那两骑快马又跑回来。公孙璞心道：“来了，来了！”故意停在大路当中，看他们怎样对付自己。

公孙璞只道他们是回来行劫的，谁知又没料中，那两个人竟然连叫他让路也没有叫，接近他的时候，两骑马左右分开，倒似好意避他似的，从他两旁驰过。

公孙璞暗暗叫了一声“惭愧”，心道：“原来还是我的多疑。这两个人相貌虽然凶恶，未必就是黑道中人。是黑道中人，也未必就是胡乱劫掠行人的下三滥之辈。”

行行重行行，不知不觉，天色已是渐近黄昏，忽又听得马铃声响，后面又来了两骑快马越过他的前头，一样的劲装汉子，腰间胀鼓鼓的显然藏有兵器，这两个人也像上午碰到的那两个粗豪汉子一样，对他十分注意，跑了过去，又回头看他。

公孙璞不由得疑心大起：“该不会有这样凑巧的事吧？但他们对我毫无举动，却又不像是对我怀有恶意？其实我又有什么东西值得他们劫的，他们若然真的是黑道中人，也应当有点眼力，我又何须担忧，倒是现在已经天黑，我错过了宿头，须得找个地方过一晚了。”

心念未已，忽又听得蹄声得得，这两骑马没挂马铃，从山上跑下来，那两个骑者年纪较大，一样的带着兵器。

公孙璞闪过一旁，心想：“不知他们是不是一伙的，这么晚了，还在赶路，大概是有急事。”

这次公孙璞没有猜疑他们是冲着自己来的，不料走了不过一会，那两骑马又跑回来，和最先碰上的那两个人一样，一来一回，从他身旁经过之际，都是目不转睛的在盯着他。

公孙璞隐隐听那两个人说话：“你看莫大哥是不是走了眼？”“不会，我看这小子也是肥羊。”“他身上不似藏有大量黄鱼（金子）。”“只怕是比黄鱼贵重百倍的猫眼（珍宝）。”“当真如此，那倒是要分外小心了。”

公孙璞内功深厚，耳灵目聪，百步之外的小声谈话也听得见，不过这两骑马跑得很快，他只能够隐约听见这几句说话，后面的说话就听不见了。

这两个人的对话只有几个“唇点”（黑道术语），公孙璞倒是完全听懂了。

“原来果然是踩盘子（侦察要劫的对象）的贼人，可笑他们还说没有走眼呢，什么黄鱼猫眼，我身上的银子，只怕还不够他们六个人吃喝一顿。哈哈，我倒是盼望他们动手，乐得奚落他们一番。”公孙璞心想。此时已是日落西山，夜幕笼罩大地了。

公孙璞抬眼望去，暮色苍茫中只见那两骑马已是变成两个黑点，转眼之间，没入密林深处。公孙璞心里想道：“他们为何不走大路，莫非前面那一座山，就是他们的巢穴？我正要找个地方过一晚，不如就在那个林子里陪伴他们吧。”

公孙璞倒不是喜欢惹事，只因接二连三的碰上“踩盘子”的黑道人物，不免引起了好奇之心，反正此际无事可做，要找地方过夜，是以打定主意，反过来侦察他们。

主意打定，公孙璞立即施展轻功跑上山去，那座山看来似在前面不远，走起来才知道也有十数里之遥，山路崎岖，进入那座林子之时，天色已是完全黑了。

山深林密，林子里黑漆漆的也不知他们藏在何处，正自为疑，忽地隐隐听得西面似有两下掌声，公孙璞伏地一听，伏地听声，听得比较清楚，听得东面也响起两下掌声，随即便听得有脚步声，从西面向东面奔去。公孙璞多少有点江湖经验，心里想道：“原来他们果然是约好了在林中聚会的，聚会之处，是在东边。”当下便以八步赶蝉的上乘轻功，悄悄的向东面循声觅迹。

忽地眼前一亮，只见林子里一块树木比较稀疏的空地上有一堆野火，火堆边围着六个人，正是他日间曾碰见的那六个人。

公孙璞攀上一棵大树，这棵大树枝叶茂盛，正好可以藏身。公孙璞轻功超妙，那些人又绝想不到他会来得这样快，此时正在议论纷纷，一个也没发觉。

只听得一个人说道：“这小子并无行李，但一看就知他身上藏有重物，显然不是黄鱼，就是猫眼!”

公孙璞听了这话，方始恍然大悟。原来黑道中人，大都有这样的本领，一看就看得出别人的身上是否藏有金银珠宝的，因为金银珠宝体积小而比重大，比如一块金子就要比同样大小的铁块沉重，同样的一块宝石又要比金子重。身上藏有沉重的金属，走起路来也不同的。

公孙璞暗暗好笑：“他们哪知道我携的是玄铁宝伞，却把玄铁宝伞当成是黄鱼猫眼了。”

另一个人说道：“我也知道他是携有重宝随身，不过，唯其因为如此，咱们可就更要小心从事。你想一个孤身的小子，携带重宝独走长途，倘非有高强的本领，就必是有极大的来头，否则怎敢如此？咱们必须打听清楚，清楚了他背后是否有什么奢拦的靠山方能下手，是不是呢？”公孙璞心道：“原来如此，他们是因为有所顾忌，所以才要接二连三的踩盘。”

心念未已，只听得第三个人说道：“打听清楚之时，只怕就要错过动手的机会了。走了肥羊，岂不可惜？”

第四个人说道：“不错，咱们在黑道上并非无名之辈，大丈夫岂能如此畏首畏尾？”

第五个人说道：“咱们有六个人之多，那小子纵然懂得武功，甚或武功不弱，他也不是三头六臂，咱们还怕收拾不了他吗？”

第六个人道：“你们少安毋躁，这小子走这崎岖的山路，最少还得两个时辰，方能从这山下经过。说不定天色晚了，他不敢走夜路，要明天早上，方能经过这里呢，你们急什么？”

第一个人道：“但咱们也得商量定夺呀，大家意见纷纭，怎好办事？”

那个主张慎重的人说道：“我赞成六哥的意见，等待跳虎涧的人来了再说。”

一个人问道：“什么？跳虎涧的人也在打那小子的主意吗？”

那第六个人笑道：“我叫你们少安毋躁，就是因为我已经知道跳虎涧的韩大哥就要来的。韩大哥见多识广，昨天他已经注意这小子了，他正在打探这小子的来历呢。”

第一个人叹口气道：“跳虎涧的人来了，最少也要占个双份，这碗水分开来喝，可就只能润润喉咙啦。”

主张慎重的那人笑道：“我宁愿只是喝口凉水润润喉咙，可不愿凉水变成了热馒头，烫坏了口。再说这一口凉水乃是甘露，大家少喝些，也足以延年益寿的了！”话中之意，即是说他敢断定公孙璞所携的“重宝”价值连城，大家瓜分，收获亦是不小。

其余的人听了这话之后，一致同意。过了一会，果然便听得两下掌声。

那个“六哥”跳起来道：“跳虎涧的韩大哥来啦!”

只见一个虬髯汉子现出身形，哈哈笑道：“韩大哥今晚也要来吗，那就更好了。各位欢不欢迎我这个不速之客?”原来来的并非“跳虎涧的韩大哥”。

众人呆了一呆，随即纷纷涌上去迎接，那个“六哥”似乎是这班人的首领，说道：“金大哥，听说你正在西门先生的手下得意，早已飞上了高枝，难道还要做这黑道的买卖?”

原来这个“金大哥”本来也是江湖上闻名的大盗，比跳虎涧的“韩大哥”名头更大，后来跟了西门牧野，投奔蒙古，早已不干黑道的生涯了。不过他和黑道的人物仍是常有联络，黑道中的邪派人物慑于他过去的名头，更畏惧他现在的势力，都是不敢不听他的话的。

那“金大哥”哈哈一笑，说道：“一条小小的羊牯算得什么，我有一炷更大的财香送给各位!”这意思即是说不要去打那小子的主意了，另有一宗更大的买卖等着他们。

六个人都是怔了一怔，随即说道：“金大哥肯照顾我们这些穷兄弟，我们自是感激不尽。但不知是怎么样的财香？要我们做些什么？还请金大哥示下。”

“金大哥”缓缓说道：“黑风岛主的大名，想必各位都是知道的了?”

众人点了点头，其中一个说道：“听说黑风岛主来到中原，不知是真是假?”这个人就是刚才力主谨慎从事，要等待跳虎涧“韩大哥”来的那个人。

“金大哥”说道：“你的消息倒是灵通得很。不错，黑风岛主非但来到了中原，而且就快要做中原的武林盟主了呢!”

那人说道：“但我听说西门牧野要当武林盟主，这么一来，他们两个岂不是要冲突了么?”

“金大哥”笑道：“西门牧野非但不会与他冲突，还要巴结他呢。”那人诧道：“西门牧野竟有这样的宽宏大量?”

那“金大哥”这才把真相说了出来，说道：“各位有所不知，西门牧野之所以敢于想做武林盟主，那是因为有蒙古国师龙象法王替他撑腰。龙象法王则是想把他扶起来与蓬莱魔女对抗的，但现在龙象法王觉得黑风岛主比他更为适合，他当然就得退位让‘贤’了。尽管他心里或许不服气，口头上也不能不巴结黑风岛主呀！”

众人说道：“原来如此。但黑风岛主要做武林盟主，不知和金大哥说的那炷财香又有什么关系？”

“金大哥”道：“当然大有关系。是这样的，黑风岛主有个女儿，名叫宫锦云，本来是和父亲到了龙象法王的客寓，就快准备动身前往和林的，这小妞儿不知和她爹爹闹了什么别扭，不声不响悄悄的就逃跑了。黑风岛主只有这么一个宝贝女儿，是以非得把她找回来不可。

“各位都是雄据一方的寨主和香主，黑风岛主托我，我就只能托各位了。

“各位想想，黑风岛主现在已是龙象法王的副手，将来还要当上武林盟主，各位替他尽力，这好处还用说吗？将来蒙古大汗统一中原，各位要升官的可以升官，要发财的可以发财，还用得着去打一条小羊牯的主意？”

公孙璞暗中偷听，又惊又喜：“原来锦云果然是逃走了，却不知她身在何处？”

公孙璞想要知道的果然就有人问了出来：“金大哥可知道那位宫姑娘逃向何方？”

“金大哥”笑道：“我若知道，也用不着劳烦各位了。”

有两个不大愿意帮这个忙的便皱起眉头说道：“人海茫茫，我们又不认识她，却是怎生寻找？”

“金大哥”缓缓说道：“只要各位愿意帮这个忙，当然是有办法。那位宫姑娘性情好玩，她是绝不会逃回黑风岛的。她是大前天从密云（地名）逃出来的，并无坐骑，不论逃到何方，算行程总该在这方圆数百里之内！

“各位都是雄据一方的寨主香主，这方圆数百里的州县属于你们的势力范围，只要你们各回原地，分派手下探查，还怕找不着吗？

“至于说到你们不认识宫姑娘，这更无须顾虑了。一个会武功的单身女子怎瞒得过各位大行家的眼睛？就是抓错了也不打紧，九个错了，第十个也会找对！”

那两个人给他说得无法再找遁辞，想了一想，说道：“金大哥提携我们，我们哪有不识抬举之理，自当尽力效劳，不过，不过——”

“金大哥”冷冷的向他们瞅去，说道：“不过什么？”

那两个人道：“不过我们干这桩买卖，已是烤熟了的馒头，眼看就可以到口的了。待我们干了这桩买卖，然后回头去替金大哥办事如何？”

跟着有人说道：“是呀，那小子明天早上，必定从这山下经过，做了这桩买卖，回去也不迟呀！”

“金大哥”似乎很不高兴，说道：“各位请放明白，这是给宫岛主办事，也是给我们的国师龙象法王办事！迟一天半天本来不打紧，但只怕那位宫姑娘已经走出了各位的辖地，找起来可就麻烦了。万一误了事怎么办？我劝各位还是别打小算盘吧！”

那个主张慎重的人说道：“我有一个主意，跳虎涧的韩大哥马上就要来的，他的耳目最为灵通，说不定金大哥要找的那位宫姑娘，在他那里可以打听到什么风声。”

先前那两个人齐声说道：“是呀，就算打听不到，反正韩大哥马上就会来到，多他一个人办事也好呀！迟也不迟在这片刻！”

“跳虎涧”在黑道上颇有势力，那“金大哥”虽不高兴，也只能给他们几分面子，说道：“好吧，那就稍等片刻，过了三更，若然韩大哥还是未来，咱们可要分头办事了。”话犹未了，只听得已是有人叫了起来：“韩大哥来了，韩大哥来了！”

另一个人说道：“还有一位朋友和韩大哥来呢，这位朋友是谁，你们认识吗？”

那几个人都不认识这个和“韩大哥”一同来的汉子，躲在树上偷看的公孙璞却倒是认识他，心里又惊又喜。

原来这个人正是完颜豪的两个随从之一，会使“化血刀”毒功的西门柱石。

“好呀，我正要找这厮算账，他自己撞上来了！且先听听他怎么说吧？”

那个“金大哥”呆了一呆，忽地也叫了起来：“咦，西门兄，你怎的也来了?”原来他和西门柱石也是相识的。

西门柱石笑道：“金七，你来这里做什么?我的叔父好吗?”

金七颇有点尴尬，说道：“令叔正在密云与国师一起，前两天还说起你呢，你为什么不去跟他?”原来这个西门柱石，正是西门牧野的侄儿。

西门柱石笑道：“我们叔侄乃是分道扬镳，各干各的。不过虽说是各为其主，但也可说得是殊途同归。”

金七约略知道一些关于西门柱石的事情，心里想道：“人家说他投奔了金国的皇叔完颜长之，以他这样说来，这件事大概是真的了。”当下说道：“西门兄，我明白。但不知西门兄和韩大哥一起来，却是为了何事?”

西门柱石道：“你先说吧!”

金七想道：“黑风岛主要抢他叔父的武林盟主来做，这事情说了出来，只怕他不高兴。”但“跳虎涧”的“韩大哥”是这班人的首领，他不说这班人也会说，无可奈何，他只好说了。

西门柱石笑道：“原来是这件事情。说来凑巧，我们可也正想找一个人呢，我们找的人说不定和你们找的这位宫姑娘也有点关系。”

金七道：“哦，你们找的是谁?”

西门柱石道：“是一个背着雨伞，模样像是个庄稼汉的乡下少年。”

此言一出，那六个人齐声欢呼，说道：“我们本来就是要干掉这小子的，西门大哥，欢迎你来主持此事，这碗水你和韩大哥就喝双份好啦!”

金七皱起眉头道：“这小子纵然有些油水，怎比得上黑风岛主的女儿值价?西门兄，令叔与黑风岛主都在法王手下办事，你应该先帮我这个忙才对。”西门柱石笑道：“你可知道这小子是什么人，他有的又是什么宝贝吗?”金七道：“正要请教。”那六个人也都渴欲知道，围拢了来听。西门柱石缓缓说道：“这个人名叫公孙璞，他的那把雨伞乃是稀世奇珍，名叫玄铁宝伞!”

此言一出，那个金七大吃一惊，首先叫了起来：“呀，玄铁宝伞！”

跟着那个主张慎重的汉子也叫了起来：“原来是玄铁宝伞，怪不得他好像身藏重物了！”

其他的人却是莫名其妙，争相问道：“玄铁宝伞是什么玩意？为何说它是稀世奇珍？”

金七说道：“玄铁宝伞是兵器之王，比凡铁要重十倍，任何宝刀宝剑都比不上它！”

那汉子说道：“那柄雨伞的伞柄是玄铁造的，至少也有百多斤重，那是比‘猫眼’更贵重的‘重宝’了，嘿嘿，哈哈，咱们这次可都失眼啦！”

骏马宝刀是武林中人梦寐以求的东西，何况是比宝刀宝剑更宝贵十倍百倍的玄铁宝伞？这班人明白之后，不觉都是馋涎欲滴了！

有一个人说道：“咱们共有九人之多，玄铁宝伞只有一把，抢了来应该归谁所有？”

这班人冷静下来，仔细一想，论目前在黑道的地位是跳虎涧的韩大哥最高，论势力是金七最大，论武功则是西门柱石最强，抢了玄铁宝伞，定然是落在这三个人的手中，不管是哪一个取得，总之无论如何是轮不到他们身上，他们出力卖命，也不过是为人作嫁衣而已！这么一想，这班人不觉又都是意兴索然了。西门柱石缓缓说道：“玄铁宝伞虽然只有一把，但我决不能叫各位白出力气，应该得的好处嘛，我管保各位谁也不会落空！”

有人问道：“此话怎说？”有人说道：“咱们先君子后小人，不知西门先生许的是什么好处？”

西门柱石这才把真相说了出来：“实不相瞒，小弟是为大金国的完颜王爷出差，公孙璞这小子是我的少主完颜贝勒的仇人，各位若能助我抢得这把玄铁宝伞，贝勒答应每人送十万两银子，若能把这小子也都杀了，加送五万两银子，另外各位的辖地（意即指他们的黑势力范围），官兵决不侵犯。即使各位在外地做案，官府也会眼开眼闭，任凭各位横行！”

十五万两银子在这班强盗头子的眼中，也算得是很大的数目了。何况令得他们更动心的是今后可以横行无忌呢！要知他们是在金国的统治下做强盗，而完颜长之正是金国掌握兵机的第一号人物，得了他的允诺，这就不啻是一道护身符了！于是这班人争先恐后的答应："完颜王爷要我们办事，这是看得起我们，我们当得效劳！"金七说道："那么黑风岛主的事情怎么办？完颜王爷固然是不能得罪，但蒙古大汗和龙象法王以及未来的武林盟主，恐怕也是不能得罪的吧？"

这些人心里都是想道："不怕官，只怕管，蒙古虽然是兵强马壮，金国也要向它屈膝求和，但毕竟尚未打进中原，我们当然是应该先讨好完颜王爷了。"但想是这样想，他们对龙象法王与黑风岛主究竟亦有所顾忌，尤其是心狠手辣的黑风岛主，他们更为忌惮，是以谁都不敢作声，只把眼睛望着西门柱石。

西门柱石打了个哈哈，说道："七哥是和我争生意了，其实这两件事情也未尝没有关系，我倒想和七哥也做一桩交易呢！"

金七道："如何交易？"

西门柱石说道："请七哥先帮帮我的忙，杀了公孙璞这小子。我答应替七哥找回那位宫姑娘。"

金七半信半疑，说道："你已经知道了那位宫姑娘的下落？"

西门柱石笑道："不是我知道，是韩大哥知道！"

跳虎涧的寨主韩老大说道："不错，我已知道了宫姑娘现在什么地方，而且最少在三天之内，她是不会离开这个地方的。"

金七连忙问道："什么地方？"韩老大微微一笑，却不回答。西门柱石说道："办妥了这件事，我们自然会带七哥前往，包管可以找到那位宫姑娘就是，七哥，这桩交易你是做还是不做？"原来西门柱石吃过公孙璞的大亏，此时虽然说服了七个强盗头子帮他的忙，还是有点害怕力量不够，这个金七的武功比这班强盗头子都强，是以他必须拉他作个帮手。金七说道："好，我同意做成这桩交易！"西门柱石笑道："对啦，这才对大家都有好处的呢。有一件事情我还未曾告诉七哥，你要找的那位宫姑娘正是公孙璞这小子的心上人，但黑风岛主却是不愿意有这个女婿的。所以你帮我杀了这小子，黑风岛主也会领你的情，感激你呢！"

公孙璞高举玄铁宝伞，朗声说道：“不劳各位费神找寻，公孙璞送上门来了。”

金七这才恍然大悟，哈哈笑道：“原来如此，怪不得你说是有关系了！好，咱们这就下山把守路口，等候那小子吧！”

公孙璞此时正是又惊又喜，心里想道：“原来那姓韩的汉子已经知道宫锦云的下落，这正是踏破铁鞋无觅处，得来全不费工夫了！”

就在那班人商量要动身的时候，公孙璞忽地从树上跳下来，高举玄铁宝伞，朗声说道：“不劳各位费神寻找，公孙璞送上门来了！谁想要这把玄铁宝伞的，就请来吧！”

众人呆了一呆，蓦地发一声喊，亮出兵器，纷纷向公孙璞扑去。西门柱石叫道：“小心，别让他的宝伞碰着兵刃！分出人来，背后攻他。对，用暗青子招呼也好！”正是：

宝伞防身何所惧，要擒强贼审真情。

欲知后事如何，请听下回分解。

第七十七回　折服强徒寻旧侣
要从虎穴会情鸳

这伙人正在向着公孙璞冲杀过去，有的已知道要提防他的玄铁宝伞，有的还未醒觉。饶是西门柱石及时提醒他们，也有两个人已是收势不及。

只听得当、当两声，震耳欲聋，一柄大斫刀斫着玄铁宝伞，刀口都卷了起来，另一个强盗头子吃亏更大，他使的是一根熟铜棍，恃着是重兵器，一招“力劈华山”向公孙璞天灵盖猛砸下来，给公孙璞举伞一撩，以硬碰硬，熟铜打的兵器如何碰得过玄铁？这人的气力也敌不过公孙璞的内家真力，当的一声巨响，笔直的熟铜棍弯得好似镰刀，那人虎口震裂，血流如注，兵器掌握不牢，脱手飞去，几乎砸着了使大斫刀的那个人。两人都是吓得魂不附体，慌忙后退。

西门柱石叫道：“用暗青子招呼呀！”群盗散幵，暗器出手，飞蝗石、铁蒺藜、袖箭、飞镖、透骨钉、梅花针、铁莲子、飞刀、毒沙……各式各样的歹毒暗器，宛如冰雹乱落。

公孙璞冷笑道：“明枪也好，暗箭也好，你们岂能奈我何哉?”撑开玄铁宝伞，滴溜溜一转，只听得叮叮当当之声，不绝于耳，冰雹也似乱落的暗器都给他的宝伞荡开，反打回去，他们没有伤着公孙璞，有两个人反而给自己所发的暗器反打回来，打伤了。幸而只是伤着皮肉，那两件暗器恰好又是没有喂毒的。

众人都着了慌，有一个胆小的不禁就想逃走，说道：“这小子的玄铁宝伞委实太过厉害，咱们只怕是当真奈何不了他了，我看，我看，还是好汉别吃眼前亏吧。”

跳虎涧的那个韩老大喝道：“哪个跑的，我韩老大就挑他的窑（吞并他的山寨），给他来个三刀六洞，咱们这许多人，还收拾不了一个小子，以后还能够在黑道上混吗？”

金七接着喝道：“不用着慌，围着他和他游斗，我不信这小子就有三头六臂！”西门柱石道：“暗青子也还可以使用，不过只能用梅花针和毒沙子之类的细小暗器了。打他下盘，打他穴门！”

梅花针之类的微细暗器反弹回来不能及远，而又最是防不胜防。群盗改变打法，公孙璞必须加倍小心，形势果然好了一些。

那个金七使的是一件奇门兵器，名为“链子抓”，这是从“链子锤”变化出来的，铁链的一端系的不是铁锤而是钢抓，伸开来有一丈七八尺长，对远攻甚是有利。

“咔嚓”一声，他的链子抓抓着宝伞，溅起火花，抓不进去。公孙璞正要抓着铁链，抢他兵器，他的链子抓已是缩回，倏然间又向公孙璞的下盘卷到，抓他双足。

公孙璞宝伞一合，当作铁棍使用，“当”的一声，把链子抓撩开。只见金七身形微晃，那根链子抓宛似毒蛇吐信，又向他的左肩抓来了。公孙璞心里想道：“怪不得西门柱石定要拉他作为帮手，这厮的武功果然是有点邪门。好，擒贼擒王，我且叫这金七和西门柱石先吃我的苦头。”

公孙璞故意装作怯战，连连后退，金七大喜道：“并肩子上呀，这小子就快支持不住了！”包围圈渐渐缩小，公孙璞突然跃出，一脚踏下，踩着金七向他下盘卷来的链子抓，玄铁宝伞倏地就压上了他的肩头！同时反手呼呼两掌，把迫近他的身前几个强盗震退！

金七纵然内功不弱，却怎禁得起这玄铁宝伞的重压？只听得一声惨呼，左肩的琵琶骨已是给玄铁宝伞压断，登时像一团肉泥瘫在地上。公孙璞哈哈一笑，收回玄铁宝伞，荡开诸般兵器，疾伸左臂，又向西门柱石抓去。金七琵琶骨折断，纵然保得性命，武功已废，公孙璞也就不为已甚，不再理会他了。

西门柱石曾经吃过公孙璞的大亏，此时见他一抓抓来，掌心红若涂脂，鼻端隐隐闻到一股腥风，知道公孙璞已是使上了“化血刀”的毒功，他是这门毒功的行家，如何还敢与之相抗？

可是公孙璞出手快如闪电，这一抓又是变幻无方，西门柱石要想闪避也闪避不开，无可奈何，只好出掌化解。他的“化血刀”毒功远不及公孙璞，双掌一交，西门柱石一声大叫，倒纵出数丈开外，骨碌碌地滚下山坡。武功最强的两人一个是性命难保，一个是负伤而逃，群盗哪里还敢再斗，顾不得韩老大的约束，发一声喊，都逃走了。

公孙璞心里想道：“可不能让他们逃回去报讯。”抓起一把石子，用天女散花的手法洒出，笑道：“来而不往非礼也，让你们也尝尝我的暗器滋味吧！”

公孙璞最擅长的虽然不是暗器功夫，但对付这班强盗却是绰绰有余，只听得“哎哟、哎哟”之声，此起彼落，有的刚刚迈步，有的才滚下山坡，除了两个人之外，其余的人，都给公孙璞的石子打着了穴道。这两个人一个是最先滚下山去的西门柱石，一个就是那个跳虎涧的盗魁韩老大。

西门柱石是着了他的“化血刀”的，公孙璞料他逃到山下，中的毒就要发作，以他的功力或许不会送命，但却也非得觅地养伤不可，要逃回去报讯是决不可能的了。

跳虎涧那个盗魁韩老大倒是颇有几分本领，公孙璞打向他的石子给他舞起单刀拨落，不过他也是不敢恋战的了，此时正在舞刀疾跑。公孙璞哪能放过了他，当下如影随形，跟踪急上！

韩老大只剩下一个人，早已吓得慌了。说时迟，那时快，公孙璞已是追近了来，陡的一声大喝：“还不给我站住！”

这一喝用的是明明大师所传的佛门“狮子吼”功，有震慑敌人心神的威力，韩老大魂飞魄散，双腿一软，不由得跪倒地上。可笑公孙璞是叫他站着的，他自己却站不住了。

公孙璞笑道：“不用行此大礼！”“玄铁宝伞”一伸，压在他的肩头。韩老大曾经目睹金七被宝伞压断琵琶骨的惨状，只道公孙璞是要取他性命，吓得灵魂出窍，慌忙叫道：“少侠饶命！”

公孙璞笑道：“你要我饶命不难，你可得实话实说，并依从我的吩咐！”

韩老大一听有了指望，喜出望外，叠声说道：“少侠尽管吩咐，韩某不敢有违。”

公孙璞抽回玄铁宝伞，说道：“好，那你站起来说吧！”

韩老大如获皇恩大赦，站起来说道：“都是西门柱石这厮怂恿我来与少侠作对的，我已经知道错了。”

公孙璞道：“我不是说你这个，我要知道的是宫姑娘的下落，她在哪里？”

韩老大抹了一额冷汗，说道：“原来公孙少侠问的是黑风岛主的女儿，这个，这个——”惊魂未定，脸上又露出了为难的神色。

公孙璞喝道：“什么这个那个，快说！”举起玄铁宝伞，又作势要打下。

韩老大忙道：“我说，我说。离这里大约有三百多里路程之处，有一座名叫舜耕山，是在恩寿县县境内的，少侠知道这个地方吗？”

公孙璞道：“你别管我知不知道，宫姑娘是在这个地方吗？”

韩老大道：“不错，这座山不大，内里只有几户人家。”原来他是想公孙璞自已去找。

公孙璞道：“我不是向你打探这座山的情形，你少说废话！”

韩老大道：“是，是。宫姑娘是在东山上一家人家作客。”

公孙璞道：“什么人家？要命的别耍花腔，快说出来！”

韩老大知道不说不行了，只好说道：“江湖上有位隐居多年的老前辈，姓任名叫天吾，少侠可知道此人？”

公孙璞吃了一惊，心道：“任天吾，他不是谷啸风的舅父吗？什么隐居多年？去年我还见过他。他做的什么勾当我未清楚，却也知道他是在江湖上兴风作浪的了。”

当下公孙璞也不说穿，问道：“宫姑娘就是在这姓任的家里吗？”

韩老大道：“不错。是我派出去的一个踩道头目，在恩寿县打听到的，决不会假。”

公孙璞心中一动，说道：“你和任天吾的交情怎样？”

韩老大道："只是相识，无甚交情。"

公孙璞淡淡说道："但我听说，他和蒙古人倒是很有交情，西门柱石的叔父更是他的好朋友。"

韩老大吃了一惊，讷讷说道："有，有这样的事吗？我，我不知道。"要知任天吾一向冒充侠义道，而且在侠义道中还是颇有威信的，他私通蒙古，这是一件非常秘密的事情，韩老大做梦也想不到公孙璞竟也知道。

公孙璞察言观色，已经料到几分，冷笑道："你不知道？我说，你是说谎！好吧，看在你说了一半真话的份上，我饶你一死。但你另一半说的是假话，我非废掉你的武功不可！"说罢，举起玄铁宝伞，就要压下他的肩头，压断他的琵琶骨。韩老大慌忙叫道："少侠手下留情，我，我都说真话就是！"

公孙璞道："好，那你还敢说你不知道吗？"

韩老大道："我不敢瞒骗少侠，这件事情，我，我本来是不知道的，后来，后来西门柱石和我说了，是，是好像有这么一点影子。"

公孙璞道："什么叫做一点影子？"

韩老大道："西门柱石告诉我，说是他的叔父曾与他言及，这位任天吾老前辈，和一般江湖上自命侠义道的人物甚不相同，叫他千万不可得罪这位任老前辈。"

公孙璞哼了一声道："什么叫做自命侠义道，任天吾才是如假包换的假侠义道！"

韩老大道："是，是！我这只是转述西门柱石的话。"

公孙璞道："他还说了一些什么？"

韩老大道："他说，他的叔父曾经这样吩咐他：咱们叔侄虽是各为其主，仍是殊途同归。将来不论金国得势或蒙古得势，咱们一家都可以保得住富贵荣华。原来这个各投一方的主意是他的叔父出的。"

公孙璞道："这和任天吾又有什么相干？"

韩老大道："西门柱石听了他叔叔的这番说话之后，大赞他的叔父懂得看风使舵，聪明之极。他的叔父掀须笑道：天下聪明人有的是呢，我刚才和你说的那个任天吾就是一个。不过他踏的另一头船是所谓侠义道，和咱们稍有不同而已。从他叔父的话推测，任天吾一头搭上侠义道的关系，另一头恐怕就是蒙古人的关系了。所以我只能说是，少侠你所提及的这桩事情，是，是好像有这么一点影子。”

公孙璞道：“既然如此，西门柱石为什么不径自去问任天吾，讨取黑风岛主的女儿？”

韩老大道：“西门柱石是给金国办事的，他奉了完颜长之之命，要先，先对付，对付——”

公孙璞哈哈一笑，说道：“不必忌讳，他是要先对付我，我当然明白。”

韩老大接着说道：“其次，任天吾只知道他的叔父是蒙古国师的副手，却不知道他的底细。他也恐怕接不上头。”

公孙璞恍然大悟，说道：“所以他才要力邀金七和他一同去了。做成这桩交易，对他们叔侄都有好处，金七也可沾光。”

韩老大道：“少侠明鉴，据我看来，恐怕也是这样。少侠，我所知道的，一点也没遗漏，都已说了。少侠，你可以高抬贵手，放我了吧？”

公孙璞心里想道：“谷啸风早已怀疑他的舅父不是好人，果然真的是个混在侠义道中的老狐狸！”当下说道：“好，我可以放过你，但你先得带领我到任天吾的家里！”

韩老大大惊道：“这个，这个——任天吾的本领十分厉害——”

公孙璞冷笑道：“你怕他要你性命，你就不怕我要你性命？好吧，我只须你引进任家，别的事就与你全不相干了。”

韩老大一想：“到了任家，我也还可以看风使舵，任天吾未必就会不分皂白，取我性命。”在公孙璞的威迫之下，只好依从。

那班强盗头子的坐骑都还在林中，当下他们就挑选了两匹坐骑，兼程赶路，前往恩寿县了。

花开两朵，各表一枝。公孙璞弄不明白何以宫锦云会在任天吾的家中，现在就交代这一件事。

且说宫锦云私逃出来，这日到了恩寿县，正行走间，忽听得有人叫她名字。宫锦云回头一看，见一个老者笑嘻嘻地来到她的面前，这个人正是任天吾。

任天吾笑嘻嘻地道："锦云贤侄，什么风把你吹到这儿来了？我与令尊乃是知交，但你恐怕还未知道我是家住此地的哩？令尊呢？"

宫锦云曾在韩珮瑛家中无意中窥见任天吾意图盗取韩家宝藏，后来又知道他曾指使他的大弟子余化龙向西门牧野通风报讯，串通截劫运给义军的韩家宝藏，早已知道他不是好人。

但此际孤身碰上任天吾，自忖决计不是他的敌手，只好和他敷衍一番，说道："家父在黑风岛，并没出来。"

任天吾道："贤侄是上哪儿？"

宫锦云道："我已经在中原玩够了，现在也该回家啦。"

任天吾道："哦？这样说，你是要赶回黑风岛去见爹爹的了。"

宫锦云道："不错，爹爹只许我出来玩一年的，我非得在期限之前回去不可。"

任天吾忽地打了个哈哈，皮笑肉不笑地说道："我倒听得一个消息，和贤侄说的不同。"宫锦云吃了一惊道："什么不同？"任天吾道："听说令尊早已到了中原，并非是在黑风岛上等你回去。"

宫锦云因为怕他留难，是以才拿出爹爹作挡箭牌，博他尚未知道黑风岛主来到中原的消息。不料他已经知道。她的说话给当面拆穿，只好支吾以对："是吗？爹爹隐居海外，本来曾经对我说过不愿再履中土的。但他在中土的故交甚多，这次或许是应哪位老朋友之约也说不定。"

任天吾见她言辞闪烁，已是料到几分。当下说道："令尊既是不在家中，贤侄也就用不着这样匆忙赶回去了。我与令尊乃是知交，难得你来到这儿，这正是相请不如偶遇，你就在我的家中暂且住下，待我设法通知你的爹爹，让你们父女早日相会，我也可以得与老友相聚，这岂不是两全其美？"原来他虽然还未知道宫锦云最近私逃之事，但黑风岛主要找女儿的事情，他则是早已知道的了。

而龙象法王意图笼络黑风岛主一事，他亦是早已得到风声。

宫锦云慌忙说道："任伯伯，多谢你的好意，但我还是要赶回家去。"

任天吾道："为什么?"

宫锦云道："我已经答应爹爹，只在中原玩一年的。你说我的爹爹现在中原，不知是真是假？纵然是真，我也该遵守原来的期限，回到家里等他。任伯伯，家父的脾气你是知道的，他最不欢喜别人不听他的话，何况我是他的女儿?"

任天吾笑道："令尊倘若责怪你，我给你担当就是。"

宫锦云道："不行，不行。家父不在黑风岛，我就更应该回去料理了。而且，我另外也还有点事情，须得赶着办妥。"

任天吾道："什么事情?"

宫锦云故意作出女儿家的娇羞之态，说道："这是小侄的私事。"

任天吾心里想道："听说她与公孙璞这小子颇有私情，但黑风岛主却是不喜欢这个小子，莫非她是要与这小子相会？这小子与谷啸风乃是一路，上次的事，啸风对我似已起疑，我更不能放她走了。"

但任天吾碍着她是黑风岛主的女儿，暗自想道："她坚执不肯和我回家，我可不能对她动武，怎么办呢?"眉头一皱，计上心来，哈哈笑道："女儿家的私事我可不便问了，好吧，你一定要走，我也是无法强留，你下次再来，可一定要到你任伯伯家里住几天啊!"

宫锦云如释重负，连忙说道："一定，一定。下次我和家父一同来拜访老伯。"

任天吾道："好，那我不送你了。"忽地好像想起一事，宫锦云已经转过身子走了几步，他又追上去说道："贤侄女，你在路上可得多点小心。令尊在中原的故交固然不少，但仇家也是很多。你可不能让人知道你是黑风岛主的女儿。"

宫锦云道："多谢任伯伯提醒，我会当心的。"心里则在想道："只要你不和我为难，我还用得着怕谁?"

任天吾竟不与她为难，大出她的意料之外，当下宫锦云就急急忙忙的赶路。走了一个多时辰，正在就要走出恩寿县境的时候，忽听得树林里响起几声口哨，突然有三个汉子跳了出来，在山路上截住了她。

宫锦云冷笑道：“你们要做没本钱的买卖，那可是找错人了。”

为首的那个汉子哈哈笑道：“我们要找的人正是你！”第二个汉子说道：“你这小丫头倒是有点眼力，说得不错，我们是做没本钱的买卖的。不过，这次我们可不是要抢东西，是要抢人！”

第三个跟着说道：“黑风岛主我奈何不了，他的女儿碰上了我，我可是非得给她一点厉害尝尝不可啦！你不必说谎了，我们已经知道你是黑风岛主的女儿！”

任天吾刚刚提醒她提防父亲的仇家，仇家果然就出现了。宫锦云是个绝顶聪明的人，心里想道：“哪里有这样巧的事？哼，莫非就是任天吾使他们来和我为难的？哼，只要任天吾不敢露面，我倒要试试他们的本领！”心念未已，那三个人已是对她采取了包围的态势。

宫锦云冷笑道：“我何须说谎，不错，我的父亲就是黑风岛主，你们想要怎样？来吧！”

为首的那个汉子纵声笑道：“黑风岛主与我们仇深似海，但我们拿了他的女儿，也不会怎样难为她，只是要她做我们三个人的小老婆！”

宫锦云几曾受过人家这样侮辱，大怒之下，斥道：“放你的狗臭屁！”登时就和他们动起手来。

这三个人一个使鞭，一个使刀，一个只凭双掌，口里说着粗言秽语，脚步移动，就向宫锦云挤来，包围圈越缩越小。

宫锦云大怒之下，一照面便下杀手，青钢剑扬空一闪，一招“三转法轮”，剑尖刺向使鞭汉子的前胸，招数未老，反手一削，剑锋转削使刀汉子的膝盖，剑柄斜撞，又撞到了空手汉子的小腹，一招三式，虚实并用，变化迅捷，端的是又快又狠！

不料这三个汉子武功都是十分了得，使鞭的那个汉子鞭梢一撩，把宫锦云剑尖拨开，宫锦云反手削那使刀汉子的膝盖之时，那汉子不闪不躲，反而欺身迈步，一刀削下，以“斜切藕”招式，削她左腕，这一招是攻敌之所必救，宫锦云只得连忙招架。幸而她在黑风岛早就练成了“穿花绕树”身法，这“穿花绕树”的身法，可以蒙着眼睛，在花树丛中奔跑，不至碰落一朵花、一片叶，当此紧急之际，宫锦云身随剑转，滴溜溜一个盘旋，剑柄依然向那空手汉子撞去，使完了她这一招三式的“三转法轮”。

那空手的汉子更其厉害，只听得“卜”的一声，伸指一弹，恰恰弹着宫锦云撞向他的剑柄，震得宫锦云虎口发热，青钢剑都几乎险险掌握不牢。说时迟，那时快，他一指弹开了宫锦云的长剑，立即便是一招空手入白刃的功夫，五指如钩，疾抓过来，竟然就要硬抢宫锦云手中兵刃。

宫锦云无法回剑招架，硬着头皮喝道：“叫你知道七煞掌的厉害，姑娘与你拼了！”身形斜侧，左掌呼的拍出，迎上那汉子的一抓。

那汉子深知黑风岛主的七煞掌歹毒非常，能伤奇经八脉，见宫锦云与他拼命，倒是不能不有点顾忌，当下连忙缩掌移身。宫锦云这才有余暇招架左面劈来的钢刀，闪开右面扫来的软鞭。

包围的圈子虽然稍松开，但宫锦云仍是不能突围，不过她在三名高手围攻之下，居然能够使完她那一招“三转法轮”，或多或少的给与对方威胁，也是令得对方不敢太过小觑她了。

使鞭那汉子哈哈笑道：“小丫头是有两下子，但你要想逃走，只怕也是插翅难飞，嘿，嘿，我劝你不如还是做我们的小老婆吧！”

宫锦云给他几乎气炸了心肺，心躁气浮，几乎给那擅于“空手入白刃”的汉子抓着。宫锦云心中一凛，想道：“我可不能激怒，中了他们诡计。”冷静下来，盘算突围之策。

人急计生，宫锦云心念一动，想道：“看来他们对我的七煞掌颇有顾忌，我何不就仗此突围？”

主意打定，宫锦云大着胆子，欺身扑上，扬起左掌喝道：“哪个不怕死的姑娘就与他拼了！”

使刀的那个汉子吃了一惊，暗自思量：“我只是卖任天吾的人情，可不值得为他卖命！”见宫锦云猛扑过来，只好闪避。宫锦云倏地就从缺口冲出。

擅于空手入白刃的那个汉子喝道："哪里走！"双手抓下，宫锦云一掌劈去，只听得"蓬"的一声，手掌好像拍在涨满的风帆上面一样，隐隐有一股反弹之力，但宫锦云却也窜出去了。

那汉子忽地纵声笑道："你们不用害怕，这丫头的七煞掌练得还未到家，决计伤害不了咱们！"

原来他刚才在抓下之际，当宫锦云的"七煞掌"拍到之时，他却突然缩手，把双手笼在袖中的。他只是以衣袖抵挡"七煞掌"，来试测她的功力。故此宫锦云有好像拍在风帆上的感觉。他一试之下，宫锦云的功力如何，他已是心中有数。

使鞭那汉子笑道："这丫头跑不了的！"长鞭霍地挑去，宫锦云跳起闪避，只听得"嗤"的一声，饶是她闪避得快，衣角也已被鞭梢撕去一小片。

宫锦云给他阻了一阻，说时迟，那时快，这三个强敌又已追了上来，将她围在当中了。

此时对方已经知道她的虚实，对她的"七煞掌"也就不用怎么顾忌了。宫锦云本来就打不过他们，如此一来，更加吃力。咬牙苦斗，不过片刻，已是迭遇险招，汗如雨下。

但说也奇怪，这三个人分明有许多机会可以伤她的，却似乎总是避免伤她，只是把她困住，不许她跑。

宫锦云心里想道："我决不能落在他们的手上，拼不了他们，我就自尽！"

使鞭的那汉子又笑道："怎么样，量你是打不过我们的了，我们倒有怜香惜玉之心，舍不得伤你呢！你还是做我们的小老婆吧！"

宫锦云又气又恼，正要与他们作最后的一拼，拼不过即行自尽。就在此际，忽听得有人大喝道："住手！"

出乎宫锦云意料之外，这个人竟是她以为不敢露面的任天吾。

可是这三个人却没住手！

任天吾喝道："我是任天吾，在我的地头决不能容许你们欺负我好友的女儿！"

使鞭的那汉子道："任先生，我知道你老的大名。但这件事情，却请恕我们不能从命！”

任天吾哼了一声，说道：“看你们的身手，在江湖上大概也不是没有来头的人物，为何以众凌寡，以大欺小？哼，三个男子汉，欺负一个小姑娘，不害臊吗？莫说这位宫姑娘是我好友的女儿，即使是个闲人，我也决不能容许你们如此胡作非为！”

使刀的那个汉子道：“任先生有所不知，黑风岛主与我们仇深似海，我们打不过他，只能向他的女儿报仇了。”

空手的那个汉子道：“江湖上固然是要讲义气两字，但也该分个黑白是非。任老先生，你若一定要帮你的朋友，那就尽管动手！我们宁可让你杀了，要我们罢手，却是不能。”

说到“不能”二字，三人一齐扑上，使长鞭的那个汉子首先打到，一招“染藤缠树”，鞭梢已是卷着了宫锦云的剑柄，使刀的那个汉子一刀就劈下来。

任天吾早有准备，掌心握着三枚铜钱，一见他们向宫锦云施展杀手，钱镖立即就打出去。

“当”的一声，火花飞溅，第一枚铜钱把钢刀打落，跟着第二枚铜钱打中使长鞭汉子的虎口，珰琅声响，长鞭也坠地了，空手的那个汉子武功最高，接了钱镖，反打回去。可是却给宫锦云趁着他接发暗器的时候，刷的一剑就刺伤了他，在他的左臂划开了一道三寸多长的伤口。那汉子狠声说道：“我们留得一口气在，此仇终须要报！”交代了这句话，三人拔足就跑。

任天吾朗声说道：“非是我不讲理，须知冤有头，债有主，你们若是男子汉大丈夫就该找黑风岛主报仇！好吧，念在你们口口声声说是含冤负屈，我又未曾清楚根由，今日也就暂且不为已甚，让你们走吧！”

任天吾这番做作，倒是很像一个“侠义道”的所为。但也正由于他太过做作，宫锦云却是不能没有疑心了。

宫锦云心里想道：“莫非这正是他安排下的陷阱，使我坠下陷阱还得感激他的？他既要市恩于我，又不能不放走那三个受他指使的人，所以才有这番做作，冒充得像个凡事要讲道理的侠士？”

不过宫锦云虽然有此怀疑，自己这条性命毕竟是他救的，在这样情形之下，亦是不能不向他道谢了。

任天吾叹了口气，说道：“贤侄，令尊是我好友，我不该说他坏话，但他少年时候，的确是有些任性而为，以至到处树敌，结下了不少仇家!”

宫锦云道：“这三个人是什么人，他们口口声声说是和家父有血海深仇，我却未听见家父说过。”正是：

巨猾老奸施诡计，灵心慧质起疑猜。

欲知后事如何，请听下回分解。

第七十八回　陷阱暗惊防世伯 深闺却喜结知交

任天吾道："令尊结了多少仇家，恐怕他自己也记不清楚了。只有武林中顶儿尖儿的角色，在他心目中够得上分量作他对手的他才会放在心上，例如蓬莱魔女与武林天骄，等闲之辈，他焉能放在心上？"

宫锦云道："这三个人的本领也不错呀，总有点来头吧？"

任天吾冷冷笑道："这三个小角色怎能和蓬莱魔女相提并论。贤侄女，你打不过他们，只不过是因为七煞掌尚未练成而已。再过两年，他们再多三个，也不是你的对手。"

宫锦云道："可是我现在打不过他们，总是难免麻烦。"

任天吾正是要她说这句话，装模作样的沉吟半晌之后，说道："是呀，所以我正在为你担忧呢。

"这三个人的来历我不清楚，但我刚刚得到一个消息，对你可是大大不利！"

宫锦云道："什么消息？"心想："一骗二吓，他骗我不成，现在是用到吓这一招了。"

果然便听得任天吾道："有几帮人马，都是你父亲的仇家，在恩寿县四邻，计划抢你！这三个人我虽然不知道他们来历，但已知道他们和那些人是一伙的。只不过那些人多少有点顾忌，这才不敢踏入恩寿县境而已。"

宫锦云不知是真是假，心里想道："若然是真有此事，那些人也一定是受任天吾指使而来的。嗯，这老家伙阴险狠毒，我倒是不能不‘宁可信其有，不可信其无’了。”

任天吾接着说道：“这种江湖上的亡命之徒，志切报仇，什么事情都做得出来的。贤侄女，不是伯伯要强留你，形势这样险恶，我看你还是到我家里，暂时避一避风头的好！”

宫锦云听了这话，即使明知他是恐吓自己，亦是不能不慌。暗自思量：任天吾指使的那些人杀我是不敢的，但我一个女孩儿家，倘若落在他们手中，即使不至于污了清白，多少受点侮辱，今后也是没面见人了。这还只是假设那些人是受任天吾指使的，若然不是的话，那就更不堪设想了。

任天吾道：“你躲在我的家中，谅他们也不敢来找我的麻烦。我给你找寻爹爹，待到你的爹爹来了，那些人自会闻风而散，你就不用怕啦。至于你有什么私事，要见什么人，我若帮得上忙，也可以帮你忙的。”

宫锦云心里盘算：“任天吾强留我，为的是要讨好我的爹爹。我在他家中住下，倒是不用害怕什么危险。爹爹和那蒙古国师就要去和林的，任天吾似乎还未知道这个消息。待他找着爹爹，我也可以找到机会逃走了。”无可奈何，只好答应跟任天吾回家。

任天吾家在舜耕山上，相传是古代舜帝躬耕之处。山并不高，却是与外间隔绝的荒僻所在。山上只有三户人家，其他两家是任天吾的佃户，平时在任家执役的。严格说来，只有任家一家。

任家倚山修建，气势倒是不凡。有一个很大的花园，外有围墙围绕。

任天吾带领宫锦云回家，第一句话就问家人道：“小姐呢?”家人道：“刚在花园里练武，现在不知回房没有?”

任天吾笑道：“贤侄，你没有见过我的女儿，她却是早就知道你了。这次你来和她作伴，她不知要多高兴呢!”

宫锦云稍稍宽心，想道：“有他女儿做伴，对我倒是较好一点。”便道：“不要打断令嫒练武，我到花园见她吧。任姐姐想必已得伯伯真传，让我开开眼界也好。”

任天吾笑道：“这丫头还差得远呢，胡乱练练罢了。她的年纪比你小，你不用客气，当她是妹妹好了。”

踏入花园，只见一座座大大小小的假山，遍布园中，好像重门叠户，构成一个什么阵图似的。假山之间，点缀着亭台楼阁、荷池、花圃，两旁林木掩映，花影扶疏，美妙有如画图。“这老家伙倒会享福，也罢，我闲着没事，乐得在他家里享享几天清福。”宫锦云心想。

任天吾带引她穿过假山，绕过回廊，只见在一片桃花林下，一个少女正在那里练习暗器。

她练的是梅花针的功夫，此时正是阳春三月，桃花盛开，蜂蝶飞来，有许多嗡嗡嗡的蜜蜂正在枝头采蜜。

阳光下但见一丝丝的金光闪烁，一只只的蜜蜂跌下来。宫锦云来到的时候，地上大约已有十多二十只蜜蜂了。

任天吾穿出假山，笑道：“绡儿，不用练了，你看看是谁来啦！”

那少女抬起头来，笑道：“让我猜猜，这位姑娘想必就是宫姐姐吧？”任天吾道：“可不正是吗？绡儿，你有伴啦，高不高兴？”

那少女大喜道：“宫姐姐，我的小名叫红绡。你不知道，我可是在盼望你呢。午间爹爹回来说，你经过我们这里却又走了，我非常失望，想不到终于还是把你盼来了。”

宫锦云道：“打断了你的练武啦。任姐姐，你这梅花针的功夫真是神乎其技，怎么练成的？”

任天吾道：“你又伤害了不少蜜蜂吧？”

任红绡道：“叫姐姐见笑了。不过，爹爹，你也把女儿说得太不济啦！”

任天吾佯作不知，说道：“你的功夫有何进境，这么夸嘴？”

任红绡道：“爹爹，你瞧！”原来那些掉在地上的蜜蜂是还没有死的，只是每一只蜜蜂的翅膀给一根金针钉住。任红绡一面说话，一面把金针拔起，金针拔起，蜜蜂振翅便飞。转瞬之间，把十多只蜜蜂都放走了。

任天吾掀须微笑，说道：“你练了三个月的梅花针，练到这个火候，虽未炉火纯青，也算难为你了。不过，还要练到百不失一，在目力所及的任何一只蜜蜂都飞不出你的掌心，要它生便生，要它死便死，这才能够算是练成了这门功夫。你现在只是小成，不能自满！”

任红绡道：“女儿怎敢自满，我正是想请宫姐姐指教呢。听说黑风岛的武功，无一不是武林绝学，小妹班门弄斧，教宫姐姐见笑啦。”

宫锦云心头微凛，暗自想道：“任天吾的女儿与我作伴，我要逃跑，恐怕更不易啦。这老家伙刚才的那番说话，分明是在暗中警告我，警告我不可逃走，否则就要像蜜蜂一样，逃不出他女儿的掌心。”当下勉强笑道：“任姐姐，这是你误信人言了。黑风岛的武功怎配得上称为绝学，而且家父传授我的只不过是一些普通的暗器功夫，怎能和姐姐相比？”

任红绡道：“姐姐，你客气了。”任天吾笑道：“我与令尊忝属知交，锦云侄女，你用不着和小女客气。对啦，你们年轻人多亲近点吧。我进去打点打点，绡儿，你陪你的宫姐姐园中走走。”

宫锦云心中有事，哪有闲情赏玩风景？任红绡则是兴致勃勃，带引她穿过假山，绕过回廊，在园中东溜西走，口讲指画，说个不停。宫锦云不能不敷衍她，说道：“姐姐，你家这座花园真是无异世外桃源。”

任红绡笑道：“听说黑风岛有四季长开之花，八节常青之草，那才真是世外桃源呢，不过，我家这座园子景致虽然普普通通，家父布置它倒是费了不少心思的。姐姐，你是行家，想必已经看出来了？”宫锦云怔了一怔，说道：“园林布局，我可是一窍不通，但觉其美而已。”任红绡笑道：“我说的不是园林布局。”宫锦云隐约猜到几分，问道：“那是什么？”

任红绡道：“我也不大懂，不过听家父说，这园子里的假山树木，乃是按照诸葛武侯遗下的八阵图古法布置的，不懂得阵法的人，在园子里走来走去，总是找不到出路。往往兜了个大圈子，又回到原来的地方。”

宫锦云勉强笑道：“这倒很是有趣。但若碰上轻功高明的人呢？”

任红绡道：“轻功再高，要走出这座园子，也必须上了假山，方能看清楚方向，对不对?”不等宫锦云回答，跟着便自问自答道：“只看清方向还是不行，下了假山，在地上走，又会迷路的了。那么唯一的办法，就只有从这座假山跃过另一座假山，直到跳过围墙，方能走出这座园子。两座假山之间的距离有远有近，远的七八丈开外，多好的轻功也不能一掠而过吧?”

宫锦云道：“倘若真有那么轻功高明的人呢？或者他分作两次飞越假山?”

任红绡笑道：“那也无妨，有些假山上面是装有机关的!”

宫锦云勉强笑道：“这么说来，你们这座园子可真算得是布置周密，万无一失了。其实令尊武功这么高，还怕有外人闯进来暗算他吗?”心里则在想道：“怪不得任天吾千方百计把我留在他的家里，这是要叫我插翼难飞。”

任红绡道：“这可很难说，家父在侠义道虽然薄有声名，但仇家也是有的。”

宫锦云暗自思忖：“看来她还未知道她父亲的真正面目。她对人很热心，大概不至于像她父亲那样坏吧。不过俗语说得好，疏不间亲，我当然不能在她的面前说任天吾的坏话。只能好好笼络她，待混得熟了，动以私情，求她放我逃去。”

这一希望当然甚是渺茫，但事已如斯，宫锦云也唯有抱着“既来之则安之”的念头和任红绡厮混了。

好在她们年纪相若，年轻人总是容易交上朋友的，游罢花园，宫锦云和她已经是相当熟络，表面看来，当真就像一对亲亲热热的姐妹了。

这晚两人同房共榻，抵足而眠。任红绡谈兴甚浓，谈呀谈的，不觉就谈起女儿家的私事来了。

任红绡忽地带笑说道：“宫姐姐，听说你和公孙璞是自小订亲的，但后来宫伯伯又不喜欢他了。有这事么?”

宫锦云道：“是令尊告诉你的吧?”为了要与任红绡变为知己，她也顾不得害羞，只好绕个弯儿承认。

任红绡道：“爹爹说公孙璞的武功很是不错，宫伯伯为什么不喜欢他?”

宫锦云道："人各有志，公孙璞要和侠义道一起抗金，我爹爹却要他到黑风岛去和我成亲，不许他再闯荡江湖了。他不答应，所以我爹爹也就不答应我们的婚事啦。"任红绡笑道："他倒是很有志气呀。不过令尊也是为你着想，有个夫婿长伴妆台，不是胜于他到江湖去冒险吗？纵使吉人天相，平安回来，那也是会聚少离多了。"

宫锦云道："从前我也是这样想法，但求嫁得一个多情夫婿，长伴妆台，这一生就过得很快乐了。后来才渐渐觉得这个想法似乎有点不对。"

任红绡道："这又有什么不对了？"

宫锦云道："后来我在江湖行走，亲耳听见了也亲眼看见了许多事情，我就觉得是不对了。我曾见过蒙古鞑子、女真鞑子是怎样残杀咱们汉人；我曾听过失掉儿子的母亲，失掉丈夫的寡妇是怎样哀痛悲号。我也看到了抗金的义军抛头颅，洒热血，不惜牺牲；听到了他们的家属，父勉子、妻劝夫勇敢杀敌，叫他们不要以亲人为念。"跟着把自己在金鸡岭这一段经历说给红绡听，说了许多真实的故事，听得任红绡耸然动容。

宫锦云最后说道："黑风岛孤悬海外，中原的漫天烽火本来都是与它无关，但我一想我一家人过得安乐，千千万万人家却是在受痛苦熬煎，我又怎能安下心来？"

任红绡呆了半晌，说道："我也曾走过江湖，不过大都是跟着爹爹的，也没走得怎样远，经过之处，都是比较太平的地方。但虽然如此，你所说的那一类事，我也是略有所知的。"说了这话，心里暗暗叫声"惭愧！"想道："为什么我以前知道这些事情，却是不大关心呢？"

宫锦云道："你知道就好了。你想公孙璞要和侠义道一起抗金，我还能拦阻他吗？"心里暗暗欢喜，想道："果然不出我的所料，她的本性还是好的，只不过可能是受到了她父亲的蒙蔽罢了。"不料任红绡想了一想，忽地又说道："为国为民，侠之大者，公孙大哥要去抗金，这是应该的，不过我爹爹有另一种看法。"

宫锦云道："哦，什么看法？"

任红绡道："你别误会，爹爹不是说公孙大哥是冒充的假侠义道。"宫锦云心里暗笑："你爹爹才是呢！""他是觉得，你的爹爹不喜欢公孙大哥，或许其中另有原因。"

宫锦云道："什么原因？"

任红绡笑道："只是我爹爹的猜想而已。他认为父母都是爱子女的，俗语说爱屋尚且及乌，何况是自己女儿所要嫁的人？那么令尊不喜欢公孙大哥，或者就不是你说的'人各有志'那样简单了。公孙大哥可能有什么短处给他知道，而他又不便讲给你听。你是明白人，我不多说了。"

宫锦云七窍玲珑，一听便懂得她的意思，心里想道："任天吾这老家伙不知造了公孙大哥什么谣言，想来大不了是说他品行不正罢了？嗯，若说公孙璞靠不住，天底下就没有谁靠得住了！"

不过宫锦云虽然知道任天吾定是乱造公孙璞的谣言，却也不能在任红绡面前拆穿。"我要她相信我，这可得慢慢来！"宫锦云心想。

任红绡又笑道："有一个自己真心欢喜的人，这就是幸福了。他是好人也罢，坏人也罢，你既然把心交付给他，也就不必理会了。

"不过宫姐姐你可切莫误会，我不是说公孙大哥就是坏人。"

宫锦云笑道："我明白，不过我却不能赞同你的说法。比如说他是个鞑子的鹰犬呢？到你知道他的底细之后，你还能喜欢他吗？"

任红绡道："那当然另当别论。我说的并不是这样严重的坏事。"

宫锦云心中一动，笑道："任姐姐，你是不是也有了意中人？我的事情都不瞒你，你可不能瞒我！"任红绡面上一红，说道："我，我和他远不能和你们相比，你们是订了婚的，我和他不过是相识未久的朋友。"

宫锦云笑道："那人是谁，交情怎样，从实招来。嗯，你不说我可要呵你痒了。"

任红绡笑得有如花枝乱颤，叫道："别呵，别呵，我说，我说。"

任红绡红晕双颊，说道：“宫姐姐，你在江湖走动比我多，侠义道的朋友更多。你可曾听过颜豪的名字？颜是‘容颜’的颜，豪是‘豪杰’的豪。”

宫锦云道：“颜豪？这个名字我可没有听过。”

任红绡甚为失望，说道：“爹爹说他是一个颇有名气的少年侠士呢。”

宫锦云道：“是么，这是我的孤陋寡闻了。我在金鸡岭日子不长，侠义道中的人和事，许多我都未曾知道。将来我若能回去，见了柳盟主，我替你打听打听。”心里却在想道：“任天吾称赞的‘少年侠士’，只怕不是好人！”宫锦云这一猜倒是猜对了，不过她还是做梦也没想到，这个颜豪其实是金国御林军统领完颜长之的儿子完颜豪！

任红绡道：“有一次我单独出门，碰上几个小贼，正在厮斗，是他路过帮我打发的。我回家告诉爹爹，爹爹初时还不放心，说是江湖上人心险诈，这个姓颜的少年是不是好人，还难断定。后来他打听得清楚了，据说还和颜豪见过了面，回来才大大高兴，说是我有‘慧眼’呢！他说颜豪是最近两年方始在江湖上显露头角的少年侠士，很有一点名气，不过还不是很多人知道。”

宫锦云忽地有个奇怪的联想：“莫非她所遇的事情又是一个陷阱？和她爹爹这次摆布我的一模一样？更说不定任天吾竟是师法他的？”

任红绡道：“姐姐，你在想些什么？”

宫锦云瞿然一省，不禁哑然失笑，心里想道：“我这可真是胡思乱想了，哪会有这种相同事情？任天吾怎容别人捉弄他的女儿？他是这样老奸巨猾，又何须师别人故智？”当下说道：“没什么，我是替你喜欢呢。后来你们见过面没有？”任红绡道：“爹爹说他要来我们家的，但现在一年多了，还没看见他来。”

宫锦云笑道：“啊，那你可是望穿秋水了呢！但你可也不用担心，你心里有了他，他心里有了你，你爹爹又喜欢他，这事还能不成吗？”

任红绡嗔道：“我告诉你，你却取笑人家，你好坏啊，我不依你！”口里骂宫锦云，心里却是甜丝丝的。

宫锦云则是口里和她说笑，心里着实有点为她担忧：“任天吾看中的人，恐怕再好也好不到哪里去吧？”如果她知道她的“胡思乱想”竟是事实的话，那她更要担忧了。

不过担忧是另一件事情，在经过这晚的深谈之后，她和任红绡倒是真的变成了知心的朋友了。友谊进展之快，出乎她的意料之外。

不知不觉过了十多天，这一日她们正在闺房闲话，服侍任红绡的一个小丫环忽地笑嘻嘻地走进来。

任红绡道：“进来也不敲一敲门，没规没矩。什么事这样好笑？”

小丫环道：“我是忙着给小姐报喜，忘了规矩啦！”

任红绡道：“报喜，报什么喜？”

小丫环道：“有一位远方来的贵客！”

任红绡道：“这关我什么事？”

小丫环笑道：“这位贵客姓颜名豪，夫人叫我偷偷告诉小姐的，他现在正在和老爷在客厅说话。小姐，你要不要出去见他？”

任红绡忍不住心头的高兴，却说道：“要你这小丫头多事？客人自有爹爹陪伴，爹爹又没叫我。”

她那欢喜的神色可瞒不过小丫环，小丫环笑道：“老爷迟早会叫你出去的，我是怕你心急，早点告诉你。你不是天天盼望他来的吗？”

任红绡嗔道：“乱嚼舌头，快走！”

宫锦云笑道：“咱们偷偷去看看他好不好，你的心上人也该让我认识认识啊。”任红绡道：“给爹爹发现了可不好意思。”

宫锦云道：“有什么不好意思，反正你爹爹是要叫你见他的。不过我怕见他不着，才要你陪我偷看罢了。”

任红绡其实早就想去的，听她这么一说，半推半就的答应了。两人躲在客厅外面的假山背后偷看。

客厅里任天吾正在和一个少年公子说话，不用说这人自是颜豪了。宫锦云悄声说道：“你这位颜公子长得好俊啊！”任红绡双颊晕红，报以甜甜的一笑。

只听得任天吾说道："颜公子，你刚才说的这门点穴功夫，是不是名叫惊神指法?"

"惊神指法"四字听在宫锦云耳朵里，心中不由得好生诧异："惊神指法？这不是穴道铜人图解上的武功么？怎的他也懂得?"

颜豪点了点头，说道："不错，老伯见多识广，武学渊博，这惊神指法太过深奥，有一两处变化精微之处，小侄迄今还是未能领会，正想向老伯请教。"

任天吾哈哈笑道："颜世兄，你向我'请教'？嘿嘿，这可真是应了一句俗语：问道于盲了!"

颜豪道："小侄乃是诚心求教，老伯太客气了。"

任天吾道："咱们如今已是像自己人一样，我怎会与世兄客气？实不相瞒，我有一个晚辈对这门点穴功夫颇有造诣，'惊神指法'这个名称我还是从他那里知道的。令师的功夫自必比我那晚辈高明，颜世兄何不留待见到尊师之时再行求教。"

颜豪说道："老伯，我也实不相瞒，这门功夫，我并非得于良师，而是得于益友。这位朋友的年纪比我还年轻。"

宫锦云与任红绡躲在假山后面偷听，听至此处，各有各的不同心情。

任红绡听她父亲说道："咱们如今已是像自己人一样……"登时不禁脸红心跳，只听进了这一句话，底下的话就都听不见了。

宫锦云则是诧异无比，心道："一个比他还要年轻的朋友，教他这门点穴功夫，这个人是谁呢?"

心念未已，只听任天吾果然就把她心中的那个疑问，先自说了出来："颜世兄，你这位益友高姓大名，能否见告?"

颜豪也道："任老伯，你那个晚辈是谁，可以告诉小侄么?"

任天吾哈哈一笑，说道："咱们各自把这个人的姓名写在纸上，对一对看。"

过了一会，只见他们二人各自展开对方所写的字条，同声念道："公孙璞!"两个人都不禁哈哈笑了起来。

宫锦云大吃一惊，心想："果然是公孙大哥！奇怪，公孙大哥从没和我说过有这么一个朋友，莫非是新交的么?”她突然听得公孙璞的名字，几乎失声叫了出来。虽是及时惊醒，没有喊出，但亦微微的噫了一声了。

任天吾一声咳嗽，说道：“是绡儿么?”

任红绡道：“是我和宫姐姐出来赏花，爹爹可有客人么?”

任天吾道：“我正想使丫头叫你，你猜是谁来了?”话犹未了，颜豪已是说道：“任姑娘，是我来拜访令尊，你想不到吧?”

任天吾道：“颜公子不比外人，你们都进来相见吧。”

宫锦云初时本想陪任红绡来偷偷一看，自己并无意和这颜豪见面的，但现在从他口中听到公孙璞的名字，而且还说公孙璞是他好友，宫锦云当然是不用他请也要进去的了。

宫锦云见了颜豪，任天吾介绍他们二人相识，颜豪作出一副惊喜的神气，说道：“原来令尊是宫岛主，令尊的大名，小可乃是久仰的了。”

任天吾笑道：“还有一件事情你恐怕尚未知道呢，我这位侄女的未婚夫正是你的好朋友公孙璞。”

颜豪笑道：“公孙璞与我无话不谈，只是这宗美满姻缘他却是守口如瓶，没有告诉我。下次见到他，我非要罚他请酒不可。”其实他是知道的，他刚才和任天吾谈论惊神指法，也正是有意借此说出公孙璞的名字，好引宫锦云自己来上钩的。试想任天吾一身上乘的武功，完颜豪也是非同泛泛，外面有两个人偷听，他们岂有不知觉之理?

颜豪跟着说道：“宫姑娘，我刚和任老伯正在谈到璞兄。”任天吾道：“他们二人切磋武功，颜世兄从他那里学会了惊神指法，有几个微妙的变化尚未参透。对啦，颜世兄，你求我指点，不如求我这位侄女指点。”

颜豪笑嘻嘻说道：“不错，璞兄教我都那么用心，宫姑娘自必是更得到他的真传的了。”

宫锦云急于知道公孙璞的消息，顾不得害羞说道：“不知颜公子是在哪里与他相会?相处了多少时候?”心想：“纵然是资质极好，要学惊神指法，也非得三五个月不行。再说公孙大哥怎会教他一个新相识的朋友？”心里不免有点怀疑，这颜豪说的乃是假话。

颜豪似乎知道她的心思，不慌不忙地说道：“我和璞兄是在江南武林盟主文大侠文逸凡那里相识的，相处几近一月，天天切磋武功，嗯，说是切磋，其实是我叨教，所获的益处远比他多。”

宫锦云道：“惊神指法他可没用心教过我，我只是略识一些招式而已。”颜豪说道：“宫姑娘太客气，既是会家，我就把璞兄教我的这套惊神指法演给你看好吗？请姑娘指正。”宫锦云道：“指点不敢当，但这套指法，我也未曾见他演过全套，颜公子肯练给我看，让我开开眼界，却正是我求之不得的事情。”

颜豪满面堆欢，说道：“好，那么小可献拙了。”当下一捋衣袖，便在客厅里施展惊神指法。

宫锦云留心观看，只见他使的一招一式，果然都是与公孙璞一模一样。

这惊神指法由于穴道铜人图解的数度易主——最初是宋国的大内宝藏，后来给金人抢去，最后落在张大颠手中。——各人的参悟有所不同，是以分成大同小异的三支。公孙璞所传的乃是武林天骄这一支，以变化精妙、指法严谨见长。

穴道铜人图解的故事宫锦云是早知道了的，心里想道：“如此看来，的确是璞哥亲自教他的了。奇怪他怎么肯把这种武林秘笈的上乘武功传授给一个新相识的朋友呢？这位颜公子也真是聪明绝顶，相处不到一个月，就把惊神指法全部学到手了。”

她哪里知道颜豪乃是使用诡计，一连七天，天天与公孙璞比试武功，因而不但学了他的惊神指法，甚至其他武功，也都给他偷学了许多的。而这“颜豪”的真姓名却是完颜豪，正是金国亲王完颜长之之子，完颜长之又正是当初曾在金宫潜心研究穴道铜人图解的另一派惊神指法的武学宗师。正由于完颜豪家传有自，是以他偷学公孙璞这一派的惊神指法，一学便会，一会便精。他向宫锦云谎言是跟公孙璞学了将近一个月，已经是故意多说的了。

惊神指法越展越快，使到了一招“斜飞势”时，只见颜豪头颈微侧，双肩一耸，上身似乎轻轻颤抖了一下，不是留心细看也看不出来。这一招“斜飞势”乃是攻中带守的招数，双臂斜出，形如白鹤展翅，“斜飞”的角度必须恰到好处才行。而颜豪使的这招，“斜飞”的角度，大大张开，正是犯了武学中所谓“门户大开”的毛病。

任天吾看到此处，似乎有点诧异，微微“噫”了一声。宫锦云却是暗暗点头，心道：“越发无疑了，绝对是璞哥亲授！”

演完了一套惊神指法之后，颜豪说道：“宫姑娘见笑了。我这指法和公孙大哥想必是差得还远吧！”

宫锦云笑道：“若然不是你说出原因，我还只当你们是同门的师兄弟呢。颜公子，不是我恭维你，你真是聪明绝顶，这惊神指法，你再练几个月，不难青出于蓝！”任红绡听她这样称赞颜豪，不由得心花怒放，说道：“爹爹你看怎样？”她是希望从父亲的口中，也听到同样的称赞。

不料任天吾却是若有所思，沉吟不语。

颜豪说道：“对啦，老伯刚才噫了一声，莫非是已经看出了我指法中的什么破绽？”正是：

穴道铜人传绝学，眩人耳目竟无缝。

欲知后事如何，请听下回分解。

第七十九回　谎话谣传迷侠女
绝招偷学骗佳人

任天吾道："惊神指法我是不懂的，但以武学常理而论，我的心里却有一个疑团！"

颜豪道："请老伯指教。"

任天吾这才缓缓说道："依武学常理而论，攻守兼备的招数必须门户谨严，贤侄使的那一招'斜飞势'却似乎有点授人以隙，莫非是其中另有讲究么？"

任红绡也猛地省起，说道："对了，你刚才使的这一招，姿势似乎也有点难看。为什么好像害了发冷病似的，侧头耸肩，身子打抖？难道这一招是必须如此使的么？"

颜豪笑道："我也不知，但见公孙大哥使这一招，每次都是如此，我不知不觉就跟他这样练了。后来公孙大哥和我说，这耸肩侧颈、身躯微颤乃是他自小害的一种小毛病，习惯成自然，长大了就改不掉了。他叫我不要学他的姿势，可是我也改不了。

"不过这'斜飞势'的门户大开，却是公孙大哥的师父因人施教，故意将原来的招数加以变化的。据说看来似是授人以隙，若敌人真的向他中路空门攻击之时，后招立即便可以点中对方胸口的璇玑穴。我没有实地和高手真个较量过，也不知是不是能够这样。"

任天吾道："传授这指法给公孙璞的师父是武林天骄，武林天骄是当代有数的武学大师，他说的话自然不会错。对这门功夫我是外行，多此一问，教贤侄见笑了。"

宫锦云则在心里想道："真想不到璞哥与我分手不过数月，就交上这么一个知己的朋友。看来他们是无话不谈的了。”

原来公孙璞因为自小就中了化血刀之毒，在他跟武林天骄学这“惊神指法”之时，虽得明明大师授以上乘内功心法，化解所受之毒，但余毒尚未拔清，这一招“斜飞势”甚耗内家真力，故此他在使到这一招时，便不禁身躯颤抖，不知不觉也就要耸肩侧颈了。武林天骄就是因为不能强改他的习惯，才把这一招另加变化的。

宫锦云以为的确是公孙璞把这样缘故告诉他，是以对颜豪深信无疑。心想：“璞哥中的化血刀之毒，是他父亲施的毒手，他连这个也告诉颜豪，当然是极为知己的了。”却不知完颜豪早已清楚公孙璞的来历，他是“想当然”这样说的，说得却恰好对了。

任天吾笑道：“好了，练过武功，你也该散散心啦。绡儿和宫姐姐陪颜公子到花园玩玩吧。”

宫锦云心想：“我可要知趣一点。”到了花园，说道：“我有点不大舒服，先回去了。”任红绡道：“那我陪你回房吧。”宫锦云在她耳边说道：“我这点小毛病不要紧的，傻姑娘，我是要方便你，你懂不懂?”

任红绡脸泛桃花，心里暗暗感觉宫锦云的知情识趣，对她体贴，也就不再言语了。

宫锦云回到房中，独自思量，只觉还是满腹疑团，难以索解。

公孙璞为人忠厚，重视友谊，这是她素所深知的，朋友之间，切磋武功，也属寻常，但把师父秘传的绝世武功倾囊相授，给一个新交的朋友，这就有点出乎情理之外了。

再又想道：“听这位颜公子的口气，他与璞哥已是无话不谈的莫逆之交，这话大概不假。璞哥最不愿意谈及自己的身世，尤其不愿提起父亲，他肯把幼时曾受过父亲伤害的事情告诉颜豪，他自是把颜豪当作最知己的朋友了。但何以他又未曾把我们的事情告诉颜豪呢?”她是从颜豪知道公孙璞练那招“斜飞势”何以会犯毛病的原因，作出这样推断的。

宫锦云百思莫得其解，不过有一点她已经是相信了的，那就是公孙璞和颜豪的确是好朋友。

这一晚任红绡很晚才回来，宫锦云笑道：“时候还早，你们为什么不多玩一会儿?”这“时候还早”四字，当然是带有点取笑她的意味的。

她以为任红绡不是忸怩作态，就要大发娇嗔的，不料任红绡却是一本正经的说道：“还不是为了你吗，本来他还有些话要和我说的，我想你一定急于知道公孙璞的消息，一看时候不早，我就只好约他明天再谈了。”

宫锦云道：“哦，我以为你是惦记着我，怕我寂寞才赶回来和我作伴呢！原来你们是在谈讲公孙璞。”

任红绡笑道：“你不是日盼夜盼，盼望知道你的璞哥的消息吗？何必现在又假惺惺呢？我向他探问公孙璞的消息还不是为你，这话我可没有说错吧?”

她虽是带着笑容说话，但这笑容显然甚为勉强，宫锦云不觉有点诧异，更是起疑了。

“公孙璞有什么消息，好妹子，那就告诉我吧。”宫锦云终于不能不正正经经的问她了。

任红绡宽衣解带，与她并头睡下，这才说道：“宫姐姐，咱们好像姊妹一般，有些话我对你直言无隐，你不会怪我吧?”

宫锦云怔了一怔，说道：“当然不会怪你。但你说这样的话，莫非璞哥，他，他遭遇了什么意外?”

任红绡道：“是有点意想不到的事，不过却不是他受了什么伤这类的意外。”

宫锦云惊疑不定，说道：“那究竟是什么‘意外’，你别吞吞吐吐了，我不怪你，你快说吧。”

任红绡双眼望着宫锦云，忽地叹了口气，说道：“好，那我就说了。公孙璞的受业师父，可是江南大侠耿照?”

宫锦云不懂这与公孙璞的“意外”有甚关联，说道：“不错，璞哥虽是自小得当世的三位武学大师传授武功，但那是因为他的祖父是三位大师之一的公孙隐的缘故，其他两位老人家可怜老朋友的孙儿自小就遭不幸，故而大家传授他的内功心法替他治病的，辈分相差两辈，是以他不能算是这三位老人家的正式弟子。他正式拜门的业师，是该算是江南大侠耿照。这位耿大侠名重江南，何以你提起来要叹气呢?”心想:“难道你以为耿大侠不配做璞哥的师父吗?”

任红绡似乎知道她的心思，说道:“耿大侠是和江南武林盟主文逸凡并驾齐名的侠义道中领袖人物，名师高徒，相得益彰，那还有什么说的。不过这位耿大侠也是手握兵符的一位总兵大人，对吗?”

宫锦云道:“不错，他是在南宋官居总兵之职，那是为了要握有兵权，才能更好的抵御金寇入侵之故，并非是耿大侠贪图高官厚禄。你以为耿大侠做得不对吗?”

任红绡道:“不是这个意思。”

宫锦云道:“那又是什么意思?”任红绡迟疑半晌，说道:“我再问你一件事情，韩相国韩侂胄的第二个儿子名韩希舜，你的璞哥是否和他相识?”

宫锦云笑道:“何止相识，璞哥曾和他打过一架的呢。不过当时我没有在场，是璞哥后来告诉我的。据璞哥所说，这位韩二公子的品行似乎不怎么好。”

任红绡道:“但你的璞哥这次在临安却曾作了相府的‘娇客’呢!”

“娇客”二字通常是指人家的爱婿的，宫锦云吃了一惊道:“你说什么，你是说他曾在相府作客吧?”心想:“红绡读书不多，或许是用错字眼了?”

任红绡道:“好，现在我可以从头说起了。”对于公孙璞是在相府“作客”还是“作娇客”，她却没有加以说明，当下就接着说道:“文大侠住在临安城外的中天竺，和相府的距离不到一日路程，这是你知道的了?”

宫锦云道:“那又怎样?”心中恨不得马上就能知道真相。

任红绡却慢条斯理的说道:“耿大侠为了促使朝廷抗金，有时不得不对相国委曲求全，这一点想来你也定能明白?”

宫锦云勉强笑道:“刚才我还怕你不明白向你解释呢。我当然是明白耿大侠的苦心孤诣的。但这又怎样?请你快说下去吧!”

任红绡道:“你明白就好了。三个月前，耿大侠正在韩侂胄的相府，据说也住了差不多相近一月。”

宫锦云道：“耿大侠官居总兵，镇守江淮，际此风云紧急之秋，韩侂胄召集他入京商谈国事，就住在他的家里。那也并不稀奇。”

任红绡道：“我并不是说这件事情奇怪，不过这件事情却是和你颇有关系了。”

宫锦云怔了一怔，道：“和我有关？”蓦地一省，说道：“这么说来，公孙璞在文大侠那里的时候，也正是他的师父在相府的时候了。”

任红绡道：“是呀，文大侠的住处和相府相距不过一日路程，所以他就不能不去相府拜见师父了。”

宫锦云道：“这也是应该的。”随即问道：“可是那位韩二公子，见他来到相府，便要乘机报一箭之仇么？”

任红绡道：“这倒不是。正所谓不打不成相识，韩希舜钦佩他的本领，非但不想报仇，还曲意和他结交呢。不但儿子如此，韩相爷听说也是很喜欢他。”

宫锦云颇觉奇怪，心道：“璞哥是个老实人，最讨厌奉承权贵，怎能讨得韩侂胄的欢喜？”当下笑道：“想必是你那位颜公子说的了。”

任红绡道：“不错，是颜豪陪他去的，是以他知道得十分清楚。宫姐姐，事已如斯，我也不能不告诉你了！”

宫锦云吃了一惊，说道：“他在相府发生了什么事情，你不是说韩相爷很喜欢他吗？”

任红绡叹了口气说道：“就因为喜欢他，所以才会发生此事。

“韩侂胄有两子一女，女儿和公孙璞同年，尚未许人家的。他、他选中了你的璞哥作女婿啦！”

宫锦云几乎不敢相信自己的耳朵，定了定神，说道：“有这样的事？你不是和我开玩笑吧。你那位颜公子英俊潇洒，倘若我是韩相爷要选女婿，首先我就选他。你不知道，公孙璞可是像个土头土脑的乡下小子，相爷焉能看上他？”任红绡道：“我当真不是和你开玩笑的，你怎么倒和我开起玩笑来了？据颜豪所说，韩侂胄看中你的璞哥，这是有原因的，你要不要听？”

俗语说关心者乱，宫锦云虽是绝顶聪明，但见她说得如此认真，也早已是半信半疑的了。她佯作镇定，故意说笑，只不过是掩饰内心的惊恐而已，此时她要掩饰也掩饰不了，不知不觉，变了面色，强笑说道：“好吧，那你就说来听听，我也很想知道内里的原因。”

任红绡道：“就因为他是耿大侠的弟子，韩侂胄要笼络耿大侠，把女儿嫁给他的爱徒，这是最好的法子！”

宫锦云听她说得有理，心里想道：“不错，耿大侠统率的‘飞虎军’乃是他的叔叔耿京和辛弃疾从敌后撤到江南的，当年采石矶之战，虞允文大获全胜，保全了南宋的半壁江山，得力于‘飞虎军’不少。这支军队由于是义军改编，和一般官军大不相同，不但最能打仗，而且全军官兵亲如父子兄弟，不是随便一个总兵就可以指挥的。如今耿京已死，辛弃疾亦早已告老退休，韩侂胄要想这支‘飞虎军’为他所用，那是不能不笼络耿大侠的了。”宫锦云虽然聪明，但她只是从大处着想，却不知韩侂胄私心之重，远非她所能想象。

宫锦云想至此处，不觉又信了几分，脸色全都变了，颤声说道：“那么耿大侠答应了么？”

任红绡道：“耿大侠忠心国事，他最希望的就是朝廷能与义军携手抗敌，韩侂胄是当朝宰相，这希望也就只能放在他的身上了。”言下之意，不用再问，已是答应了。

宫锦云心里冷笑：“把希望放在韩侂胄身上？我就不相信他是真有决心抗敌，不过是在紧急之际，互相利用罢了。”她这么想，就即是说她虽然不相信韩侂胄有决心抗敌，却已相信这桩婚事是真的了。

任红绡吃了一惊，说道：“宫姐姐，你怎么啦，凡事须得看开一些。”

宫锦云强摄心神，说道：“你放心，即使此事是真，我也不会寻死觅活的。但我还想知道，公孙璞，他、他怎么样？”

任红绡又再叹了口气，说道：“他的师父作大媒，他还能够不答应吗？”

为了怕宫锦云太过难过，任红绡接着说道：“不过，你的璞哥其实对你还是有情有义的。你可别要太责怪他。”

宫锦云冷笑道：“还说有情有义？”其实她也不是不知以大局为重的道理，但自己心爱的人，突然间做了人家的“娇客”，无论如何，总是难免伤心，感到气愤，这句话正是她一时气愤之言。

任红绡道：“宫姐姐，你不要难过，我告诉你一个秘密吧。”

宫锦云道：“什么秘密？”

任红绡道：“颜豪其实是知道你们的事的，公孙璞曾经在他面前，流泪诉说，说是对你不住！”

宫锦云想道：“怪不得他佯作不知，原来是因为不便和我说。”

宫锦云心上的疑团解开了一个，但却是越发伤感了。

任红绡有点担心，说道：“宫姐姐，天下的好男儿不少，你，你……”

宫锦云忽地笑了起来，打断她的话道：“璞哥做了相府的娇客，我欢喜还来不及呢，怎会伤心？好妹子，多谢你把事实告诉我，又这样关心我。时候不早，咱们睡吧。”

任红绡听她笑得异样，怀着惴惴不安的心情与她并头睡下，却哪里睡得着觉？

也不知过了多久，宫锦云忽地坐了起来，靠着床壁，黑暗中只见她双眼闪光，好像是在苦苦思索什么事情。

任红绡吃了一惊，说道：“宫姐姐，你在想些什么？”

宫锦云笑道：“你也还没睡么？”

任红绡道：“你睡不着，我怎睡得着？好姐姐，你想什么？告诉我吧。”心里想道：“宫姐姐的神气这么古怪，只怕她是想不开变痴呆了。”

宫锦云道：“你那位颜公子，他是哪里人氏？”

任红绡怔了一怔，她只道宫锦云问的必定是有关公孙璞的事情，不料她却问起颜豪的籍贯来，倒是大出她的意料之外。

宫锦云道：“你觉得我问得奇怪吗？我睡不着，找些话和你谈谈。”

任红绡心道："果然她是有点失常了，但她能够想些别的事情，也总好过老是惦念公孙璞。我就与她聊聊，给她解解闷吧。"

当下说道："你是不是觉得他的口音有点杂？"

宫锦云道："是呀，所以我左思右想，猜不透他是哪里人氏？"

任红绡心中暗自好笑："这又不是什么紧要的事情，值得左思右想。"说道："颜豪自少游侠江湖，走过的地方很多，所以口音就难免有点杂了。他原籍是山东武城人。"

宫锦云道："是吗，那么他到过大都（金京）没有？"

宫锦云听了她的话甚为感动，暗自思量："要不要把我的疑心和她说呢？"

在任红绡再三追问之下，宫锦云终于说道："好妹子，我想问你一桩事情。"

任红绡道："你想知道什么？"

任红绡道："我不知道。我和他只是见过两次，今天比较谈得多些，却都是、都是谈的别的事情（她避免提起公孙璞三字），可没谈起这个。或许他到过大都也说不定。"宫锦云忽地又不说话了，任红绡却是不禁好奇心起，说道："宫姐姐，你问这个干吗？他是否到过大都，有何关系？"

宫锦云笑道："没什么，随便问问罢了。咱们睡吧。"

宫锦云闭上眼睛，假装睡觉，心中却是思如潮涌，不能自休。

原来她正是从颜豪的口音，听出了一个破绽的。

要知中国各地的方言，极为复杂，汉族与女真族（金国属女真族）固然是差异极大，同是汉人，大都的汉人又与别个地方的汉人不同。

宫锦云有天赋的语言天才，这两年来她在江湖上到处乱走，懂得的方言不少。尤其是在密云县那段日子，他们父女跟龙象法王住在一起，龙象法王的手下有蒙古人，有汉人，也有金人，她曾经注意到金人学讲汉语常犯的一些小毛病。不论他们的汉语讲得如何纯熟，总有几个字音咬得不准的。对"四声"之分，也远不如汉人的严密。例如常把"入"声读成"平"声，就是一个常见的例子。而大都人氏，不论汉人金人，说话的尾音又总是喜欢带一个"儿"

字，例如“明天”是说“明儿”，“姑娘”是说“妞儿”，“玩耍”是说“玩儿”等等。

宫锦云暗暗想道：“一个人的口音，虽有可能因为走过的地方很多而受别处方言影响，但他自小就讲的那种‘乡音’却是到老也不会改变的，纵然他怎样力改掩饰，也总会在不知不觉之间流露出来。颜豪决不止是‘到过’大都而已，从他的口音听来，他一定是自小就在大都长大的，而且还是一个会讲汉语、讲得几乎可以冒充汉人的金人！”

想到了这个可疑之点，宫锦云不由得暗暗吃惊，心道：“颜豪怎能是女真鞑子，该不会是我的胡思乱想吧？但他又为什么要说谎骗红绡，假冒是山东武城人氏呢？”

终于想道：“任天吾这老家伙老奸巨猾，他可以和蒙古鞑子勾结，也就可以和女真鞑子勾结。他所赏识的人，九成不会是好东西！”可是，跟着又想：“那么，璞哥又为什么和他这样要好？他们还是在文大侠那里见识的，文大侠阅历丰富，识广见多，难道会给一个女真鞑子骗过？嗯，除非他对我说的全是假话，但他的惊神指法乃是璞哥亲传，这是决计假不了的，这又是什么缘故呢？”

宫锦云百思不得其解，只好把这个疑团藏在心中，暂时不敢告诉红绡了，“唉，但愿有一天见得着璞哥就好了，是真是假，那时就会真相大白啦。唉，但璞哥怎知我是困在这里，他也不知如今是身在何方。”

宫锦云做梦也想不到，她的“璞哥”此时正是赶来找她。

公孙璞和跳虎涧的那个“韩老大”兼程赶路，这一天已是踏入了定陶县境，遥遥可以看得见舜耕山了。

“韩老大”惴惴不安，说道：“公孙少侠，待会儿到了任家，你可别要将我难为才好。”

公孙璞道：“你放心，即使我和任天吾动手，也不会牵连到你头上。我可以对他说明你是被迫给我带路的，我胜了你固然没事，倘若我给他打死了，他也不会怪罪你。嘿嘿，说不定还要多谢你把我带引来呢！”

“韩老大”连忙说道：“公孙少侠，你别多疑，我当然是盼望少侠旗开得胜。不过，若是不用动武，那就更好。”此时他的心里正是好像有十五个吊桶，七上八落。公孙璞和他路道不同，而任天吾的毒辣手段他又是素所深知，说实话他也不知是希望谁人获胜的好。

公孙璞扬鞭赶马，说道：“好，那咱们就快点走吧!”

就在此际，忽听得马铃声响，有两骑马从后面追来，公孙璞回头一看，和那两个人打了一个照面，双方都是不禁“啊呀”一声叫了出来。

原来那两个人乃是一男一女，男的是辛龙生，女的是奚玉瑾。

公孙璞与辛龙生曾在西湖打过一架，但后来在松风岭上，他却又曾为辛龙生解穴疗伤，是以他们之间，虽然有点小小的过节，也还算得是朋友。

奚玉瑾是知道他和谷啸风的交情的，难免有点感到尴尬，但还是十分欢喜地叫道：“公孙大哥，原来是你!”辛龙生则是淡淡地说道：“松风岭一别，今日又得重逢，幸会了。”

公孙璞道：“上个月我到过令师那儿。”辛龙生道：“是吗？可惜我不能尽地主之谊。”奚玉瑾首先下马，说道：“难得相见，咱们就在此处歇一歇吧。公孙大哥，你上哪儿？”

辛龙生心里不大高兴，想道：“你见了谷啸风的朋友就这样欢喜，可知你是旧情未断的了。”但他毕竟是受过公孙璞的恩，于理于情，也不能不和他敷衍一番。当下四个人都下了马。辛龙生道：“这位朋友是——”

公孙璞道：“这位是跳虎涧的韩大哥，我请他带路上舜耕山的。”奚玉瑾诧道：“你上舜耕山找谁？”公孙璞道：“谷啸风的舅父任天吾在舜耕山上，想必你也知道吧？”

他提及谷啸风，辛龙生更不高兴了，说道：“哦，原来谷啸风的舅父是住在这里。玉瑾，你怎么不和我早说，早说一日，咱们应该备办一点礼物去拜见他，说不定还可以在他家里见着谷啸风呢。”

奚玉瑾沉了脸不作声，公孙璞却老老实实地说道：“谷啸风决不会在他舅舅家里的，我也不是去拜访任天吾，我是去找一个人。”

公孙璞道："你还记得偷九天回阳琼花酒的那位宫姑娘吗？"

奚玉瑾瞿然一省，笑道："我可真是糊涂了，你们本来是在一起的，如今只你一个人，我早就应该想得到你是找她的了，却还问你。"

辛龙生忽地改了神气，听得好似十分留神，问道："宫姑娘，你们说的可是黑风岛主的女儿吗？"

奚玉瑾道："不错，她的父亲虽是人所畏惧的魔头，她可是一位好姑娘。"

辛龙生道："偷酒又是怎么回事？"

奚玉瑾心头一凛，想道："我告诉他，只怕他又要多心了。"原来那次奚玉瑾是把一坛九天回阳琼花酒送到洛阳，准备送给韩大维治病的。而讨好韩大维的原因，则是希望韩大维允诺谷啸风与他的女儿解除婚约。

想起往事，奚玉瑾禁不住黯然神伤，勉强笑道："这位宫姐姐人是好的，只是有点顽皮，九天回阳百花酒是我家自制的一种佳酿，有一次我们带了一坛准备送给一位世伯，宫姑娘半夜来偷酒喝，我们还莫名其妙地打了一架呢。不过，这可正是应了一句俗语，不打不成相识了。"说话之时，暗暗向公孙璞递了一个眼色。公孙璞蓦地一醒，心道："不错，我也太糊涂了。她已经嫁了人，当然不愿意在丈夫面前，再提起和谷啸风有关的往事啦。"

奚玉瑾深知丈夫多疑善妒脾气，心中正在盘算如何编造一套谎话遮瞒。不料这次却是颇出她的意外，辛龙生并没有查根问底，便即哈哈笑道："公孙兄，我和你是不打不成相识，拙荆和你的宫姑娘原来也是如此，这可真是无独有偶了。嘿嘿，哈哈，咱们两对，各交各的，说起来可都是好朋友哩！"态度突然从冷淡一变而为亲昵，令得公孙璞也是不禁有点愕然了。

辛龙生笑声未已，接着问道："公孙兄，但我却有一事未知，你何以要到任天吾家里找宫姑娘？"

公孙璞道："她就是住在任天吾家里。"辛龙生故作惊诧，说道："哦，侠义道中鼎鼎大名的任老前辈和黑风岛主原来也是很有交情的吗？我倒是第一次知道。"

公孙璞道："我也不知他们两家是否有交情，说老实话，我是疑心任天吾不怀好意。"

奚玉瑾尚未知道任天吾暗地里私通蒙古之事，但对他也是早就有点疑心的了，心里想道："谷啸风曾和我说过他的舅父是个伪君子，他都这么说，定是有所见而云然。他把宫锦云留在家里，只怕有点跷蹊。"

辛龙生道："这么说，你是作着坏的打算，万一宫姑娘当真是给任天吾强行囚禁的话，你就要闯关救她的了？"

公孙璞心想他是文大侠的弟子，把真话告诉他料也无妨，便道："不错，我正是作这样的打算。"

奚玉瑾心念未已，辛龙生忽地回过头来，和她说道："玉瑾，我记得你似乎说过，任家和你们乃是世交。"

奚玉瑾道："不错，家父生前和任天吾是常有来往的。小时候我还叫过他世伯呢。不过家父去世之后，他就没有来了。"原来任天吾的妹妹本来是许配给她的父亲的，后来却与谷啸风的父亲私奔，任家和奚家才没有做成亲戚的。不过奚玉瑾还有一件事情未曾告诉丈夫，她不只是小时候见过任天吾，前年在韩大维的家里，他们也是曾见过一面的。

辛龙生作出深思熟虑的神气，过了一会，说道："公孙大哥，你不会怪我直言吧？我觉得你这样跑去任家讨人，似乎有点鲁莽。"

公孙璞本来是因为没有别的办法可想，才要这样干的。因此，听了辛龙生之言，便即说道："那么依辛兄高见，应该如何？"

辛龙生沉吟半晌，说道："我倒有个主意，你看可不可行？"公孙璞道："辛兄请说。"

辛龙生缓缓说道："我们先到任天吾家里，以世伯之礼拜见他，料他不至于对我们多疑的。宫姑娘若是在他家里，王瑾就可以见着她了。那时我们问明真相，再定对策。比如说我们可以劝任天吾放她，也可以助她私逃，再不成最后还可以合力将他打败。当然这只是假定任天吾当真乃是不怀好意，已经把宫姑娘软禁了的。若然并非如此，那就更不成问题了。"

一直没有说话的那个韩老大拍掌赞道："辛少侠计虑周详，这样办真是再好不过了!”

公孙璞也觉得他讲得有理，说道：“那么咱们怎样互相通消息?”辛龙生道：“今晚三更时分，你上舜耕山来，我偷偷出来找你。你选择的地方不要太近任家，只须生起小小的一堆野火，我就会找得到你了。到时虽然未必就能和宫姑娘商量定妥，至少也可以略明真相了。”

公孙璞是个朴实直爽的人，心想：“辛龙生是文大侠的掌门弟子，当然比这韩老大可靠得多。如今已经证实任天吾是家住舜耕山上，我们倒可以放了这韩老大了。”当下说道：“好，那就是这个主意吧。辛兄，多谢你的帮忙了!”

辛龙生哈哈笑道：“咱们都是一条道上的人，你这样说，不是太见外了吗?好，我们先走一步了，今晚山上再见。”正是：

画虎画皮难画骨，知人知面不知心。

欲知后事如何，请听下回分解。

第八十回　折节纳交藏险诈
谈词论世现真形

韩老大讷讷说道："公孙少侠，用、用不着小人了吧？"

公孙璞笑道："亏你还是一寨之主，怕任天吾怕得这样厉害。好，你走吧。我这匹坐骑也给你。"公孙璞由于要在晚上上山与辛龙生偷会，自是不便乘马。韩老大大喜过望，心里想道："我有两匹坐骑在路上替换，至少可以早一天回到跳虎涧。这次我被迫带路，金七爷说不定已经思疑我了。我一回去，可得马上向他报讯。"

公孙璞待人太过宽厚，可没想到他还在打坏主意。在山脚待到入黑时分，便即悄悄上山。

奚玉瑾熟悉丈夫的性格，对这次的事情，不禁有点奇怪，走了一程，向山下望去，已经望不见公孙璞了，这才笑道："龙哥，你这次对待朋友，倒是很热心啊！"

辛龙生故意板着脸孔道："怎么，你以为只是你配做侠义道么？"

奚玉瑾道："不是这个意思，只是我觉得你起初对公孙璞好像甚为冷淡，想不到你会这样帮忙他，是以有点奇怪罢了。"

辛龙生道："这件事情，我可是得一大半依靠你呢！"

奚玉瑾道："夫唱妇随，这是应该的。不过我希望你和我说实话。"

辛龙生哈哈一笑，说道："好一个夫唱妇随，但愿你这句话真正是心里的话才好。"

奚玉瑾听这笑声，不觉打了个寒噤。以她的聪明，已经猜想到其中定有蹊跷了。

果然接着便听得辛龙生说道："瑾妹，你认为丈夫亲还是朋友亲?"

奚玉瑾怔了一怔道："你这话是什么意思，当然是丈夫亲了。"

辛龙生道："好，那我就不妨和你说真话了，我这次到你任伯伯家里，不是为了公孙璞，是为我自己。"

奚玉瑾道："我还是不明白，你可否说得清楚些?"

辛龙生与她并辔同行，在她耳边悄悄说道："为了和你做个名副其实的夫妻啊！明白了么?"

奚玉瑾羞得满面通红，说道："任天吾会医你的病?"

辛龙生道："任天吾不会，黑风岛主也不会，或许我的姑姑也没有解药，但她是天下第一使毒的大行家，只要找着她，她定必尽心为我设法。"

奚玉瑾道："那你就该去找姑姑，为何去找任天吾?"

辛龙生笑道："任天吾和姑姑无关，你的朋友可就有关了。"

奚玉瑾道："我的朋友？你是说宫锦云?"

辛龙生道："不错，我要找着姑姑，就非得从这位宫姑娘的身上着手不可。"

奚玉瑾道："你的葫芦里到底卖的是什么药？说了半天，我还是不明白呢。"

辛龙生道："好，那我就明白告诉你吧，我的姑姑如今是在黑风岛上，她是给宫锦云的父亲骗去的。"

奚玉瑾吃了一惊，说道："有这样的事，你何以现在才告诉我?"辛龙生道："我是怕你为我担心呀。"

奚玉瑾心道："你哪会这样体贴我?"但一来为了免伤夫妻和气，二来她急于知道的事情还多，也就无暇理会这些小节了。当下问道："你的姑姑聪明能干，却又怎会上黑风岛主的当，给他骗去?"

辛龙生道："韩大维误信人言，以为我的姑姑毒死了他的妻子，他在苗疆蒙峒主那里找到我的姑姑，竟然下了毒手，废了我姑姑的武功，黑风岛主处心积虑，等候这个机会，那日他也在场，姑姑武功废了之后，他就陪她下山，骗姑姑说，他有千年续断，可以给姑姑续筋驳骨，恢复武功，我的姑姑即使‘明知不是伴’，也只好‘事急且相随’啦。”

奚玉瑾道：“你怎么知道这许多事情？”

辛龙生道：“当日在场的还有几位英雄，其中有一个是湘西武学名家武延春的儿子武元感，武延春和我的师父交情甚好，他是把这件事情当作新闻告诉我的师父的。至于黑风岛主骗我姑姑的说话，则是当日一个躲在草丛里的苗丁听到的，他还亲眼看见我的姑姑给黑风岛主的管家用一辆大车载走，决不会假。”

奚玉瑾这才恍然大悟，心道：“怪不得在武延春来到文大侠那里的第二天，龙生就要和我北归，想必就是为了姑姑的事的。”问道：“你既然知道姑姑是在黑风岛，何以你又要与我回家呢？”

辛龙生道：“实不相瞒，我是想请你帮忙，回到家里，把姑姑的表妹，韩大维的那个老相好孟七娘抓了来作人质，迫韩大维出头，要黑风岛主交回我的姑姑的。孟七娘那次与我姑姑恶斗一场，武功已经大减。她对你又极有好感，咱们里应外合，要抓着她并非难事。这个计划，我是准备回到家里才和你说的。”

奚玉瑾虽然早就知道丈夫是个只顾自己的人，但听了他这番话，却也不禁震惊，心里想道：“用这等下流的手段，哪里还算得什么侠义道？”

不料还有令她更吃惊的话在后头呢，辛龙生接着说道：“现在黑风岛主的女儿就在眼前，咱们可用不着费这许多周折啦！”

奚玉瑾强作镇定，说道：“你打算怎样？”辛龙生哈哈笑道：“那还用问？难道有现钟不打，反去练铜吗？”

奚玉瑾道：“你是要把宫锦云——”

辛龙生道：“不错，我是要你帮忙，把宫锦云捉了来当作人质，迫她父亲放我姑姑。这可要比抓着孟七娘来迫韩大维替咱们出头要好得多，也更有效啦！”

奚玉瑾道：“我和这位宫姑娘虽然没有很深的交情，她总是我的朋友呀。”

辛龙生道："夫唱妇随这句话可是你刚刚说过的！丈夫比朋友亲，这句话也是你说过的！"

奚玉瑾知道丈夫无可理喻，只好从另一方面打消他的念头，说道："任天吾的本领非同小可，宫锦云是他的客人，他能够让咱们在他家里把他的客人捉去？"

辛龙生道："这就是我必须要你帮忙的道理了。你们是旧友相逢，她对你定无防备。今晚你想办法和她一个房间睡觉，半夜点了她的穴道，咱们立即逃走。待到任天吾发觉，咱们已经走得远了。"

奚玉瑾道："只怕他发觉得早，咱们要走也走不了！何况任天吾还有一个女儿，武功也很不错，今晚说不定是三人同房。"

辛龙生道："那就一不做，二不休，把他的女儿也点了穴道，这样任天吾就更不敢为难咱们了。瑾妹，这件事多少总要担点风险的，但却是值得冒一冒险啊！"

奚玉瑾道："公孙璞面前，你怎样交代？"

辛龙生着起恼来，说道："我根本就不打算见那浑小子！再说，你把宫锦云从任天吾那里救出来，交回她的父亲换我姑姑，这浑小子始终还是可以得到她的，也算对得住他啦！"

奚玉瑾沉吟不语，辛龙生越发着恼，厉声说道："你是否不愿意和我做个名实相符的夫妻？哼，你不愿意帮我的忙，想必是对谷啸风犹有余情未断吧？"

奚玉瑾又羞又恼，不禁泪珠儿滴了下来，说道："你、你欺负我，这样的话你也说得出口。"

辛龙生怕说僵了妻子不肯帮忙，连忙又赔礼道："好妻子，我只是为了要和你做夫妻，一时情急，说错了话，你别见怪。你答应我吧！"

奚玉瑾给他弄得啼笑皆非，心里想道："且待到了任家，再作打算。"当下说道："好啦，好啦，谁叫我是你的妻子呢！任家就快到了，小心说话给人听见。快走吧！"辛龙生以为她已经答应，欢欢喜喜的就和她去拜见任天吾。

任天吾是头老狐狸，看见他们来到，情知其中定有蹊跷。哈哈笑道："什么风把你们吹来的？"

辛龙生道："小侄早就想来拜见世伯了。"说罢就拉了妻子，向任天吾行叩拜大礼。奚玉瑾心里虽不愿意，但也不便使丈夫难堪，当下敛衽一礼，说道："侄女给你老人家磕头啦!"口里这样说，却并非真个磕头。

任天吾道："不敢当，不敢当!"左手扶起辛龙生，右手扶起奚玉瑾。辛龙生只觉一股力道在他肘下轻轻一托，身子就不由自己地站了起来，不禁吃了一惊，心道："这老儿好深厚的内功，莫非他是有意向我露这一手的么?"

辛龙生行过了礼，说道："小侄成亲之后，方知老伯与敝先岳的交情非比寻常，请老伯把晚辈当作自己的子侄看待，不必客气。"

任天吾哈哈笑道："对啦，我还没有向你们贺喜呢。玉瑾，你得了如意郎君，怎的也不给我报个信，让我来喝杯喜酒?"

奚玉瑾面上一红，说道："不敢惊动老伯。"辛龙生道："家师因为时局紧张，是以不想劳烦各方亲友。请老伯恕罪。"

任天吾笑道："玉瑾父母双亡，只有一个哥哥，我也勉强算得是她的长辈亲人了。你们到我这里，就和归宁一样，可得多住几天。"

辛龙生道："老伯若不讨厌，小侄正是想趁这个机会，多得老伯教益。"

客套过后，大家坐定，任天吾忽道："难得你们来到，我想向你们打听一桩事情。"

辛龙生道："老伯请说。小侄若有所知，定当详禀。"

任天吾道："我想打听我那外甥谷啸风的消息，宫锦云听了她的话甚为感动，暗自思量："要不要把我疑心和她说呢?"

在任红绡再三追问之下，宫锦云终于说道："好妹子，我想问你一桩事情。"

任红绡道："你想知道什么?"

两年前我在洛阳和他一同护送一批财物给紫萝山的义军，中途失事，彼此分散。两年来我一直没有见过他，只听说他已经脱险了，不知他可曾到过令师那里?"

原来任天吾怀疑他们是来打探自己的动静的。谷啸风曾经捉着他的大弟子余化龙盘问口供，余化龙回来之后，虽然是对师父加以掩饰，不敢说出自己已经泄漏了师父的秘密，但以任天吾的老奸巨猾，当然亦已是识破他说的不尽不实。他最担心的就是谷啸风把他私通蒙古鞑子的秘密告诉文逸凡，是以他要旁敲侧击，看辛龙生夫妇，对这件事情，到底知道了多少。

辛龙生道："谷兄没有到家师那里，不过在松风岭上，我们却曾与他见过一面。"

任天吾道："是是，他可曾和你们说起了我？"

辛龙生道："当时是匆匆一面，没有怎样交谈。我只知道他是要找他的岳父韩大维韩老英雄的。"

辛龙生对谷啸风心里存有恶感，不知不觉在神色间表露出来。

虽然这一表露并不如何明显，但却怎瞒得过老奸巨猾的任天吾？任天吾暗自想道："这小子想必已经知道他的妻子与谷啸风有过一段恋情，所以不愿意和我多谈他。"再又想道："这小子对我倒是十分谦恭有礼，他是文逸凡的掌门弟子，若然知道我的秘密，不该对我如此。"稍稍放了点心。但一时之间，还是猜不透他们的来意。

奚玉瑾道："我与绡妹多年不见，不知她有了婆家没有？"本来她要打听宫锦云是否确实在任家的，但她也是个相当深沉的人，深恐冒昧一问，会引起任天吾的疑心。是以先问他的女儿，心想："何必急在一时，见了红绡，自必会知道这消息是真是假。"

任天吾道："还没许人。女儿长大了，我就让她自己挑选吧，无谓多操心了。"

辛龙生却是沉不住气，当他们说话告了一个段落，便即问道："听说有位宫姑娘在老伯这儿？"

任天吾道："你说的可是黑风岛主的女儿？"

辛龙生道："不错，她虽是黑风岛主的女儿，却也是玉瑾的好朋友。"

任天吾笑道："我知道。我和黑风岛主过去也曾相识，已有许多年没来往了。我正因为他这女儿为人正派，如今也可算得是咱们侠义道中的人。所以她路过此地，我就留她住下来，希望可以在她身上设法，劝她的父亲改邪归正。”辛龙生道：“老伯用心良苦，佩服，佩服。”任天吾笑道：“你们的消息倒很灵通啊。”辛龙生道：“我是在路上听得江湖朋友说起的，当时还以为是假的呢。”

这句话登时就泄了底，任天吾心里想道：“那日截劫宫锦云的人是我派出的，他们决不会向外人泄漏。奇怪，他是从何得知呢？不过，从他这一问，我倒是可以知道，他一定是冲着黑风岛主的女儿而来的了。”当下笑道：“你们稍待一会，我叫丫头进去唤小女和宫姑娘出来与你们相见。”

辛龙生本来准备任天吾还要盘问他的，由于他和公孙璞匆匆交谈，并没详问宫锦云是怎样落在任天吾手中的，故此以为公孙璞既然能够知道，别人知道也就不足为奇，他准备任天吾一问，他就胡乱捏造一个江湖朋友的名字，不料任天吾并不盘问，爽爽快快的就请宫锦云出来，倒是颇出他的意料之外。

宫锦云与任红绡忽地得到辛龙生夫妇来到的消息，更是感到意外。不过两人的反应又却有所不同，任红绡皱起眉头，说道：“奚玉瑾不是曾经为了和韩珮瑛争夺谷啸风，掀起了一场轩然大波的吗？”

宫锦云笑了起来，说道：“不错，我和韩姐姐就是在那次婚变之后相识的。她一气之下，跑回娘家，女扮男装，在路上碰上了我。我也是女扮男装的。她以为我是男子，我也以为她是男子。”想起自己曾经暗恋韩珮瑛的往事，笑得有如花枝乱颤。

任红绡道：“亏你还这样好笑呢，当时我听得这桩事情，心里却是不禁有气。”

宫锦云笑道：“吹皱一池春水，干卿底事？何况谷啸风和韩珮瑛如今都已破镜重圆啦。”

任红绡道：“虽然如此，用情不专，总是可恼。”

宫锦云道：“那也不能单独怪谷啸风。”

任红绡道：“是呀，所以我是帮理不帮亲，奚玉瑾虽然是我小时候就相识的好朋友，我也要说她不对。她不该抢了韩珮瑛的丈夫，却又去嫁给辛龙生。哼，我倒是不大高兴见他们夫妇呢。”要知任红绡如今正是方尝初恋的滋味，一缕芳心，都系在完颜豪的身上，也就无怪乎她最恼恨的就是用情不专了。

宫锦云则是急于知道外间的消息，劝道："玉瑾姐姐是有点工于心计，不过她这个人还是好的。难得他们夫妇远来，她又是你的儿时游伴，你可不能让她知道你讨厌她。"任红绡笑道："我是心里有气罢了，这点人情世故，我还是懂的。"当下两人一同出去，奚玉瑾见了宫锦云，又是欢喜，又是暗自羞惭，想道："她只道我是专程来探访她，却怎知道我是和龙哥串通了要来暗算她的。"

奚玉瑾碍着有任天吾在座，说话十分谨慎。任红绡为了避免涉及她那次婚变，江湖上的事情一谈起来只怕就难免要牵连到与这件事有关的人物，是以也就只是和她谈些小时候的事情。这样一来，大家倒似乎是由于分别太久而显得生疏了。

宫锦云是个七窍玲珑的人，观言察色，不觉暗暗起疑："玉瑾姐姐好像是在担着心事，人家说女孩子成婚之后，十九容光焕发，她反而似是比前憔悴了？何以她没有新娘子的喜气，难道是婚姻不如意么？即使如此，她见了我和红绡，也该十分欢喜的呀。如今她的欢笑，看得出来，那是甚为勉强。这又是什么缘故呢。"

心念未已，忽听得任天吾说道："今日你们小一辈的好朋友相聚，我也很是高兴。但还少一个人，应该把颜公子也找来才对。"

奚玉瑾道："这位颜公子是谁？"任天吾笑道："他是我家的客人，也是小女的朋友。嘿，嘿，你和小女有如姐妹，颜豪和辛少侠也该结识结识啦！"

任天吾这么一说，奚玉瑾何等聪明，当然立即就知道这位"颜公子"和任红绡是什么关系了，当下笑道："绡妹，恭喜你啦，你有了心上人，怎不和我早说？"任红绡羞得满面通红，低下了头，说道："我和他也是相识未久的，奚姐姐，你切莫这样说，给人家听见了，可不好意思。"其辞若有憾焉，其心则实喜之，语气之中，不啻默认自己是爱上了这位颜公子了。

奚玉瑾暗暗好笑，心念一动，说道："云姐，绡妹，咱们还是到里面说话吧。女孩儿家的私事，不便给他们男人听。有咱们在座，他们男人说话，也不得畅所欲言。"

宫锦云正是想和她单独谈话，当下笑道："玉瑾姐姐，今晚让我和你做伴好不好？辛公子，我要向你讨个人情，请你暂且让一让你的娇妻给我了。”

辛龙生求之不得，哈哈笑道：“宫小姐，你真会说笑，玉瑾知道你在这里，特地跑来看你。你们当然应该叙叙啦，莫说留她一晚，留她十晚也行。”

任天吾只道奚玉瑾是要遵守古礼，成婚之后，避免见陌生男子，当下笑道：“这位颜公子也不是外人，你见了他再进去吧。”心里暗笑：“其实你也不是什么淑女，要拘执什么礼法？大概是在我的面前，才故意装模作样的。”

其实奚玉瑾并不是这个意思，笑道：“老伯误会了。咱们江湖儿女，又是通家之好，自是不用避忌。我本来是要见过这位颜公子才进去的。”

任天吾道：“你们稍坐一会。”走进内堂，亲自把完颜豪唤来，在路上当然也就悄悄的把辛龙生的可疑之处与他说了。

完颜豪满面春风，与辛龙生夫妇见过了礼便即说道：“辛少侠名满江湖，我是久仰的了。今日得见，幸何如之！”辛龙生听得好不舒服，笑道：“小弟出道还没几年，怎当得名满江湖四字？”完颜豪道：“我说的绝对不是恭维的说话，辛兄，你自己恐怕还未知道呢，江湖上的朋友，早已把你当作未来的武林盟主了！”辛龙生笑道：“真有此事？”完颜豪道：“一点不假！令师领袖武林，兄台是他最得力的帮手，江湖上的朋友都说‘雏凤清于老凤声’呢！未来的武林盟主，除了兄台，还有何人足以继任！”他这一番声明“不是恭维”的恭维说话，直把辛龙生乐得好像猪八戒吃了参果，八万四千个毛孔，没一个毛孔不舒。

奚玉瑾心里想道：“这人倒是一表人才，只是似乎有点油嘴滑舌。”

完颜豪称赞了辛龙生，跟着又称赞奚玉瑾，赞她家学渊源，赞她是武林才女，更恭维他们夫妇是“神仙眷属”。奚玉瑾听得不耐烦，淡淡说道：“颜公子，我是笨嘴拙舌的人，不会说话。请恕少陪了。”宫锦云站起来笑道：“奚姐姐旅途劳顿，也该歇一歇了。我和你进去。”任红绡很不高兴，但也只好陪她们进去。

完颜豪怔了一怔，随即心里笑了起来，想道："他们这对夫妻的确是貌合神离，看这情形，那个消息，大概至少是有八九分可靠的了。"

辛龙生与他却是谈得甚为投机，两人皆是文武兼修，谈文论武，大有相见恨晚之感。吃过晚饭，已是将近二更时分，任天吾笑道："难得你们如此投契，颜老弟，我把客人交给你啦。你们多亲近些，我失陪了。"辛颜二人同声说道："老伯请便。"

任天吾走开之后，完颜豪说道："今晚月色很好，辛兄，你累不累？"辛龙生道："与君一席话，胜读十年书。就是谈到天亮，我也不累。"完颜豪笑道："如此良夜，坐在屋子里可没什么意思。咱们到花园里赏月如何？"辛龙生喜道："吾兄有此清兴，小弟自当奉陪。"

月光之下，园中景色，分外清幽，辛龙生道："贤主、佳宾、良辰、美景，古人所说的赏心乐事，今日可是都齐全了。"心里忽地想起了公孙璞来，"这傻小子此刻恐怕已经在山上等着我了。"

完颜豪道："前人咏月的诗，我最欣赏两首。"

辛龙生道："是哪两首？"

完颜豪道："第一首是苏东坡的水调歌头。"

辛龙生有意卖弄才学，摇头摆脑的便吟咏起来，说道："不错，此词一开笔就是奇句——明月几时有，把酒问青天，不知天上宫阙，今夕是何年？我欲乘风归去，又恐琼楼玉宇，高处不胜寒！说得何等潇洒飘逸，当真好似不食人间烟火！"

完颜豪笑道："我更欣赏坡老说到人间的那几句——人有悲欢离合，月有阴晴圆缺，此事古难全。但愿人长久，千里共婵娟。辛兄，你们夫妻乃是神仙眷属，白头偕老，定卜无疑。坡老此词的祝愿，在你们则已是实境了！辛兄，你真是几生修到啦！"

辛龙生这才知道他谈及此词的用意，心里不禁黯然神伤："他哪里知道我与玉瑾只是挂名夫妻，只怕随时都会凤泊鸾飘，还说什么白头偕老？"勉强笑道："我也预祝颜兄与任小姐能成佳偶。那第二首又是何人所作？"

完颜豪道："作者是谁，暂且不说。我把这首词先念给兄台听听，好不好?”

辛龙生道：“好，让我猜猜，猜不着兄台可莫见笑。”心想：“他大概是有意考考我了，但足以与坡老相提并论的名家之词，想来我即使猜不着也不至于豁了边吧?”

完颜豪朗声念道：

“停杯不举，停歌不发，等候银蟾出海。不知何处片云来，做许大通天障碍。 绛髯捻断，星眸睁裂，唯恨剑锋不快。一挥截断紫云腰，仔细看嫦娥体态。”

念完之后，微笑说道：“辛兄，这首词如何?”

辛龙生赞道：“好，好，的确是好词！口气之豪，古今罕有。坡老那首词是潇洒飘逸，这首词则是豪迈脱俗，且兼立意新奇，可说得是各有千秋!”大赞一通之后，试探问道：“是辛稼轩之作么?”完颜豪微笑道：“不是。”辛龙生接连问下去：“是陆放翁之作么？是刘克庄之作么？……”接连问了几个人，完颜豪都是微笑答道：“不是。”

辛龙生连猜不中，不觉心虚，只好问道：“那是何人所作?”

完颜豪笑道：“这人并非文士，他的身份十分特别，我兄只是从词人之中寻找，就难怪猜不着了。”

辛龙生更感不快，说道：“如何特别?”

完颜豪笑道：“此词作者是前金主完颜亮!”

辛龙生吃了一惊，说道：“就是二十年前，大举南侵的那个金国皇帝完颜亮么?”

完颜豪道：“不错。咱们只是以词论词，兄台想不至于怪我赞赏金主的词章吧?”

辛龙生大赞特赞这首词，不料竟是金国暴君的作品。完颜豪的话虽是给他解嘲，但在他听来，却是无殊讽刺了。

辛龙生感到如同受了戏弄的羞耻，半晌说道：“不错，完颜亮的确可算得是文武全才的皇帝，这首词的口气霸道之极，在咏月的诗词之中，也的确可以说得是前无古人的了。但可惜他口气虽大，却是大言不惭。采石矶一战，他就不免身败名裂了!”

说至此处，忽地不禁想道：“他今晚和我谈论诗词，好像都是有用意的。他称赞金主的词，用意又是什么呢？”

心念未已，只听得完颜豪已是说道：“采石矶之战，那是天佑大宋。一来金国恰巧碰上内讧；二来蒙古崛起，金国开始有后顾之忧；三来宋国出了一个名将虞允文，他的运气比岳飞好得多，没有受到权臣牵制。”

辛龙生道：“不，据我所知，虞允文当时也还是受到朝廷的掣肘的。”

完颜豪道：“总不如岳飞所受之甚吧？”接着说道：“采石矶一战之后，曾几何时，不又是金强宋弱，宋国要向大金求和了么？莫说虞允文如今已死，即使他还在生，朝廷又加重用，只怕也是难以抗御金兵的了！”

辛龙生疑心顿起，想道：“怎的这个人老是长敌人志气，灭自己威风？”

完颜豪似乎知道他的心思，笑道：“我只是就事论事而已。敌人的长处，咱们也应该知道的，是么？”

辛龙生道：“这也说得不错，大宋积弱，这是实事。所以家师才要号召江南豪杰，成义军，帮助朝廷，同御外侮。”

完颜豪道：“可惜大宋朝廷，却要袭灭你们义军呢。”

辛龙生听得“你们义军”四字，不觉更是皱眉，心道：“怎的此人说话，似乎越来越不对了？”

完颜豪接着又道：“知己知彼，百战百胜，前贤这话，是不会错的。比如武功一道，金人恐也不逊于汉人呢。”

辛龙生因为师父是江南的武林盟主，说道：“不错，比如武林中大名鼎鼎的武林天骄就是金国人。不过金国、蒙古、天竺诸国的武学，虽也各有一家之长，总不如中原武学的源远流长，精深博大。”

完颜豪道：“令师是武林盟主，吾兄想必早已得了令师衣钵真传？”

辛龙生道：“家师虽是倾囊相授，可惜小弟愚鲁，所得无多。”话似谦虚，实则是默认了完颜豪赞他已得衣钵真传那句话。

完颜豪道：“小弟平生未遇名师，所学甚杂，金国的武学，我也曾经学过一些。今日虽得与吾兄相识，不知兄台可肯把中原正宗的武学，赐教一二么?”

辛龙生心道:“图穷匕见，原来他兜了这么大的一个圈子，乃是要较考我的武功。”他是个要强好胜的人，于是笑道:“咱们一见如故，好朋友切琢武功，那是应有之义。赐教二字不敢当。”

完颜豪道:“素仰令师号称铁笔书生，各种武学之中，又以点穴的功夫允推天下独步，小弟班门弄斧，想用几招粗浅的指法向兄台讨教，请莫见笑。”

辛龙生不觉心头一凛，想道:“他明明知道我最擅长点穴，却要和我比试这门功夫，看来定有所恃!”

心念未已，完颜豪已是倏地出指，向他的“伏兔穴”点来了。正是:

口中甜似蜜，腹里暗藏刀。

欲知后事如何，请听下回分解。

第八十一回　私隐难宣心自苦
诡谋巧布计何工

辛龙生吃了一惊，赞道："好指法!"连忙一个"风飐落花"的身法，一飘一闪，在这一飘一闪之间，左掌如环，右手中食两指弹出，紧接着右掌成圈，左手中食两指弹出。这是从他师父"铁笔书生"文逸凡的双笔点四脉的招数化出来的，名为"法轮三转，双峰插云"。双掌本应三次轮换，双指方始戳出的，辛龙生造诣不如师父，在这霎那之间，只能轮换两次，但也算得是快捷异常了。

完颜豪哈哈一笑，也赞他道："双笔点四脉，更是名不虚传。咱们点到即止，好吗?"

"双笔点四脉"乃是辛龙生的师门绝技，识者本就无多，更兼他以笔法化为指法，懂得的人那就更少了。不料一使出来，就给完颜豪喝破，辛龙生这一惊更是非同小可了。

说时迟，那时快，完颜豪已是换招再上，只见一手虚抱，五指连弹，那手法竟是轻拢慢捻，好像弹琵琶一般。辛龙生心道："这是什么点穴家数?"他的师父于点穴一道无所不精，各家各派的指法都曾和他说过。但完颜豪所使的却是"穴道铜人图解"中的秘传绝学，文逸凡也未曾见过的，辛龙生如何识得?

他的指法一使便给对方识破，对方使的，他却毫无所知，饶是辛龙生如何自负也不禁心慌了，连忙应道："琢磨武功，点到即止，那是最好不过。"当下回掌防身，出指虚戳，每一招都不敢使老，以防对方欺身突袭。一转而为不求有功，但求无过的打法。

"穴道铜人图解"上的"惊神指法"乃是天下一等一的点穴功

夫，辛龙生得自乃师所传的独门指法，比起来也还是稍逊一筹，何况他的造诣未深，而完颜豪已是兼擅数家之长，把惊神指法都学全了。是以三十多招过后，辛龙生的身形已是在对方的掌指笼罩之下，大大的相形见绌了。

辛龙生刚才的话说得太满，他是个要面子的人，心里想道："我胜不了他，也不能为他所败。"情急之下，打法再变，虽然仍是以攻为守，指头戳出，已是使上了内家真力，带着劲风，嗖嗖有声。

家颜豪笑道："辛兄赐教内功，小弟更是求之不得！"心里想道："你不愿意点到即止，那就叫你栽一个更大的筋斗吧！"指法越变越慢，而且看似杂乱无章，实则每一招都是幻化莫测，似慢实快，着着争先。苦斗中辛龙生只觉劲风飒然，小腹的气愈穴微微一麻，接着又是膝盖的"环跳穴"稍稍一酸，原来完颜豪虽没碰着他的身体，但力贯指尖，那股力道已是达到他的要穴。不过"隔空点穴"乃是最高深的点穴功夫，完颜豪功力未到，是以也还未能封闭他的穴道，令他跌倒。

但虽然未能令他跌倒，辛龙生亦已是难以抵挡，要想求情，又说不出口。恼羞成怒之下，突使险招，左掌一挑，右中指猛的便向对方胸口戳去。左掌的掌法，却是十四姑所传的一招剑法化出来的。

只听得"嗤"的一声，完颜豪的上衣给他挑开，但紧接着"咚"的一声，辛龙生的身子却已摔到三丈开外。

原来完颜豪虽然不懂应付这招奇诡的剑法，但在辛龙生欺身进扑之时，他那超妙的指法使了出来，只是轻轻一点，就点中了辛龙生的穴道了。跟着随手一甩，辛龙生穴道被封，气力使不出来，自是要给他摔出去了。

完颜豪哈哈一笑，飞身疾掠，正当辛龙生刚刚跌下，屁股尚未着地之时，就把他扶了起来，说道："辛兄，得罪了！"

辛龙生运气冲关，却解不开被封的穴道，结果还是完颜豪给他解开。辛龙生羞得满面通红，只好说道："颜兄点穴功夫远胜小弟，佩服！佩服！"

完颜豪微微一笑，说道："辛兄，你本来能胜过在下的，小弟侥幸点中你的穴道，那并非你的技不如人，其中原因，想必吾兄自己也是知道的了。"

辛龙生怔了一怔，心里想道："他的点穴功夫确实是比我高明太多，我也已经出了全力，为什么他要如此说呢？听他说话，又不似普通的客套。"要知若是普通的客套，那就不必和对方探寻"原因"了。

一般人总是喜欢听好听的话的。何况是辛龙生这等死要面子的人？听了这活，好生受用，说道："小弟实是不懂，请颜兄指教。"

完颜豪道："你的指法不是不高明，但内力似乎难以为继，最后那招，你的内力若能保持初发的劲道，小弟只怕已是为你所伤了。"

辛龙生心道："我的内力已经尽发，何以他这样说呢？"但想或许真的是自己内力不加，而自己却还未曾觉察也未可知。同时因为完颜豪的口气之中，不啻向他暗示，他已经知道了他刚才那招的用心并非"点到即止"，是以辛龙生又不禁大感尴尬，心里的疑问，就更不便出口了。

完颜豪接着说道："最初我还未知道其中原因，现在是知道了。"说罢，忽然叹了口气，跟着连说两声"可惜，可惜！"辛龙生呆了一呆，说道："可惜什么？"

完颜豪道："我与兄台一见如故，请恕小弟冒昧直言。辛兄，你是不是曾经受过什么人的暗算，以致身受奇毒？这奇毒不仅使吾兄难有家室之乐，而且，唉，不说也罢！"

辛龙生大吃一惊，连忙说道："不错，吾兄洞察秋毫，小弟是曾受人暗算。但究竟将来会怎样，还请吾兄明言。"

完颜豪道："辛兄，你试把真气纳入丹田，看看有无异状？"辛龙生依法施为，果然觉得小腹隐隐作痛，不禁大惊，冷汗涔涔而下。要知真气若是不能下沉丹田，那就无法修练上乘内功了。

完颜豪道："辛兄是否为逆行的真气所苦，难以导入丹田？"

辛龙生道："不错，但以前并非如此的。"

完颜豪道："以前只是时候未到，故此尚未发作而已。今晚吾兄使用真力，所以这迹象就开始显露了。”

辛龙生连忙问道：“这是什么症状的迹象？”

完颜豪一个字一个字地缓缓说了出来：“这是走火入魔的迹象！”

辛龙生恍似听了晴天霹雳，震得他登时呆了。学武的人，最怕的就是走火入魔，一旦发作，不但武功全都使不出来，成了废人，而且还要受寒热交侵之苦，每发作一次，痛苦也就加深一次，当真是求生不得，求死不能。

完颜豪接着说道：“现在不过是初露迹象，真正开始发作，大概是在三年之后。但吾兄也应该早为之计了！唉，那害你的人不知和你有什么深仇大恨，竟忍心下这等毒手！”

辛龙生吓得魂不附体，蓦地心中一动，想道：“他知得这样清楚，想必是个会家。”本来他受此奇毒，乃是深自隐秘，羞于向人启齿的。此际也顾不得颜面了，说道：“是一个暗中痴恋我的丫头下的毒手。一向我以为只、只是不能人道而已，不料还有如此祸害。颜兄，你识得此症，务请救救小弟，小弟结草衔环，亦将图报！”

完颜豪道：“吾兄言重了，咱们忝属知交，小弟有法可想，自当尽力，不过，不过——”

辛龙生忙问：“不过什么？”

完颜豪道：“你听过金津玉液大还丹这种药丸的名字吗？”

辛龙生道：“小弟孤陋寡闻，这种药丸是否对症解药？”

完颜豪道：“最对症的解药是用星宿海天心石所炼的丹药，不过星宿海在昆仑山绝顶，天心石更是十分难找。这金津玉液大还丹功效不如天心石，不过只要三日服食一次，服食四十九次之后，倒也可以令吾兄恢复如初。”还怕说不明白，跟着又道：“这就是说吾兄不但可以免除走火入魔之厄，而且可以恢复家室之乐了！”

辛龙生大喜道：“吾兄有这、这金津玉液大还丹么？”

完颜豪笑道：“我的身上没有，要找是找得到的。但这个地方，不知吾兄方不方便和小弟同往？”

辛龙生道：“那是什么地方？”

完颜豪哈哈一笑，缓缓说道：“实不相瞒，我是金国贝子，复姓完颜。完颜长之是我爹爹。”

完颜豪道："是金国的京城大都，金津玉液大还丹是金宫大内的珍药!"

辛龙生大吃一惊，讷讷说道："颜兄，你，你是——"

完颜豪哈哈一笑，缓缓说道："实不相瞒，我是金国的贝子，复姓完颜。完颜长之就是我的爹爹。"

辛龙生面色大变，颤声说道："你，你，你……"一时之间，竟不知道应该如何应付了。

完颜豪笑道："吾兄不用惊恐。我的爹爹虽然是金国的御林军统领，我却是从不理会国家大事的。交朋友但问是否相投，又何必理会是金人还是汉人？武林天骄也是金国的贝子呀。"

辛龙生心里想道："武林天骄是助汉人义军反对本国暴政的，你如何能与他相比?"可是这话他却不敢说出来。

完颜豪接着说道："外间除了任老伯之外，别人并不知道我的身份。我是把辛兄视为知己，才告诉你的。"

辛龙生苦笑道："多谢，多谢。但你是贝子，我可高攀不起了。"

完颜豪笑道："你是文大侠的掌门弟子，咱们结交，还是我高攀了呢。辛兄，你若是不便与小弟同往大都，可以单独前来。我给一个地址与你，那地方是十分隐秘的，你来找我，包管没人知道。"

辛龙生道："颜，……完颜兄好意我很感激，大都我是不去的。若然真个走火入魔，那也是小弟命中注定，不敢劳烦完颜兄了。"

完颜豪冷冷说道："你拼掉一死，那也没有什么。但丢下了如花美眷，这一生只是担了虚名，不可惜么?"接着又道："你还是叫我颜兄吧，别把完颜二字随便出口。"

辛龙生给他搔着"痒处"，心里想道："不错，我与玉瑾做不成夫妻，死了也不甘心。"

完颜豪见他不语，又说道："辛兄，你本来可以继任武林盟主的，若因走火入魔废了武功，莫说那是要在临死之前还受无穷痛苦，你的锦绣前程也尽都毁了，那不更可惜么?"

辛龙生汗流遍体，想道："将来的事姑且不论，目前他已知道我的隐秘，只要张扬出去，我就没脸见人了。”

完颜豪又道：“我知道你的姑姑是天下第一使毒名家，但可惜她如今是被囚在黑风岛上。再说她擅于使毒，却未能够解这奇毒。我不妨说给你听，她的武功已消失了，要上星宿海找寻天心石那是难于登天。辛兄，我是好意帮你的忙，你仔细想想。”

“完颜豪决不会无缘无故帮我这个大忙，是接受呢，还是不接受呢?”辛龙生的内心，不住在激烈的交战了!

“你是怕人知道是不是？此事只有你知我知，我不说出去，能有何人知道?”完颜豪似乎知道他在想什么，笑着说道。

辛龙生忽地抬起头来，颤声说道：“咱们打开天窗说亮话，你要我什么报答?”

完颜豪一听这口气已经软了许多，辛龙生提到了“报答”二字，无异是说他正在准备商谈条件了。完颜豪从心底笑了出来，想道：“这条鱼儿终于上了钩!”

原来完颜豪的心腹手下西门柱石是西门牧野的侄儿，西门牧野从黑风岛主那儿知道了有关辛十四姑的事情，说给侄儿知道。他的侄儿又告诉完颜豪的。至于辛龙生的“隐疾”，则是他从韩希舜口中听来的。韩希舜的师父张大颠曾经捉了辛龙生夫妇囚禁多时，早就识破他们是一对假夫妻。

完颜豪最初不过是把这些当作“奇闻异事”而已，但想不到无巧不巧，竟在任天吾家里碰上了辛龙生，他的心思极为灵敏，立即便想到这两个消息可资利用了。

其实辛龙生所受的“奇毒”只是不能亲近女色，对身体却没其他妨害的，完颜豪与他交手之时，以惊神指法点了他的与脏腑相通的“隐穴”，这才使得辛龙生在默运内功之时小腹隐隐作痛的。所谓“走火入魔”云云，都是一派胡言。但这一派胡言，却使辛龙生不能不终于就范了。

完颜豪从心底笑了出来，说道：“辛兄，你说这样的话，那是不把小弟当作朋友了。”

辛龙生道：“大丈夫讲究的是恩怨分明，有仇报仇，有恩报恩。你若是不肯敞开心胸和我说话，我可不敢受你恩惠!”

完颜豪心道："你这小子居然还敢自称大丈夫？"口里却在哈哈笑道："你真是个爽快的人，好吧，那我就和你打开天窗说亮话吧。我本来并不稀罕你的报答，不过，你若一定要报答的话，那我倒想得到一件宝物，这就要请你帮忙了！"

辛龙生怔了一怔，说道："什么宝物？"心里却轻松许多，想道："他只是想要一件宝物，不是要我做出欺师灭祖的事情，纵然宝物难求，那也总是好些。"

完颜豪道："公孙璞的玄铁宝伞！"

辛龙生吃了一惊，说道："你要我替你夺公孙璞的玄铁宝伞？这个——"完颜豪道："怎么样，你不愿意？"

辛龙生道："不是我不愿意，但公孙璞不知在什么地方，我可不能担保找得着他，再说我的武功也不是他的对手。"

完颜豪哈哈一笑，说道："辛兄，这你就不老实了。公孙璞不是今天才和你见过面的吗？你焉能不知他在什么地方？"

原来这是那个"韩老大"报的讯，他得公孙璞释放之后，暗自思量："做人应该面面俱圆，赶回去向金七爷表白固然紧要，任天吾这儿也该卖个人情，以免他日后追究起来，说我知情不报。"在这舜耕山附近，任天吾党羽不少，他就近找到一个任天吾的手下，叫他代为通风报讯，这才放心回转跳虎涧的。晚饭过后没有多久，完颜豪已是从任天吾口中知道这个消息了。

谎话给对方当面戳穿，辛龙生尴尬之极，勉强笑道："颜兄，你的消息倒是好灵通啊。不错，我是知道公孙璞在什么地方，不过——"

完颜豪道："不过什么？是不是碍着情面？"

辛龙生道："颜兄明鉴，公孙璞的师门和小弟颇有渊源。他的祖父是公孙隐，他的业师是江南大侠耿照，还有当世的两位武学大师……"

完颜豪一挥手打断他的话道："我都知道，不必你细说了。但你也大可不必顾虑，公孙璞这小子只是孤身一人，咱们将他干了，只要你不泄漏，有谁人知道？不错，这小子的武功是比你我高强，但他当你是好朋友，决不会防备你的，你冷不及防点了他的穴道，我立即出来帮忙你，要收拾这个小子，又有什么为难？再退一步说，即使你暗算不成，咱们二人联手，也决不会输了给他。还有，你别忘记咱们还有个大靠山任老爷子呢！”

辛龙生大吃一惊，说道：“什么，任老爷子，他，他也是——”

完颜豪冷冷说道：“不错，他也是我们的人。我什么事情都不瞒他的。”

辛龙生冷汗湿透全身，他虽然心术不正，毕竟曾在过文逸凡门下多年，这样伤天害理的事情叫他如何做得出来？过了半晌，讷讷说道：“颜兄，这手段未免太、太毒辣了吧？”

完颜豪冷笑道：“量小非君子，无毒不丈夫！公孙璞不见得和你有什么深厚的交情，你宁愿保全他就把自己的一生毁了？”

辛龙生面如土色，在这片刻之间，心中转了几次念头，终于想道：“看来他已是和任天吾串通了的，我若是不答应，只怕不能生出任家。”在完颜豪的威胁利诱之下，辛龙生性格里邪恶的一面掩盖了他的良知，终于低声说道：“颜兄，好，我依你！”

完颜豪哈哈笑道：“对啦，这才是聪明人呢！”

原来完颜豪的阴狠毒辣，还不止此。玄铁宝伞他固然是想要的，但要的却不仅仅是一柄玄铁宝伞！

他要的是大宋江山，支撑大宋江山的主力是民间义军，因此他也就需要一个可以帮忙他危害义军的人，而辛龙生正是最适合的人选。

他要把辛龙生诱往金京，那时就不由得他不任从摆布了。他可以拿谋害公孙璞的这件秘密作威胁，要他把江南义军的情况都供出来，甚至还可以利用他回去作义军中的奸细。但有一件事情却是完颜豪始料之所不及的，他以为这个秘密无人知道，却不知道已经给人偷听去了。在这园子里还有第三个人，这个人是他做梦也想不到的。

任红绡招呼奚玉瑾进入内室，笑道：“咱们十多年没见面，宫姐姐和你也有很多话说，今晚咱们就联床夜话吧。我不给你找另外的客房了。”要知她虽然不大满意奚玉瑾的行事，毕竟也还是儿时的好友。

奚玉瑾却是想找一个机会和宫锦云单独谈话，碍着有个任红绡插在中间，只好有一搭没一搭的和她闲聊。

任红绡为了避免谈及奚玉瑾的“婚变”，找不到什么好的话题，也就只能和她说些儿时旧事。

奚玉瑾忽地笑道：“你谈起往事，我倒想起一样东西来了。”

任红绡道：“什么东西？”

奚玉瑾道：“记得小时候你很喜欢我家烧的那种百合龙涎香，我曾经送了一包给你，这香现在还在吗？”

任红绡笑道：“你不说几乎忘了，记得你睡觉的时候，总要焚上一炉香的。炉香馥郁，不知不觉的熟睡了。那真是舒服非常。但这香太名贵了，我可舍不得用。回来之后，就珍藏起来。唉，一晃就是十多年，待我想想放在什么地方？”

宫锦云笑道：“希望你想得起来，今晚临睡之前，焚上这么一炉香，让我也见识见识。”

任红绡道：“想起来了，我是藏在书房的一个书橱后面，待我去拿。”

奚玉瑾假意说道：“叫小丫头去吧。”

任红绡道：“不，小丫头是找不到的。我也怕她弄乱了我的书画。”

任红绡走了之后，奚玉瑾忽地说道：“宫姐姐，快，用你的独门手法点我的麻穴！”

宫锦云大吃一惊，说道：“为什么？”

奚玉瑾道：“别问，点了我的穴道，你马上逃走！”

宫锦云摇了摇头，仍然问道：“我为什么要逃？你不说个明白，我又焉能点你的穴道？”

奚玉瑾无可奈何，只好在她耳边悄悄说道：“有人要害你！”宫锦云道：“是谁？”奚玉瑾急道：“你不必查根问底了，快点依我的话做吧，如迟就来不及了。”

宫锦云微笑道：“多谢你的好意，不过，我是不会走的。”心里想道：“任天吾想要害我，我是早已知道的。”

奚玉瑾见她神色自如，倒是不禁觉得奇怪，心想："事情来得太过突兀，也难怪她不敢相信我的说话。"当下一咬牙龈，涩声说道："要想害你的人是、是辛龙生！你明白了吧？"这句话她是下了极大的决心才说得出来的，说出来之后，眼泪簌簌而下，心头却反而轻松许多了。

宫锦云方始恍然大悟："原来是她的丈夫，怪不得她要我点她穴道。"一阵惊讶后，仍然笑道："姐姐，你为了救我，不惜违抗丈夫，我真不知如何感谢你才好。但我不走！"

奚玉瑾抹了眼泪，紧皱眉头，说道："我把最见不得人的秘密告诉你了，你还不相信我的说话？"

宫锦云叹了一口气，说道："不是我不相信你，我是没有办法走出任家！"

奚玉瑾道："为什么？"

宫锦云道："任家遍设机关，园中也有埋伏。除非任红绡肯帮忙咱们。"

奚玉瑾道："任天吾是她父亲，她肯帮你吗？"

宫锦云道："我就因为没有把握，否则早求她了。"

奚玉瑾道："那就不能指望她了。我和你一起逃吧，你身在虎穴，不能耽搁，咱们冒点风险……"

宫锦云道："我不能累你们夫妻反目，再说，你不懂得破任家的机关，咱们一同冒险，也是不行。"

奚玉瑾低了头，说道："这样的丈夫不要也罢。"

这句话其实是宫锦云早就想对她说的，如今见她自己说了出来，这才和她说道："你不说我不敢劝你，但我有一事不明，辛龙生不是文大侠的掌门弟子吗？为何他竟会和任天吾串通，要来害我？"

奚玉瑾道："他并不是和任天吾串通的，他，他是另有所图。我，我说不出口。不过，他也不是想害你性命，他只是想拿你去交换他的姑姑。听说他的姑姑给令尊囚在黑风岛了。"毕竟她尚没有决心离开丈夫，是以多少要为丈夫辩护。宫锦云道："哦，原来如此！"心中仍是有些奇怪。

宫锦云暗自想道："爹爹囚他姑姑，固然不对，但辛十四姑也是个邪派的女魔头，辛龙生要把我捉去交换姑姑，这又岂是名门正派的弟子所应为？但听奚玉瑾的口气，辛龙生似乎还另有所图，那又是什么呢？"

由于奚玉瑾说过"不便出口"的话，宫锦云不愿令她难堪，也就不再问下去了，只是说道："既然如此，倘若我逃得出去，看在你的情分，我必定求爹爹放了他的姑姑就是。"

奚玉瑾苦笑道："但咱们可是没法可想呀。"心里想道："三更过后，龙生就要问我结果的，我不能和锦云逃走，又不能捉了她讨好丈夫，这可就是一个难题了。"

宫锦云忽道："不过，咱们可以试试？"

奚玉瑾道："试什么？"

宫锦云道："我虽然没有把握，不过，据我看来，任红绡倒是和她父亲并不一样，近日来我和她的交情也颇有增进，咱们对她说明真相，或许她会帮咱们的忙。"

奚玉瑾道："她若不答应，那就更糟了。不过，目前既没有其他办法可想，也就只好试试了。"

月影西斜，烛光摇曳。小几上燃烧的蜡烛一寸一寸的减少，奚玉瑾和宫锦云都已经等得心焦了，可是任红绡却还未见回来。

那间书房是在花园的西面的，从任红绡的卧房到那间书房，要绕过两座假山，穿过一条花径。

这晚月色朦胧，任红绡走过这条花径之时，忽听得有人说话的声音，任红绡心道："原来是颜豪和辛龙生在这里说话，且听他们说些什么。待会我和他们开个玩笑，冷不及防的走出去吓他们一下。"

完颜豪正在用尽心机，要令辛龙生这条大鱼上钩，却是做梦也想不到任红绡竟会三更半夜独自出来。此时他刚好是在表明自己的身份。

任红绡走到假山后面，先听得他的笑声，接着便听得他在缓缓说道："实不相瞒，我是金国的贝子，复姓完颜。完颜长之就是我的爹爹。”

听到这几句话，任红绡就像突然给点着了穴道一样，呆了！她几乎不敢相信自己的耳朵，可是这分明是颜豪的声音，是他自己说出来的！

任红绡的心卜卜地跳，一阵迷茫，极力抑制自己，这才不致喘出声来。

不料令她更吃惊的还在后头，当她听到完颜豪说道：“不错，任老爷子也是我们的人。我什么事情都不瞒他的。”这段话时，不觉手足冰冷，几乎支持不住，就要晕倒。

“不，不，爹爹决不会是这种人的！不会是这种人的。”父亲是她最尊敬的人，突然间这个她所敬爱的人竟然变得如此丑恶，她感到有生以来从所未有的大恐惧。她不愿意相信这是事实。

但尽管她在自己对自己说道：“不能相信，不能相信！”在她心里，却已是隐隐感到完颜豪的话未必是全无根据的空穴来风了。

一阵迷茫之后，她突然想起一件事来，有个名叫李二拐的人，流氓气十足，她一向不喜欢这个人的，父亲却常常和他往来。这个人是惯用迷香的下三滥小贼，在江湖上颇有臭名，这是她知道的。她曾问过父亲，为什么和这样的人往来，父亲说他已经改邪归正，他有一技之长，就有可用之处，九流三教朋友，结交几个又有何妨？可是她却总是觉得，这个李二拐不像是个已经改邪归正的人。

就是这个李二拐今天晚上又曾到她的家里，就在辛龙生和颜豪在客厅谈话的时候，她的父亲却在书房接见李二拐，她刚好经过门前，突然间里面谈话的声音就停止了。她只隐隐听到什么宝伞四个字，现在仔细一想，那李二拐说的正是玄铁宝伞。

以前她不知玄铁宝伞是什么东西，现在她已知道这是公孙璞的随身武器了。这么爹爹和李二拐说的是不是正是和公孙璞有关的事情呢？

再又想道：“完颜豪是客人，辛龙生在路上碰见公孙璞之事，他的消息决不可能如此灵通，是不是就是那个李二拐来向爹爹通风报讯，而爹爹又告诉了他的呢？”

任红绡越想越是害怕，“唉，如果他说的竟是真的，爹爹当真是那样的人，我怎么办，我怎么办？”

迷茫中她忽地想起：“不好，他们要去害公孙璞，公孙璞是宫姐姐的未婚夫，我可不能不理，不能不理呀！”

幸亏有这个救人的念头一起，这才支持着她不至晕厥。

只听得完颜豪笑道：“好，那么咱们可该走了，那傻小子只怕已等得心焦啦！有个最适宜动手的地方，我告诉你……”脚步声渐渐远去，说话的声音已听不见了。任红绡提一口气，急忙赶回自己的房间。

宫锦云和奚玉瑾好不容易盼得任红绡回来，但一见到任红绡，却是不由得她们不大为惊诧了。正是：

惊他覆雨翻云手，幸有良朋共险艰。

欲知后事如何，请听下回分解。